ドミニク・デザンティ

持田明子◉訳

新しい女

新版

一九世紀パリ文化界の女王
マリー・ダグー伯爵夫人

藤原書店

情熱の時。ピアノに向かうリスト、崇拝するマリー

ダグー伯爵夫人の最初のサロンは、マラケ（ヴォルテール）河岸とボーヌ街の角にあった。(Photo J. L. Lou-D.F.)

ダニエル・ステルンのサロンは、パリのあちこちを移動した。ヌーヴ＝デ＝マチュラン街、プリュメ街、シャン・ゼリゼ、シルキュレール・ド・レトワール街。(Photo Hachette.)

情熱が消えたフランツ・リストは輝かしい演奏旅行を続けた。
(Photo Folliot-E.R.L.)

マリーとフランツはブランディーヌ、コジマ、ダニエルの３人をもうけたが、この子らを認知できるのはリストだけであった。
(Photo Tallandier.)

ジャーナリズム界のナポレオン、エミール・ド・ジラルダンはマリーをダニエル・ステルンとした。(Photo Hachette.)

詩人であり、劇作家であり、ジャーナリストであったデルフィーヌ・ド・ジラルダン（ゲー）。マリーへの友情は対立関係の中に消えた。（Photo B.N.）

ジョルジュ・サンドは友人であり、やがて競争相手となったが、決して到達できぬ模範であった。（ジョルジュの素描。後向きの女性がマリー）

1835 年から 1838 年にかけて、2 人は友人であった。（左から、フランツ・リスト、マリー・ダグー、ピクテ）

女性解放運動の先駆者フローラ・トリスタン（1803-1844）はダニエル・ステルンに理解されなかった。

そして誠実な友……

ウジェーヌ・シュウ（Photo Roger Viollet.）

ラマルチーヌ（Photo Nadar.）

サント＝ブーヴ（Photo Filliot-E.R.L.）

ルナン（Photo Sirot.）

常連、恋する男たち、

ユゴー（Photo Giraudon.）

ヴィニー（Photo Roger Viollet.）

シャッセリオ

レーマン（Photo Giraudon.）

1848 年の革命。王政下に夢みた共和国は、ラマルチーヌやプルードンの共和国となるだろうか？（Photo D.F.）

バリケードの死者達は、自由のために倒れると信じていた。（Photo Petit-D.F.）

クラブや街頭で女性解放運動が広まる。(Photo Snark.)

「普遍的・民主的にして社会改良の共和国」、この民衆のイメージは、1848年の友愛への絶対的信仰を十分に説明する。この上なく善良な神の眼前で、自由の殉教者たちは口ひげのある天使となり、至福者のシュロの枝を手にしている。(Photo Holzapfel-D.F.)

ダニエル・ステルン（アングル画）は『1848年史』を準備する。(Photo Hachette.)

唯一人の誠実な友：小説家オルタンス・アラール・ド・メリダン。

ダニエル・ステルンの『共和主義者の手紙』もこのように読まれたのだろうか。(Photo D.F.)

マリー／ダニエルと嫡出の娘クレール・ダグー（後のシャルナセ侯爵夫人)。
クレールは画家であり、ジャーナリストであった。

マリーは人生を終えるまで魅惑的な女性であった。

マリーとリストの２番目の娘コジマは、リヒャルト・ヴァーグナーと結婚するために、ハンス・フォン・ビューローと離別する。
(Photo Roger Viollet.)

アンリ・レーマンの筆になるダニエル・ステルンの最後の
肖像画

女子教育に関するマリー／ダニエルの思想は少しずつ実現されていく。(Photo Snark.)

「あの人はリスト神父になった……」

「そして私はダニエル・ステルンに。それにしても何と多くの涙が流れたことか……」

「ノアンの優しい奥方」は和解した。

新版にあたって

一九九一年に、ドミニク・デザンティの『新しい女』の翻訳が藤原書店から出版された。今般、三〇年を経て新版として再刊される運びとなったことは、訳者として望外の喜びである。マリー・ダグー伯爵夫人（ジャーナリスト、ダニエル・ステルン）と作曲家フランツ・リストの情熱的な生き方に焦点を当てた舞台*が作られ、一九世紀初頭に、〝新しい女〟と呼ばれたマリー・ダグー伯爵夫人が、二十一世紀の日本で新たに広く紹介されることは大変喜ばしいことである。

＊宝塚歌劇「巡礼の年――リスト・フェレンツ、魂の彷徨」二〇二二年六〜九月公演。

一九世紀初頭のパリでは、豊かな貴族夫人が主宰する多数のサロンが有望な芸術家を支援した。ジョルジュ・サンドはショパンを、マリー・ダグーはリストを。ポーランド出身のショパン、ハンガリー出身のリストと、フランス国外からパリにやってきた若い外国人音楽家のデビューを支援するという共通性がある。二つのカップルは、サンドのノアンの館で、数か月を共に過ごしたことも知られている。ノアンの館では、多数の著名な芸術家、思想家、政治家が逗留したので、当時の〝新しい女〟たちがどのように影響を与えあったのか、興味は尽きない。〝新しい女〟たちは、優れた芸術家・文筆家であったと同時に、男女間の激しい愛情だけでなく、各々の芸術の進歩や社会正義の実現にも激しい情熱を傾け、覚悟して身を挺している女たちである。二〇〇年が経過する今日でも、女性の社会進出や地位の向上、社会的影響力の拡大が期待されている。政治・経済・社会など、家族の背景は当時と今日では大きく異なるが、〝新しい女〟の情熱をくみ取り、逞しさに学ぶべき点は今でも少なくないだろう。

ジョルジュ・サンドやマリー・ダグーが〝新しい女〟と呼ばれたのは、当時の社会規範にとらわれることなく、素晴らしい目的の達成に深い情熱を傾けたためである。ダグーは伯爵と離婚して、リストとのカップルは、若い男女間に結婚の形をとり、子供を育てる家庭を作って、音楽の展開と社会正義の追求に傾倒した。一〇年足らずで、その結婚の形が作用しなくなれば、離婚して、家庭を壊して、それぞれが相応しい生活様式を築いた。子供の養育にも当時の適切な配慮をしている。この離別にじめじめとした情緒は全く感じられない。〝新しい女〟は経済的には恵まれているが、職業人として自主自立を確保して、常に明確な目標への激しい情熱を燃やしたことに、今を生きるわが身を顧みると、ただただ感心するばかりである。

現在の日本社会に置かれた女性の境遇と比べようもないが、自立を確保し、燃やすべき情熱とその対象の明確化への準備と努力については、学ぶべきところがあるであろう。今回の宝塚の公演が、どのような内容で、日本の社会にどのように浸透できるか、興味は尽きない。

二〇二一年七月　　　　　　　　持田明子

新しい女〈新版〉

目次

第二部　一八四八年

新しい女

一九世紀パリ文化界の女王 マリー・ダグー伯爵夫人〈新版〉

はじめに　なぜ今、マリー・ダグー＝ダニエル・ステルンを？

「ダグーですって？　ダグーとおっしゃいましたか？　ああ、フランツ・リストを愛したあの伯爵夫人ですね？　ヴァーグナーの妻になったコジマの母ですね？」

教養ある人々、たとえば、大学で高等な知識を授けられた人たちの間では次のような言葉が聞かれるかもしれない。

「バルザックの『ベアトリクス』で嫌味たっぷりに描かれた女主人公のモデルとなった女性ですね？　ところで、あの小説で肯定的なヒロインとなったのはジョルジュ・サンドなんですよ。」

多くの男性を魅惑した、この長身のブロンドの美しい女性が語られるのは、いつも愛人や娘や元友人といった他の人間とのかかわりを通してだ。「六尺の溶岩の上の六寸の雪」と評したのは臆病な恋人役を演じたサント＝ブーヴだったが、愛人や娘や元友人を抜きにしたとき、彼女はいったいどんな女性だったのか？　三人の子をもうけたリストに放り出された後の彼女は？

新しい人間になるか、自己を抹消する以外に選択の余地はなかった。

自己を消す？　それはたやすいことだった。いつまでも男性を惹きつける女性であればすむことだから。ヴィニー、サント＝ブーヴ、ウジェーヌ・シュウ、そしてとりわけ、エミール・ド・ジラルダンの欲望に身を任せればすむことだ。近代ジャーナリズムの創始者であり、「新聞界のナポレオン」と綽名されたこの男はまるで十五歳の少年のように恋のとりこになっていたのだ。自己を消す、それは男性の欲望や自尊心を満足させ、彼らの愛情の対象を演じることだった。

新しい人間になる？　それは自分を超えること、少女時代から夢みていたものに自分を作り上げること、つまり、作家に、ダニエル・ステルンになることだった。

元セリメーヌが自分を解き放ち、自由になる秘密の顔を持つ……彼女は男性を装うことで姿を変えられると信じた。だが、言葉は心の中を露《あらわ》にしよう。その時、仮面が透明になる。

「結構でしょう。それにしても二十世紀も終ろうとしている今になって、ロマン派時代の上流階級の女性を、たとえその女性が一八四八年に革命家だったとしても、復活させようとする目的は何なのです？　一八〇五年末から一八七六年の秋までを生きた一人の女性の一生を今さらなぜ詳細に語ろうとするのです？」と読者の方々はおたずねになるかもしれない。

一つにはロマン派的心情が好きだから。そしてもう一つにはこの時代の女性たちと一九八〇年代の妹たちを理解するため、とお答えしよう。女性の技術者や行政官、優秀な医者、弁護士、大学教授、作家たち（いずれもフランス語に女性形のない職業！）が、「このわたくしが女権拡張論者《フェミニスト》かとおたずねになるのですか？　とんでもないことです！　当世の活動家たちは少々度が過ぎて、滑稽にさえ見えますね！」と言い放つのを私はあまりにも頻繁に耳にして来た。これはまさに、結婚生活を放棄し、生まれ育った階級と断絶して三人の私生児を産み、そしてダニエル・ステルンとなったダグー伯爵夫人が洩らした言葉だ。解放された女性たちはなぜ、同性の解放のための闘いを拒絶するのだろうか？　男性を不快にしたくないからだろうか？　彼らはたとえ口に出しては言わないまでも、女権拡張論者たちの平等の要求に困惑しているのだから。それとも、今日でさえ例外的な存在であるこうした卓越した女性たちの自我が男性のそれを規範にして作り上げられているからだろうか？　あるいはまた、どんな女性も自ら気づかぬうちに他の同性の中にライバルを見ているという、数千年来の無意識の遺産が彼女たちの中にも存在しているからだろうか？

ところで、母性愛が女性にとって本能的なものでないことは、今日さまざまな告白や小説、随筆が明らかにしているが、マリー・ダグーもまた、目を楽しませてくれるこの小さな神の創造物は夫婦の間にできた溝を埋めるどころか、しばしば深めさえすると感慨を洩らした。二十一世紀に向かって大胆な歩みを進めているフェミニストたちは、この事実をためらいもなく堂々と告白する。マリー・ダグーは二度までも、つまり夫とリストとの間でこの事実を体験した。天才的音楽家は今日、新聞の三面記事に見られる父親たちと変わらぬ行動を取った。母親の手から子どもたちを取り上げ、二人の関係解消の人質としたのだ。

前世紀に生きた女性の生涯にスポット・ライトを当てることで筆者が理解しようとしたのは、現代という時代であり、また、今日の女性たちが抱えている矛盾である。過去に立ち戻ることは異なった環境に身を置くことであり、最も効果的に冷静になることである。過去を見ることは、われわれに広汎な視野を与えてくれるにちがいない。そして、現代に対するわれわれの近視眼的把握を矯正してくれるだろう。

加えて、鉄道、普通選挙、飛躍的に発展した産業、社会主義、スエズ運河、さらには女子教育といった、今日ではもはや当たり前のことになったが、当時にあっては人々の心を沸き立たせた数々の新しさに飾られたこの時代の日常生活を目のあたりにするのは、実に楽しい。

歴史の教科書に登場する人間をその時代の中で発見することは、言ってみれば探検の喜びである。ラマルチーヌが「議会にある時のように、ダグー夫人のサロンで天井に席を占めている。」こう評したのはサント゠ブーヴだが、愛において誰よりも拒絶された男と自称するこの批評家が、マリー・ダグーから受けた軽蔑の仇を、ダニエル・ステルンに討つ。そしてサンドとダグーの諍《いさかい》。手紙や真相をつぶさに調べてみると、どちらか一方にだけ過ちがあるとは決して主張できない。それから一八四八年の革命。エピナルの美しい色刷り版画におさまってしまったこの革命を、どうしてダニエル・ステルンという目撃者の目を通して眺めてみない理由があろう？

宇宙ロケットを打ち上げ、ポルノ映画を製作している一方で、ルーツや本性を探り、変動する社会に必死に抵抗しているわれわれは、やはりロマン派的人間だと思う。この西洋という揺らぐ大地を足で探りながら、郷愁と希望の間をバランス棒も持たず揺れ動いているのだから。

第一部

重大な帰還

1　帰って来る……でも、どこへ

あの人はリボルノまで同行し、そして花束をくれた。リボルノからジェノヴァまで嵐の中の船旅。嵐がわたくしを飲み込んでくれればよいものを……

船旅の次は宿駅ごとに馬を替え、時には宿屋で夜を過ごすベルリン馬車の旅。一八三九年十月。旅行者たちは凝り過ぎた服装の長身のブロンド女性を振り返る。まるでトンボのようにほっそりした身体を、裏には毛皮を張り、ビロードの飾り紐のついた外套が包む。カブリオレが巻き毛と頬を覆っている。その下から見えるきめの細やかな、ほんのりバラ色を帯びた白い肌が磁器のような顔色という流行の表現を思わせる。

大きく揺れるベルリン馬車の動きが、過ぎた日の数々の思い出や、新しい人生の夢に彼女を誘う。

「殿方たちはわたくしに恋をするかもしれない。」この仮定に、マリー・ダグーは思わず身震いする……リストの音楽、激しい心の高ぶり、途方もない幸福感、そして哀願とすすり泣きに充ちた四年の歳月、それから最後にやって来た敗北が心の中をさらけ出した——どうして彼ら、詩人たちの言葉を信じたのだろう？　バイロン、ミュッセ、そして幼かったわたくしの頭を撫でたあの年老いたゲーテの言葉を？　どうして友人だったヴィニーの言葉を信じてしまったのだろう？　あらゆるものをいけにえとして供えなければならない竜にも似た、あの絶対的な愛が消え失せ、わたくしを一人にしてしまった。まるで傷口から血が流れ去るように——

　パリに帰って来る彼女には、もはや信じられる人間も信じられるものも何ひとつない。一八〇五年十二月三十日生まれのマリー・ダグーは三十歳にならぬ時に、常軌を逸した情熱で、パリの最も由緒ある階級の中でもひときわ輝かしい境遇を打ち壊してしまった。サン＝ジェルマン街に育ち、貴族階級の偏見のくだらなさに気づきながらも、その特権を享受して来た彼女が、二十四歳のピアニスト、フランツ・リストのために全てを棄てた。一介の音楽家と公然と腕を組んで歩き、二人の関係を誇示してはばからなかった。確かに彼は作曲家であり、ピアノの名手ではあったが、執事の息子でハンガリー人、一八一一年生まれの六歳年下であった。いたる所に招待され、王妃や王女たちの心をときめかせ、君主たちに拍手喝采させた。だが、それは彼らが報酬を与える芸術家への喝采、つまり、謝礼を受け取り自らの演奏で生計を立てている芸術家への拍手であった。ダグー伯爵夫人マリー・ド・フラヴィニーは、この独身の音楽家との間に三人の子をもうけた。父であるフランツ・リストは彼らを認知することができたが、子どもたちに法律上の母はいなかった。こうした状況は、大革命が制定した離婚制度をブルボン王朝が廃止して以来、珍しいことではなく、宮廷でもサロンでも、さらには売り子達の間でも、姦通した母親を身を持ちくずした

1）マチルド・ド・モンテスキュー＝フザンサック
2）富裕な銀行家であるベトマン家出身。

女に変えた。もっとも、何もかもが秘密裡に運ばれ、噂だけが洩れ出る場合を除いてのことだ。リストとマリー・ダグーは子どもたちを世間に対して誇示し、一緒に旅をした。末っ子のダニエルがまだ乳離れしていないため、乳母も同行した。長女のブランディーヌは、クリスマスには四歳の誕生日を迎える……コジマは二歳だ。

マリーにとって兄は、子供の頃から最も優しい友であったが、教訓的な著作を何冊も出版している由緒ある名の女性(1)と結婚していた。

ドイツ人の母はプロテスタントであったが(2)、この嫁の影響で改宗し、厳格なカトリック教徒になっていた。マリーは、かつて母が財産のない若い亡命者フラヴィニー伯爵へ抱いた愛を蘇らせようとやってみたこともあったが、無駄であった……

したがって、親戚は一人ぼっちで帰って来るマリーを支えてはくれないだろう。確かに、女学校時代の旧友で、今はモントー伯爵夫人となっているファニー・ド・ラ・ロシュフコーは愛人と出奔した後も友人がいるし、あちこちのサロンに迎えられてもいる。それは彼女の見せる悔悛の情が醜聞を惹き起こす一歩手前で不貞の妻たちを引きとめているからだ。彼女はサン＝トマ＝ダカン教区で悔悟のマドレーヌを演じている。

マリーはこのいきさつを知っていた。だから、簒奪者ルイ＝フィリップに仏頂面をしている正統《レジティ》派《ミスト》の人々にも、宮廷のオルレアン派にもそうした姿は決して見せまいと心に誓っていた。

ダグー伯爵との間に生まれた娘クレールは、修道院で教育を受けていたが、子どもとの再会が許されるかどうかわからなかった。

リストは彼女に共和主義思想を教え込んでいた。とはいえ共和主義者にはほとんど知り合いがなかった(3)。かつての友人ジョルジュ・サンドがこの新しい階層への手がかりを持ってはいるが、不可解な敵意を見せていた。

フランツは本を書くように勧めていた――実際のところ、彼が著者として署名した『一音楽士の手紙』は彼女が綴ったものではなかったか？　とはいえ、書く、自らを語る……そんな危険をおかすだけの自信がどこにあるだろう？　そして発表の手段は？　せめて信仰を持ち続けていれば……唯一人、ラムネだけが彼女に来世について語ることができるように思われた。だが、そのラムネも、マリーが彼からリストを盗んだ時以来、もう彼女に好感を抱いていなかった。ローマ法王庁に公然と反抗した神父ラムネをロマン派の芸術家たちはこぞって友とした。よく仲違いもしたが、必ず仲直りした。そしてリストもかつては彼と共に神秘的な瞑想に耽った。彼女はその瞑想からリストを奪い取ってしまった……

フランツに棄てられ――もっとも表向きには一時的に別れた、ということに二人で取り決めてはいたが――、マリーは無数の噂が泡のように作られては消えて行く首都に戻って来る。この都会に彼女はまだ見覚えがあるだろうか？　この当時、パリには五千四百の街燈があり（その中の二百五灯がガス燈であった）、いずれも高級住宅街に立てられていた。また、「白衣の婦人」、「聖アウグスティヌス会修道女」、「ガゼル」、「パリの女」などと命名されてはいるものの、どれもこれもひどく汚れた三百七十八台の乗合馬車が走っていた。市街地はあばら家、悪臭を放つどぶ、

3）マリー・ダグーは挿話的な日記をつけていたが、その一部が、『思い出の記』及び『回想録』で発表された。本書の引用の大部分は、この両書からである。

汚物を流す溝で取り囲まれ、空っ風の吹く日は、糞尿の臭いで息が詰まることもしばしばであった。悪臭のする路地では、くる病にかかった子どもたちが汚物の山の中で遊び、突き当たりにはもっと鼻をつく臭いのする工場があった。棺桶のような作業場で働く女工たちは、二十歳ですでに老婆のように見えた。(一八四一年のパリの人口は九十三万六千人を数える。)労働者たちは、こうした状態では、若さの盛りにありながらすでに老人だ……と感じていた。

フランツは、女性が多数参加している社会主義の一派サン=シモン主義の同志たちから聞いたこうした様々な事実を、伯爵夫人に教えた。マリーはウジェーヌ・シュウや、関係が始まったばかりの頃のリストに連れられて会合に参加し、サン=シモン主義者たちが獄中にある彼らの予言者、あの威風堂々としたプロスペル・アンファンタンのために闘っている姿を目撃したこともあった。だが、まだ三十五歳にならないこの女性が帰って来るのは、いわゆる危険な階層が住むパリにではない。三つの界隈に限られた都会に戻って来るのだ。つまり貴族階級の住むサン=ジェルマン街、サン=トノレ街、そして新興成金の実業家たちが壮麗な邸宅を建てさせているショセ=ダンタン街であった。

マリーは自分の唯一の幸運を考慮に入れていなかった、これまで欠けたことがなかったからだ。時に母や夫が言外に示すことはあったにしても、彼女には金銭的な心配は些かもなかったのだ。

一八三九年の秋。例年と同様、上流社会の人士は別荘の城館を閉め、パリの館を再び開く。宮廷に仕える不機嫌な正統派であれ、チュイルリー宮の熱心な面々であれ、別荘の主人は執事、管理人、厩舎番、調教師、猟犬係に最後の指示を与える。召使は銀製の食器類を携えて一足先に出発する。その後から、主人の馬車が友人の城館に泊りながら続く。したがって、最後に人気《ひとけ》が無くなるのはパリに最も近い城館だった。

パリの館や、厩舎や馬車置き場にあてられた中庭が行き来する人々で一杯になり、舗道に引き具のリズミカルな音が再び響き始める。やがて婦人たちが応接日を再開し、常連が訪問を始め、サロンが輝く。

会話の中では狩猟の話よりもパリのニュースに花が咲く。英国風クラブがひとしきり話題になり、そして会話が途切れる。女性にはクラブへの出入りが許されていないからだ。この冬も仮面舞踏会が変わらず流行するだろう、と人々は噂する。

一八三六年初めの発刊以来、日刊紙『プレス』の時評欄がサロンの会話の手本となっていた。新聞社社長の妻で、いつも変わらず輝かしい、名高いデルフィーヌ・ド・ジラルダンの執筆によるものであったが、〈ド・ロネ子爵〉と署名されていた。彼女はファッション、観劇、風俗を解説し、政治をも俎上に上せた（嘆息を洩らす者もあった！）が、ここでは夫の論争や駆け引きを支援した。ド・ロネ子爵は、亭主族の刺繍を施した財布に負担にならぬ、素朴なモスリンや粗織のウールがすたれたことをからかう。豪奢な織物が再び流行していた。男たちは厚地のビロードや毛皮のついたマントレに埋もれた妻の姿に愚痴をこぼす。「ねえ、君はまるで太った雄ネコといったところだよ。」婦人たちは笑い飛ばし、気にもかけない。無造作な服装はもう流行遅れなのだからら。オペラ座やイタリア座の桟敷席には光沢のあるサテンのデコルテに身を包み、頭には羽根と

4）カシミヤ織のショールはこの時代、最高の富を象徴するものであった。

花飾りをつけ、額にはダイヤモンドをちりばめたフェロニエールを飾ったご婦人方が並んだ。時評欄の筆者は書く。「以前であれば、優雅に過ぎ、場違いだと酷評されたであろう。だが、今はどうだろう？　男性諸氏は『怖ろしいほどみっともないが、輝いているのは確かだ。』と呟くだけだ。そして、同伴している完璧に申し分ない身なりの女性のそばを大急ぎで離れ、オペラグラスを手にして、別の女性をじっくり眺めようと走り出す始末だ……」

　ここでド・ロネ子爵は哄笑する。「流行は王にふさわしい。だが、風俗は常にきわめてブルジョワ的であるから、今や無制限に出費が増大する。」昔はレース、羽根、毛皮は手入れさえすれば何代にもわたって長持ちした。だが、「今日では、子どもたちのジャムのついた指がカシミヤ織のショール[4]やギピュール・レースや絹をくちゃくちゃにしている。」

　デルフィーヌの時評欄で語られるのは、生産する女工たちではなく、消費する女性たちだ。リヨンの絹織物工場では女子の労働力は七十パーセントを占めている。絹織物工の大部分は、一日十四時間から十六時間の労働で一フラン稼ぐために農村からやって来る。豊年ではパンの値段は一キロあたり二十サンチームだが、不作の年（一八四五年、四六年）には五十サンチームにまで急騰する。労働者たちの住むリヨンのクロワ＝ルス地区では屋根裏部屋——家族全員が詰め込まれている——の部屋代が年間百フランであった。したがって、女工の多くが何キロも歩いて家賃の安い遠隔の住居と工場を往復した。未婚の女性は共同寝室に宿泊していた。

　デルフィーヌ・ド・ジラルダンは優雅な品々を作り出す女性については語らない、彼女が目を向けるのはそれで身を飾る女性たちだけだ。彼女はまた、パリの青年たちが模倣している英国風の度を過ごしただて好みの流行を笑いものにする。大通りのだて男たちはリセの生徒のようなズボンをはいて形のいい脚を見せ、耳より高い衿には糊を利かせ、青い燕尾服をだぶつかせ、留め金のついた靴に水玉模様の靴下といういでたちでぶらぶらする。頬を紅で赤く塗り、目にはおしろいをつけ、眉を剃った奇抜きわまりない格好の若者たちが〝トルトニ〟から〝カフェ・リシュ〟へと――やがては〝金色の館《メゾン・ドレ》〟に行くようになるが――ねり歩く。

こうした状況が、まさにマリーが帰って来ようとしている都会の軽薄な姿であった。

突然、十月の終わり、あちこちのサロンで、またオペラ座やフランス座の桟敷席で（乱痴気騒ぎの好きな連中や遊び人、だて男にしゃれ者たちが陣取った「悪魔のボックス席」をも含めて）人々が口にするのは帰還のことだけであった。イギリス、フランス両国大使の交渉による皇帝ナポレオンの遺骸（遺灰と言われた）の帰還ではなくセイレンにもたとえられる女性の帰還であった。「六尺の溶岩の上の六寸の雪」(5)と評したのは誰であったか……綽名は今も残っていた。「マラケ河岸のコリーヌ」、「ローレライ」といったもっと皮肉で、もっと文学的で、もっと青鞜婦人らしい綽名も忘れられてはいなかった。ともかく、美しきマリーが戻って来る。たった一人で。子どもたちは一体どこに？　おそらくリストの母が引き取ったにちがいない。

この帰還のニュースは、何人かの男性に激しく燃え上がるような思い出を呼び起こした。

無邪気なだて男

5）サント＝ブーヴ

小説家ウジェーヌ・シュウは大いに流行っている医者の息子で、彼自身かつては、海軍付きの医者であった。文壇にデビューした頃の作品では海を題材とした。やがて父の遺産を継いだ。いつも酒に酔っているような顔色をした陽気な楽天家である彼は、奢侈を好み、惜し気もなく金を振るまった。自分を大きく見せるために踵の高いブーツをはき、ロンドンの最新流行を身にまとった。きわめて肉欲的な情事を、日々重ねながらも、美しい伯爵婦人に対する激しい情熱をあからさまにしていた。リストとの恋愛事件が起る前のことである。

マリーは後に『思い出の記』で、名を馳せた上流社会の行動様式について記述する。

「パリの貴族階級にあっては、夫は夫である限り無価値な存在なのだ。非常に短い期間が過ぎてなお、妻にかまっているような夫は滑稽な男とみなされた。自分の邸宅であれ、サロンであれ、妻のそばにいつも姿を見せるのは、愚か者、厄介者の烙印を自らに押すことであった……結婚後、ごく短期間の後に、夫が他所で交際することが歓迎されるのだ……宵の過ごし方を知らないなどと陰口をたたかれたくなければ、立派な紳士はおしなべて、どこかのサロンの常連になることが求められた……サロンの女主人は妻同伴の男性を迎え入れることを好まなかった。それは会話を凍らせてしまうという理由からであった。

したがって、夫婦の各々が結婚生活の味気なさを振り払うために別々のサロンで輝く必要があった。「人々は楽しんだ。才気は大いに満足させられた、情事の方はそれ以上であった。」

ナイトと外出することは至極当然なことであったが、ダグー伯爵婦人にとって、貴族の生まれでないこの小説家―医者をナイトに選ぶ行為ほど大胆なものはなかった。とはいえ、ウジェーヌは美男で、思いやりがあり、陽気で贅沢を好んだ。ところで、サン＝ジェルマン街やサン＝トノレ街に住む貴族は、娘たちの歌の伴奏に、競ってマリーのピアノを懇請した。かくして一八三三年の秋(6)、ウジェーヌは美しい恋人と連れ立ってル・ヴァイエ伯爵婦人宅での音楽会に出かけた。この宵、マリーが後に、「かつて一度として目にしたことがないほど並外れた人物」と描写する人間が姿を見せた。太ったウジェーヌはマリーの視線が吸い寄せられている対象をどんな目で観察していたのだろうか？　彼女は描写を続ける。

　極端にほっそりした長身に青白い顔。海の緑色をした大きな目に、きらめく波にも似た素早い光が輝く。苦悩しているような、それでいて力強い表情。ためらいがちな物腰……闇の中に帰って行く時を告げる鐘が、今にも鳴り響きそうな亡霊にもたとえられる姿。フランツ・リストという名のこのエルフが、マリーの傍に腰かけ、彼女に話しかけた。

　そして、会話が終わるずっと前から、わたくしはこの異常な物腰や話し方が全く飾り気のないものであることに気がついていた。

したがって、ウジェーヌはひと目惚れと言われる出会い――彼としては悪魔つきとでも呼びたい出会いに立ち会ったのである。

だが、この「エルフ」、「亡霊」、「天才」が彼女の心をとらえ、二人に関係ができるまでの暫くの間だけでなく、リストを追ってマリーが旅立つまで、彼女はウジェーヌにとって打ち明け話の

6）出会いは1832年から33年にかけての「社交界の季節」中であった。

できる理想的な相手であった。彼女はウジェーヌのさまざまな懐疑を聞き、彼が神ではなく預言者であって欲しいと願うキリストとの葛藤に耳を傾けた。（ずっと後になってマリーは、彼とはひどく異なった人物エルネスト・ルナンが、相手をも引きずり込んでしまうほどの確信を持って類似した考えを主張するのを聞くことになろう。）彼女は信仰を失っていながらも、予感や神秘的認識を盲目的に求める気持ちに揺り動かされていた。そして、ロシアの皇帝アレクサンドルが帝政を終わらせるために、パリを訪れて意見を求めたと噂されている、有名なルノルマン嬢の許へウジェーヌを代りに行かせさえした。

ウジェーヌはマリーについて、そのかなり風変わりな子ども時代や、夢と深層の不満に充ちた青春時代について、マリー自身の打ち明け話めいたものを通して、他の崇拝者たちより精通していた。娘時代、マリーはある男性に心を奪われたが、その男に結婚を決意させるだけの勇気がなかった。結婚のためのお披露目が彼を苛立たせ、辱めた。そしてマリーは自分の無分別がおかした全ての過ちを環境や教育や他人のせいにすることを拒絶した。後になって彼女は次のように書く（もっともすでに口にしていることではあるが）。「真の徳性とは、われわれのあらゆる行為における自由の部分と必然性の部分を見分けることであろう。」だが、それらを識別することはほとんど不可能である、と付け加えよう。

彼女は伯爵シャルル・ダグー大佐にどんな非難ができたであろう？　騎兵将校として皇帝ナポレオンに、次いでブルボン朝に忠誠を尽くし、妻の出奔後でさえ夫婦の連帯を一言のもとには破棄しなかった信義の厚い夫に何を咎められよう？　フラヴィニー家にとってと同様、彼にとってこの結婚はあらゆる点で釣合いのとれた縁組であった。母方のベトマン家からマリー・ド・フラヴィニーは三十万フランの持参金を得、さらに百万フランの遺産が期待できた。ダグー家はきわめて由緒ある貴族の家柄であり、婚約式には王家が参列した。伯爵は結婚生活の初めには、新妻にすっかり心を奪われていた。名だたるピアノの名手であり、評判のダンス上手、加えてその美貌は万人の認めるところであった。だが、夢みがちで、いつも心の張りつめている若妻が抱いている憧れや希望や夢を彼は見抜けなかった。たとえ見抜けたにしても理解することはできなかったであろう。彼はアンシャンレジーム好みの詩を作ってマリーに献げているが、妻の冷ややかさに、やがては彼自身が抱かせている肉体的な嫌悪感に気づいたであろうか?

結婚式は一八二七年五月十六日に行われた。マリーはその年の十二月三十日、二十二歳になる。シャルルは十五歳年長であった。

結婚した日以来、わたくしには一時間として喜びの時がなかった。結婚生活が作り出した新しい関係の中で心と精神が完全に孤立しているという感情、愛情を少しも抱けない男性に身を任せたことの苦痛にみちた驚きがこの最初の日以来、わたくしのあらゆる思考を悲しみに彩られたものとした。

この当時、結婚は解消できなかった。

マリーは心と精神について語っているが、新しい関係と完全な孤立は状況をよく伝える言葉である。つまり、肉体的な失望が不感症となり、これが男性に対する怯えを生み出す。そして後は想像力だけが膨らんで行く。容易な征服を期待するドン・ファンたちに、善良なウジェーヌ・シュウに、貴族階級の熱心な求愛者たちに、マリーは尊大な理論で対抗する。彼女は鷲の姿に憧れている。偉大な情熱だけが彼女にはふさわしいのだ。狂おしいほどに愛するのでなければ、彼女は身を投げ出しはしない。彼女が男性に怯えないためには、一八三三年、リストが漂わせていた「亡霊」や「エルフ」の雰囲気が必要であった。

一八二八年、娘のルイーズが生まれた時、マリーは愛の欲求を子どもに移そうとする。だが、女性にあって母性が本能的なものでないとすれば、何ができよう？　彼女は自分が赤ん坊を熱愛していると、どうにか確信するにいたる。そして一八三〇年、クレールの誕生で、夫婦関係に終止符が打たれたようである。最初の子どもをあきらめて受け入れた伯爵婦人が、第二子を待ち望んだとは思われない。一八三九年、リストと別れて戻って来た時、クレールに母としての愛情を注ぐだろう……だが、その時ではもう遅すぎるのだ。

伯爵婦人は女性たちが隠していること、つまり、目を楽しませてくれるこの小さな生き物の誕生は、夫婦の不和を深めるものだという事実を認める。マリーは、ジャン＝ジャック・ルソーの教育理論を信奉し、ダグー伯爵は彼が生まれ育った階級の教えを是としている。加えて、クレールは一八三〇年の革命後に生まれた。

彼女は、ボーヌ街とマラケ河岸の角にあるマイイ館の窓から、はじめて民衆蜂起を目撃した日のことを『思い出の記』で後に語る。彼女はクレールを抱いていた。やりきれないほど暑い日であった。「ポリニャックを倒せ！」の叫び声が上がった。兄のモーリス・ド・フラヴィニーはポリニャックの側近であった。過激王党派は民衆を完膚なきまでにやっつける、と話していた。砲撃の音を聞き、マリーは「気の毒な人々！」と呟く。この言葉に兄は仰天して、「彼らは全てを破壊し、略奪しようとするおぞましいならず者たちだ！」と叫ぶ。

「三階の窓からわれわれは信じられないような光景を目のあたりにした。」軍隊が潰走する中、城館の窓から家具が手当たり次第に放り投げられた。「遂に三色旗が時計塔の上に掲げられ、王政は潰れ去った！」彼女はさらに、「王族は一人として姿を見せなかった。いたる所から狩り出された警備の哀れな勇士たちは二日前から指令もなく、パンもなく放り出されてなお、闘っている。こうしたこちこちの信奉者たちが内戦を惹き起こしたのだ！」と、友人ヴィニーが同じ日に記した『日記』を援用する。

オルレアン公ルイ=フィリップの行列が過ぎて行くのを見て、マリーは思わず「昔は国王と王妃がいたものを……」と呟く。ルイ=フィリップはシャルル十世の宮内府を縮小した。ダグー伯爵は任務を解かれた者の一人であったが、自分はオルレアン家の人間に仕えられるとは思えない、と進んで明言した。マリーの持参金で、二人はコルベールの弟のために建てられたクロワシーの城館を買った。彼女は豪奢な装飾を施し、貴族階級と芸術家が同席するサロンを開いた。

クロワシーとパリの常連であるウジェーヌ・シュウは、この愁いを帯びた女性の慰め役になることを一時期にせよ、期待した。二人の関係について出所不明の小咄が広がった。つまり、マラケ河岸の邸に二人きりでいたある夜、彼が口説こうとすると、彼女が次のように答えたというのだ、「もう二時間もあなたの馬車が門前にとまったままですわ。これで召使たちは控えの間におります。あなたの虚栄心はこれで満たされましたわ。これきりに致しましょう。」

7）兄と同様画家であったアンリ・レーマンはマリーの肖像を描いた。彼女に対して終生、常軌を逸するほどに誠実であった。

この話はマリーに似つかわしい。彼女は人々を驚かせて喜ぶ。だが、放埓なことなど思いつくことさえできない女性なのだ。

リストとの情熱の歳月の間、この腹心の友は父の遺産を放蕩生活で濫費し、人気《ひとけ》のないソローニュの館に引きこもっていたが、最近出版した『アルチュール』が大当たりし、ペピニェール街に再び落ち着いたところであった。

マリーがパリに帰還するや、ウジェーヌがやって来る。彼は骨董屋や、サン゠タントワーヌ街の職人、名のある金銀細工師を足繁く訪れるには理想的な相棒であった。伯爵夫人はパレ゠ロワイヤルとショセ゠ダンタン街の間、貴族街から遠く離れたヌーヴ゠デ゠マチュラン街十番地に広々としたアパルトマンを借りた。装飾は以前にも増して重要であった。華やいだ接待ほど心の挫折をうまく隠してくれるものはない。リストはローマですでに、二人の好みの画家であり、ヴィラ・メジチの館長でもあるアングル氏に助言を求めさせた。彼が薦めた建築家のデュバン氏にマリーは大いに満足した。

いつも変わらず後見役を務めるアンリ・レーマン(7)は、マリーにロマン派の粋な若者たちのスタイルを採用するよう提言する。ちなみに、このレーマンの姉が赤ん坊のダニエルと乳母の監督にあたっていた。明るい色の果樹、シャルル十世様式の寄せ木細工、サン゠タントワーヌ街で細工されている大理石を載せたマホガニーなどは中産階級の好みにぴったりだ。ゴシック様式、中世風、ルネサンス様式にしない理由がどこにあろう？　二人の手紙で語られるのは装飾品のことばかりだ。「わたくしの生活費の半分は家具に消えてしまいます！」とマリーは嘆息する。だが何と大きな気晴らしであることか！

大きな客間はルネサンス様式で装飾されよう。小さなサロンの方は東洋趣味が指示された（ジョルジュ・サンドは中国風にしつらえていた。）親しい友人たちが集う閨房《サロン》兼仕事部屋。寝室は熊の耳の色にする。栄華の時代にヴェネチアで作られていたような深い鏡。玉虫色に輝くヴェネチアの光輝だ。金箔を張った木製品。暗い色調の壁紙の上に掛けた油絵。ブロンズ製メダイヨンの鈍い光沢。磁器製の彫像の白い輝き。ウジェーヌ・シュウは栗毛色の馬をつなぎ、お仕着せを着た馬丁が走らせる煌《きらめ》く馬車に彼女を乗せ、毛皮のように柔らかいペルシャ絨緞を探しに出かける。異国の品物を扱う店で、彼らは中国の漆をぬった入れ子式テーブルを見つける。マリーは、引越してかなり月日の経った一八三九年十二月六日、新居の披露宴を催した。

サント＝ブーヴが伯爵夫人に抱いた純愛は、ほどなく終わりを告げるが、彼は他の女性に献げたひどく下手なソネットの中で夫人の閨房を、

王家の小さな閨房

おお　栄光の祭壇

と歌い、有名人たちの横顔を写し出しているメダイヨンの前で、次のように結論を下す。

坐して凝視すれば

我　思いいたれり
ここにはめ込まれることこそ
最良なりと
幸福な二人がその前で語らいもしよう

後世の人々がこの部屋に関して思い違いをしないよう、伯爵夫人は建築家の図面の余白に注釈を書き込む。

一八四〇年から四六年にかけてダグー夫人が住んだヌーヴ＝デ＝マチュラン街十番地のアパルトマンの書斎。内装は著名な建築家D…（デュバン）氏による。ルネサンス様式の装飾の中に、ゲーテ、ミッキェーヴィチ、バイロン、アンドレ・シェニエ、ラムネ、シャトーブリアンのブロンズ製メダイヨン。これらのメダイヨンはダヴィド・ダンジェの製作になる。ステンド・グラスには紋章と、一匹の狼〝激しい闘争〟が描き出されている。

部屋の奥には、バルトリーニ作のマリーの大理石の胸像が置かれた。イタリアの幸せな日々の思い出であった。バルトリーニは、リストとブランディーヌをも彫ったのだが……。

孤独な狼

詩人としては地味な存在であったが、演劇人としては華々しい成功をおさめたアルフレド・ド・

ヴィニーも、マリーの帰還に心が激しく揺らいだ一人であった……彼女が傷ついた心で帰って来た？　自分の方はどうだろう！……生涯の女性であり、彼の戯曲を演ずる崇高な女優であるマリー・ドルヴァルと彼が別れたのは、一年三ヶ月前の一八三八年八月十七日であった。それは帝政時代の近衛兵にとってのワーテルローとも言うべき日であった。二ヶ月半におよぶ悲しみの叫び、涙、交わしあう誓いの果てに、まさにフランス座で再演されている彼の戯曲『チャッタートン』の主人公のように自殺するところであった。

気むずかしい上に、目まぐるしいほど気が変わりやすい――現在なら情緒不安定と言うところであろうか――アルフレドが妻としてフラヴィニー嬢を考えた時期もあった。彼女は聖心修道会の寄宿学校を出たばかりで、彼は七歳年長であった。複雑な動きをするダンスで不器用なパートナーのヴィニーは、音楽を全く気にかけず、大股で歩き回るだけであったと、後にマリーが回想している。サン＝ジェルマン街で抜きん出てダンスの巧みな女性にとっては、重大な欠点であった。

だが、彼はすでに詩『エロア』(8)を発表していた。その中の一篇を彼女は暗誦している。「善」に引き戻すために堕落天使に身をささげる、女性―天使にどうして魅了されないことがあろう？　フラヴィニー嬢はエロアの中に実現可能なひとつの理想を見たのである。ヴィニーは子孫ではなく祖先でありたいと言明する。もっとも、彼の家系が一〇九六年にまで遡ることをすぐにつけ足しはするが。「貴族の金色の飾冠の上に、栄光がないわけではない鉄のペンを打ちこんだ」ことを、彼は控え目に自負していた。アルフレドとマリーの間に友情が生まれる。だが彼はやがて、

8）1823年

社交界の花であるもう一人の美しいブロンドの女性、詩人のデルフィーヌ・ゲーに恋をした。ヴィニー夫人が激しく反対する。財産のない平民、加えて、余りにも名高い女性。息子の嫁として断じて許すわけにはいかない！　夫人は、息子を金持ちだと信じていた英国女性と結婚させたが、実際は裕福ではなかった。アルフレドは妻リディアを褒めそやして不幸にした。一八二六年、歴史小説『サン＝マール』を発表した彼は、後に「若きフランス」と名づけられるグループの指導者的存在となり、慰めを見出す。

ダグー伯爵夫人との友情は、彼が難破と自ら名づけた屈辱的な出来事にさえも損なわれることはない。事の次第はこうだ。ヴィニーは人前に姿を見せることを極端に嫌っていたが、マリーは開いたばかりのサロンに文学的光彩を添える必要があった。自らの魅力と贅を尽くした歓待で、正統派やオルレアン派の面々、また平民ではあるが業績で名声を得た人士を集めることができた今、新しい文学においても派手な一撃で重要な地位を占めようとした。彼女は懇願を重ねてヴィニーの同意を取りつけた。一八二九年四月二十日、彼女のサロンで彼は未発表の長編の詩「フリゲート艦〝思慮深き女《ひと》〟」を朗読した。マリーは後に、この一件を語っている。

この朗読のためにわたくしは、ボーフルモン公爵夫人、その妹のモントー伯爵夫人、その優美な義妹のカステルバジャ侯爵夫人、フレデリック・ド・ラ・ロシュフコー伯爵夫人、リュペ伯爵夫人、カラマン夫人、ドルグラド夫人、グラモン公爵夫人といった貴族階級の花を一人残らず、パリ中で最も美しい女性たちを残らず招待していたが、朗読は全く評価されなかった。痛ましい沈黙が作品を迎えた。「私のフリゲート艦はあなたのサロンで難破いたしました。」とアルフレド・ド・ヴィニーが退出しながらわたくしに言った。「あの紳士はどこかの船主ですか？」とオーストリア大使がわたくしにたずねた。

一八三五年、ヴィニーはマリーの回復に少なくともきっかけを与えた。一八三四年十月、娘のルイーズが当時、治療法のない髄膜炎を患い、わずか六日後に亡くなった。マリーは数週間、正気を失い、食べることも話すことも拒絶し、虚脱状態にあるかと思えば、呻き声を上げ、挙げ句のはては、「あなたはわたしの娘なんかじゃない」と大声で叫んで、幼いクレールを突き放すほどの錯乱状態に発作的におちることもあった。（幼いクレールにとってこうした場面、それに続く寄宿生活、そして母親の長い失踪がその心に、周囲のものへの無関心とナルシシズムを植えつけ、やがてイタリアから帰ってきたマリーが、微笑みをうかべてはいるが冷ややかに心を閉ざした娘に痛恨の思いを抱くことになるとは、誰が想像しよう？）ルイーズは、誤った結婚をした女性がその生活に適応しようとする最後の努力の証《あかし》であった。一方、クレールの存在はシャルルの夜の訪れ、つまり夫婦の義務が彼女にとって恐怖と無言のうちに受ける懲罰であった年月を、思い出させた。

ルイーズの死は、マリーが時々思い出したように信仰する神の下した罰であったのだろうか？一年前から「幽霊」、「エルフ」、「天才―亡霊」、つまりフランツ・リストが愛人となっていた。彼は自分のために全てを投げ出すよう彼女に懇願し、「あなたは私に必要な女性ではおそらくないでしょう。だが、私がどうしても欲しい女性なのです。」と叫ぶのだった。そして突然マリーを襲ったこの不幸。彼女は彼に会うことを拒んだ。

マリーは後に回想する。「あの当時のことは何ひとつ覚えていない。正気が戻った時、わたくしは家族に囲まれてクロワシーにいた。」喪は夫シャルルとの距離と沈黙を広げただけであった。フランツはラ・シェネのラムネ師の許に出かけると書いて来た。「幼いクレールに対してわたくしは不公平で、厳しく、陰うつな顔を見せ、死を理解できないからといってわずか四歳の子どもを恨んでいたのだ。」クレールは寄宿舎に入れられた。「わたくしはもう何も話さず、何も耳に入らなかった。わたくしの中には、もはや感覚も思考も全く存在していないに等しかった。」

だが一八三五年二月、ひとつのニュースが彼女の心を動かした。ヴィニーが戯曲『チャッタートン』で輝かしい成功を収めたという。この時期、彼の戯曲の神聖な女優であり、彼の作品の心と言葉であるマリー・ドルヴァルへの情熱で彼は幸福の絶頂にあった。マリーは人妻に恋した英国の若い詩人の話を、『ステロ』で読んでいた。青年は社会に認められず、また恋の望みが叶わぬことを知って自らの命を断った。

彼はマリーに書き送る。「あなたの癒《いや》すことのできない苦しみを和らげる力が私に十分にあるとは思っておりません。けれども、たとえ一時間でも、もうひとつの不幸な話があなたの心を惹きつけることになれば、哀れみの情は慰めともなりましょう。――限りない哀惜の情をもって。」

数々の洗練されたものに取り囲まれてはいるが、愛において自分は呪われた存在だと信じている伯爵夫人は、屋根裏部屋の腹をすかせた住人チャッタートンに自分の姿を見た。物語にはこの時代の主要なテーマが重ねられている。つまり、社会に順応しない芸術家や思想家が宿命的に背負う不幸、および結婚が解消できないゆえの不幸であった。『チャッタートン』は女優ドルヴァルの演技が観客に涙を流させた大当たりの戯曲である以上に、新しい詩と掟にとらわれない愛の宣言書であった。

錯乱状態から脱したダグー伯爵夫人は、ヴィニーが招待した一八三五年二月二十日の桟敷席を受け入れる。彼女は楽屋裏にマリー・ドルヴァルを訪ね、賛辞を述べた。そして情熱的ではあるがひどく華奢な女優が、舞台で見るほど詩的な女ではないと看て取った。

芝居は虚脱状態から抜け出す契機となり、マリーは再び生き始めた。だが、生きること、それはフランツに再会することであった……子どもを失った母親にとって、生きることとはおそらくもう一度生命を生み出すことだ。『回想録』の中で彼女は、五月にフランツの愛をもう一度受け入れたと記している。記憶が欠落しているのだ。

マリーがスイスのバーゼルでリストに合流したのは、一八三五年六月のことである。ブランディーヌがクリスマスに生まれる。したがって、彼女は四月に妊娠した。死を選んだチャッタートンの姿がマリーに再び生への欲求を目覚めさせたのであろうか、リストとの愛の復活は芝居を観たわずか数週間後のことである。

一八三九年秋、慰め役となることを希望したサント＝ブーヴ（彼は、夫ヴィクトル・ユゴーの不実に悲しむアデールを一時期にせよ、慰めることに成功していた）と連れ立って、伯爵夫人は再度『チャッタートン』を観るためにフランス座の桟敷席に姿を見せた。心をかき乱す激情、三人の不義の子ども、フランツからほとんど完全に見棄てられたこと……この四年の年月を埋めているこうした全てが、ヴィニーの戯曲の二度の上演という括弧にくくられるようである。

作者が幕間にやって来、二人は長い間、手を取りあっていた。過ぎ去った日々、二つの壊れてしまった情熱と、少しも損われていない友情が再び結ばれたことに思いを馳せながら。

五十歳代のポーランド人が不意に現われた。伯爵夫人に恋をし、望みが叶わなければ自殺すると脅かしているベルナール・ポトッキ公爵であった。公爵は、デルフィーヌ・ド・ジラルダンからの伝言を託されていた。デルフィーヌが終演後、マリーに会いたいとのことであった。(『回想録』の中でマリーは、『チャッタートン』の芝居から出たところで偶然、デルフィーヌに出会い、その翌日、デルフィーヌが彼女の邸を訪れた、と記している。)

デルフィーヌ

ひとつには、近代ジャーナリズムの創始者であり『プレス』紙の発行者である夫の権勢によって、もうひとつには、自らが執筆する時評欄によってパリに君臨しているこの女王に対して、伯爵夫人は無邪気にも、娘時代の崇拝にも似た憧憬を変わらず抱いていた。もっとも賛美の気持ちはお互いに感じていた。『回想録』の記述よりも一層真実に近い、今日ならばより考古学的なと言うのであろうが、『思い出の記』の中でデルフィーヌについて語っている。(『回想録』では、記憶忘れや再構成のために、また、余りに手を加えてブロンズの彫刻のように自分の姿を鋳造してしまったために、出来事の経緯の変更や修正があちこちで見られる。)

王政復古の時代、いくつかのサロンで芸術家や詩人が迎えられた。熱狂を呼び起こした『ウーリカ』などの小説を書いたデュラス公爵夫人は、上流社会と芸術家たちを交えることを好んだ。後にマリーは、この夫人のサロンに範をとる。ナルボンヌ、マイエ両公爵夫人は芸術家の庇護者であることを自慢したが、これは友人たちの真似するところとなった。貴婦人たちは当時、人気の高かった音楽家ロッシーニに（彼が無理であれば、ベルリーニかドニゼッティに）、音楽会を催すよう求めた。ロッシーニは千五百フランの報酬で、一晩中、ピアノを受け持ち、歌手やヴァイオリン奏者の伴奏をした。（一八三三年、ル・ヴァイエ伯爵夫人の邸に招かれたリストの場合も、謝礼を受け取っての演奏であった。マリーとの出会いで有名になった宵である。）天才の名を欲しいままにし、「少女のコリンヌ」と称されたデルフィーヌ・ゲーが公爵夫人たちに褒めそやされ、レカミエ夫人に目をかけられ、したがって、シャトーブリアンに祝福されて貴族街に入ったのは、サロンの夜会で朗読した詩のおかげであった。もっとも、謝礼が支払われるようなことはなかった。

フラヴィニー嬢が卓越したピアノの名手として知られていたのは貴族街だけであったが、デルフィーヌはパリ中で有名であった。明晰なマリーは、自分にあるのは素人として、また貴族の娘としての名人芸だと認めていた。一方、デルフィーヌ・ゲーは、帝政下の高級官僚であった父の関係でマリーと同じくドイツで生まれた（一八〇四年）が、天才詩人と評され、十二音節詩句《アレクサンドラン》のモーツァルトと称されてもいた。母親のソフィ・ゲーは二流どころの小説家で、全く当たらぬ劇作家であったが、さしたる資金もないまま未亡人となり、栄光の全ての夢をこのお気に入りの娘に託した。多くの者が一人っ子と信じたほどである。まるで温室の中で促成栽培されたように、デルフィーヌは――友人たちが噂するところでは――散文で話し始める前に韻文で片言を話した。加えて、彼女は美しく、ブロンドの髪、そしてバラ色の肌をしていた。娘時代、彼女は詩の中で自らを「祖国のミューズ」と名づけた。そしてこの綽名が彼女のものとなった。

ソフィー・ゲーの優しい友人ジュール・ルセギエが、彼女に醜男で風変わりな外国人を引き合わせた。貴族階級のご夫人連の寵愛をほしいままにしているコレフ博士であった。今日ならばさしずめ、同種療法と催眠療法で治療にあたる心身医学専門医であり、精神的指導者として傾聴されよう。だが、この時代では山師と考える人が多かった。もっとも、フラヴィニー夫人やその周辺の正統派の人間は、身体の不調についてばかりでなく、招待者の選別にまでも博士のご託宣を仰いだ。一八三七年、官辺筋の医者が集団で訴訟を起こし、彼に医療に従事することを半ば禁止する通達が出された後もなお、最も輝かしい家柄の貴族の中に彼を頼りにする顧客がいたほどであった。帰国したマリーは、サロンと流行の迷路の中で自分の進むべき道を見定めるため、早速コレフ博士を招来した。

かつてコレフ博士が、デルフィーヌを招いて詩を朗読させるようフラヴィニー夫人を説得した時、マリーはまだ二十歳になっていなかった。ドイツのロマン主義を賛美する詩人たちの機関誌であった『ラ・ミューズ・フランセーズ』は一八二三年以来、デルフィーヌの詩を掲載してはいなかったか？　一八二六年冬、娘が演奏することになっていた夜会に、フラヴィニー夫人はゲー母娘を招待した。貴族階級の際立って華やかな若い娘たちに囲まれているマリーは、詩人の少女と知り合いになるという思いに興奮した。「子どもの時分から、わたくしのドイツ人らしい想像力は天才に夢中になった。」このミューズが財産も家柄もなく、自らの独創性だけで有名になったということが、彼女をひどく驚かせていた。

この時期、フラヴィニー夫人はヴァンドーム広場に面した、財務長官ローの友人が建てた館に住んでいた。当時、ヴァンドームの柱の上のナポレオンの像は溶かされ、その青銅はポンヌフ上のアンリ四世の騎馬像に変わっていた。代りに巨大な百合の花が柱の上に載っていた（一八三三年以降、新しいナポレオンの像が再び取って代ることになる）。十八世紀風のこうしたサロンに集まった多勢の爵位を持つ人々の真中に、野心家のソフィとその娘――「われらが少女のコリンヌ、竪琴の巫女」と無名の詩人が名づけた娘が到着する。フラヴィニー家の人々は、デュラス公爵夫人と正統派がこぞってこの若きミューズをシャルル十世の腕に抱かせようと計画したことを知っていた。王は即位する前に彼女を褒めちぎったではないか？　どうして彼女が早咲きのマントノン夫人でないことがあろう？　一八二六年四月三日、非公式の会見が行われ、デルフィーヌは念入りに練習を繰り返したお辞儀をして詩集を王に献げた。だが、それ以上何の進展もなかった。これ後に、デュラス公爵夫人は母娘のために王室費から支払われる八百フランの年賦金を得た。これでゲー母娘は優雅なパリにささやかな場を占めることが許された。

この当時、マリー、グラモン公爵夫人、デルフィーヌ・ゲーがサン・ジェルマン街で評判の高いブロンドの三美人と評されていた、そして前者二人は生まれながらにこの界隈に属していた、とマリーは後に書き記す。こうした時代、とにもかくにも娘を貴族街に認めさせたソフィに対しては感嘆するばかりである。意地の悪い女たちはソフィが下劣な策を弄したといって非難した。称賛の渦の中で、美貌に恵まれないある夫人がデルフィーヌのかなり目立つ鼻とあごに言及し、彼女を「ヴィーナスとプルチネッラの娘」と命名した。

マリーはデルフィーヌとの出会いに胸をはずませて眠れないほどであった。

音楽会の日が来た。デルフィーヌは白い衣装に身を包んで、落ち着いたまなざし、真剣な顔つきで重々しく、そして率直に入って来る。何の飾りもつけていないブロンドの髪が美しい顔の両側に流れ、豊かに波打っていた。彼女は騒々しい母の後に従って歩いて来る……自作の詩『マグダラのマリア』の一節を朗読する。大げさなところがなく、見事な朗読……マリーは彼女の声を称賛し、少しばかりがっしりしすぎた体つきに感心し、まなざしの光に言及する。だが、生来の容赦のない明晰さで――後にジョルジュとフランツまでもが咎めることになる冷酷なまでの明晰さで、「時代の流行に追随した衣装をまとい、少々、作り上げられた巫女の雰囲気」をミューズに感じ取った。

しかしながら彼女はデルフィーヌに心の率直さを感じ、二人だけで話をしたい気になった。だがフラヴィニー嬢はピアノを所望される。マリー自ら語っているところでは、もう一人のブロンドの女性のために演奏したこの時ほど巧みに弾いたことはかつて一度もなかった。ついにゲー夫人が騒々しく立ち上がり、「芝居がかった大げさな声色で、『デルフィーヌはあなたさまを理解いたしましたわ。』」と述べた。娘はマリーの手を長い間、愛情をこめて、強く握っていることで満足した。周囲の視線が二人に口をつぐませたのだ。夜会に集まった人々は、デルフィーヌが母の面前では命じられるままに話をしている印象を受けた。(今日であればさしずめ、プ、ロ、グ、ラ、ム、されたというところであろうか。)

一八二五年、ヴィニーはイギリス女性と結婚し、デルフィーヌは深い悲しみを隠した。彼は栄光のむなしさに対する彼の考えをデルフィーヌに伝えたであろうか。詩作の時にあって「霊感を得る幸せは、彼にとって肉体の狂熱をはるかに越える至高の高揚感である」と彼女に言ったであろうか?「魂の逸楽は何よりも長く……精神の光惚は何よりもまさっている」と彼女に言ったであろうか?

一八二六年に国王より下賜された年金を手にするや、ゲー夫人は娘をイタリアに連れて行く。ここでデルフィーヌは成功を収め、カピトリウムの丘で自作の詩を朗読し、とある金持ちの貴族に求婚された。

だが、彼女の心を揺り動かした唯一のものは滝のそばでのラマルチーヌとの出会いであった。彼ははじめのうちは、ゲー嬢の詩句より容姿の方に心を惹かれると皮肉な言葉を投げていたが、やがてきらめくようなこの少女が抱いている崇拝にも似た憧憬に心を深く動かされた。そして、霊感を与えられ過ぎた少女、母親の手でいじくり回された少女がどれほどの情熱、(マリーの言葉によれば)どれほどの高邁な願望を胸に秘めているかを知った。デルフィーヌの目にはラマルチーヌが彼女の夢を具現したものに映った。もし彼が彼女を望んでいたならば……だが、エルヴィルの詩人はプラトニックな愛を、あるいは束の間の愛の方を求めた、もっとも、ナポリの娘は彼が思ってもみなかった熱情を爆発させはしたが。見棄てられた、現実のグラジエッラはそれが原因で死にはしなかった。

パリにもどったラマルチーヌは、ゲー母娘がロマン派の芸術家をこぞって迎え入れているガイヨン街の暗く、じめじめした中二階のサロンの常連になった。ゲー夫人は落胆せずに娘の縁組を工作する。計画が挫折したのは、デルフィーヌが甘受する気にならなかったからだ。彼女は自分と同じような強靭な心を求めていた。意地悪な人間は、少女のコリンヌがオールドミスになると囁き始めた。彼女は二十六歳に近づいていた。

崇拝者たちの中に愛人はいなかったのだろうか？ 彼女は想像の世界の中でしか愛さなかったのであろうか？ 夢みた男性——ヴィニー、ラマルチーヌ、おそらくは他にもいたであろう——は彼女を満足させなかったのであろうか？ この当時、中世の宮廷風恋愛が再び流行し、極度に緊張、興奮した娘たちはヒステリーの発作を起こす寸前といった状態であり、詩作で感情を爆発させることで錯乱に陥るのをやっとまぬがれていた。彼女たちにとっては、手紙やまなざし、優しく握られた手、小径の曲がり角やダンスの終りになされるかすかな抱擁が愛の快楽の代わりをした。

リストに出会う前、マリー・ド・フラヴィニーは夫が嫌悪感を与えた肉体の営みよりも媚の巧みさや駆け引きの方を楽しんだ。デルフィーヌは浮気な関係など考えられない態度をとったが、従姉妹のオルタンス・アラール——後に、マリーは頻繁に彼女の許を訪れるようになるが——は解放された女性として生き、数々の恋愛を成就した。だが、デルフィーヌ・ゲーは自制する。

ジラルダン

一八二九年、ゲー母娘のサロンを訪れるたびにラマルチーヌは、デルフィーヌの肘かけ椅子の後ろに立っている小柄な、少年期を抜け出たばかりのような魅力的な顔つきの青年に出会った。彼はほとんど無口だった。誰も彼の名を言わなかった。どこか遠い旅から帰って来た親類か兄弟といった様子で、二人の女性と大層内輪な間柄に見えた。

二十三歳という若さでありながら、この青年はすでにパリの新聞界でかなりの地位を占めていた。彼はまず、新聞の本文中に三行広告（こうした宣伝は、成長段階にある企業や商売が何よりも求めていた）を掲載することを思いついた。この当時、定期刊行物は予約購読されており、年間八十フランという高額のために、小市民階級は閲覧室やカフェで読むことを余儀なくされていた。数年のうちに、エミール・ド・ジラルダンは価格を二分の一に引き下げ、競争相手の新聞社も一社残らず、これに倣わざるを得なかった。彼は原価を広告料で賄うことで販売価格を引き下げ、近代的新聞を創始したのである。

一八二八年、エミールは奇想天外なアイデアで、定期刊行物『泥棒《ル・ヴォルール》』を創刊した。彼はこの『泥棒』に、ウジェーヌ・シュウ、バルザック、テオフィル・ゴーチエ、ヴィクトル・ユゴー、アレクサンドル・デュマといった、際立って著名な作家たちが他誌に発表した文章を転載した。挿絵画家アンリ・モニエが『泥棒』の挿絵を担当し、雑誌はほどなく利益をあげはじめた。エミ

9）文学著作権は未だ法律で保護されていなかった。

ールは、この益金を他の新聞に掲載する『泥棒』の広告費に充てる。彼は作家たちを豪華な昼食に招待して、彼らの栄光のために努力を傾けていること、彼らのために読者を獲得していること、『泥棒』へ転載されたことで彼らの未発表の作品の出版者に対して稿料の増額を要求できるだろうと説明する[9]。一八二九年、エミールが創刊した『モード』誌は貴族街を大いに扇動した。ベリー公爵夫人さえもが、多くの男性の読者を持つこの女性のための新聞の庇護者となることを承諾したではないか。挿絵は新人の挿絵画家、だが、たちまち有名になったガヴァルニの手になった。バルザックとシュウ、ジュール・ジャナンとカジミール・ドラヴィーニュが寄稿した。とある粗忽者が『エルナニ』の悪口をこの新聞で言うまでは、ヴィクトル・ユゴーさえ文を寄せた。『泥棒』の予約購読者であるマリー・ダグーは、ゲー母娘が絶えず賛辞を呈されているのを知っていた。一八二九年十月、『モード』誌が再び、あちこちのサロンで人の口の端にのぼった。事の次第は不明瞭であったが、最高の貴族階級の名前に囲まれてデルフィーヌ・ド・ジラルダンが会長になった「モード協会」を、新聞が茶化したのだ。そしてそれは貴族階級に対する冒瀆罪と見なされた。ベリー公爵夫人が国王自らの要請で後援を打ち切った。マリーは、かつて側近がデルフィーヌ・ゲーの愛人にしようとした当のシャルル十世がもめ事の判断を委ねられたと知って大笑いしたことであろう。ブルボン家最後の王が家族と共に民衆の前で逃亡を余儀なくされた時、この些細な裁きを彼女は思い出すであろうか？

　だが、「栄光の三日間」の前に、デルフィーヌは栄光の二日を体験した。つまり、一八三〇年二月二十五日、フランス座はヴィクトル・ユゴーの戯曲『エルナニ』を掲げた。上演の六時間前、髭を生やし、髪を長く伸ばしたロマン派の集団「ユゴーの仲間」がセルヴラソーセージを食べ、陳腐なリフレーンを歌いながら劇場を占領した。幕が上がると、たちまち、古典派たちはユゴーの韻律法に不満を洩らす。若者たちが彼らのかつらを引っ剝がしたのだ。だが、幕が上がる前に、ガスを使ったシャンデリアが暗くなるやいなや、肖像画でよく見るような衣装に身を包んだデルフィーヌ・ゲーが桟敷席の縁から身を乗り出した。その時、彼女の美貌、才能、勇気を称える三重の喝采が湧き起こった。後に彼女を注意深く見守ることになるテオフィル・ゴーチエはこの時、初めて彼女の姿を目にした。十八歳であった。ミューズが自らに捧げた詩を彼は暗誦する。

わたくしの額はブロンドの冠が
　ひどく誇らしかった
幾度となく愛撫された金と銀の輪
そして社交界に入った時、
　わたくしは大層誇りを持っていた
誇りやかに、そして目を伏せて。

マリーは『エルナニ』初演の一部始終を余りにも繰り返し聞かされたため、自分もその場に居合わせたような気持ちになっていた。彼女は随分前からミューズの詩を知っている。マリーはどんな意見を持っていたのだろうか？　彼女はデルフィーヌが栄光志向の女性だと思う。だが、当の伯爵夫人もデルフィーヌほど天真爛漫ではないにしても、『思い出の記』の中で自分自身に大いに満足していたではないか。

「わたくしの精神は俗物ではない……優しく、気分にむらがなく、親切である……徹頭徹尾誠実であり……衒学的なところは全くなく、虚栄心は更にない……並外れたといえるほどの無邪気さ……〝六尺の溶岩の上に六寸の雪〟とわたくしを評した人がいた……」

絶えず嘲弄され、風刺され、誹謗の対象となった、つまり、あるべき寸法に裁断された厳格な型紙に合致していない一八四〇年代の女性たちが、頼るべき弁護士は自分だけという状況の中で、常設の法廷に出頭しているのだ。その結果、ナルシシズムとでも今日定義できそうな――同時代の男たちは虚栄と評したが――こうした無邪気な感情吐露が生まれたのだ。

ゲー嬢のもうひとつの栄光の時は四月一日にあった。ラマルチーヌはアカデミーフランセーズへの入会演説を終えると、彼女の腕を取って学士院の建物を後にした。「あの日、わたくしはとても誇らしかった。ご婦人方はこぞってわたくしを羨ましがった。」と、ミューズはいつもの天真爛漫さで打ち明ける。

一八三一年六月一日、デルフィーヌはエミール・ド・ジラルダン夫人となった。自分の身元を証明する書類は一切ないと言い放つこのジャーナリストは、ド・ジラルダンという名前を彼女に与えるために、公知事実確認証明書を作成させた。オノレ・ド・バルザック他六人の『泥棒』の寄稿者たちが、彼が通常、エミール・ジラルダンの名で通っていること、出生地と同様、両親さえも彼には不明であることを証明した。文筆家の彼はおよそ二十五歳か二十六歳である。そしてデルフィーヌは私生児、追放者との結婚を自画自賛する詩を書いた。

女性ジャーナリストと伯爵夫人のこうした過去が、二人を光環のように取り巻いていた。二人はその翌日にも再び顔を合わせる。十一月十二日、ド・ジラルダン夫人は彼女の新しい住居にマリー・ダグーを招待した。その夜、彼女は自作の韻文による五幕物の戯曲『ジャーナリストたちの学校』を朗読する。とりわけ首相のアドルフ・チエールを茶化しているこのモデル劇は、ビュロが運営責任者であったフランス座に一度は受け入れられたが、政府筋の暗々裡の圧力で上演中止となった。

ジャーナリストたちの学校――バルザック、サント゠ブーヴ、……

巷間に大いに喧伝される時評欄の執筆者であり、また、後に少なくとも一作はフランス座の恒常的な演目となる戯曲（『恐怖を与える喜び』）を書くことになる劇作家のデルフィーヌ・ド・ジラルダンはどういう女性であったか？　外見的には、文壇の名士たちを友人とし、おもねられ、しばしば真剣に愛される、パリの女王であった。正真正銘の心の寛さで男性の欲望も賛辞も恋心をも自分の方に向けさせた。だが、内面はどうであったか？　時評欄の洗練された軽薄さを通して、あるいは誇張の多い十二音節詩句《アレクサンドラン》を通して、時に思いがけない心の亀裂や幻滅があらわになる。

マリーは彼女について、「わたくしに対して率直にすこしも飾らずに振舞い、心を開き、打ちとけた。」と語っているが、意地悪な女たちは、デルフィーヌがこの結婚で貴族のサロンに見られる対立、つまりブルボン家に忠誠を誓う正統派とルイ＝フィリップに加担する人々との対立を利用して、文壇の名士たち（ユゴー、ラマルチーヌ、バルザック、ウジェーヌ・シュウ、ヴィニー、そして信心深いテオフィル・ゴーチエ）、批評界の大物（サント＝ブーヴとその好敵手たるジュール・ジャナン）の名前に、紋章図鑑に載っているようなそうそうたる名前を加えたと、ひそひそ囁きあった。だが、実際のところ、彼女は彼らを娘時代から知っていた。したがって、競争しあっているサロンの常連たちも含めて、彼らを自分のサロンに引き寄せる努力など全く無用であった。

ダグー伯爵夫人はパリに帰還すると時を移さず、重きをなしているサロンを数え上げた。四人の外国女性が社交界の花となっていた。筆頭は言うまでもなく、クリスチーナ・ド・ベルジオジョーソ。彼女のリストに対する熱狂は今なお危険であったし、マリーに対しては挑発的な偏執と厳しさを見せつけた。それから、リェヴェン公爵夫人、シクール夫人、謎に包まれたスヴェトシン夫人の三人のロシア女性。この当時、神秘的な信仰が流行していた。マリーの義姉は『キリスト教の黎明期』を著して金を儲けたほどだ。マドレーヌ寺院の司祭はこうした教会のおしゃべり女たちに疲労困憊していた。マリーは後に回想する。

「スヴェトシン夫人のサロンの楽園に咲き乱れる花の蜜で育てられた、改宗した人――改宗させた人の一群が社交界に広がり、彼らの敬虔なざわめきで一杯になった。美しき罪人たちを熱心に追い回す彼らの姿が舞踏会や劇場でも見られた。」

こうした情景とは対象的に、クラブ、スポーツ、粋な若者《ル・リオン》の流行がジョルジュ・サンドのヒロインたちを真似た新しいタイプの女性、粋な女《ラ・リオンヌ》を作り出した。この女流作家は男性を魅惑するだけでなく、大胆な行動で世間を驚かせようとしていた。拍車をつけた乗馬靴、銃を背にして馬に乗り、鞭を振り上げる。煙草をくわえ、グラスを手にし、大騒ぎをして不作法の限りを尽す。粋な女は立派な紳士を狼狽させて喜んだ。こんな女はもうサロンに出入りはしない……男たちは狩場で、時にはフェンシング道場やグランブルヴァールのカフェで粋な女たちとつきあった。

マリーは自分が過ごしている隠遁生活ではこうした女性に出会ったことは一度もないと言明し、ついでに粋な女の名称がすでに「十六世紀末、ポーレという名の令嬢に与えられていることをタルマン・ド・レオが伝えている」と断言する（マリーはきわめて確かな、そして、稀にみるほどの教養をそなえている証《あかし》を示さずにはいられない。フランスのみならず全ヨーロッパの過去の文学に関するまさにこうした該博な知識のゆえに、彼女を心よく思わぬ人たちから、知識をひけらかす文学かぶれの女として非難を受けることになるのだが。）

デルフィーヌは粋な女でもないし、神秘家でもない。ロマン主義の落とし子たるこの二つの矛盾した命題は、追従するだけで自らは何ひとつ創り出さない女性には必要であっても、彼女には無用であった。加えて彼女には貴婦人らしい気取った態度もなかった。一方、マリーは、信条とする思想がどれほど平等主義になり、社会に対する見解がどれほど明晰になろうとも、この貴婦人然とした物腰を決して失うことができなかったし、おそらくは、失うことを望みもしなかったであろう。

豊満な体つきになっていたデルフィーヌは、ほっそり見せる黒いビロードをよく着ていたが、十一月十二日、自作の戯曲の朗読のために好きな色、つまり彼女のバラ色の大理石のような肌を一層輝かせる白に身を包んだ。

マリーは社交界の落とし穴をよく知っていた。磁器のような顔色のおかげでうまく切り抜けたが、事の発端は、デルフィーヌがラフィット街の客間《サロン》を浅緑色のダマスクで張らせたことにある。テオフィル・ゴーチエの語るところでは、「海の精ネレイスが棲む洞窟のような青緑色のこの部屋に迷いこんだ褐色の髪の女性は……マルメロの実のように黄色に、また、夜叉のように紅潮して見えた。」後に『ミイラ物語』を書くこの作家は、彼の崇拝する女性には意地悪な気持ちは毛頭なく、ただ単純に自分をよく見せようとしただけであったと断言する。もうひとつの落とし穴。これは全く意図したものではなかった。塗り直したばかりの扉にもたれた男性の燕尾服に斑点と縞模様ができてしまった。ダグー伯爵夫人は海底の洞窟の中で柔らかに輝くよう衣装を選び、化粧をして姿を現わした（不機嫌な時のリストは彼女の化粧の仕方を男性にかけた罠、といって非難するのだが）。

ウジェーヌ・シュウが、ラ・ペピニエール街の別荘風の邸から彼女を迎えにやって来た。そして彼のぴかぴかに輝いた馬車がかすかな音を立てて二人をラフィット街に運んだ。巡り合わせはしばしば運命となる。シュウはかって一八三三年、リストが彼女の前に出現したあの夜、マリーに同伴した。そして、一八三九年暮、彼がエスコート役を務めたこの夜、マリーはジャーナリズム界のナポレオンに一目惚れの愛、狂おしいほどの愛の衝撃を与えるのだ。

パリから離れて暮らしていた年月の間、マリーは多くの友人が寄稿している『プレス』紙を読んでいた。一八三六年、この日刊紙を創刊するためにエミールは『泥棒』と『モード』誌を売却し、さらに、自分の着想を信じて借金した。彼のこれまでの出版物は言ってみれば前哨戦であり、今回は戦闘である。結婚した時、彼は無一物であった。一年後、彼は三万フランを所有している。彼は年間購読料が四フランの『有用な知識ジャーナル』を発行する。この月刊誌であげた収益で、彼は一八三六年七月一日、『プレス』紙を世に出すことが出来た。

彼の進取の気性がやっと人の噂にならなくなった頃に起きた決闘事件で、『ナショナル』紙の主筆アルマン・カレルが死亡したため、エミールは殺人者扱いされ、彼の出生や過去が暴かれた。彼の行った金融取引は中傷、誹謗にさらされた。彼は敢然と立ち向かい、抵抗する。(アルマン・カレルが先に発砲し、ジラルダンの腿に撃ち込んだ。ジラルダンは片手を傷口にあてながらピストルを撃つ。狙いが悪く、低すぎた弾丸はカレルの腹に命中する。びっこを引きながらカレルに近づく。二人は言葉を交す。決闘のしきたり通りの言葉に過ぎないが、事後にはいかにも残虐に響く言葉だ。「痛みますかな?」とカレルがたずねる。「貴殿の傷が私の傷より重くなければよいのですが。」とジラルダンが答える……)彼は生涯、この不運な相手の未亡人に年金を支払い続け、記念碑建立のために多額の出資をし、その落成式では式辞を述べよう。事件から三年経てなお、決闘という言葉や死者の名前を耳にしただけで、あるいは、その勇気をほのめかされただけで、ジラルダンは青ざめたという。

妻のサロンでも、ジラルダンは他所でと同様、内向的で無口であったと、マリーは伝えている。食事が終ると、どれほど輝かしい名前の招待客がいようとも、彼はサロンの隅で壁の方に向けてある肘かけ椅子にそっと滑りこみ、肩掛けにくるまって、印刷所に出かける時間まで眠るのが常であった。そして音を立てずに、誰にも挨拶をせずに部屋を出て行った。

一八三九年、代議士に選出されたが、フランス人であることを証明する書類が不十分という理由から、当選は無効とされた。彼は再度、当選したが、この時は議会が解散した。マリーはこうした波乱に富んだ来歴を知らないわけではなかった。彼がオペラ座で平手打ちを食らったこと、街頭で数人の用心棒に襲われたこと、脅迫状が届けられるのは日常茶飯事であることなどを人づてに聞いていた……マリーを彼女自身の中から引っぱり出した「エルフ」、「空気の精」が去った後で、妻の考案した海底の洞窟のようなサロンで一層青白い顔になった（もっともこの緑色の中ではどの男性も灰色に見えたが）ジャーナリズムの帝王が、絹糸の先に眼鏡を吊るして彼女の前に立ったのだ。彼の背丈は彼女の眉のあたりまでであった。ナポレオンのように髪の房が垂れた角ばった顔。そのまなざしはジョルジュ・サンドの目のように不透明で、まるで光がないようであった。唇は皮肉な表情を見せていると彼女は思う。衝撃を受けた顔になお克己の刻印をとどめていた。

エミールとマリーはそれまでにお互いの顔を見たことは確かにあったが、出会ったことはなかった。予測できない要素が重なったこと、また、二人とも自由であり、傷つきやすく、そして相手を呼び求めていることをどのようにしてはっきりさせよう？　外見的には何ひとつそれと表すものはない、おそらく、まなざしと、まだ未知の人である「相手」から心の深部を揺り動かされたことを告げる、身体のあのかすかな動きを除いては。盛大なレセプションのざわめきが二人を取り巻いている。やがて作家たちの到着。文筆家にとって、出版の庇護者、つまり出資者であるジラルダンは権力そのものであった。

後世になされる取捨選択を正しく推察することは困難である。たとえば、アカデミー会員であり、代議士でもあるラマルチーヌは、ヴィクトル・ユゴーより輝かしい存在であった。でっぷり太ったバルザックと、ずんぐりしてはいるがきびきびした動作のアレクサンドル・デュマ、一方は万人の目に不滅の作家となり、もう一方はただ少年期の読者と騎士任侠物の映画製作者にとってだけの作家になってしまうことなど、同時代の人間の誰に見抜けよう？　新聞小説作家の中で最も高い稿料を得ていたウジェーヌ・シュウが社会学的好奇心の対象、時代の証人としての作家でしかなくなると、どうして予測できよう？　ヴィクトル・ユゴーと人気を分けあったヴィニーが何故、薄っぺらな選集と、彼の政治的態度に対する抗議という形でしか生き残れないのであろう？　サント＝ブーヴとジュール・ジャナンは批評家としてどちらも相譲らぬ権威を持っていた。なぜ、後者がかくまで完璧に消し去られてしまったのであろう？

サント＝ブーヴは集まった客の名前や逸話や醜聞を伯爵夫人の耳もとに囁くことで、まさしく彼女の心を捕らえた。彼は毎日、彼女の邸にやって来る。マリーは楽し気に彼の来訪をリストに報告し、しばしば留守にしていることを自慢する。留守は故意なのか？　サント＝ブーヴは彼女にランブイエ館を大いに連想させる気取ったメッセージを残す。そしてしばしば、教会の香部屋係よろしく打ち明ける、「人間として我が人生は失敗しました。文学でのみ、我が人生が救えるのです。」と。確かにほろりとさせる、だが、欲望をそそりはしない。どうしてアデール・ユゴーがこのずる賢こそうな小男に抱かれ、愛撫されることを好んだのであろう？ レーマンは彼に「燐光を発するハエ」という綽名をつけた。小説家を目ざしている女性にとって、この最も権威ある批評家の情熱は好都合だと、マリーはひそかに考える。

未来の女流小説家？ 未来の作家？ 彼女には、この夜会の間中、たとえ自分の姿がそこになくとも他者にとって存在している、という激しい願望以外に何が考えられたであろう？ すらりとした長身の金髪で、社交界でもてはやされる美しい貴婦人で、英国風レディであるから存在するのではなく、彼女が苦しみ、愛したから、周囲の上流階級の女性の誰よりも大きな犠牲を払ってその情熱を贖《あがな》ったから存在する……自分が体験したことから、他の人々の心を動かし、挑発し、感動させる人物や思想を作り出す……

彼女はバルザックがデルフィーヌにぴったり寄り添って入って来るのを目にする。ハンスカ夫人がスラヴ風に手紙でけんかをしかけるほど、彼はデルフィーヌの著作を褒めちぎっていたが、今では夫人の心を静めるために、ジラルダン夫妻をからかう言葉を綴っている……もっとも実際には変わらぬ愛情を抱いて彼らの許を足繁く訪れているのだが。（バルザックは異国の婦人に、マリーはリストに、各々の心の奥底を伝える。現実を美化するために、また、遠い宿駅の彼方にいる文通の相手を苦しませないために、あるいは相手の無気力を振り払うために現実を脚色して、少々嘘をつく。)

ジラルダン夫妻の結婚立会人を務めたバルザックは、それから間もなく手に入れた二輪馬車をはじめて使うのにデルフィーヌを招待した……馬車は車道で転覆した。この結婚の一周年の記念日に彼はまたしてもひっくり返った。だが、今度はデルフィーヌは傍にいなかった。やがて、著作権をめぐってエミールと諍《いさかい》が生じた。デルフィーヌはきわめて魅力的な短編『ド・バルザック氏のステッキ』を書く。姿をくらます能力を与えるこのステッキのおかげで、美男に過ぎる若者が世の中の悲しい真実を目にし、その犠牲にならずにすむ、という筋書、要するに、経験を積んだリュバンプレ*の物語だが、バルザックに媚びるようなこの短編には内輪の人間にだけわかる秘密が隠されていた。つまり、バルザックが実際に使っているステッキの、秘密のばねで開く仕掛けになったトルコ石の丸い握りには、心の寛い女流細密画家によるベールをかぶらぬエーヴ・ハンスカの肖像画がはめこまれているのだ。物語は言うまでもなく、こうした細部は省いている。太っちょのオノレは当初、朗読会に出ることを拒絶したが、この物語を読んでみて安心した。

彼はデルフィーヌに激励の言葉を浴びせる。彼女は、彫金細工をほどこした金のボタンのついた青い燕尾服を再び目にして驚きの声を上げる。バルザックは……まさに今晩の夜会のためにこの燕尾服を質屋から取り戻して来たと誇らしげに囁く。

マリーは『ベアトリクス』のこと以外、何が考えられよう？　彼と同じ土俵で、つまり書くという行為で仕返しすること以外、何を夢みることができよう？　彼女は微笑む。リストは手紙のたび毎に、彼女がパリでなすべきことは何よりも先ず、高い地位を再び確保することだと繰り返

＊バルザック『幻滅』、『浮かれ女盛衰記』の主要登場人物。

す。彼女のような立場にある女性は傲慢に振る舞うわけにはいかない。彼女を愚弄したこの小説が二人の間に重くのしかかっている。それでも彼女は彼に微笑みかける。そして彼が同色の燕尾服を着ているシュウに、「我々は間違われっこありませんな。何しろかさが違いすぎますからな。」と言い放つのを耳にする。もっともバルザックの言っているのが本の重さなのか、それとも体重のことなのか判断できなかったが。

伯爵夫人はこの夜、社交界に三度目のデビューをするのだと考えたであろうか？　結婚後、宮廷への最初のデビュー(寄宿女学校を出た時の舞踏会は別にして)。二度目のデビューは一八三六年、同じラフィット街のフランス館にリストと暮らし始めた時、パリの芸術家たちの自由気儘な世界へのものだった。あの時はリストの愛情とジョルジュ・サンドの友情に包まれていた……ヨーロッパ中の際立って魅力ある男性たちが、ジョルジュとフランツとそして彼女の共有のサロンで遅くまで時を過ごした……この二番目の世界では彼女の生まれ育った階級の偏見は、完全に消されてはいないまでも少なくともひっくり返されていた。彼女はここで自分を育《はぐく》んでくれる恵みの土壌を見出したと信じた。だが、そこに集った人々も――その一部はここ、ジラルダン家のサロンに今夜も顔を見せているが――彼らと対等のリストやサンドと繋《つながり》があるという事実で自分を認めていたに過ぎなかったのだと、彼女は思う。

今やすべての招待客がテーブルと肘かけ椅子を取り囲んで坐っている。デルフィーヌが十二音節詩句で書かれた五幕物の戯曲の朗読を始めたのだ。マリーの後ろで、ウジェーヌ・シュウとサント＝ブーヴが忠誠を誓った騎士よろしく、デルフィーヌの酷評のモデルとなった人々の名前を小声で明かす。もっともほとんど実名に近かった。ジラルダン夫人は見事な肩を見せて朗読する。上半身にはテーブルの上の枝付き飾り燭台のゆらめく炎が影を映じていた。彼女のそばでは、『ジャーナリストたちの学校』に出演を強く望んだ人気の悲劇女優ラシェルが黒衣に身を包んでデルフィーヌから目を離さずにいた。(10) ラシェルはこの女友だちの次作『ユディト』を演ずることになっている。喜劇は、数ヶ月来、ジラルダンを敵に回しているチエール、その妻、そして怖ろしい義母の「ジョルドンヌ夫人」*と綽名されているドーヌ夫人が作り出している三角関係をからかったものだ。このサロンでチエールは少し前からハエのミラボー《ミラボー＝ムッシュ》と呼ばれている。戯曲は金銭ずくのジャーナリストたちを揶揄する一方、競争相手の攻撃に自殺して果てる古典派の画家を登場させている（ロマン派の攻撃に落ち込み、ムドン近くの運河に投身した画家グロをほのめかしたものだ）。

素晴しい声が沈黙すると、バルザックが最初に拍手した。権勢を振るっている『両世界評論』の編集長ビュロ（バルザック、サンド、シュウの友人でありながら、彼らから嫌われてもいた）が賞讃の声を上げた。彼はフランス座の委員会でこの戯曲に賛成投票をした後で、政府の圧力を受けて上演を禁止せざるを得なかったのだ。

人々は立ち上がる。マリーはウジェーヌ・シュウに腕を取られてサロンをめぐり、熱狂と裏切りを読み取る。チエールの復讐が戯曲の作者にではなく、その夫に打撃を与えることが懸念された。揶揄の対象となったジャーナリストたちもこの同業者に挑戦状を叩きつけるだろう。別れを告げる時、伯爵夫人はジラルダン夫妻を晩餐に招待する。デルフィーヌは喜んで招待に

10) 1846年、ラシェルはエミール・ド・ジラルダンと束の間の愛人関係を持つが、デルフィーヌの友情を失うことはない。

＊「わたしは命じる」の意。

応ずるが、夫の方は夜は決して外出しないと言う。この時、ジャーナリズム界のナポレオンは飛び上がり、ダグー夫人の邸へ伺うことは真に幸せなことだと断言する。

部屋を出る彼女の耳に、彼があるジャーナリストの質問に答えているのが聞こえた。

「ハエのミラボーの汚点からどのようにして『プレス』紙を守るおつもりですか？」

「時評欄の記事をことごとく酢で味付けしようじゃないか。なぜって、ハエは酢を嫌うというからさ。」

長い不在の後では、パリの軽薄きわまりない人間でさえ、マリーの帰還を歓迎した。

ジョルジュ——到達不可能な模範

文章を書き、他人から読まれ、未知の人々にとって自分が存在するという夢、自分を越えて生きる、自分さえ知らない道を自分の中に作って行くという夢に、マリーは少女の頃から取りつかれていた。そしてデルフィーヌに最初の具現を見た。

だが、結婚生活の外へ踏み出した頃から、彼女はこの夢のもっと輝かしい実現者に出会っていた。不幸な伯爵夫人はジョルジュの勇気——子どもを奪い取った後で夫と別れた——、喧伝された数々の恋愛、多くの著名な友人たち、まるで社会に挑戦するような生き方、そして何よりもその作品を賞讃する。サクス元帥の私生児の後裔であるオロール・デュドヴァン男爵夫人がジョルジュ・サンドとなったことが、マリー・ダグーの心を羨望と夢想でいっぱいにする。この女性の生き様を模範とする、それは取りも直さず書くという行為の小径に足を踏み入れることではなかったか？

彼女が羨望しているのは書くという行為なのか、それとも、単に栄光なのか？　後世の研究者に見られる懐疑的見解や、愛情の失せたリストの冷ややかな悪意にみちた言葉に反論するかのようなマリーの叫びを、その著書に聞くことができる。

……少女の頃から、喜びや苦しみを記憶にとどめておこうと自然に書くようになった……その時以来、わたくしの中に目覚めていた芸術家の秘やかな性向が、日々の生活に継起する束の間の映像を一枚の絵のようにとどめておくことを楽しんだのだ。

六十代になった彼女がこう断言している。どうして信じずにいられよう？　リストとの関係が続いている間、彼女は日記を欠かさなかったし、備忘録さえつけている。この備忘録にはリストも心の中を書きつけた。

リストの親友であったジョルジュ・サンドは、マリーと出会う前に手紙を書いて来た。彼女はマリーの姿を見たことがあり、フランツから話を聞いてもいた。「こうしたことから、あなたを愛していると、真面目に申し上げることが出来ると思っていますわ。」出会いの後、二人は互いに愛を求める長い手紙を交した。ジョルジュは自分のことをハリネズミだと言う、だが、「もし愛して下さるのであれば」、何なりとしましょう。「あなたの食器を洗います……。」自分では田舎女とも百姓女とも言ってはいるが、実際には城館の奥方として暮らしているこの女性にとって、これは度が過ぎている。

＊「大きな鼻」の意。

伯爵夫人がリストを追って、スイスに逃れてわずか数週間後の一八三五年九月六日、二人はシャモニに到着する。そしてジョルジュ、次いでスイス軍隊の小佐アドルフ・ピクテが二人と合流する。ピクテは自然界の事象に精通し、余暇には文章も書く才人であった。ジョルジュの二人の子どもソランジュとモーリスも一行に加わっていたが、二人は子どもらしい馬鹿騒ぎもせず、おとなしく暇をつぶした。幼い時代がジョルジュのように楽しいものではなかったし、わけもなく笑い転げるような時を持ったこともなく、加えて、世論への真向からの挑戦という、これからの人生を決定する行動に出たばかりのマリーにとって、この逃避はまさしく解放であった。深刻なことは何ひとつなく、あるのは笑劇のような笑いだけ。誰もが子どものように羽目をはずしたこの数週間の日々——山に登り、宿ではクッションを投げ合い、そして議論をたたかわした——を題材にして、ジョルジュとピクテが各々、物語を作る。大笑いはシャモニの宿で記した宿泊カードから始まった。

旅行者氏名……　ピフォエル家*
住　　所……　自然界
何処から……　神から
何　処　へ……　天国へ
認可証期限……　永久
世論により交付

もう一枚のカードには次のように記されていた。

リスト、フランツ
音楽家——哲学者
疑いより来たり
真実へ向かう
出生地……　パルナソス山

逆上した宿の女主人は、スイス軍隊小佐の軍服を着たピクテが馬から降りるのを見て、このジプシーの一団を逮捕するために来たのだ——少なくともジョルジュの伝えるところでは——と思った。

　この旅の物語には暗示するところが多く、後に明瞭な形を取る確執の始まりを見ることができる。アラベル王妃と名づけられた伯爵夫人は、十分に白い氷河を見つけられなかったとして咎められる。とある中産階級の男がマリーの方を指さしながら妻に向かって、「すばやく見てごらん。ほら、あれがリストの輝かしい同伴者のジョルジュ・サンドだよ。」と言ったということだ。

　ハリネズミのピフォエルとアラベル王妃の間に、永遠に変わらぬ友情を誓う大仰な手紙が交わされた。やがて、リストとマリーはパリのフランス館に居を構え、ジョルジュもそこにアパルトマンを選び、サロンを共有する。トルコ風の服を着たサンドがラムネ師の足許に、崇拝のまなざしをして坐っている。ピエール・ルルウが念入りに選んだ言葉で預言者を傷つける。ウジェーヌ・シュウがサント＝ブーヴや、当時、隆盛をきわめていたローザン公爵夫人のサロンから引き抜いたデックスタン男爵を連れて来る。リストの友人のベルリオーズやマイヤベーアが、このサロンでエラールやプレイエルといった楽譜出版者と出会う。また彼らがひどく嫌っているヴェロン博士とも顔を合わせた。後に回想録を残すこのパリのブルジョワは当時、まだオペラ座で権勢をふるっていた。

いうまでもなく金持ちの社交界、だがボヘミアン的生活の混じった社交界。伯爵夫人がかって経験したことのない解放された生活。彼女は——ずっと後のジラルダン夫妻のサロンのように——音楽や絵画、文学を変革しようとしている芸術家や思想家だけを迎え入れた。時代の雰囲気、社会そのものがそこに漲《みなぎ》っていた。こうした芸術家たちには、時に胸の痛む金の心配があろうとも、別の社会階層全体を直撃している欠乏・貧窮とは、全く無関係の生き方が可能であった。したがってサン＝シモン派の社会主義思想は、これら知識人たちがまず準拠するところであった。雷鳴のように騒々しい男ラムネ、あるいは改革派ピエール・ルルウといったキリスト教徒、デックスタン男爵のような唯物主義者、リスト、サンド、シュウ（戦闘的ユートピア社会主義に未だ改宗していなかった）等の、漠としてはいるが熱心な民衆主義者……誰もが社会の耐えがたい不正を論じた。

ショパンがフランス館を訪れる。マリーは彼の結核にかかったダンディスム、わざとらしい不遜な態度、さらには優雅さに苛立つ。ピアノの名人として、また作曲家としてリストの好敵手を彼に感じ取ったための苛立ちであっただろうか？　リストやマリー、ジョルジュはうち揃ってプロヴァンス街のショパンのアパルトマンを訪れる。伯爵夫人は、このポーランドの華奢なピアニストにじっと注がれているジョルジュの不透明なまなざしを鏡の中に不意に見つける。

リストは『ガゼット・ミュジカル』誌への寄稿を依頼される。彼は署名をする。だが記事を書くのはマリーであった。執筆を続けるよう勧められ、リストは『一音楽士の手紙』に署名する。リストの競争相手、オーストリア人のタールベルクの演奏のからくりを分析し暴き出すのは勿論リストだが、文章や言葉はマリーのものである。当時、非常に広く行われていたとはいえ、この代筆者の仕事はマリーに背徳的な歓びを与えた。出版者のモーリス・シュレザンジェ（後にギュスターヴ・フロベールが『感情教育』にアルヌー氏として描き出す）は、リストの作家としての文体の進歩に賛辞を送る。象牙色の肌をした情熱的なクリスチーナ・ド・ベルジオジョーソ公爵夫人は、偶像のように崇めているリストに燃えるようなまなざしを公然と注ぎ、記事の中のきわめて革新的な一節を長々と引用する。そこでは、貴族街のサロンで催される音楽会で人々が感じている気のぬけた歓びと、筋肉隆々とした労働者たちが真剣な表情で耳を傾けている音楽教育の有様が対比されていた。マリーの書いた文章であっただけでなく、まさに彼女自身の昔の思い出とサン＝シモン派の集会で発見したものとの対比であった。

軽いコレラを患った後で伯爵夫人は、リストをただ一人、熱烈な賛美者クリスチーナ・ド・ベルジオジョーソのいるパリに残して、ノアンのジョルジュを訪れる決意をする。クリスチーナは四十フランの入場料で音楽会を準備する。(この頃、パンの値段が四リーヴルあたり十九スーまで値上がりし、警視総監はサン゠タントワーヌ街の暴動を怖れていた。) この音楽会では二人のピアノの名手、つまりタールベルクとリストが競演する。彼らは演奏の前に、まるで決闘者のように挨拶を交わすことになっていた。最後に美しいクリスチーナが叫ぶだろう、「タールベルクは最も偉大なピアニストであり、リストは唯一人のピアニストです!」と。

マリーはひどく気分が優《すぐ》れず、この栄光を分かちあうことも、いつも物憂げでありながら活発に動き回っているこのイタリアの公爵夫人と競いあうこともできなかった。ノアンからのジョルジュの手紙には、ルイ十五世風の館が虚弱な夫人の身体には湿気が多すぎ、痛みのひどいことが心配なため、夫人の泊まる部屋に肖像画を置いてみた、とあった。肖像が風邪を引かず、あくびもしないことを確かめるためだという。肖像は館に十分に耐えている。つまり、マリーは来ることができる、というわけだ。

一八三六年二月の滞在は、親密さと優しさそのものであった。マリーはその生涯において初めて女性同志の友情にひたった。後にジョルジュは、自分が完璧なまでに少年であるから、自分と一緒にいる時マリーはたった一人の女性だと感じられる、したがって幸せであったのだ、と断言する。彼女たちはお互いに心の中に秘めた打ち明け話をする。自分たちの恋愛や媚についても話す。各々がまるで奴隷のように盲従している何人かの熱愛者を持っていた。ジョルジュの方では、短い期間であれ、彼らは通常、愛の報いを受けたが、マリーにあっては無償であったように思われる。

スタンダールは『恋愛論』（一八二九年に出版され、ジョルジュがマリーに読ませたにちがいない）の中で、女性の唯一の武器であり、唯一の策略である媚態を社会がどのように女性に教え込むかを明らかにしているが、ダニエル・ステルンとなる時、伯爵夫人は豊かな経験に根ざして次のように書き記すであろう。

> あらゆる文明社会にあって、媚は女性にとって政治の知識と同様に重大な技量となった。女性は自らが強いられて来た無能力の中で、たとえ一時的にせよ、男性を自分の奴隷とするために　男性の欲望を利用することを苦もなく学んだ。そして女たちのあらゆる駆け引き、知性、観察眼、そして打算が、愛を共有はしないが抱かせる、情熱を満足させはしないが掻き立てる、という唯一の目的のために動員された(11)……

マリーは自分の人生を反証にしようとする。ジョルジュも同様であった。だが彼女たちが愛していない時は、男性から見棄てられることを、孤独な日々を、友情を失うことを怖れた。そして、否認したはずの術策にまたもや頼る。ジョルジュは自分が率直で、ふりをすることが出来ないと主張し、一方、マリーは感情のない彫刻や島を演じ、理解できないふりをし、心が打ちひしがれた老女であるとため息まじりに言うのだった。宮廷風恋愛、才女たちの愛の国の地図、あるいは放蕩のない恋愛遊戯の最良の伝統にのっとって、画家レーマン、詩人ルイ・ロンショー、ポーランドのベルナール・ポトッキ公爵、その他多勢の男性が相変わらず女神に仕え、絶えず掻き立てられる欲望に苦しんだ。二人がなろうとした女性と、過去の遺産を通して二人の中に刻み込まれ

11）強調　原文
12）将来
＊サンドとの恋愛破局による内的苦悩から生まれた、四篇の長篇詩の総称。『夜』により、ミュッセは大詩人の地位を確立。
＊＊ミュッセとの恋愛を題材とした、サンドの小説（1859年）。

た模範とがマリーの中でもまたジョルジュの中でも競いあった。もっとも両者ともそのことを認めてはいなかったが。

病の癒えた伯爵夫人はパリに向けて、リストの許へ旅立った。だが、この時期すでに、ジョルジュがフランツの持てる力を十全に発揮させ得るただ一人の伴侶であっただろう、という考えが頭から離れなかったと、マリーはずっと後になってロンショーに打ち明けている。

リストと伯爵夫人はマルリアニ夫妻の歓待を受けた。裕福なイタリア人であるマルリアニはパリのスペイン領事。妻シャルロット・ド・フォルヴィルは貴族の生まれ、分別盛りで名声を好んだ。フランス人ではあるが、陰謀、策略、諍に対してフィレンツェ人のような感覚を備えていた。シャルロットは取持ち役を果たす時だけ喜色に溢れている女性であった。

彼女の邸で、マリーは亡命中のポーランド人たちと知り合ったが、その中にとりわけ著名なアダム・ミッキェーヴィチがいた。マリーが彼のフランス語の原稿に手を入れるほど、二人は友人になった。

ジョルジュはマリーに、自分が以前ミュッセに宛てた手紙を取り戻してくれるよう依頼していたが、交渉はうまくいかなかった。「彼はこの上もなくわたくしを不快にしましたが、この印象は相互的なものにちがいありませんわ……あの艶のない顔、あの色あせた会話……」ダグー夫人の詩人についての批評がジョルジュをひどく傷つけた。『夜』*の燃えるような詩人、『彼女と彼』**の主人公(12)が色あせているって？　ジョルジュは身を震わせたにちがいない。ミュッセ、ショパン……好みが相反しているとマリーは断言する。フランツの魅力に安心するためなのか、それとも、ジョルジュが惹きつける男性を過小評価するためなのか？

ジョルジュはマリーと差し向かいで過ごした時に、『レリア』の初版に刻み込んだ怖しい告白をしたのだろうか、「わたくしの膝までのぼって来、死者を引き止めている墓のようにわたくしを鎖で繋ぎとめるこの大理石の冷たさからどのようにして逃れましょう？」「レリアは完全な女性ではないのです」というあの告白を？

リストとマリーは、一八三六年の五月半ばから九月半ばまでノアンに滞在する。光り輝く、忘れ難い夏。素朴な喜びと、時に騒ぎの起る日々。ジョルジュはミシェル・ド・ブールジュと別れた直後であった。わずか数時間の逢いびきのために、ラ・シャトルまで馬を走らせるのに疲れ果てた挙げ句であった。社会の改造を求めるこの弁護士は、繰り返し愛を誓いながらも、家庭の外で夜を過ごすことに決して同意しなかった。

ジョルジュは自分を待っている友人たちのために落ち込んでいた重苦しい虚無の中から抜け出した。恋に我を忘れているシャルル・ディディエ、シピオン・デュ・ルール、『アントニー』上演で栄光の頂点に達したばかりの俳優ボカージュ[13]等が彼女を取り巻いていた。夜、月が菩提樹の茂みに落ち、庭の奥深い所で樅の木がまるで幽霊のように揺れる。ナイチンゲールが鳴き始める。不意にリストが即興曲を演奏し、ピアノで鳥と対話する。

夜、かなり早い時刻にまだ疲れの残っている伯爵夫人は自室に上がって行き、リストとサンドは各々、仕事を続ける。サンドは『モープラ』を脱稿したところで『寄せ木細工師』に取りかかっていた。リストはピアノのために編曲し、和声をつけていた。

13) ボカージュはすでにフリーメーソンの主要人物であった。マリーはこのことを知らなかったが、ジョルジュの方はどうであったか？

二人の相互理解を愛情をこめて祝福しあう夜があったのだろうか？　それともそれは単にマリーが想像の中で作り上げた幻影にしか過ぎなかったのであろうか？（何十年も経た後にマリーは、ジョルジュがフランツを誘惑したことを事実としてジュリエット・アダンに語り、このことに――後悔や憤怒、あるいは欲求不満があったのであろうか？――二人の確執の真の原因を見ている。）

九月のある朝、伯爵夫人はほとんど不意打ちにリストを連れ去る。スイスの山に逃避した時のあの陽気な優しさは、風に吹き払われる雲のようにどこかに行ってしまつたのか？　パリの賑やかな笑いの後で二人差し向かいで過ごした信頼にみちた優しさ、女同志のこまやかな友情はどこに行ってしまったのか？

イタリアで、フランツとマリーは苦悩にみちた月日を過ごす。各々が心をよぎることを書きつけた『備忘録』にマリーは、フランツは近頃よく、自分が贈った神秘の結婚指輪を故意に忘れると記した（一八三七年十一月十四日）。そこには、「我々の精神的なエネルギーを強めるために、これほど多くの傷心とすすり泣きが必要なのだろうか？」という彼の批判が書きつけられている。

コジマが、コモ湖畔のベラッジォで、一八三七年十二月二十四日に生まれる。最初の娘の誕生からちょうど二年たっていた。その名はコモ湖に由来したが、サンドの作り出したヒロインの名でもあった。

この娘がうまれる直前に、リストはジョルジュに自分たちの幸福について書き送った。ジョルジュは仲間の幸せを喜びながらも、仕事に追われ、憂うつな気分とリューマチに苦しめられている今、これまでのようにはマリーに手紙が書けないと告げる。リストが反発する。「マリーがあなたに抱いている真実の、そして深い愛情をもしや誤解されているのではないでしょうか？」ジョルジュは便りをしないことで幸せな女友だちを罰しようとしているのだろうか？　ジョルジュは認める。「こうしたこと全ての奥底に心の痛みがありますわ。それを隠し立てして何になりましょう？　わたくしはもう子どもではありませんから。」この心の痛みは、伯爵夫人の主張を裏づけていよう。ノアンで感じた緊張には根拠があった。そして欲求不満が惹き起こしたものだった。

一八三八年一月、リストはジョルジュに、ミラノの出版社気付で手紙をくれるよう懇願する。「たとえ他愛ない、いわれのないものにしても、あなたの手紙を読んで私が感じている悲しみでマリーを苦しめたくないのです。」ジョルジュは、無定見をモットーとするピフォエル博士の気紛れを隠れみのにして自己弁護する。ピフォエルの言葉は決して文字通りにも真面目にもとってはならないこと、そして、もし、マリーが便りを必要としているのであれば、喜んで毎日でも書こう、という。「わたくしから、わたくしの過ちであの方に悲しみを与えることなど決してありません。」

かくして、一八三八年十一月九日、シャルロット・マルリアニにあてた手紙でマリーは、目立とうとしてなのか、それとも、ノアンの女主人に復讐するためなのか、ジョルジュとショパンのマジョルカ島への旅を皮肉る。「Gが瀉血《しゃけつ》させる時、わたくしはいつも、『わたくしがあなたでしたら、ショパンを愛しますわ』って言ったものですの。どれほどランセットが省けたことでしょう！　そうすれば、『マルシィへの手紙』など書かなかったでしょうし、ボカージュを選ぶことも

14）強調　原文

なかったでしょう……」こう書いた後で、マリーはこの二つの全く対照的な性格は、ひと月の共同生活の果てには敵対しているだろうと予言する。「でも、そんなことは大したことではありませんわ。非常に結構なことですから。二人のためにわたくしがどれほど喜んでいるかあなたにはおわかりにならないほどですわ」と、締めくくる。

一八三九年一月二十三日、産褥から回復したばかりのマリーは再び、領事夫人に手紙を書き、サンドの才能の衰えについて、「詩の妖精が彼女をとらえ、小石をダイヤモンドに、蛙を白鳥に取り違えさせた短い期間」について語る。ジョルジュが――それはリストの見解でもあったが――自分に似つかわしくない感情に気を散らしたのは間違いないのだ。

この手紙は、ピフォエルことジョルジュとの関係以上にマリー・ダグーという女性を理解する上で重要である。オルタンス・アラールが肉体的欲求から愛人を持っているのは当然なことだと述べた後で、リストへの誓いや、将来見せる媚を判断するにあたって鍵となる次の文章を記している。

> 愛における誠実さとは、男性以上に女性を縛るものではなく、相互的な取り決めであるべきだろう。[14]

予言に反して、小説家ジョルジュ・サンドは衰退の途を辿りはしなかった。マジョルカ島では咳をし、熱を出しているショパン、騒々しい子どもたち、不十分極まりない暖房設備、極度に悪い住み心地といった状況の中で、以前から改訂の筆を進めていた重要な小説『レリア』を完成させた。

彼女はリストとダグーの三番目の子ども、つまり二人にとっての最初の男の子ダニエル・リスト誕生の知らせをも黙殺した。マリーはマルリアニ夫人に、スペインの公文書送達吏を通してジョルジュに手紙を発送してくれるよう依頼するが、シャルロットは時宜を得ない手紙として彼女に送り返す。ジョルジュがフランスに戻って来ると、伯爵夫人は早速、「不可解なまま放っておくことはあなたにもわたくしにもふさわしいことではありませんわ」と書き添えて、説明を求める手紙をジョルジュに書いた。

一八三九年三月、マルセイユからジョルジュはシャルロットに、六ヶ月か八ヶ月もの間、返事を書いていないマリーに便りをしていいものかどうか、問い合わせる。世話好きの領事夫人は明らかに警戒して、ほのめかす……つまり、自分たち全てにとっての指導司祭ともいうべき、怒りっぽく女嫌いのラムネ師にあてたマリーの手紙に言及する。月日が経過した七月二十一日、再びジョルジュは返事をすべきか否かをラムネ師にたずねる。

「わたくしはダグー夫人と大層親密にしておりました。心が寛く、善良な方だと信じてとても愛しました。やがて、わたくしが夢みていたような方でないことがわかり、わたくしの愛が減少いたしました。今では、見事な知性に対して払うべき特別な敬意と、夫人が道を踏み間違えたことに対する哀れみ以外には何も残っておりません。とは申しましても、これはまだ友情と呼べる感情ですわ。」

こんな風に、各々が作り上げた神話が崩れ落ちたことに対して相手を非難する。ラムネへの手紙でジョルジュは続ける。「ダグー夫人は友情をこめた語り口で便りをくれますが、もしわたくし

15）リストの許に赴くため全てを放棄する前に、伯爵夫人は司祭に会いに行った。司祭は音楽家が決定的な絆に縛られることなく神への道を進めるよう、夫人にひざまずいて懇願した。

をほんの少ししか愛していないのであれば、それは偽善のしるしです。」そして、シャルロットには知らさずにこうしてお便りをしているのです、と付け加える。

人生の曲がり角に、たった一人でパリに戻って来たマリーの目にジョルジュが絶望に対抗するための最後の頼みと映ったのであれば、これはまさしくイタリア式笑劇である。

七月二十四日、ラムネはまだ手紙を目にしていなかったが、彼の目には全く血も涙もないように映る、この冷淡に中傷する女性《ひと》とはどんな関係であれ持たぬよう勧めた。「その女性は善良ではありません。このことを十分に信じるように。そして、その女性をどんな事柄であっても信用してはなりません……」(この手紙を書いて一年も経たぬうちに、彼はマリーの邸に食事に来ることになるのだが)。ラムネ神父は、マリーが弟子のリストを掠奪したことを明らかに許していなかったのだ。(15)

こうした書簡が交わされている間、マリーは予測もしなかった一撃を受けた。『シエークル』紙がバルザックの新作の小説『ベアトリクス、あるいは強いられた愛』の連載を始めた。どのような無遠慮でそのことが知れたのだろうか？　誰かがマリーに告げていたのだろうか？　いずれにしてもパリでは、バルザックがほんの数ヶ月前にノアンに出向き、サンドと和解したという噂が囁かれた。暖炉にあたりながら、女流小説家は新聞小説の徒刑囚とも言うべきバルザックにもっとも貴重な贈り物をした、つまり、小説の主題を提供したのだ。オノレはエーヴ・ハンスカに書き送る。

「サンドが私に『徒刑囚、あるいは強いられた愛』*の主題として教えてくれたのはリストとダグー夫人にまつわることです。サンドの立場では書けないことですから、私が小説にするのです。この秘密は誰にも洩らさぬよう願います。」

寒さと霧に閉じ込められた孤独な婦人が秘密を守れなかったのか、それとも、バルザックが酔いにまかせて一件を話してしまったのか？……『ベアトリクス』は女流作家フェリシテ・デ・トゥシュを登場させる。ペンネームはカミーユ・モーパン、確かに理想化されてはいるが明らかに、ジョルジュがモデルだ。彼女はブルターニュの貴族カリストを愛している。イタリア人の音楽家、滑稽な姿で描き出された大作曲家ゲンナロ・コンチに夢中になっていたブロンドのパリ女性ベアトリクス・ド・ロシュフィドが不意に現われる。新聞小説ということから、不実なベアトリクスが心の寛いフェリシテからカリストを奪い取る筋の展開が予想される……リストをモデルとした人物はどちらなのか？　虚栄心にさいなまれ、忠誠を誓った貴婦人にいらいらし、閨房での成功を追い求めるコンチか？　それとも純粋で敬虔なカリストか？（もっともこのカリストにサンドオ**の姿を見る人もいる）。おそらくはこの両者に認められよう。そしてここに自らが創作した人物の将来に対するバルザックのペシミズムが感じられる。一方に、若く純粋な天才、今日のフランツ。そしてその背後に、将来、彼がなるかもしれない人間――うぬぼれの強い、でっぷり太った大家の濃い影が見える。

何十年も後に、リストを熱愛し、彼の子どもたちの母親に対する嫌悪感に取りつかれたヤンカ・ウォールが『思い出の記』の中で、この小説に対してマリーがほとんどあり得ないような反応を

＊『ベアトリクス』は当初、この題名で構想された。
＊＊サンドのかつての恋人、ジュール・サンドオ。小説家。

見せたことを記述している。ウォールはまず、バルザックがハンスカ夫人にあてた、例の有名な手紙の一節、「ジョルジュは、ドルヴァル、ボカージュ、ラムネ、リスト、そしてダグー夫人に騙されていたのです。」を引用する。この一節はノアンの奥方の心の底にある、愛人も友人もひっくるめて皆に対する心の痛みを垣間見せる。ウォール夫人は、次いで『ベアトリクス』が招いたさまざまな結果について、リストが彼女に語った話を伝える。

「件《くだん》の小説が発表されてほどなくダグー夫人は涙にかきくれながら、私を激しく非難したのです。『あなたはまあ何と素晴しい友人をお持ちのことでしょう。バルザックがわたくしをモデルにして小説を書きましたわ。公衆の面前でわたくしをさらし台にかけ、中傷し、笑い者にしました。それは忌まわしいことです。』私は涙にくれている夫人にたずねました。『あなたの名前が出ているとでもおっしゃるのですか？　あなたの住所を見つけたのですか？　否ですって？　それでは一体何を泣いているのです？　どんな権利であなたは傷つけられたと感じているのです？　涙をたらしている人間は洟をかまなければなりませんよ。』長いやりとりの後で、私は夫人をバルザックに引き合わせることを約束し、そして実行しました。小説家は実に魅惑的であったから、ダグー夫人の恨みはたちまち霧散したのです。」

　フランツの口調でもマリーの口調でもないことから信憑性に乏しい上、この陳述は具体的な点でも真実味がない。つまり、ダグー伯爵夫人はすでにバルザックを知っていたことに加えて、リスト不在のおり、ジラルダン夫妻のサロンで再会してもいる。結局、回想録の作者にとってこの話は、リストに次の言葉を言わせるためだけのものだ。

「ド・ロシュフィド夫人〔ベアトリクス〕は巨匠の手になる肖像画です。細部まであまりに忠実に再現されているものですから、ちょうど他の女性が有名になることを避けるように名声を追い求めるこの女性を、知りつくしていると信じていた私でさえ驚嘆し、この本を読んで一層彼女のことが理解できたのです。ダグー夫人は私が出会ったどの女性よりも化粧が巧みでした。バルザックはこの際立った特徴を十分に利用したわけですが、このことが芸術家たちに大きな影響力を持つ女性として、また自由思想家として真面目に考慮されることを強く望んでいる彼女の自尊心をいたく傷つけたという次第ですよ。」

別離の後でリストがマリーに書き送った言葉から考えて、この見解は決定的な破局の後の伯爵夫人に対する怒りによるものであろう……とは言え、『ベアトリクス』の犠牲者についてのこの解釈は、マリーをペニス羨望のセリメーヌに引きおろすことで、自分たちの偶像を大きく出来ると確信している、ジョルジュ・サンドやデルフィーヌ・ド・ジラルダンあるいはリストの同時代の、さらには後世の賛美者たちが織り上げた中傷の網の中に取り込まれることになった。一八三九年八月、フィレンツェでリストとマリーは、彼女が彼と離れて初めて一人で過ごすことになるパリの冬について語った……彼女はこの時の会話を『日記』に記し、後に『回想録』に引き写す。

わたくしのサロンでルルウが行う哲学講義の計画（キリスト教的ユートピアを説く社会主義者であり、ジョルジュの友人でもあるピエール・ルルウはリストとマリーから高い評価を得ていた）

パリで過ごす冬についてフランツと話す。地位を確立し、落ち着きを取り戻し、卓越した人々を集めること。そのための出費、晩餐、贈り物をいとわぬこと。顔を出すべき場——講演会、説教、初演、アカデミー入会式には必ず列席すること。
上流気取り《スノビズム》で一枚上手《うわて》な人間を探すとすれば、それは破局の激しい怒りに駆られてマリーが成り上がりのドン・ファン呼ばわりした男であろう。世俗的な成功や喝采のために音楽家としての仕事を犠牲にしているリストに、どうしてこの女性の外見に対する過度までのこだわりを責められよう？　一組の男女の中の一方にだけ名声を渇望する権利を認めることではないか？　伯爵夫人にリストは伝統的な役を割り当てた。つまり、サロンを開き、客をもてなし、社交界で輝くことだ。リストが耐えられなかったのはおそらく、マリー・ダグーがダニエル・ステルンに変貌することであった。
『ベアトリクス』にもかかわらず、また、この小説の由来について聞こえて来たにちがいない噂にもかかわらず——情報源は物語そのものによって明白であった——マリーはジョルジュを必死に求めて、一八三九年八月二十日、一年半に及ぶ沈黙を説明する手紙を書いた。

……あなたとのおつきあいはわたくしにとって真剣なものでしたし、わたくしにとっては、今もなお変らぬ意味を持っている言葉がわたくし達の間で交わされましたから、わたくし達がこの世にある限り続くべき絆が、はっきりした理由もないままに解けてしまうにまかせておくのは、たとえ自尊心からに過ぎないにしても、わたくしには不可能なことに思われました……

この愛情のこもった書きだしの後に非難めいた言葉が続く。立証不可能な裏切りがベアトリクスに帰せられているのを思い出したマリーは突然、怒りに駆られ、不手際な非難を並べ立てる。ジョルジュは、感情を長続きさせることができず、気紛れと偶然に身を委せる性格だと聞かされてはいなかっただろうか？

　これはマルリアニ夫人が返送した件の手紙である。受け取ったジョルジュは、これらの言葉が悪意にみちていると判断する。リストがこの影の女王に説得されて、自分がショパンに左右されていると信じてしまうことさえ懸念しなければ、返事を書かなかったであろう。だが、彼女は二人の音楽家を気まずい関係におきたくない……ジョルジュは『ベアトリクス』には全く触れない。マルリアニ夫人とラムネに宛てた手紙に食い違いが見られたように、偽りの告白と中途半端な歩み寄りが重ねられる。「真実をすっかりお話にならないとしても、偽りは決しておっしゃらないで下さい。」というサント＝ブーヴの言葉が連想されよう。そこでジョルジュは返事をすると言明する一方で、率直さと大きな木靴のイメージにふさわしく、シャルロットに問い合わせる。領事夫人はこの冬、限りなく才気煥発で、優雅で、育ちのよい伯爵夫人をサロンの花となさるおつもりですか、と。質問は実際には暗示なのだ。ジョルジュはマリーが戻って来ることを、しかも一人で戻って来ることを知っている。盛大な夜会では同じ広間に居合わせることは構わないが、内輪の集まりでは元アラベル妃とは顔を合わせたくないとほのめかす。いつも騙され、欺かれ、つけ込まれ、信じやすい寛大な心の犠牲になって来たお人好しジョルジュに自らあてた奇妙なスポットライト。伯爵夫人が騒ぎ立てることのないように、三人の間で釈明する必要があるだろうと彼女は付け加える。「夫人は誇り高い役柄を見事に演じますが、家庭の主婦であるあなたを除けば誰

＊24巻に及ぶ膨大な『ジョルジュ・サンド書簡集』の編者。

16）マリックス＝スピール夫人、次いで『ジョルジュ・サンド書簡集』の編者ジョルジュ・リュバン氏。

の目にもひどく笑止なことです。」

女性解放の先駆者、つまり主体としての女性、他の女性をもはや競争相手と見なさない女性の先駆者であるはずのジョルジュとマリー——今日的表現によれば彼女たちの超自我の模範は依然、男性的である——が、きわめて因襲的な女性の欠点を免れられずにいる。結局、ジョルジュはシャルロットにラムネ氏のように厳しく被告人に話すよう勧める。

十月一日、ラムネの助言を得て領事夫人はマリーに、自分がジョルジュに警戒するよう忠告したと打ち明ける。伯爵夫人の皮肉にひどく機嫌を損じていたのだ。「あなたのお手紙のことは決して口にしておりませんし、お見せするようなことも絶対にありません。」〔二十世紀末のサンド賛美者たちの中で、最も熱狂的なジョルジュ・リュバン*氏でさえもこの約束が守られはしないことを認めざるを得ない。〕別離に際しての感情の激しい吐露やすすり泣き、こもごも交わす約束の中で、また荷物を監視し、衣装の袖や胴着に詰めなければならぬ薄紙や紗に気を配りながら、サンドとの関係のこうした駆け引きをリストは注意深く見守ったのであろうか？

ヌーヴ゠デ゠マチュラン街のアパルトマンが整い、十一月二十六日、ジョルジュはマリーの会いたいという求めにやっと応じる。まず彼女は二度にわたって(16)（下書きと写しが発表されている）有無を言わさぬ口調の手紙を書き、自分の誠実さを称揚し、明晰に過ぎるマリーが、愛していると言いながら陰で中傷していると主張した。

もっともマリーはいつだってジョルジュを憎んでいたが、リストへの献身から彼女を愛していると言明する努力をして来たために、自分自身でも愛していると思い込んでしまったのだ。だが、完全にではなかった。この手紙の言外の意味が、ノアンでリストとサンドの間に起きたであろうことに対するマリーの疑惑を裏づける（老境に入ったマリーが、事実としてジュリエット・アダンに語ることになるのは既に見た通りである）。

「幻想をお捨てになることですわ。あなたはわたくしを死ぬほど憎んでおられます……それなのに彼（リスト）には愛していると言明なさった、そしてあなた自身、そう思いこんでしまったのです。わたくしの友情に何度か負けてしまわれたのですわ。」

ジョルジュはこの憎悪の結果を見事に敷衍する、だが、その動機は予想さえできない、と強調する。マリーに辛い思いをさせないために、もう会いたくないと彼女に言わせることにした。「シャルロット・マルリアニはこうした非難があなたの耳に入らぬよう労を厭わなかったのです……。」この後、サンドとマルリアニ、サンドとラムネの書簡と矛盾する一節が続く。マリーはマルリアニ夫人に自分の出した、マジョルカ島への旅やショパンや瀉血を揶揄する手紙、つまり、まさしく中傷をジョルジュに見せるよう懇願した。「マルリアニ夫人は言われた通りにしましたが、あなたが何としてでもわたくしの考えを知ろうとなさったことがわたくしには理解できません……」

明らかにマリーはどうして友情がこんな冗談の中で破れてしまうのかわからないのだ、そして誠実にも手の内を見せようとした。

仲間たちはあれほど頻繁に親愛の情のこもった侮辱を送り合って来たので、彼女はサンドのユーモアをあてにできると信じた。だがサンドは責め立てる……

17）強調　原文

「あなたを取り巻いている人々にわたくしたちの冷ややかさを説明しようと奇妙な作り話を構想なさるには及びませんわ。リストがこちらに来ましても迎え入れるようなことは絶対にいたしません。彼をあなたと競い合っているといった奇妙な解釈を人々がするようなことのないためにですわ。わたくしがそんな考えを一度として抱いたことがないのをあなたは誰よりもよくご存知ですもの。」

下書きでは、「そうしたことはバルザックにしか浮かばない考えです。」と続く。だが、矛盾が余りにあからさまなこの一節はさすがに削除された。このことは、自らが弁護できない立場にあるのを十分わきまえたジョルジュが『ベアトリクス』をわずかでも思い出させまいとしたことを示していよう。この後で、『コンシュエロ』の作者は、この状況には場違いな感があるフェミニストの精神に言及する。

「偉大なものを憧憬し、またそれを必要としているあなたの知性に女性らしい小さな気がかりが絶えず反抗しているのですね。あなたは男性的で騎士のような行動をしたいと望んでおられながら、美しく才気煥発で他の女性たちをことごとくいけにえとし、圧倒してしまう女性であることを断念できずにおられます。だから、あなたは難なくわたくしを親切な少年として褒めて下さる一方で、女性としてのわたくしを笑い者にする皮肉さえお持ちでないのです。」(17)

この手紙は果たして投函されたのか？　ジョルジュとマリーの伝記作家の間で意見がわかれているが、いずれにしても、フランツへの手紙の中で伯爵夫人はこの一件を全く異なって伝えている。

十一月二十七日、彼女はジョルジュから大層優しい短信を受け取った。ジョルジュは咎めだてるような手紙は書きたくないと言う。（とすれば、前述の手紙を発送しなかったのであろうか？）「……よくご承知のように、わたくしはあなたに重大な非難をしなければなりませんわ。でも、インクと紙が発明されたのは、人生を美化するためであって、解剖するためではないと思っていますの。」

ジョルジュは二人のどちらかの家、あるいはマルリアニ夫人の邸で出会うことを提案する。マリーは自分の邸で、翌日の金曜日にお目にかかりたいと申し出る。もっとも、ジョルジュが望むならば、ジョルジュの許にいつでも出かけるつもりであると言明する。「わたくしが完全に誠実で、悪意など露ほども持っていないことがおわかりになりますわ。」ジョルジュはリューマチを口実にピガール街十六番地の自分の陣地に彼女を迎え入れる方を選んだ。マリーがリストに伝える事の次第は、サンドの手紙と合致しない。だが、はたしてその手紙は投函されたのだろうか？

会談の前日、五時にマリーはシャルロット・マルリアニ邸に来訪を告げた。電話のないこの時代は、馬丁に手紙を持たせて訪問を予告したり、「奥様は只今、外出中です。」と門番か従僕に言われるのを覚悟で不意に訪れた。多数の証言によれば、シャルロットは夥しい数のルネッサンス様式の家具とイタリアの置物に囲まれて、いつも時刻にふさわしからぬ豪奢な身支度をして暮らしていた。おそらく五時には豊満な胸もとを見せていたであろう。一方、マリーは化粧の技を駆使しながらも流行に適うべく掟を厳格に守っていたにちがいない。カブリオレのように頬の上に

18）G・リュバン氏によれば、これは現在の同街２０番地である。あずま屋は取り壊された。

垂れ下がり、巻き毛にもつれる羽根飾りのついた帽子を被っていただろうか？　ビロードの飾り紐と毛皮のついたコートを着ていただろうか？　フランツへの手紙によれば、伯爵夫人はマルリアニ夫人に言った。

「明日、サンド夫人に会うことになっています。わたくしの手紙にそって話し合いが行われますから、文章通り、言葉通りに進めるため、わたくしに手紙をお返し下さいませ。」

シャルロットは白状する。お決まりの心理劇のいつもながらの局面だ。手紙？　彼女がラムネに見せ、そしてラムネがジョルジュに渡したあの手紙だ。（したがって、ジョルジュが言明し、おそらく信じてもいたこととは反対に、伯爵夫人はジョルジュに見せるよう、懇願していなかったのだろうか？）マリーが激怒する。「あきれ果てたこと、裏切りそのものですわ……」その時、領事が部屋に入って来、妻が悪かったと釈明する。だが手紙の内容は恥ずべきものであり、自分がジョルジュの立場であれば、手紙を書いた人間には二度と会わないだろう、と付け加える。……真相はどちらなのか？　投函されなかったにちがいないサンドからマリーへの手紙が語るところであろうか？　それともマリーがリストに伝えたこの話であろうか？

　翌日、不安におののきながら元アラベル妃がピガール街の、元ピフォエルの手で作り出された詩情と魅惑にみちた雰囲気の中に足を踏み入れる。リストへ書き送った手紙に見られるこのわずか数語だけで、マリーがジョルジュの影響力から未だ解き放たれていないことが立証されよう。

　バルザックは異国の女性への手紙でピガール街十六番地を描写している。(18)うまや《ミューズ》のロンドンでの流行に先んじて、ジョルジュは庭の奥の建物の後ろ、馬車入れと厩舎の上にあるひどく急な階段のついた別棟を借りた。一階は彫刻を施したオーク材の食堂、褐色のこじんまりした客間、そして、いつも花がいっぱいに活けられた中国の花瓶が幾つも置かれた大きな客間。ショパンが練習し、また稽古をつけたピアノは紫檀材でこしらえた方形のものであった(一八四一年、ショパンはモーリス・サンドと一緒に他の別棟に入居することになる。)ドラクロワの数枚の絵、カラマッタの筆になるジョルジュの肖像、飾り戸棚におかれた置物。はしごの上は濃いベージュ色のジョルジュの部屋。二枚重ねたマットが寝台の代りであった。

いつものようにジョルジュはトルコ風の格好をして、ソファの上で丸くなっていたにちがいない。マリーには自分をひどく嫌っているショパンが姿を見せないことはわかっていた。代りに子ども達が顔を出した。ソランジュは美しいが太りすぎていたし、モーリスは思春期のただ中にいた。ドラクロワの絵の下に置かれたアップライトピアノは開けられていた。以前であればマリーは腰をおろし、何か弾きもしたであろう。だが今は敵地にいる気がしていた。彼女は目の前にいるジョルジュの豹変や心の奥を熟知していたから、うわべの親密な口調を信用しなかった。

マリーはレーマンに手紙を書く(十二月四日)、

表面的な和解ができましたわ。やがて仲直りすることでしょう。不都合なのはあの人が何を耳に入れたのか、誰から聞いたのか言おうとしないことです。

マリーは生涯の岐路にさしかかっている。貴族階級の女性が貴族街の偏見に対して挑んだ解放のための最初の闘いで、彼女はいわば急流――熱情、気狂いじみた愛への逃避、そして背水の陣をしいたパリ脱出――に身を投じた。数々の禁止事項に力つきた女性たちが長い間、繰り返して来たように。マリーの反対者たちは同時代の人間であれ、後世の者であれ、マリーの行動に醜聞への渇望、女子寄宿学校でよく言う目立ちたがりを見る。

この愛への逃避、そして愛の終わり、さらには子どもたちさえもマリーの長い間の憧憬――内に秘めた願望を消してしまうことはなかった。野望であろうか？　それだけであれば社交生活が十分に充たすことができたはずだ。それは、少女の頃から心を焼き尽くしているものを表現したいという欲求だった。女性が置かれている運命への反抗であった。

職業柄、自己の最良のものを場所を選ばず見せることを余儀なくされたヴィルトゥオーソ（名人）、旅が決して余暇ではない遍歴者とのいわば流浪の生活はマリーを変えた。こうした生活から形成された彼女の社会に対する見解は、周囲の優雅な階級の人々の眉をひそめさせた。フランツは王や王族のもとに頻繁に出入りしたが、それは生活の糧を得るためであった。神童とはいえ貧しい執事の息子であった彼は、あらゆる専制、圧制に反発した。リヨンの絹織物工たちの反乱は、ポーランド人たちの暴動と同様、深く彼の心を揺さぶった。労働者や女性の条件、芸術家の境遇は、彼自身が全身で感じ取っている不公平そのものであった。サン＝シモン主義者やフーリエ主義者たちの教義、ラムネの説教、ピエール・ルルウのキリスト教的社会主義ばかりでなく、より良い世界、未来の黄金時代を描き出しているものことごとくが彼を夢想に誘った。美しいクリスチーナ・ド・ベルジオジョーソを取り巻くカルボナリ党員たち、ミツキェーヴィチを中心としたポーランドからの亡命者たちとの交わりが、彼に奉仕への強い意志を覚醒させた。彼は大義や人々のために慈善音楽会を開催し、資金援助に奔走し、昂揚した友情に身を委ねた。

伯爵夫人は共和主義者になりはしても、生まれ育った境遇から出て、しきたりを破ることは決してなかった。ジョルジュをはじめ多くの者がこのことを非難しよう。マリーははるか後になって、ノアンの奥方と呼ばれるようになったジョルジュに（二人とも嫉妬深い情熱から解放された時に）小さなスプーンから消すことを忘れた紋章で判断されることへの愚知をこぼすだろう。風刺新聞は、ダグー夫人の従僕が名刺を置く盆を訪問者に差し出す前に手袋をはめている様子を載せていた。

ジョルジュはたしかに金の必要性を実感していた。費用のかからぬ男装も葉巻きや水キセルも、ペンの徒刑囚バルザックほどではないにしても、浪費家ウジェーヌ・シュウと同程度のすさまじい仕事量を少しも減らすことはなかった。美男のウジェーヌとジョルジュはサロンやカフェの文学的ボヘミアンの社交界と、労働者の貴族階級とでも言える人々の間を漂ってはいたが、それでも社会主義者であった。二人はサン＝シモン、フーリエ、プルードン、オゥエンや彼らの弟子たちの理論に精通した、労働者階級の選りすぐりの代表者たちを迎え入れた。彼らはいずれも聡明な労働者、つまり『フランス遍歴の仲間』のアグリコル・ペルディギエ、あるいは詩人―ジャーナリストのヴァンサールといった独学の知識人であった。

パリに帰って来るまでのダグー伯爵夫人は解放されてはいるものの、過度なまでに優雅な、教養ある社交界の女性であった。だが彼女は変わろうとしている。自己を表現するために言葉を使って別の存在になろうとしている。彼女が本を書くことにフランツも同意していた。勿論、小説である。だが省察にみちた小説……誰の発案なのか、その題名は真実を意味するギリシャ語のアレテイアとなるはずであった。マリーはジョルジュが手助けしてくれるだろうと信じている。あれほど繰り返し、「あなたを愛していますわ……」と書いて来たジョルジュなのだから。

リストにマリーが書き送ったところでは、一八四〇年初め、ベルナール・ポトッキ公爵——つれないマリーのために自殺すると絶えず脅迫していたあの公爵が、オペラ座でバルザックに出会った。するとバルザックが、「ああ、私は二人の女性を仲たがいさせてしまいましたよ。」と叫んだという。

彼女は驚くような注釈をつける。

「バルザックがノアンでジョルジュと一週間差し向かいで過ごした後で書いた小説があるなどと、あなたにお話しておりませんわ……」

話してないだって？　それでは、ヤンカ・ウォールが後に作り上げたくだらぬ話なのか？　それでは、主題への多くの暗示はどういうことなのか？

マリーがリストにあてた手紙の数々、そしてその返事、サンドからマリー、或いはシャルロットへ書き送った手紙、何人もの証人の話、ラムネの筋の通らぬ意見や激しい呪詛（マリーが彼を調停者に見立てると、彼は自分では決して目を通すことのないバルザックの件の小説を激しく非難し、ジョルジュともシャルロットとも和解しないよう忠告するのだ）、こうした全てのものがより集まって、オリエントの刺繍に見られる一本の糸のように、矛盾の中で真実がきらめいている織物を作り上げる。

19）この手紙の注でG・リュバン氏はバルザックの手紙の一節を引用している。（『書簡集』第4巻710頁）
「私が作り出したいわばあなたの従姉妹ともいうべき人物（『ベアトリクス』中のカミーユ・モーパンのこと）について人々があなたの耳に何を入れようとも、朗読の時まで、私を信頼していて下さい。」↖

ノアンに戻り、『シエークル』紙に掲載された小説をまだ読んでいなかったジョルジュは、一八三九年七月二日、バルザックに書いている。

「『徒刑囚たち』とあなたが好んで呼んでいる本の中で、あなたはわたくしの知っている色白の女性とその協同者をおそろしく黒くしてしまったと、わたくしに言う人がおりますわ。あの夫人は自分の姿をそこに認めるには才気があり過ぎます。悪意にみちた密告をしたかどで、わたくしを咎め立てする考えが夫人の頭に浮かぶようなことがあれば、あなたは必ずわたくしの無罪を証明して下さいますわね。(19)」

だがピガール街でジョルジュに会った後、マリーはフランツに書き送る。

……あの女性はあなたとわたくしの関係は作りものであり、わたくしはあなたへの愛に、あなたを喜ばせ、あなたの感情をことごとく分かち合いたいという欲求に身をまかせたのだと言いましたが、真実を指摘したと思いますわ……

不在の人へのそれとない愛の告白。だがそれは真実であろうか？　二人の女性の性格はまさしく相容れないものなのか？　いずれにしても、仲たがいは決して修復されることはなかった。マリーはそれが取り返しのつかないものであることを今や知っている。

↘ ジョルジュは返事を書く。
「……わたくしも小説を書いていますから、小説が肖像画を描くのでもなければ、現実のモデルをそっくり写し出すこともできないし、また、そう望みもしないことをよく知っておりますわ。小説家が何ひとつ創り出さないとしたら、芸術は一体どこにあることになりましょう……」

2 新聞界のナポレオン

食卓にはイタリアのレースがかけられていた。磁器製の食器はアンリ・レーマンが自分のオリジナルのデザインで制作させ、皿、スプーン、ナイフ、フォークは最高の細工師の手になるものであった。料理女は従僕の妻であったが、洗練されたさまざまな創意工夫で内輪の集まりでは評判が高い。ボルドーのワインが、バルーン形に細工されたカラフォンを通してきらめいていた。

ジラルダン夫妻のサロンにふさわしい常連として、ヴィニーとベルナール・ポトッキ公爵、ウジェーヌ・シュウとサント゠ブーヴが彼等の才気を際立たせるよう指示を受けていた。

サント゠ブーヴがマリーの夜会服に挿したツバキの花を奪ったのは、この晩餐の後のことなのか？　彼はこの花を押し花にして、「一八四〇年一月三十一日、マリー・ダグーがつけたツバキの花弁」と封筒の上に書きとめておこうと呟く。後世の人がこの花びらを見つけて……と信ずるだろうと、短い文章でほのめかす。「私もまた、ある宵、私の小さなツバキを手に入れた。」彼は成功したのだ。このツバキはプルーストのカトレアの意味を持っていたにちがいないと、信じた者

20）『スワンの恋』で主人公はオデットに「言いよる」と言うかわりに「カトレアを直す」という。蘭の思い出……

もいたのだから……伯爵夫人との関係の進展から考えて、彼自身にとって長い友情の後で、ただ一度の愛の金の釘を打ちこむことができたとは疑わしい。

エミール・ド・ジラルダンの情熱

マリーがリストとの逃避行に出るまで彼女に仕え、その後フラヴィニー夫人の邸にとどまっていた小間使が、朝のココアと一緒に一通の手紙を持って来たのはこの翌日であったか？　熊の耳色の寝室のレースのベッドの中で、マリーは見知らぬ筆跡を読む。「もう一度お伺いしてもよろしいでしょうか？　何時でも御指定の時間に。おみ足に口づけを。エミール・ド・ジラルダン」返事を受け取るまでは帰らぬよう命令を受けた馬丁は、二時間前から伯爵夫人の目覚めを待っていた。マリーは毎日、四時に在宅していると返事をする。だが彼女は、レーマン、コレフ博士（彼らのことを伯爵夫人のユダヤ人たちと呼ぶ者もいたが）、ポトッキ公爵、サント=ブーヴ、ヴィニー、そしてしばしばシュウ、さらに、ユーモアと悲壮感をこめて愛を告白したヘンリー・ブルワー=リットンといった求愛者たちが同席していることは付け加えなかった。最後に名を挙げたイギリスの魅力的な外交官はきわめて役に立つ男であった。彼はマリーに、外交小荷物でロンドンから芸術品や家具さえも取り寄せることを約束する。ムーア風のサロンもレーマンの意匠による紫色の閨房も英国の恩恵を大いに受けていた。

フランツへの手紙で伯爵夫人は、熱心な常連たちの有用性をしばしば強調しているが、それは

21）J・ヴィエが『知られざるエミール・ド・ジラルダン』で発表。

彼女がこうした男性に心を惹かれていないことを信じさせるためであったのか？　ブルワーについて彼女は、作家としての才能（彼はフランスに関する著書を出版したが、彼女の評によれば良くも悪くもなかった。）よりも、外交官としての手腕を称賛する。彼女の家族やピフォェルの仲間たちへの対処の仕方について助言するのは、彼であった。

エミール・ド・ジラルダンは最初の訪問ですでに、愛情、媚、誘惑、拒否の錯綜した駆け引きを理解したにちがいない。彼はいつまでも、普段のお茶の時間の訪問者ではいなかった。二人の関係は心と精神だけのものであったのか？　この関係の中で感情は、マリーがフランツへの手紙で告白しているより大きな役割を果たしていることは明らかだ。だが、肉体は？　行為は存在したのか？　後世、大いに議論されたところである。エミールがマリーにあてた手紙はどのようにも解釈できるのだ。[21]

深層を探求することで、想像力と欲望の複雑な二重の戯れが我々の前に明らかになる。膨れ上がったロマン派的文章はしばしば真実の感情を覆い隠す。マリーがサンドとの関係について語る時、語り手に似つかわしくない幾つかの言葉が心の深部で傷ついていることを示している。ジラルダンにあてたマリーの手紙が不足しているが、二人の関係の中で行為がどのような程度であったにせよ、真実の関係であったという印象が残る。

ジラルダンはリストと並んで、マリーの人生を最も大きく変化させた男である。愛人であり、子どもの父親であり、けんか別れを繰り返す男であるリストは、もはや瞬間的にしか彼女の前に姿を見せない。援助の手を差し伸べ、彼女の自己実現の欲求を理解し、そしてその夢を可能にするジラルダンは、五年間にわたって心の定点であり、また、それよりはるかに長い間、助言者であり、そして終生、友人であり続けよう。

この生まれたばかりの愛情がなければ、多くの人の口にのぼった情熱の失敗をマリーはどうやって乗り越えられたであろうか？　世の中をすねたこの男の中に芽生えた新しい、熱烈な、疑いようのない感情が新しい生の開花を、つまり、ローレライや榛《はん》の木の王様のベアトリーチェを破棄した後に、ダニエル・ステルンとしての再生を可能にしたのだ。

ジラルダンには内閣を倒し、作家を有名にし、国王を不安に陥れるだけの力があった。短い警句で定評のある彼が、マリーには不器用さが時に顔を出す長い手紙を書いた。彼は心をゆり動かされている。

> マリー、まだ六時だというのに、もう二時間も前からあなたのことを考えて私の手はじっと合わさったままでいる。〔この後、長い余談が続く。遠く離れた所で彼女のことを考えるために脱線していたいと言う〕私が感じていることで我を忘れた状態にいる……確かなのは、私が理性を失ってしまったということ。私の望みはあなたから不可能なことを要求されること。私の力を超えた犠牲をあなたのためにしたいというこの欲望を、十分に表現する言葉がもはや見つからないからですよ……あなたは私の中に奇妙な感情を芽生えさせた。それは私の想念を私の人格から、私の魂を私の身体から引き離したいという激しい欲望。あなたにふさわしいと私が感じるのは、私の魂だけ。できるものならば私は消え失せ、魂だけがあなたの傍にとどまっていられたらと思う。結局のところ、私は自己嫌悪におち、錯乱しているの

です。マリー、マリー、あなたは私の中にあなただけが理解できる感情を植えつけてしまった。このことをどうかわかって欲しい。

それでは二時と今晩、お目にかかりましょう。今日はあなたに幾度もお会いする必要があります。感情と思考が混乱し、あなたの傍にいる時だけはこの混乱が霧散するのです。あなたが今、目にされたことを書いたのはこの私、私自身だ！とは驚くほかありません……

マリーの巧みな媚――愛情が冷め、激しい口論が繰り返された時期、フランツは鳥もち伯爵夫人と名づけた――と、欲望の代わりに差し出された友情の魅力だけでは、彼の執着を説明できない。ジラルダンはあらゆることを体験していた。追従する愛も、グランブールヴァールの常連たちが繰り広げる地獄の桟敷席の乱痴気騒ぎも、極度の貧窮が抱かせるすべてのものに対する不信も、自分だけの力で手に入れた権力の僥倖も知っていた。彼は金銭ずくの人間だと非難され、カレルとの決闘の後で暗殺者と指弾された。オペラ座のロビーで平手打ちを食らったこともあった。代議士に選出され、当選が無効とされ、再度選ばれ、そしてもう一度異議をはさまれた……こうした過去を持つ男がまるで初恋のように夢中になるとは、マリーという女性の中に苦悩だけでなく、彼を迎え入れる気持ちを感じ取ったからにちがいない。

一八四〇年春、ジラルダンは手紙の中で自分について詳細に語る。そして不意に、拒絶された男のものではない言葉で現状分析をする。誇らしさが見えないわけではない。

あなたはご自分がこの上なく真実で、またこの上なく自信のない女性だとおっしゃる。私たちは現在の自分の姿を知らない、わかっているのは過去の姿だけですよ。私はこれまで常に、自信が持てない人間との非難を受けて来ました。けれどもこのことは私がそうした人間であると立証することになるでしょうか？　あなたの傍にいる私は自信にみちている。まさしくあなたの性格が私の性格に及ぼした影響でしょう。何世紀もの間、発見されることのなかった泉を見つけ出す能力を備えた人々が存在するのです。

二人差し向かいの姿を想像してみる。日中にせよ、夜にせよ、彼らはよく二人だけで過ごした。もっともそれはわずかの時間であったが。エミールは拘束されている。


自由な二時間を見つけるために一日の仕事を調整することは容易にできます。だが、夜、あなたの許に三度も出かけるわけにはいかないのです。私に尋ねなくとも家人には分かることですから。私が送っているような生活では、どんなに些細なものであれ例外は忽ち無数の噂を生み出すものです。加えて私に耐え難いのは、ぞろぞろついて来る一群の人間ですよ。私の家がガラスで作られることには同意しても、私の心に対しては否《ノン》です。心を捜索されることとは死刑にも等しいことですからね。

これは愛を懇願する男の言葉ではない。二人の絆を永続させるための条件の設定であり、可能性の提示である。マリーは彼が監視されていることを知っている。デルフィーヌからか？　確かにそれもあるだろう、だが警察当局からも監視されている。公人には真に私的な生活はない。

エミールとは何者なのか？

ジャーナリズム界のナポレオンは、マリーに身の上話をしただろう。誰もが解説をするが、その度に異なって語られる来歴。今や支配者となったこの男の幼年時代がどんなものであったか、三人の子の母として法律上認められなかったマリーには、他のどんな女性にも増して深く感じることができた。彼の子ども時代の話を聞きながら、彼女は自分の一歳になる息子のことを考えていたであろうか？　快楽と男たちに溺れ、ジラルダンを生んだ若い女性のようには決して振る舞いはしないと、自らに誓ったであろうか？　この男は一八〇六年生まれ、マリーより一歳年下であった。

エミールは、伯爵夫人に自分の父の素性を喜んで語ったにちがいない。祖父のジラルダン侯爵は、ジャン゠ジャック・ルソーの庇護者であった。一七七六年生まれの彼の次男アレクサンドルは十五歳で海軍に入り、総裁政府時代には軽騎兵中尉となり、ライン及びアウステルリッツの戦いで昇進し、大尉の位とともに勇者勲章を勝ち取った。

栄光に輝くこの年、彼は画家グルーズが『清純な乙女』のモデルとした女性に出会う。王国財務府副大臣の娘ファニャン嬢は、革命の急旋回の中で若い平民デュピュイと恋愛結婚したが、夫はアンティル諸島に発ってしまった。一人ぼっちになった女は美男のアレクサンドルを愛し、一八〇六年六月二十一日、男の子を出産した。ルソーの思い出にエミールと名づけ、ドラモト夫妻という架空の両親の名を考え出した。

エミールは悲しい里子の月日を過ごした後に、心の寛いショワゼル夫妻の許にやられた。この夫婦は、ナポレオン治下の大物財政家ウヴラールと総裁政府時代の女王的存在タリアン夫人（一八〇一年に離婚）との四人の子どもをすでに育てていた。長子はエミールの五歳年長で保護者を買って出た。後にエドワール・カバリュス博士となるこのタリアンは、ジャーナリストにとって終生、最も親しい友人であり、エミールの初恋の相手はその妹であった。一八〇二年生まれのテレザ・カバリュスは四歳年上の大女であった。彼女はタリアン夫人の娘時代の名をもらっているが、美貌の方も受け継いでいただろうか？

ショワゼル夫婦の許で幸せな日々を過ごしている時、エミール少年は大佐となった父のジラルダン伯爵が威勢のいい馬に引かれたフェートンでやって来るのを見た。アレクサンドル・ド・ジラルダンは一八〇八年以来、帝室付狩猟隊長を勤めていたが、由緒ある家柄の娘ヴァンティミル嬢と結婚し、厳格な姑の支配下に置かれてしまった。私生児だって？　姑は引き取ることを拒否した。この頃、デュピュイは植民地から妻の許に帰ってきたが、妻は子どものことも愛人のことも白状しなかった。夫は判事に任命され、妻はこれからの人生を考えた。そして愛の結晶であるはずの息子は忘れられた。

八歳になったエミールは、ル・パンの種馬飼育場で働く馬丁の許に預けられ、アルジャンタンの中等学校に通う。近在の城主が少年を迎え入れた。後にヴァレーニュ夫人となる娘がエミールの母を知っていたため、彼の出生にまつわる恋の話を伝えた。

十八歳で軍隊に拒絶され、株式仲買の店に勤め、証券取引所で他人の金を失った。ヴァレーニュ夫人は彼をローマの代表的な下町トラステヴェーレ街に生まれたイタリア女性に引き合わせる。フランス人と結婚しているこのスノンヌ夫人は画家アングルのモデルであった。エミールとスノンヌ夫人は愛し合ったのであろうか？　いずれにしても、夫人は彼が夫の下で働けるようにした。

王政復古の時代になっても、アレクサンドル・ド・ジラルダン伯爵―大佐の好遇は少しも変わらず、ヴァンティミル家の力添えでルイ十八世の狩猟頭の任にあり、聖ルイ勲章を授けられた。一方、スノンヌ氏は宮内卿であったから、エミールは通路や廊下の曲がり角で父に出会うようなことがあっただろうか？

少年の頃から彼は毎月の末日、夜明けに馬でヴァレ＝オ＝ルにある父の邸にやって来る。そして父と一緒に……庭師の小屋で食事をする。おそらくアレクサンドル伯爵はエミール・ドラモトに月々のわずかな生活費を渡したのであろう。

この少年は十八歳の時、自分の価値を認めさせるのでなければ滅びるべきだと自覚する。後に彼の友人となるバルザックは『人間喜劇』で、野望に燃えた人間や成り上がり者を創り出す時、彼のことを思い浮かべていたのであろうか？　エミールは夜になると、パレ＝ロワイヤルの木の回廊をあてどなく歩いた。そこには紳士のための英国風の洗練された装身具や書籍が陳列され、価格のついた女が立ち並んでいた。閲覧室で青年は、ソフィ・ゲーの親友マルスリーヌ・デボルド＝ヴァルモールが望みのない愛を献げたアンリ・ド・ラトゥシュに出会った。この文筆家が文学史に名をとどめるのはその作品によってではなく、この秀逸な女流詩人が彼に献げた詩篇のためでである。

お書きにならないで下さい。
わたくしは悲しいのです、消え入りたいほどに。
あなたのいない光り輝く夏。それは炎の消えた愛。
あなたの許に届くことのない
わたくしの腕をもう一度閉じ
わたくしの胸をたたきます　それは墓石をたたくこと。

最後の詩句は、「大切な文体は生きた肖像」という諺になるだろう。

この狭い回廊では、ちょうど今日のオデオン座からサン゠ジェルマン゠デ゠プレに至る通りのように、古着と書籍が隣り合っていた。ブールヴァールの優雅に着飾った女性よりも、パレ゠ロワイヤルの娘たちを好んだラトゥシュは新しい友に、彼の激しい怒りを言葉に移すよう励ました。ドラモトはシャンゼリゼ街の一室に住んでいたが、そこは当時はまだ、優雅な住宅街ではなかった。

彼は私生児を弁護した『エミール』を著わす。

(同じ頃、パリのもう一方のはずれモベール広場の近くで、ペルーの貴族とフランス女性を親に持つ私生児が酔っぱらいの夫の許から子どもを連れて逃げ出し、いわば賤民の生活を始めた。後にこの逃亡した女は自分が体験した万国共通の社会階層の状況を叙述することになろう。もし

22）フローラ・トリスタン（1803－1844）、フランスの女性解放運動の先駆者（D・デザンティ『反抗する女、フローラ・トリスタン』（アシェット社）参照）。

エミールがこの女性フローラ・トリスタン(22)に出会っていれば、どうなっていただろう？　彼は彼の生きた時代に、そして彼女は後世に役割を果たした。彼女は『エミール』を目にしたであろうか？）

マリー・ド・フラヴィニーはこの書を読んでいなかったし、一八二七年にあっては、私生児の権利要求は彼女にとっては全く無縁のことであった。

「……息子だけが自分をこの世に送り出した人間の罪状を耐え忍んでいる。」

ラスチニャック風の次の叫びも同様である。

群集の視線を自分に引きつけるに足る高い地位に成り上がる、そしてかって見棄てられたことに復讐する。私は想像の中で、両親が私の方に駆け寄って来るさまを、まるでダランベールのように目にする、そんな名声を渇望していた。

彼は文学者たちが集まる〝カフェ・ド・パリ〟に出入りした。そこでラトウシュが友人たちに彼を引き合わせてくれた。『エミール』は、やがて『エルナニ』や、ブールヴァール演劇では『アントニー』を生み出す潮流に合流した。すでに批評界の重鎮となっていたサント＝ブーヴがこの未知の作者に敬意を表した。

最初のエミール、つまり小説のエミールは絶望の余り生命を断つ。だが、二番目のエミール、つまり今後、我々が関わりを持つことになるエミールは、彼に課せられた試練を経て、社会を真正面から見つめ、その中に入り、たとえ襲撃によってであれ障害物を取り去ることを確信している。

批評家としての権威をサント=ブーヴと競っているジュール・ジャナンは『フィガロ』紙で署名せずに、「久しく目にすることのなかったちょっとした傑作」と評した。かくしてエミールは世に出た。彼の第二作には二〇世紀末の嗜好に合うような題名「行き当たりばったりに。終りのない話の続きのない断片」がつけられている。

私が身だしなみを常々ないがしろにしているなどとどうか信じないで頂きたい。スペインを隈なく捜し歩いても、さほど優雅でもない燕尾服を手にするまでは餓死をもいとわぬ決意を私以上にしている小貴族には決してお目にかかれないであろう……

アルトン=シェーは『回想録』でジラルダンについて長々と語る。（もっとも多くは伝聞、つまり〝カフェ・トルトーニ〟やあちこちのサロンで吹聴された話に根拠をおいているのだが。）彼はエミールとアレクサンドル伯爵―大佐の間のまるでメロドラマのような場面を伝えている。

「私は私のものでもあるあなたの姓を名乗るつもりです。」

「反対する。」

「結構でしょう。では告訴させて頂きます。」

もっとも、この件については別の話も伝えられている。すすり泣くエミールのもとに、父が事態解決の策として青年が愛している友人ド・ラ・ブルドネ氏を送りこむ。仲介役を果たした友人がアレクサンドル氏に報告する。

「あの青年は必ずや出世する。認知なさるのが賢明というものですな。さもなければ、彼の方が将来あなたを認めますまい。後悔することになりますぞ。」

結局のところ、青年はエミール・ジラルダン（すでに見たように彼はこの名で結婚した）、次いでエミール・ド・ジラルダンと署名するに至った。

彼は夫婦の情事については伯爵婦人に何を告白したのであろうか？　疑いもなく、彼は眩しいばかりのデルフィーヌを熱愛し、義母にした約束はことごとく果たした、つまりサン＝ジョルジュ街の館、調度品、サロン、さらに最も顕著な力、つまり新聞の力を与えた。一八三四年から三六年にかけてデルフィーヌは子どもを作ろうとした、と彼はおそらくマリーに言ったであろう。だが……彼女は不妊症であった。彼の方は直ちに地獄の桟敷席をも含めて徹底的なダンディズムに戻った。マリーへの手紙で、彼は控え目ながら明快な言葉で自分の心理を分析する。

> 天真爛漫さが私に過度の尊敬の念を抱かせるため、私にとって妻は大理石にも等しいのです。私がアダムでないことにイヴは満足でした。妻は全く何も知らなかったのでしょう……

ところでデルフィーヌ――娘を熱愛しながらも支配する母に育てられた――は、デルポイの巫女ピュティアのような精神の高揚、内に秘めた心を焼き尽くすほど激しい自己陶酔、さらに象徴的な白に対する偏愛から〝トルトーニ〟に集まる粋な女よりイヴに近かったのだ。

一方、ジャーナリストの方は、その才知で顔の造作の欠点までも隠している、評判の娼婦エステル・ギモに際立った好みを示した（彼はこのことを伯爵婦人に語ったであろうか？　売春婦たちに対して、上流階級の婦人が感じる魅力を夫人も感じていた）。特別価格のために抗議を受けることになった日刊紙の創刊後間もない頃、彼はエステルの許を退出する時、マントルピースの上に二百フランを置いた。エステルは言葉を添えてその金を新聞社につき返した。「わたくしは廉価の新聞を支持しておりません。」という彼女の言葉は、たちまちパリ中に知れ渡った。(もっともエステルは、その後も彼の友人であったようだ。一八四八年、彼女は彼に力を貸した。そして彼女が病床にあり年老いた時、彼は他の常連たちと同様、食事付きの部屋を提供し、しばしば彼女の許で食事をしている。)

「デュラントン事件」については、マリーにどのように報告したであろうか? いずれにしても、この醜聞はパリと名づけられた社会に激しい衝撃を与えたので、彼女が知らないはずはなかった。デュラントンは、バルザックの小説に出てくるようなだて男の一人であった。彼が身づくろいに何時間も費やすのは、ご婦人方が彼の中に自分の姿を認め、その安心感から身を任せるとの思惑からであると、ド・マルセイ風に説明するのは彼なのか? 噂によれば借金と酒で身を持ち崩したデュラントンが、ド・ロネ子爵、つまりデルフィーヌに出会った。彼女の目にデュラントンは、エミールが妻である自分を避けて潜入している謎にみちた大陸——快楽を追い求める男たちが出没する界隈——を具現していた。パリの流行について記事を書いている彼女が、こうした場所での乱痴気騒ぎを知らなかった。自分を熱愛していると言明した男にさえ、そこに出入りする習慣を断たせることができなかったドミ・モンド——この言葉はやがて大流行する——この高級娼婦の世界を、伊達男以外の何者でもないデュラントンが具現していた。彼は、詩人でも画家でもジャーナリストでも財政家でも音楽家でも思想家でもなく、お祭り騒ぎと女を求めるだけの男であった。

23) バルザック『幻滅』、『娼婦の栄光と悲惨』参照。

彼の友人たちの伝えるところでは、自分とは正反対の人間に出会ったデュラントンもまた、デルフィーヌに対して絶望的な愛を抱いた。その時代の最も卓越した男性たちだけを――しかも神秘的な愛で――愛して来たミューズが、人生の裏面を知ろうとしたのだ。一度だけ――ただ一度だけ、と彼女は夫に残らず告白した時に言った――彼女は自らを与えた（彼女には他の言葉は見当たらない）、彼女は啓示の漠とした希望の中に、まるで供物のように身をささげた翌日、激しい嫌悪感にとらわれ、愛人に再び会うことを拒絶した。破産し、債権者たちから執拗に責め立てられ、病の身であり、妖精と言ってもいい女性、触れることの出来ないこの女性に棄てられ、栄光を失った伊達男デュラントンは自殺を図った……この現実のリュバンプレにとっては、奇跡的に救いの手を差し伸べる脱走徒刑囚を創り出してくれるようなバルザックはいなかった[23]。そして彼は死んだ。

この一件が、カフェから編集室へ、サロンから怪し気な溜り場へ響き渡らずにすむということがどうしてあり得よう？

ジラルダンは侮辱されはしたが、心の寛い支配者としてこれに対応した。彼は妻を許した。彼はデルフィーヌの傍で今まで通り暮らすことにした。だが、それは兄としてであり、もはや夫としてではなかった。以後、ミューズは秘められた悲しみと永遠に癒されることのない心を詩に託し続けよう。彼女は可能な限りエミールを愛していた。彼女は表面に出せない嫉妬に苦しめられたが、彼女の書く記事や会話の中では夫婦の信義を守り、夫への限りない賞讃を見せた。

この頃、エミールは少年時代に愛したテレザ・カバリュス、今はブリュンチエール夫人となった金融ジャーナリストに再会した。証券取引や投機の才があると思い込んでいるこのウヴラールの娘は『公共土木事業誌』を編集したが、これにはおそらくエミールの援助があったであろう。彼女は昔からの友を愛していたのだろうか？　二人の共謀関係は以前からのものだった。彼らの間には息子がいた。忘れっぽい両親への面当てからアレクサンドルと名づけた。やがて、不用意にも――いや、もっと悪いことに、テレザが金融スキャンダルに巻き込まれた。いつものようにあらゆる非難中傷にさらされたエミールは彼女をロンドンに移させ、そこで小さな定期刊行物『オプセルヴァトゥール・フランセ』誌を出版させた。だが、罰としてか、それとも合意の上でか、彼は子どもを引き取り、デルフィーヌの許に連れて来た。彼女がこの息子を迎えたことが彼らの社会で長い間、語り草になった。おそらく彼女自身が子どもを引き合わせるように申し出たにちがいない。「わたくしを信頼して下さったことに感謝いたしますわ。」そして彼女は遺言でこの子を養子にしよう。こうして二人の私生児の間に生まれた私生児が、アレクサンドル・ド・ジラルダンを名乗ることになった。

エミールもまた誠実に、マリーに心の中を書き送る。

私の心の中、私の巣窟は私が休息を見出せる唯一の避難場所です。そこでは私がありのままに、少々余計にさえ評価してもらえます。これは非難中傷に対する勝利でしょう。……幸せは私の中に住んではいないが、邪悪な情熱もまた些かなりとも宿ってはいないのです。

彼はほとんど外出しない。驚くべきことに夜間は絶対に外出しない、と言う。「私は社交界に出入りせず、訪問もしません。用がないのです。」一八四〇年にあっては、これは多分真実であった

24）強調　原文

だろう。だがその後は？　それにどれほどの期間？　余りに多忙な生活から彼は社交界で成功しようとは思わない。

それは私が臆病だからでも、頑固だからでもありません。私の中には女性を誘惑しようという気持ちをことごとく退けてしまう名状し難い感情、定義しようとすれば滑稽なものになってしまう感情があります……私たちが現在生きている社会は、男性と女性の役割を取り替えたのでしょうか？　それとも私がただ単に例外的な存在というわけでしょうか？　女性を誘惑するということは、私にはいつも男性を堕落させることに他ならないと思われて来ました。(24)こうした話は滑稽に聞えるでしょう。この告白は私の口から初めて出たものです。二度と口にすることはありません。

マリーは、フランツに報告している以上の衝撃を本当に受けていないのだろうか？　フランツは感じとり、心配なのはジラルダンのことだけだ、と自ら認めさえしている。そして一通の手紙が神経の高ぶったリストをあらわにする。彼はその中で手紙の文面から分析する代りに、四月にパリに戻って来るのだから、肉声でジャーナリズムのナポレオンについて語り合った方がよいだろうと示唆している……だが、彼はすぐに気を取り直す。強制することは相手に権利を与えることではないか？　いうまでもなく、彼女には思い通りに行動する自由がある……

デルフィーヌはどう感じていたか？　実体のない結婚生活を承認することは、この社会階層の妻たちの宿命であった。テレザを受け入れることは彼女を一層辱めた。だがそれは結局、少年時代への回帰であり、デルフィーヌにとって事件は完全に終っていた。彼女は子どもを得た。そしてエミールは失望した。だが伯爵夫人の方はどうか？　かつてゲー嬢にとってフラヴィニー嬢が優っていることは明らかであった。その後、ダグー夫人は輝かしい恋愛や勇気、魅力によって光彩を得た。デルフィーヌは子どもの産めぬ女であり、マリーは多産そのものであった。デルフィーヌの奢侈は夫の力によるものであったが、伯爵夫人の方は自らの財産であった。マリーは執筆する意図を持っていることを、遂に公言した。ミューズは初めて怖れを抱いた。結婚は解消できないが、別居はいつでも可能だ。エミールが彼の避難所、彼の隠れ場に執着していることを知らず、デルフィーヌは優しさと不安の綱を引き締める。

後に伯爵夫人は、デルフィーヌが率直に心を開いた後で苛立ちを見せることにびっくりする振りをしよう。

理性的な人間――自分の心から棘を持っている幻想はことごとくはぎ取ってしまったのだから、もはや不死身であると公言している人間――にあって、熱狂が進行する様は電撃的である。

　私は今しがた、あなたに気違いじみた手紙を幾枚も書いた、そして封をして、あなたの名前を記した後で、マリー、私はそれを焼却してしまったのです。これがあなたの知り得る全てです。あなたの心を苦しめているとあなたのおっしゃるヘビが、私の心をも噛んでしまった。以前はなかった、私の心には一度としてなかった、そして残っていてはならない毒を今、感じているのです……マリー、私があなたを愛していることだけは知っておいて欲しい。そして人間の心にとって可能なことであれば、私への愛を減少させないで欲しい。

この手紙から判断するかぎり、彼女は彼を愛していると言葉で伝えるなり、しぐさで示すなりしたのであろうか？　ところでエミールは、まなざしや微笑や、伯爵夫人お得意のセリメーヌ風小道具の引用に満足しているような男ではない。「わたくしは、焼き尽くされた瓦礫です」といった文体の言葉をマリーがどれほど並べようとも、その美貌と優雅さがはっきりと打ち消しているのだから。だが、彼女はいつも通りこの遊戯から始めた。彼は抗弁する。「あなたは私にご自分の欠点を残らず話してしまわれた。」だから、今度は希望と計画を聞かせて欲しいのです、と要求する。彼女は彼が自由の身でないことをこぼしたのであろうか？（つまり、二人で共同の計画を立てた、ということであろうか）エミールは彼女の反対を崩そうとする。

私は鎖に繫がれていますが、この鎖は短く、重くはないので、苦もなくどこへでも行けるのです。自由ですって？　私は未だかつて、自由と幸福がこれほど長い間、連れ立っているのを目にしたことはありません。私の差し出すものが些少であるとしても、何ひとつ要求するつもりはありません。

彼は自らを分析するが、そこに自己満足はない、「私の性格の根底にあるのは自己制御ではなく、一貫性のなさなのです。」この言葉が彼の政治的変節を説明しよう。政治においてジラルダンが信じているのは、手にすべき好機、状況、可能性だけだ。マリーの想像力は、彼女を取り巻いている芸術家たちに煽られ、燃え上がる。一方、彼の想像力には光がなく……いわば火の粉も炎も見えない石炭炉といったところだ。彼の話は単調で機知に乏しい。「程なくあなたは、私という本の隅から隅までそらんじられることでしょう。私の方は、あなたの本の最初の一葉さえまだ捜し出していないというのに……」

リストは、いつもの恋愛遊戯とは様相を異にしたジラルダンとの絆の長さと深さが心配になる。たちまち彼女は得意になり、もしフランツが望むのであれば、エミールを追い払いもしよう、といって、愛されている男を安心させる。

「あなたはわたくしの生命《いのち》であるばかりか、思考の支配者なのですから。」

とはいえ、ジラルダンの優しい性格は、押し流す激しさはないが、魅力的である。彼女は彼に対する感情を、一八三五年から三六年にかけてピフォエルことサンドに抱いていた感情に比べてみる。

パリのリスト

四月から五月にかけて、リストがパリに滞在する。クリスチーナ・ド・ベルジオジョーソの庇護援助のもとに音楽会が開かれた。アルフォンス・カールの『レ・ゲプ《スズメバチ》』誌一八四〇年五月一日号が、ご婦人方のゲームを思う存分、揶揄する。

しばしば誇張の中ですぐれた才能が失われてしまうものだが、これは、この大きな音につけ込んで自分たちの方もいささかうるさくできると待ち構えているご婦人方を支配する手段なのだ。身をよじっている女性たちさえいる。どのピアニストに対しても誠実なとある公爵夫人は、感激の余り坐っていることを望まず、柱にもたれかかった格好で立ったままでいた。涙を流し、泣き叫んでいる伯爵夫人もいた……

他の雑誌や証言の毒舌は、『レ・ゲプ』誌を凌ぐものであった。伝えられているところによれば、常にも増して美しさの映えるマリーは、芸術家のための前桟敷の最前列に坐っていた。あらゆるオペラグラスが彼女の方に向けられていた。伝統的にそこは名演奏家の意中の女性が坐る席であった。リストが演壇に進み出ようとした時、桟敷席の扉が開き、ルビーを飾ったフリギア風ボンネットを胴のあたりにつけたクリスチーナが姿を見せた。カルボナリ党員たちのいつものお供が、彼女の後ろに従っていた。ダグー夫人は王者にふさわしい態度で振り返る。公爵夫人は、最初の曲をこれ見よがしに立ったまま聞いていた客席の方に再び降りて行く。

五月十一日、リストは英国への演奏旅行に旅立った。彼はクリスチーナにマリーを訪れるよう勧めていたが、なぜそうしたのであろう？　ただ単に、子どもたちの母よりも公爵夫人の方を愛していることに良心の呵責を感じている、と公爵夫人にわからせるためであったのか？　ベルジオジョーソは涙にくれた未亡人が現われるものと思いこんでいた。彼女は十年後に、『追放の回想記』の中でこの訪問について語り、マリーをダニエル・ステルンの小説――もっとも訪問した時にはまだ書かれてはいなかったが――のヒロインの名ネリダで呼んでいる。

公爵夫人の方に歩み寄って来たのは、黒のビロードに身を包み、月の光の色をした髪に黒のレースをつけた婦人であった。粋を凝らした奢侈の中にあってさえ、眩いばかりであった。贅沢なアパルトマンの中で、このブロンドの、ばら色の肌の、微笑をたたえた女性は、棄てられた女というよりも王妃のように見えた。この夜のうちにマリーは、公爵夫人の訪問をフランツに書き送り、会話を思いのままに進めたと、得意げに報告した。

ずっと後になって、彼女は答礼の訪問をし、公爵夫人のわざとらしく取り澄ました態度、念入りに作り上げられたみすぼらしさ、黒一色の壁、石灰を塗った小部屋、イタリア国家統一運動《リソルジメント》の神秘主義を揶揄している。

マリーとエミールとの手紙のやりとりは続いていた。パリ滞在中、リストはジラルダンとの会食を望み、三人だけで政治の話をした。リストが居合わせようと不在であろうと――もっとも、彼女はジャーナリストに手紙を送り返してくれるよう求めている（つまり、平然としてはいられなかったということか？）――二人の関係は続いていた。

時々エミールは、自分の情熱に逆らおうとするが、すぐにそれを打ち明ける。

あなたに手紙を書いている時、私の胸は激しく高鳴るのです。どんな言葉が次に出て来るだろう？ ……いや、あなたが私を愛して下さるために私は強い人間でありたい。どれほど私はあなたから愛されたいと、あなたを愛したいと望んでいることだろう。今日はお目にかかりに行きますまい。私の意志で自由にできるのであれば明日お伺いしましょう。あなたについて私が考えていることはわずか二行で書くことができます。もし女性が国王であるような国にあなたが生まれたのであれば、王座から降りるという苦痛にみちた誇りのゆえにこそ、あなたは退位されたにちがいありません。けれども、強いられた犠牲にふさわしい男性などこの世には存在しないことが、また、犠牲が大きければ大きいほど男性が卑小に見えることが、おわかりになったにちがいありません。そして、わたしがすでに申し上げた場所に逃避なさったことでしょう。〔修道院のことであろうか？〕

カルロス五世の最後、英雄のいないヒロイズム、これがあなたの宿命です。あなたはいかにも古風な女性です。そう信じているからこそ私は勇気を出してあなたに手紙を書いているのです。多分、明日！

これ以上に優れたマリーの分析があるだろうか？　この手紙から二人は愛人ではない（あるいは未だそうではない）、だが各々が相手の力量をすでに見定めていた、と結論できよう。彼は幻想を抱いてはいない。もし彼女が譲位するならば、彼は彼女の目に今までより小さく映るであろう。この英雄なきヒロイズム、この自己破壊という、極限の無償の行為への激しい嗜好以上に二十世紀末にふさわしいものが他にあるだろうか？　そして、能力が見定められれば、犠牲的行為の対象は価値を失うが、行為が純粋であることには変わりない。マリーは時代錯誤を犯しているのか？それとも予示しているのか？　自己の一部を犠牲にすることは、灰の中からのフェニックスのようにではなく、異なった新しい存在として復活するのでなければ、価値のないこととやがて考えるようになろう。マリーはサディストにしてマゾヒストなのか？　それとも、ずっと以前から最も困難な支配、つまり自己抑制、克己を目ざしていたのであろうか？

一八四〇年以来、ジラルダンは彼女の愛の対象を知っていた。彼女の方は？　イギリスで演奏旅行をしているリストの許に向けて突然旅立った彼女は、旅先からジラルダンに、エミール・カレと名づけた男の物語を書き送った。言葉によるジラルダンの肖像画であった。「彼は家族の中にも社会の中にも自分の場が登録されていない人間であった……彼は運命と激しく闘うことを決心した。」

かくして彼は、敵に取り囲まれてはいるが、自分の運命の強力な支配者となる。ジラルダンの議員当選無効を申し立てた議会では、あからさまな当てこすりが続く。「革命の血の中であらゆる偏見を根絶したと信じている社会のただ中にあって、彼はその出生ゆえに責め立てられた……」。議会からの排斥はその後、継起するさまざまな失寵の口火となり、彼の敵は執拗に謎に包まれた私生活を嗅ぎ回った。

「家庭を美化する天才詩人の若妻には、彼らの卑劣さから夫を守ることができなかった。彼らは陰険に外面を汚し、波瀾にみちた彼の半生を徹底的にかき回した……」エミールにとっては、真実に過ぎると同時に、余りに月並みなこの肖像よりも、帰国してからの手紙の方を好んだ。彼の言葉によれば、これらの手紙は交換された二つの聖体であった。「愛し合いましょう。だがそれは私たちのやり方で。あなたには私の人生の魂となって欲しい。私はあなたの人生の理性となるよう努めましょう。強き女《ひと》、か弱くあれ。弱い私は強からんと努めましょう。」

イギリスへの旅は、ジラルダンにとって謎に包まれたままであった。

ロンドンでリストは、ヴィクトリア女王の御前で演奏した。それは才能が公認されることであった。熱狂的な賛美者たちの中に（いつの時代でも芸術家たちはファンを持っているものだが）、上流階級の二人の常規を逸した変人がいた。一人は、従僕にはフランス産のコニャックをあてがい、自分は馬丁よろしくジンやエーテルで酔っ払うと噂されているドルセイ伯爵。もう一人は、妖精のような音楽家を独占する策を練っているレディ・ブレシントンであった。（この英国女性は、リストがハンガリー人だという理由から、ハンガリーの国旗のようなスカーフを作らせさえしたという。）

こうした細々した話が、ベルジオジョーソ公爵夫人が庇護している歴史家オーギュスタン・チエリのアカデミーフランセーズ入会式で囁かれた。その前夜サント＝ブーヴは、ダグー夫人のサロンで、自作の『ポール・ロワイヤル』の一節を朗読したが、かつてのリストの成功に次ぐほどの勝利を収めた。

ジラルダンは列席していなかった。マリーに言ったことがあるように、夜間は外出しなかったからであり、また、『プレス』紙が昼夜を問わず、彼を必要としたからである。折しもナポレオンの武器事件が、その死ゆえに民衆の愛惜の情の偶像となった人物に関わるあらゆる事と同様、世論の中心となっていた。ベルトラン元帥がこの武器をルイ＝フィリップに贈り、ボナパルト家がこれに抗議したのだ。場末のキャバレーや、手回しオルガンにあわせて大通りでベランジェの歌が歌われた。

「パリの街に
　　全身、灰色で包んだ
　　　小柄な男がいたとさ」

ルイ＝フィリップは、平和のナポレオンの異名をとろうとする。一方、帝国の半俸司官たちはナポレオン伝説を胸に抱き続けていた。若者たちは栄光の世代を夢み、数々の征服を成し遂げた皇帝への哀惜の念に、彼らの憂うつな気分をないまぜた。チヴィタ・ヴェッキアのフランス領事アンリ・ベール——スタンダールと署名した——のごく少数の読者は、ミラノの美しい女性たちが解放者たるフランス軍の若い士官たちを熱狂的に歓迎する光景を夢想した。何千という死者や、家族の苦悩や、嘲弄された国々の誇りや、ロシアの冬の殺戮、こうした全ての事柄の忘却の上に作り上げられたナポレオン伝説が、ロマン派芸術の主題——ミュッセが命名し、あらゆるインク壺に集められた世紀病——を生み出した。すっかりパリ人となったラインランドの人間ハインリッヒ・ハイネは、『二人の擲弾兵』を書くことでドイツの詩歌の中にもこの伝説を育んだ。ルイ＝フィリップは蒸気機関車が初めて走ったこの時代に、ボナパルティズムに便乗するために、イギリスからナポレオンの柩を奪還し、古代風に遺灰の移送を執り行うことを決定した。

リストは、イギリス地方都市での完全な失敗を、手紙でユーモアを見せながら嘆いている。ある晩など、集まった聴衆はわずか十人であった。そこで彼らをホテルに誘い、演奏を始める前にシャンペン酒と夜食を振る舞ったという。かくして彼はロンドンに戻った。

このようにリストが急いだ理由を、マリーはレディ・ブレシントンのせいにした。だが彼女からの招請を受けた時、彼は「できません」を援用して拒絶していたのだ。

イギリスへの旅

突然、熱に浮かされたようにマリーは、ディエップ行きの郵便馬車に乗る決心をした。すでにパリとサン＝ジェルマンの間を走っている列車が、旅行客をディエップ港まで運ぶ日もやがて来るだろう、と思いを馳せながら。彼女は取り急ぎメモでジラルダンに知らせる。乗車間際に彼女は、至急報を受け取った。

あなたがどこにいらっしゃるのか、またなぜ、これほど急に出発なさることになったのかも、おたずねいたしません。あなたにはどんな質問もするつもりはありません。けれども私を信頼して下さるのであれば、あなたに関わることはどんなことでも知らせて欲しいのです。マリー、私を愛して下さい。そしてお好きなことをなさって頂きたいのです。

つかの間の旅となったこのイギリス行きは、マリーとフランツの関係に終止符を打ったにちがいない。伯爵夫人がレーマンにあてた手紙を通して、いや何よりも風刺新聞や英国人の書簡に見られるあてこすりから、この旅行を再現することができる。

イタリアでの不節制や必ず激しい興奮を惹き起こす口論は、スタール夫人とバンジャマン・コンスタンという十九世紀初頭のもう一組の愛の徒刑囚たちを想起させる。マリーは人前に姿を見せることが好きだ。フランツは――音楽評論家たちさえこの点を非難しているが――舞台のスターであった。今日ならばアイドルと言うところであろうか。彼は演奏し、自らを演じてみせる。こうした過度な自己肥大が一般化した時代（たとえばサンドとミュッセ、サンドとショパン）にあって、緻密にして簡潔な警句を目指し、かつ、正鵠を得ようとするジラルダンのような人間は、スタンダールの外科医的真実と同様、時代の流れに逆らっている。そして雄弁さに欠けるとして非難されるのだ。

マリーはリッチモントに到着する。ここからロンドンまでは、ちょうどサン＝クルーからパリといった距離である。フランツは無礼と言えるほどの驚愕を示した。それでもマリーはレーマンに、

「わたくしの肉体と魂に生命が蘇りましたの。」と書き送る。ここにこそ根本的な真実がある。そうでなければ、どうしてジラルダンが神経質で、きらびやかな虐待者に取って代らないことが理解できよう？　ピアニストの青年の肉体だけが長身で、ブロンドのマリーの肉体を目覚めさせたように思われる。だが、この旅行をふり返ってリストは、マリオンが侮辱以外の言葉はひと言たりとも口にしなかった、リッチモントからアスコットへの道中を非難することになろう。

再会の数日後、フランツは「できません」の恐怖を白状する。上流社会の貞淑とは言い難いご婦人方が、この破廉恥なフランス女性を口実にして音楽会を排斥しないだろうか？　マリーは、何枚か名刺を置いて来た。だが、期待した招待はどこからも来なかった。サー・ヘンリー・ブルワー=リットンだけがナイトの役割をつとめ、音楽会に同行した。だが外交官の存在も、儀礼への違反を帳消しにするどころか、逆効果であった。サー・ヘンリー自身、破廉恥な男ではなかったか？　そして彼の妻レディ・ジョージアは彼に抗議してモデル小説を書きはしなかったか？　音楽会の後でリストは、一人でドルセイ伯爵邸へ出かけることになっている。ダグー伯爵夫人は招かれていなかったが、レディ・ブレシントンは招待されていた。コヴェント・ガーデンの階段の上方では、フラヴィニー家に縁続きの婦人たちが手袋のボタンをかけたり、ケープを整えるのに忙しく、マリーの方を見ぬふりをする。

ここ二十年来、ロンドンはヨーロッパで最も物価の高い街であった。雨傘一本が三十六フランから四十フランし、雨傘がなければここでは町人だと、マリーの兄モーリス・ド・フラヴィニーが、一八一七年に書いている。フローラ・トリスタンは一八三九年、『ロンドン散策』を出版する

25）　F・エンゲルス『イギリスにおける労働者階級の状態』（1842）、マルクス主義の古典。
フローラ・トリスタン『ロンドン散策』（1839）

が、馬車や花、とりわけチップが余りにも高くつくので、街での食事は拒否していると、手紙で伝えている。ロンドンはまた、貧困を表す衒学的名詞ポーペリズムが最も多くの犠牲者を出した街でもある。だが、民衆が置かれたこの状態――フローラが抗し難い感動で描き出し、フリードリッヒ・エンゲルスが彼女に二年遅れて後世のために分析した(25)――を、マリーもフランツも見てはいないのだ。

この首都では、上流階級と民衆が二つの異なった人種のように共存していた。何十人かの大富豪が秘密の悦楽を追求し、何千人かが宮廷からこれ見よがしに恩恵を受け、中産階級は安楽な生活にどっぷりつかっている。そして何百万という人間が、絶えず死と隣合わせの生活を送っていた。

こうした現実は、ダグー伯爵夫人が直面している豪奢なドラマの激しさとは何の関わりもなかった。

リストは、ドルセイ伯爵邸から非常に早い時刻に、青ざめ、ぐったりして帰宅した。この夜、コニャック、エール、ジン、それからウィスキーという名のスコットランド産のひどい悪臭を放つ穀物蒸留酒が混ぜ合わせられた。イギリスの氷は、アルコールにだけ溶けるらしい。男性たちに劣らず酔っ払ったレディ・ブレシントンは、正確には何と言ったのか？　彼女は家具や調度品に向かってお詫びをし、パラソルを求めるほどであった。彼女は紛れもなくダグーを侮辱したのだ。

「奥様がお知りになりたいのは、私がダグー伯爵夫人をどう考えているかということですね？

もし、あの夫人がたった今、この窓から身を投げるよう私に求めるのであれば、私はその命令に従います。これがダグー伯爵夫人に対する私の気持ちです……」こういった言葉をリストは述べたのだ。彼のなすべきことはもはや立ち去るだけであった。この言葉をリストはマリーにも繰り返したのだろうか？ それともマリーが知ったのはずっと後になってだろうか？ いずれにしてもマリーがパリに帰らねばならぬことを、彼はこの夜のうちにマリーに理解させた。

かくして彼女は、カレー経由で帰国した。そしてこのカレーから、彼女はジラルダンに、先に見た『エミール・カレの肖像』を送ったのだ。

こうした一件にもかかわらず、十月にリストは、マリーが家を借り子どもたちを呼び寄せていたフォンテーヌブローに、ベルリオーズを伴って出かける。二人の男は連れ立って定期的に首都に戻って来ては、ブールヴァールの空気を吸い、また、ラムネが出版した小冊子を理由に、彼に対して起こされた訴訟に憤慨した。

夏の間中、ジラルダンはパリを離れることができなかった。『ジャーナリストたちの学校』の一件直後に、彼はハエのミラボーと和解した。以後仲間となったチエールは、国王を安心させる一計に思いあたった。これはかつてヴォーバンが構想し、ナポレオンもまた検討した計画であった。自分の人気に不安を抱いたルイ=フィリップは民衆を怖れ始めていた。どうしてパリの周囲に城壁をめぐらさないことがあろう？ 労働者を指し示す危険な階級[26]という表現が公然と新聞に現われた。首都が無制限に拡大することを危惧して、チエールはパリを取り囲むことを提案する。これにより、いわば鍋の中に八十七万五千人の住民を閉じ込めることができよう。仕事を求めてパ

26）L・シュヴァリエ『20世紀前半のパリにおける勤労者階級と危険な階級』

27）これらは後に発展を遂げる。

リにやって来た田舎者たち、絶えず不平、不満を呟き、相互扶助協会を隠れ蓑に集団をなそうとしている労働者たち、アルコール中毒や強盗予備軍と一般に考えられている極貧の失業者たちに対して、城壁を築くのだ。

必要とあらばこの壁にフランスの大砲を向けることも出来よう。

ユゴーの『レ・ミゼラブル』（一八六二）に登場するジャベルや、バルザックの創作したヴォートランは、徒刑囚の過去を持つ警察官ヴィドックをモデルにしているが、同様の経歴のアンテルム・コルにも少なからず負っている。貧困ゆえに罪を犯す貧しい人間が、都会という舞台で主役を演ずる。徒刑場の地獄の中から、ある者は完全な徳を身につけて甦り、またある者はアウトローの世をすねたヒロイズムで浮かび出る。

ジラルダンは、こうした社会学的変動とその反映を熟知していた。ジャーナリストとの会話は、リストに強い印象を与え、マリーの心をとらえた。

飾り立てもせず、さりとて道徳的な判断を下すこともなく、彼は宮廷や政府について、また上流階級の人間が知らないことについて話した。例えば、パリ市内の人口の変動について。シャン＝ゼリゼ、チュイルリー、ルールやヴァンドーム広場の周辺では、ショセ＝ダンタン、パレ＝ロワイヤルと同様に、人々が溢れていた。ここ数年間で、前者は人口が三倍になり、後者は倍増した。一方、左岸では人口の減少が見られたが、ポワソニエール街、モンマルトル街、サン＝テュスタシュやマイユ地区は変わらなかった。[27] 一八四〇年から始まったこうした変動からジラルダンは、パリに城壁をめぐらすというチエールの理論を支える予測を引き出した。加えて、東方問題が悪化すれば、戦争の可能性もあり、その場合、城壁はより有効な働きをするであろう。九月四日、失業者たちが、キャンズ=ヴァン盲人院地区(この地域でも人口が倍増しようとしていた)の武器店で掠奪した武器で、二人の警官を殺した。この事件でパリ知事は戒告を受けた。もっとも、市役所に最新の調度品を備えつけ、上層中産階級好みの祝宴を催したことで有名になったランビュトーは、この事件には全く関与していなかったが。

ところで、フォンテーヌブローの仮住まいからマリーがパリに戻って来ることは稀であった。それも家族の問題、つまりフラヴィニー家の母との金銭的問題を解決するためだけであった。[28]

ジラルダンの手紙。一八四〇年九月十日、木曜日。

足や首につけられたあらゆる種類の鎖がなければ、フォンテーヌブローのあなたの許にわずかばかりの自筆をお送りする代りに私自身でお届けするのですが。どれほどフォンテーヌブローに行けたらと願ったことでしょう。あなたはそこで何をなさっていらっしゃるのですか? 季節が求めるまではパリにはお戻りにならないのでしょうか? あなたはどんな風に、そして誰とご一緒に日々を過ごしておられるのですか?

マリーは、サン=シモンとフーリエの思想を総合した、シチリア人の著書『金融資本による支配』をジラルダンに送っていた。彼は懐疑的で……近視眼的な見解を述べる。

現在の社会を支配しているものが投機だとは思いませんが、是非とも知りたいのは何よりも私が与していない意見です。あなたはこの種の著作をお読みになっているのですか? 軽率にはお答えにならないで下さい。というのも、数部ながら、私の著書の断章を印刷したと

28) エミールはこのことをへりくだった優しい口調で嘆く。

ころだからです。お手許にお届けしましょう。そのうち、多分二巻をお送りします。

それは彼の論文「時代の諸問題」をまとめたものであった。ずっと後になって、一八三六年から五六年までに書いたものを集め、『政治、経済、財政上の諸問題』十二巻を出版する。「どのような政府であれ、それを瓦解させる陰謀の計画に私をあてにしないで頂きたい。私の精神が受け容れますまい。容認できるのは、既存の政府を改良する、国民に与えた恩恵の数で評価する。なし遂げた業績の偉大さで称賛する、という考えだけなのです」と、一八四八年六月七日、プルードンにあてた返書で述べる立場を、彼はこの論文集の中ですでに明らかにしている。

エミール・ド・ジラルダンは、反革命主義者というよりも革命を否定する人間だ。だが、社会の全面的な改造を渇望するサン＝シモン、社会の徹底的転覆を願うフーリエは、政府がどのような形態であろうと、ほとんど注意を払わない。彼らの実験が許可されるのであれば、王政であれ、共和政であれ、あるいは帝政であれ、彼らにとっては何ら変わりはない。彼らが提唱する共同体や生活共同体《ファランステール》は伝播し、やがて全世界に広まる、と彼らは確信していた。権力を縮小し、人間の支配を物の管理に変えることを夢みる彼らは、今日の我々には、全ての人間の運命を引き受ける虐げられた階級による国家体制（後にマルクスが称揚することになる）よりも、無政府主義的連盟に近いように思われる。

こうした社会制度については、かつてジョルジュやリスト、ラムネと過ごした宵に、どれほど興奮して語り合ったことか。だが、ジラルダンはあらゆるユートピア思想を嫌悪している。

マリーはジラルダンへの手紙の中で、彼の成功をほめちぎった見知らぬ人のことを語ったにちがいない。

一体どんな成功をあなたの見知らぬ人は話題にしたのですか？　私には成功と言えるものは何一つありませんし、もはやどんな成功も望んではおりません。まるで野獣のように追い詰められた私は巣窟の中に引きこもっています。ここから外に出ることは全く稀にしかありません。でも私はあなたのために出て来たのです！　私にはもう欲望も、幻想も、後悔の念さえありません！　以前の私には野心がひとつありましたが、今ではどんな小さなものさえ残っておりません。私は公益に対して情熱を燃やしていましたが、それも失ってしまいました。私はもはや今、従事している悲しい仕事——人々が犯す誤ちを見つめ、早くも訪れた老境の辛辣さでそれを述べ立てるという仕事に適しているに過ぎません……（彼はまだ三十五歳にもなっていないのだ。）

愛には裁きも意志も確かにないのだと、鷲の態度と情熱における平等の名のもとにこの男を愛すべきだったと、マリーは自問したであろうか？　だが、肉体がこれほどまでに沈黙している時、一体何ができたと言えよう？

ジラルダンが手紙の中で打ち明けているところと比べれば、『エミール・カレ……』で彼女が描き出した人物像は型にはまったものである。いや、幻想にみちていると言うべきであろうか？「彼は公益に対して高貴な情熱を抱き続けた」と彼女は判断し、不滅の偉大さと如何なるものにも乱されることのない自意識をこの人物に付与する。愛する女性の目に映っているほどには……

ジラルダンは自分が強く純粋な人間であるとも感じていなかった――また、そうあることを望んでさえいなかった――。

はるか後になって、彼女は彼をモデルにしたファビアン・ド・サルヴィルを主人公とする戯曲（未完）に取り組み、明らかにモデルが同定できる妻について、彼に次のように独白させている。

　尊大でありながら従順、不屈でありながら諦観した女性。妻の貴族としての自尊心を揺るがす力は私には全くない。そして妻は、ペンを武器にした男、金銭ずくの男、素性の卑しい男と結婚してしまったことを生涯、悔み続けよう！　……妻は私の家の中で、私の傍にいる。だが、私と共にいるのではない。冷酷な優しさを漂わせながら堂々として、誇り高く、純粋で、冷たく、口を開かずにいる、まるで墓を守っている大理石の天使のようだ。妻は自分の考えていることを一度として私に伝えたことはなかった。だが、私は妻の沈黙の中に私の生涯に対するあらゆる不満や非難や後悔がよぎるのを聞いていた。

実現不可能な未来のこの投影、さらに大理石の天使の比喩は欲望の欠如を、マリーが自らに与えたと信じている近づきがたい女のイメージを明らかにする。もっとも、ジラルダンの手紙によれば、彼が見ていたのはこうした女性ではなかった……彼自身についてはどうか？
「私は金銭ずくの、堕落した、要するに背徳的な男だ！」だが、彼の金と権勢を懇願する人々以外に一体誰が彼をこうした男にしたというのか？　有権者は彼らの代表者として彼を議会に送り込む。彼が破廉恥な行為と名づけているものの上に大臣は草原のエゾイタチを放り出そうとするだろうか？　なぜ？　彼らの悪徳を利用して彼は巨万の富を手にしたのだから……

いかにもロマン派的な紋切型ではあるが、マリーがジラルダン（富豪ではないが、影響力はある）について、そして自分自身について考えていることが明らかになる……この明晰な女性は一貫した――信頼できる、と今日では言うのであろうが――イメージを与えようとしながらも、自分自身を含めて人間の奥底までを覗くことを自らに禁じたのであろうか？

〈星〉の誕生

ジョルジュ・サンドは『フランス遍歴の仲間』を出版したが、これは指し物師のアグリコル・ペルディギエ、通称「美徳のアヴィニョン人」との出合いの成果であった。仲間《コンパニョン》とは一七九一年のル・シャプリエの法律によってギルドに終止符が打たれたため、技術、知識、製作の継承を再興しようとする職人＝労働者たちであった。彼らは若い世代の職人たちにかつてのように、親方から親方へと国中を訪ね歩き、実地に熟練することで伝承技術を身につけるよう促した。

ペルディギエの言葉によれば、別の階級とみなされている、垢にまみれた作業服の労働者に対する反発があった。彼らの仕事を一つの芸術にしようとする強い欲求を託されたこれら遍歴の仲間たちは、大工場に詰めこまれたプロレタリアの境遇に甘んじることができなかった。一八三九年、ペルディギエは『職人の書』を出版したが、この本から着想を得たジョルジュ・サンドは一八四〇年末、小説『フランス遍歴の仲間』を書き、ペルディギエに献じた。

ジラルダンが伯爵夫人の生活の中に占めている異なった場に関して、リストが見せた奇妙な懸念に対して、彼女は十二月七日返答する。「ご心配には及びませんわ。この関係を支配しているのはわたくしですから……彼はかなり弱い性格ですし、ひたむきというよりも優しい心の持ち主です。」エミールをよく知っている人間を驚かせるような判断。「そんなに沈みこまないで下さい。どうぞ、お疑いにならないで下さい。わたくしの生命《いのち》と思考を支配しているのはあなたなのですから。」また別の手紙では、「ジラルダン氏はご自分がわたくしに対して現在、どのような影響力も持っていないことを十分にご存知ですわ……」とも述べている。さらに、ジラルダンが彼女の手紙を送り返して来たことを十二月九日に報告する。だが、これは二人の関係に終止符が打たれたことを意味するのではいささかもなく、むしろ、彼女の手紙が親密なものであったことを推測させよう。

真実と虚構の間？　うわべよりはるかに深い真実が隠されているのであろうか？『回想録』の中で彼女は、ジラルダンが『フランス遍歴の仲間』についての記事を求めたと語っているが、彼の手紙には、「『仲間』についての記事を送って下さい。私がそれを構成させましょう。私たち二人で再読する時間が持てるためにです」とある。彼女はこの記事に見知らぬ人と署名した。この名は『プレス』紙に特有の一種のペンネームであり、ジョルジュ・サンドの元親友ウジェーヌ・ペルタンがすでに使っていた……このことが二重の曖昧さを作り出した。一八四一年一月一日、マリーはフランツに知らせる。

ジョルジュの小説について記事を書いたところですの……ド・ジラルダン氏が完全な秘密を約束してくれました。きわめて敬意を払った批評ですわ。きっと、わたくしを非難なさることでしょうね？　でも、わたくし自身、こんな記事を書くとは思っておりませんでした。どんな風に書けばいいかわからぬうちに、できあがってしまいましたの。

『フランス遍歴の仲間』でジョルジュは手先を使う職人たちの仕事の神聖さを強調し、貴族階級の女性と遍歴の仲間との結婚を称揚した。これは決して身分違いの結婚ではなく、貴族の女性は神聖化されよう、という確信を作者は披瀝する。この主題は二十世紀の民衆主義や共産主義のおきまりの考えとなる以前に、ニヒリズム及びトルストイの時代のロシアの小説の主要テーマとなるものだ。

『プレス』紙の一頁全体を占めるこの記事で見知らぬ人はエリート主義を守り抜く。

ジョルジュ・サンドは公正な良識では容認されない逆説的な考え、つまり、家柄だけでなく、その教養の深さ、知性、物腰、言葉からもこの上なく気高い女性に、鉋《かんな》や鋸《のこぎり》を手にして日々をすごしている男との結婚をきわめて正当なものと認めさせることに心を奪われているのではないだろうか？　だが、樫の木切れを四角に切ったり、丸味をつけることを仕事としている男は彫刻家や詩人、あるいは軍隊の将軍と決して同等にはならないであろう……

伯爵夫人は芸術家と職人を区別しようとする。かつて成り上がりのドン・ファンとリストを非難した夫人は、サンドが構想した主人公ユグナンのようなキリストを体現する労働者がえり抜きのイズーの高みにまで到達しうることを認めない。だがこの時代は職人でありながら卓越した詩人やジャーナリスト、あるいは将来の予言者といった人々が輩出した。[29]『ラ・リュシュ《すばこ》』紙や『アトリエ』紙といった新聞は肉体労働に従事する人々だけの編集によるものであった。

29）とりわけヴァンサール兄弟。

サンドの小説は成功作ではなかった。だが出生でも、伝統的な教育でもなく、社会を変えようとする新しい偉大な思想への共感に根ざした、今までにない二人の男女の結びつきの可能性を提示したことに意義があった。

こうしたサンドの試みにマリーは無関心であった。リストもまた、サンドの最近の作品は手放しでは称賛されぬと判断し、弁護にまわることはしなかった。マリーはサンドが思想を具現した紋切り型の、生身の人間ではない人物を創作したことを嘆いた。

ライバルとしてのデルフィーヌ〈ド・ロネ子爵〉

文筆家としてマリーは第一歩を踏み出した。音楽について語った『手紙』でのように、もはや愛人の名前ではなく、自分自身のペンネームで印刷されたのだ。

文章を書き、出版されたいという願望が思考の中心となり、目的となった。何について書くのか？　パリの時評欄はデルフィーヌ〈ド・ロネ子爵〉のものだった。デルフィーヌに対するマリーの感情は変化する。『備忘録』に書きつけられた言葉はしばしば奇妙な荒々しさを見せ、精神分析理論の格好の例証となっている。荒々しい激情的な嫉妬がとりわけライバルに向けられる（両性に適用される理論だ）。円熟期に書かれた『思い出の記』の中で伯爵夫人は再び気品にみちた客観的態度を取り戻しているが――この時、デルフィーヌはすでに亡くなっている――、友情と敵意の入り混じった時期を振り返っての結論的な見解は、マリーをジラルダンに結びつけていたものが文章を出版させるという純粋に打算的なものでもなければ、抑え難い好奇心でもなかったことを示している。デルフィーヌに対する苛立ちを爆発させている時でさえ、彼女がデルフィーヌを見ているのはエミールを通してである。

詩情豊かな、控え目な少女が小説家、それも大胆で逆説好きの小説家、『鼻めがね』『ド・バルザック氏のステッキ』や『パリ通信』の著者と交代した。非常に長い間、束縛されていたサロンの掟から解き放たれ、また、夫との関わりで巻き込まれた闘いに刺激され、実際にはずっとそうであった真の姿、けなげで激しい女の姿を見せていた。余りに波瀾にみちた、そして妨げられることの実に多かった人生の様々な障害の中で作り上げられて来た姿を見せていた。たちまち打ち解けて優しく、だが些細なことで苛立ち、度を越して悔しがり、とめどなく怒りに身をまかせた。気品があり、寛い心を持っていたが、復讐に燃えもした。少女の時と同じく栄光以外のものには全く無欲であり、ただひたすら栄光を望み、耳に心地よい反響や賞賛、評判を求め、心を欺き、空にするあらゆるもの、自らに甘んじられなかった真面目な精神を楽しませることのできるあらゆるものを渇望した。

傍点箇所はマリーの抱いていた友情のあいまいさを示していよう。マリーが理解し、心の中に描き出したデルフィーヌの姿。彼女を滅すことで一体化を望んだのか？　マリーがジラルダンの愛人であったにせよ、否にせよ、マリーは何年もの間、彼の愛情、欲望、信頼の対象であった。彼女はエミールをデルフィーヌから奪った……デルフィーヌは夫との秘められた破局の後で、おそらくはそれまでよりはるかに強く愛し始めたこの男のそばで妹として暮らしていた。だが、マリーはデルフィーヌであろうとする。……

ジラルダンが芸術批評欄をダニエル・ステルンにまかせた時、デルフィーヌが感じたのはただ単に脅威や嫉妬ではなかった。友人のテオフィル・ゴーチエの影響を受けたデルフィーヌの芸術観はマリーのそれと対照的であった。デルフィーヌはアングルよりもロマン派の画家を、シャセリオよりもドラクロワを好んだ。

ド・ロネ子爵とその愉快で楽しい時評が及ぼしているはるかに大きな影響の程度を伯爵夫人が判断しているふしがある。例えば、デルフィーヌの追従者たちが時評欄で称賛されていると、『備忘録』で断言している……もっとも、『思い出の記』では、賛辞への嗜好はパスカルの言う所の気晴らしの欲求に基づくとして、より深い考察を見せている。競争意識を乗り越えて、彼女は娘時代の友人にかつての優しさ——身を焼き尽くす情熱の嵐が去り、一層思いやりの深いものとなった優しさを示している。

稀に見る辛抱強さで耐えていた肉体の苦痛の真中に余りにも早々と打ち切られた彼女の人生の晩年近く、デルフィーヌは娘時代の確かな魅力を取り戻した。彼女の心と精神が放つ正当な影響力ゆえに一層自信にみち、彼女は完全に本来の彼女に——以前の厳粛なデルフィーヌ、わたくしの愛したデルフィーヌに戻った。金色の髪に秋の日ざしを受けて、かわらぬ美しさで、否、美しさを増していた。経験からかち得た皮肉や嫌味のない寛容さの中で以前と変わらぬ優しさを持ち、以前にも増して感動的な女性となった。彼女の日々は友人たちの話で知っているだけだが。（ヴィニー、ラマルチーヌ、ゴーチエがマリーに、一八五五年に亡くなったデルフィーヌの最後の日々を詳細に伝えた。）デルフィーヌが亡くなった時、わたくしはこの友にも、その夫にも随分久しく会ってはいなかった。ある種の人間の間では、無気力な人には全く縁のない衝突が生じるものだ。誇りや誠意のない人間は弁解しあい、嘘をつき、仲直りする。デルフィーヌとわたくしはそうした関係ではなかった。きわめてよく似た長所と対照的な欠点を持ったわたくしたちはお互いに強くひきつけ合い、拒絶し合った。彼女の死でわたくしは自分の失ってしまったもの、他所では二度と見出せないものが何であるかを理解した。死は生よりもなお真実である。死はその陰うつな鏡の中に我々のあるべきであった姿、あり得たであろう姿を我々に見せてくれる(30)……

このマリーの言葉には真実の響きがある。彼女にとって、弁解しあう、仲直りする、それは嘘をつき、誠実さを欠くことであった。彼女はジョルジュにたいしてやってみようとした……リストに対して五年の間、やってみようとした。そしてこの苦い結論を引き出した。

二十歳の時、彼女はデルフィーヌを賞賛した。まるで礼儀作法でがんじがらめにされたお姫さまが、城の鉄柵の向うで踊っているジプシーの女を羨み、そして哀れむように。やがて役割が逆転した。身内から否認された貴族の女性にデルフィーヌが手を差し伸べ、立ち上がらせた。そして、たとえ彼女が夫と兄妹のように暮らしていたにせよ、夫が感じるとは思いもしなかった情熱をこの女友だちが吹き込んだことを辛く思ったにちがいない。苛立ったであろうか？　復讐を考えたであろうか？　マリーであれば、ジョルジュに対して自分がそうであったと認めたであろう。しかも、もっと不確かな動機で。だが、リストが避けていたこの時期、棄てられたマリーが必要

30）筆者強調。マリーが嫉妬の持つ多義的な性格を予感していたことを明らかにしてくれる。

としたのは、彼女の賛美者たちの中の誰よりもジラルダンであった。彼が新聞を持っていたからだけではない。マリーにこれまでとは異なった自信を抱かせてくれたからだ。

ピュグマリオン

ジラルダンの愛情はダニエル・ステルンが芽を出し、そして花開くことになるいわば腐植土の役割をした。この男が彼女ゆえの苦悩から、また彼女に対して抱き続けている信頼から、自分を社会に伝えたいという彼女の欲望、独立した存在であることを確かめたいという彼女の欲求を実現させる時、伯爵夫人は別の女性になる。一八四〇年春、彼は書き送る。

確かに私はあなたを仕事に駆り立てます。あなたは私がやりたいと望むことをなさればいい。それは私にとって私自身がやった場合と同じ喜びなのです。マリー、あなたもまた、私のこれからの仕事に影響を及ぼすようになりましょう……

彼は具体的な生活プランを提案する。つまり、火曜日の夜、彼は自由になる。彼女は一週間の中二日を他の人々にあて、残り五日は彼のための時間とする。

私の圧制は口やかましいものではありません。すでに申し上げた通り、私はあなたが人々に愛されることを望んでいるのです。自分のために何ひとつ犠牲にすることのないように。私を愛して下さい。そしてあなたはやりたいことをひとつ残らずなさって下さい。それでは四時に。

こうして彼女は一八四三年以降、とりわけ『ネリダ』に発展するものを書き始めた。そしてイギリス旅行の竜巻が通過する。その後、リストのフォンテーヌブロー滞在。彼女はフランツに約束する。彼が離れて行く口実となるようなものはことごとく避けようとする。ジラルダンに手紙の返却を求めたのはこのためだ……そしてパリで最も影響力のある男の一人が、九月に次のように書く。

……私の心が打ちのめされ、犠牲的行為が遂行されたことを知って下さい。昨日、私があなたのことで最後に涙を流すのをあなたは目にされました。これから先は私にとってあなたは消すことの出来ない思い出の中でだけ、そして私の意志の及ばぬ夢の中でだけ存在することでしょう！

彼は生きたまま閉じこもった墓――ほんのひとときだけ彼女がその墓石を少しばかり開けた墓の中に彼女を埋葬する。「あなたは私にとってはもはや苦しみと名前だけの存在です、マリー。」この時代特有の用語法に時に流されているにしても、可能な限り正鵠を得た表現を目指したこの男にあって、ここに綴られたひとつひとつの言葉が深い落胆を表している。そして手紙の末尾で、誇り高い男の心情がほとばしる。

……ではさようなら。あなたの生涯のほんの数時間しか手にできなかったとしても、[31] 私が少くともあなたの人生の中で最も高く評価された男であり、あなたを誰にも増して深く愛した男であるように。ではさようなら、もう一度さようなら。あなたが迎え入れるのはもはや私ではなく、別の人間なのだから……

31）強調　原文
32）筆者強調

数ヶ月経ずして、この別の人間が後退したように見える。「あなたと私の関係はどうなのかおっしゃって下さい。私は知らなければなりません。あなたを余りにも深く愛しているので心が乱され、不安になるのです……」とすれば二人の関係は尊敬や友情だけではない調子を再び帯びるようになったのか？

　心にあることをあなたに書くことができません。ですからあなたが私に書いて下さい！私への愛がすでに少なくなっているとお感じでないのであれば、[32] あなたにお返しした手紙をもう一度私にお送り下さい。読み直すことが必要なのです。私にあてられるひとときが減らされるような時、時間を過ごす助けとなってくれるでしょうから。（マリーを恋する男たちはこぞって、他の男たちが取り囲んでいるこの時間のことを口にする。彼らは競って最後の時を自分のものにしようとする。サント＝ブーヴ、ブルワー＝リットン、ポトツキ、永遠に臆病な恋人レーマンやロンショー、さらには、かつてジョルジュに言い寄り、束の間の恋人となったシャルル・ディディエのように時折、顔を見せる男たちまでそうだった。）

上昇と下降。二人の手紙のやりとりが描く曲線は彼らの情熱に二つの波があること、つまり初期の波と、まさしく手紙の返却後の波を示している。

彼に対する感情を否定しようもなく明かしているこれらの証言を送り返してくれるようエミールが彼女に求めた時にさえ、マリーはフランツに、この関係の主導権を握っているのは自分だと誇らしげに報告する。『プレス』紙の経営者は時に反逆に出る。

　二つの強い意志の結びつきが帰着するところは結局、これですよ！　あなたの性格と私の性格に対する何という風刺！　私たちがお互い近くにいるというのに、あなたは関心のない男性に返事をなさる、そして私は彼らから受け取る。どうして私は彼らに腹いせしないことがありましょう、ああ、もし……

もしスタンダールがこの書簡を知っていたら…

一八四一年一―二月の手紙で、ジラルダンはその愛にますます大きくなって行く意味を与え、流行の誇張法の全くない、打ち解けた口調で語る。この点から二人が全ての面で真に親密であることが推測される。

今朝は気分がよくなりましたか？　昨日に変わらず魅力的ですか？　あなたは今、眠っているのでしょうか、それとももう目覚めていますか？　私の頭にあるのはたったひとつの思い、つまり、あなたの傍にいることができただろうに、ということだけです。自分の行った愚かしい犠牲的行為に対して自分を許しているか確信は持てません。愛している女性の傍で過ごす時間は貪欲に計算された時間ですから、わずか一時間でも失うことは他の時間の価値を知らないことです。昨日の私の行為は全く、愚か者のやることです……『遍歴の仲間』についてのあなたの記事は非常によく書けているとの評判です。ペルタンに会って来たところですが、幾つかの言葉から筆者があなただとわかると断言し、その言葉を引用してみせました。私はそ知らぬふりをしていましたが。

内閣に提言したことをさりげなく知らせるこの男は、スタンダールの主人公さながらに自分を

33）『恋愛論』（1822）、『赤と黒』（1830）。ジラルダンが読んでいたことは間違いない。

34）筆者強調。ジラルダンは恐らく伯爵夫人の自由、解放の限界に言及している。つまり心情と感覚は自立に反対している。

取り扱う[33]、つまり、時々、マリーの傍にいる喜びを拒絶し、自らを罰する。欲望を掻き立てるためなのか？　それとも、自分の心が管理できることを、理性を失っていないことを自らに証明するためであろうか？　マリーに対しジラルダンはてらいも気取りも一切見せない。チエールと組んでギゾーを倒すために（次いでその逆の組合わせで）複雑きわまりない陰謀を企むこの男が、愛する女性には裸の心をさらけ出す。そして彼女も包み隠さず心の中を打ち明ける。

一八四一年二月十九日のジラルダンの手紙。
　あなたがご自分を利己的で傲慢で、素直でなく怒りっぽく、容易に愛することができず、惹きつけておくことも難しく、御し難い人間だと言われるのは、ご自分を曲解なさることです。これほど自立した精神を持ちながら、これほど従順な心を持った女性を私は知りません[34]……私は未だに昨日の甘美なおしゃべりの気分にひたったままです。あなたの信頼は私の心に無限の幸福感を注いでくれました。あなたの心がこんな風に打ち解けている時、不意に捉えてみたい気持ちになります。丁度、あなたの繊細な肩があなたの気づかぬ間にあらわになった時、他の男たちがそれを目にして喜ぶように。あなたは気高く、すばらしい女性です。

　彼女が気づかぬ間にあらわになった肩？　リストなら決してそんなことを信じはしなかっただろう。彼はマリーの中にこの上なく巧妙なセリメーヌの姿を見ていたのだから。信頼して心を開いてみせる、いつもではないが、時々、自分のことを悪く言う、これはマリーにとって必要なことであった。

夏の間の別離さえもフランスで最も多忙な男の一人の愛を消しはしない。ジラルダンに対するマリーのこの大きな力は、決して常には存在していないことに由来する。フランツのあの情熱を数ヶ月の間で、激情と逃避の混じりあった苛立ちの感情に変えたのは外国での同棲生活であった。リストは義務の鎖が重くのしかかるのを感じていた。三人の私生児を生んだことに加えて、伯爵夫人が彼のために犠牲にしたものの重みが、彼を押しつぶしていた。一方、エミールは他の崇拝者たちから奪い取った時間を、マリーから離れて心の中で磨き上げたのだ。


一八四一年六月二十二日のジラルダンの手紙。

> 今日、三十五歳になりました！　私の人生でこれほど遅くあなたに出会っていなければ、誕生日を呪うようなことは決してなかったでしょうに。けれども、嘆いたり、何かを悔やむことは正しいでしょうか？　私が試練を受け、打ちひしがれ、絶望している時に私の力となるように神があなたを送って下さらなかったのは、あなたをご褒美として神の善意が私のためにとっておいて下さったということです。マリー！　祝福あれ！

これほど真実の率直さ、そして公平な裁きをする神の摂理へのまるで子どものようなこの信仰が、自らも棄てられ、何度となく絶望に沈んだマリーの心を動かさないことがあるだろうか？

伯爵夫人の姿を描き出す『回想録』が、まるで劇画のような文体でダニエル・ステルンの誕生の経緯を語っている。まだ深く知り合っていない時に、ジラルダンから彼女は計画を問いたださ

35）J・ヴィエ、前掲書

れた。

「わたくしの計画ですって！　そんなものはありませんわ。ただ社交界に戻りたくないのです。勉強し、仕事をし、芸術を愛します。」

この仕事、という言葉に彼はすぐに有名になるための仕事をにおわせた。

「結構、大変結構なことです。あなたがお書きになったものを私にゆだねて頂ければ、『プレス』紙に掲載致しましょう。」

彼は長い間わたくしを説得し、いつもそのことを話題にした。わたくしのサロンを訪れると決まって、「さあ、何か出来ましたか？」とたずねるのだった。

ある晩、わたくしは彼にその朝、美術学校に行き、P・ドラロシュの筆になる『半月』を見た印象を分析したことを告げ、書いたものを朗読した。彼は紙片を取り上げた。「素晴らしいものです。私には絵画のことは少しもわかりません。ですから、あなたの書かれたことが正鵠を得ているかどうか申し上げられません。けれども、あなたは多くの人々に追随を許さぬ書き方をしておられます……これを頂いて返ります。明朝、校正刷りをお届け致します……」

校正刷りが何であるかわたくしはその時知らなかった……

共同の仕事に関するジラルダンの手紙は明確である。共同編集者が情熱的に過ぎる[35]と判断したため、一八四一年夏、マリーに返却した中篇小説『ジュリエット』については一層、はっきりした口調である。もっとも、ジョルジュ・サンドについての見知らぬ人の記事は十ヶ月前に遡り、マリーはすでに校正を済ませていた。

　またしても彼女は自ら打ち明けている以上に芝居気たっぷりに振る舞っている……後世のために書かれたこの人物描写はまず、彼女が自分自身に示すための模範である。男性のような頭脳をもった魅惑的な女性。誠実で、無防備な、だが闘うことのできる女性。ところで一体誰が闘うのか？　女たちではない。強い人間は男性的である。だが、フランツは強くはないのだろうか？　その大胆さが賞賛されているジラルダンは、彼女が知っているように、時に弱さを見せた。それでも彼はダニエル・ステルンのピュグマリオンとなった。

　新しい名前の決定は、実際には彼女が語っているほど迅速になされたものではないが、彼女の深い見通しを我々に明らかにしてくれる。

「署名しなくてはなりません。」とジラルダンが言う。「新聞紙上でわたくしが槍玉にあがった場合、わたくしの弁護に夫を巻き込むことは出来ません。」エミールはペンネームを使うことを提言する。

　マリーは机の上の鉛筆を手に取り、吸取紙の上にダニエルと書く。「これはわたくしの子どもにつけた名前ですわ。ライオンのいる洞窟から救い出され、夢を判読するという予言者の名前です。この話は『聖書』の中でわたくしが一番好きなものでした。きっと、さまざまな憎しみの対象となった自分をたった一人で振り返っていたのですわ。ダニエル……そして？　わたくしはドイツ人だと感じておりますから、ドイツの名前を考えてみました……ダニエル・ヴァール、わたくし

36）Ｊ・ヴィエ、前掲書

37）マリーはロマン主義の衰退を最初に予感した一人であった。それはリストを拒否することでもあった。

は何よりまず真実でありたいと思いました。ダニエル・ステルン、わたくしは星を手にするかもしれません。ダニエル・ステルン！　この名前に決めましたわ。秘密を守って下さいますわね。」

次いで彼女は校正刷りをどれほど不器用に校正したか、彼女のサロンの訪問客たちが「当代、最も評判の高い画家をこれほど容赦なく批判したダニエル・ステルンとは一体、何者なのか？」とたずねあったことを語る。

ここにもマリーの潤色が見られる。ドラロシュが死刑執行人の到着を待っている不幸な人々をまるで舞踏会に出かけるように飾り立てて描き出しているとして、ギュスタヴ・プランシュがすでに『エドワールの子どもたち』を揶揄していた。[36]

だが、『プレス』紙は今日風に言えば広範な読者の支持を得ていた。そして誕生したばかりのジャーナリストーマリーは毒舌を発揮する。「ドラロシュ氏は中庸の画家である。（中庸、これは創造力の欠けたルイ＝フィリップ治世下の政治を指す言葉であった。）この画家は霊感の欠如を熟考や辛抱強さで埋め合わせている……何が非難の対象となるか？　未来に通用する天分を持たぬことだ。」見事な表現。ダニエル・ステルンは美の深遠な意味のゆえに過去の崇拝に立ち戻った古典派画家に言及することも忘れない。[37]

記事は反響を呼んだ。論争を好み、マリーを愛しているジラルダンは、サロンの報告を彼女に委ねた。『回想録』は退屈な批評の交代について語っている……実際、一八四一年にテオフィル・ゴーチエが芸術批評欄の執筆をやめ、文芸欄担当者ウジェーヌ・ペルタンに代った。新聞社社長は見知らぬ人（もっとも情報通の間では誰一人、知らぬ者はなかったが）を任命した。

決定的な一歩が踏み出された。ほんの数ヶ月前、レーマンに絵画の分野での無知を告白したマリーがこの後、何千人もの見学者のために作品を酷評したり、賞賛することになる。彼女の審美眼は音楽の分野で洗練されていたが、とりわけ、リストやベルリオーズの傍で過ごした年月の後で顕著であった。装飾、装い、つまり、織物や材木といった素材や繊細な色調から調和のとれた全体を作り出す巧みさには異論の余地がなかった。絵画では相変らず師のアングル、その弟子のレーマン、あるいは別の弟子テオドール・シャセリオ（やがて忠実なレーマンが嫉妬するようになるのだが）の影響下にあった。

シャセリオ。二十四歳。アングルの模倣であるとか、ドラクロワを剽切していると非難されることがよくあった。彼はほどなく批評家マリーに恋していると告白する。だが、こうしたことは流行であった。貴族街から文化的なパリに移ったこの十年の間、マリーはずっと、男性たちが心を奪われている態度を示すのが礼儀にかなっているような女性であった。巷間に喧伝された情熱の光輝は、情熱が消えたあともなお長く存続する。それに、この情熱が灰に帰したことをどうやって主張できよう？　手紙には今なお燃える思いが綴られている。パリに戻ったリストは、ヌーヴ＝デ＝マチュラン街に姿を見せる。イギリスでの一件。「これがダグー伯爵夫人に対して私が考えていることです。」というあの返答は——誰が吹聴したのか——フランス中のサロンを駆けめぐった。そして、エミール・ド・ジラルダンの秘密を知らない者がいただろうか？　文壇と芸術界の名士たちのこの狭い集まり、お義理で顔を合わせているだけのゴシップ好きの人々の間で、さらには政治や文学、警察の訊問にまでまたがったジャーナリズムという、うさん臭いパリを越え

38）ボードレール（1845）

て彼の秘密が囁かれた。ジラルダンは監視されているという。それは打ち棄てられた妻の踏みにじられた愛情ゆえの嫉妬心からであり、また政敵の陰険な目からであった……

マリーは沸き上がる賛辞と、背後に聞こえる愛の囁きに自信を取り戻した。激しい情熱の挫折の後で、女性として彼女にはあかしと償いが必要だった。彼女は自分が男性の心を魅惑する女であることを知っている。だが同時に、魅惑するだけでは十分でないこと、全てを犠牲にしたにもかかわらず、そのたった一人の男性の心を引きとめられなかったことを知っている。彼女が自分自身になることができたのは、まさに過去との訣別とこうした苦悩のおかげであることを、後になって知るだろう。ところで、ダニエル・ステルンはすぐれた美術批評家にはなれなかった。彼女が世に知らせたM・フランセ、コワニェ、ブレーズ・デゴフ等のいずれもが、アンリ・レーマンとその弟、あるいはフランドリア兄弟と同様、たちまちのうちに消え失せる。彼らが復活するのは、十九世紀のマイナーな画家の作品が公開の競売で流行となる一九七〇年以後のことである。

マリーは、コロー、メソニエ、デカンを正当に評価できなかった。もっとも、当時流行の肖像画家ヴィンターハルターを嫌っていたことは称賛に値しよう。ともかく、何年間かの文筆修業でダニエル・ステルンは高名な『両世界評論』誌に書くまでになり、この雑誌でバルザックやサンド、その他の大作家たちと肩を並べるにいたった。彼らにとって、友人であると同時に敵であり、庇護者であると同時に搾取者であり、また出資者でありながら守銭奴でもあった、ビュロが召集した作家たちであった。ビュロは、ヌーヴ＝デ＝マチュラン街ばかりでなく、伯爵夫人の他のアパルトマンや邸宅を訪れる。そして夫人は、神にも等しいユゴーを晩餐に招待する時と変わらぬ誇らしさで、ビュロを迎え入れた。

ダニエル・ステルンのドイツに関する試論は専門家たちの注目をひいたが、芸術記事は肩をすくめさせ、「『プレス』紙は鷹揚にすぎて素人芸に陥った」、と酷評された。誰もが執筆者の素性を知っていたから、軽蔑はきわめて単純な根拠によっているように見えた。つまり筆者が、社交界の女性、新聞社社長の影の女王《エゲリア》という事実だ！

だが、マリーはフランツに書き送る。「あなたから遠くはなれて過ごすわたくしの人生は、偽りと虚栄でしかありません……時々、破壊が秘かに事を全うしている感じがいたします。」マリーはフランツの数々の情事、ウィーンでの狂気の沙汰についてひとつ残らず知らされていた。ローラ・モンテスとの熱に浮かされた情事も同様であった。ピアノの巨匠が心づかいで敬意を表している貴族階級や劇場、社交界、あるいは「ドゥミモンド」の若い女性たちの誰一人としてマリーにとっては、容易に幻想を生み出す遠隔の霧の中に包まれたままではいなかった。そして、彼女は彼にアルコール、たばこ……女性をもう少し控えるよう懇願せずにはいられない。彼女は——別離が長引けば長引くほど——彼の乱痴気騒ぎに言及する。彼女は母親のリスト夫人よりはるかにリストを苛立たせる……

ダニエル・ステルンになる前の一八四一年一月、リストに書いている。

明日、初めて母の家に行きますわ。あなたのお母様はわたくしにたいして優しくおなりです。わたくしどもの間柄を是非とも修復したいと思っておられるようですわ。でも、不幸なことにわたくしのことでは大して修復できません。

この文章はフランツが彼女の誇り、支配欲と名づけたものの本質を明らかにしている。彼女は人生の始めから魅惑する女性であり(この境遇の女性にとってそれが黙殺されないための唯一の手段、唯一の武器であったから)、同時に男性と対等な存在であることを望んだのだ。

おそらく結婚生活の失敗の鍵はここにあるだろう。シャルル・ダグーは彼女を所有し、彼女に社交界での――そして一八三〇年以前には宮廷での――魅惑的な立場を提供することで妻に可能な限りの幸福を与えられると考えた。だが、半ば自由思想を奉じ、半ば前ロマン主義的性向の魅力的なフランス人と、プロテスタントの古い家柄を誇るドイツ女性を両親として育ったこの若い花嫁は一個の人格として重きをなすことを望んだのだ。

彼女が一人となり、彼女の名前で客を迎え、自分の行動に責任を負う今、ダニエルはダグー伯爵夫人の夾雑物から解放されて、自分の過去についてメモを取り始める。これは『回想録』および、死後に発表される『思い出の記』に挿入されよう。

サロンの常連やジラルダンは内輪で過ごす宵に、一八二八年の宮廷へのお披露目話のさわりを繰り返し耳にしたにちがいない。サロンの宵の描写には、年代記作家としての地位を確固たるものとした鋭い皮肉と物語の才能が顕著である。

3 ダニエル・ステルン

ムーア風にしつらえた客間。ペルシャの卓の前の肘掛け椅子に坐った『プレス』紙専属の芸術批評家を、パリ滞在中のロンショーやアンリ・レーマン、それにウジェーヌ・シュウ、サント=ブーヴ、ヴィニーといった忠実な友人たちが取り囲んでいる。彼女の邸で人々の前に姿を見せることを承知した日であれば、エミール・ド・ジラルダンがこれに加わり、親密な友人となったラマルチーヌの顔もあった。

豪奢な家柄――シャルル十世の宮廷

マリーは断片的ながら、またすでに話を知っている常連からあちこちで中断されながら、お披露目の物語をしたにちがいない。当時の慣例では、新婦は社交界にデビューするにあたって、国王や王族に仰々しく紹介されることになっていた……

お披露目では、二人の後見役の女性と複雑な作法が要求された。宮廷づきのダンス教師アブラアム氏が古くからの礼儀作法、つまり大革命前のしきたりを知っている唯一の人であった。四分の一世紀に及ぶ亡命、牢獄、災厄の年月を経てなお、アブラアム氏は伝統の優美な物腰……外股で歩く歩き方、その他もろもろのフランス風優雅さを忘れずにいた。マリーは、レースの胸飾りと袖飾りをつけたアブラアム氏について、お辞儀の仕方を三度練習した。宮廷のしきたりにかなった重いコートを少しずつ後ろで操り、国王陛下に決して背を向けず広げること。三度のお辞儀を均等の間隔をおいて行うこと、つまり、部屋に入った時、それから十歩進んだ時、そして国王が前に出る間、さらに十歩進んだ時である。退出は斜めに後ずさりながら……額を国王に見せたまま行うこと。宮廷人は新たにお目見えする女性に不測の事態や不手際の話をあれこれ意地悪く耳打ちし、心と物腰に動揺を与えることに成功する。結局のところ、宮廷という劇場は、あらゆる劇団の楽屋裏に似通っていた。

マリーは白い衣装に身を包んだ。金糸を織り込んだチュール。銀製の高浮き彫りにした花……まるで羊皮紙のドレスのように月光色の、ピンでとめたビロードの宮廷用コート……、時代の流行と王太子妃の好みに合わせて高くこわばった髪形。駝鳥の羽根飾り。王冠にはダイヤモンドをちりばめた花と穂。ブリリアンカットのダイヤモンドで取り巻いた梨形の真珠とエメラルドの首飾り。オルレアン公爵夫人の飾りより美しいものであった。

王太子妃がお披露目の前に若いダグー伯爵夫人を見てみたいと言う。かくしてルイ十八世の娘が彼女を見つめ、伯母にあたるダグー子爵夫人にむかって、「紅が十分でありませんこと」と言い、電光石火の速さで姿を消した。

七十歳でなお、シャルル十世は女性から非常に愛され、フランス貴族特有の名状し難い雰囲気を漂わせていた。マリーへの国王の言葉が喧伝されたが、果たして本当に言ったのだろうか？　国王はお目見えを果たした若いマリーに数々のお世辞を言い、格別の好意を見せたという……

ダニエル・ステルンは別の機会にも同様の成功を収めた。王太子妃が催した内輪の夜会で、シャルル十世は再び彼女に話しかけようとしたが、その枯渇した不毛な精神のために、国王が打ちたてようとする関係はきわめて無意味なものになった。ところで、この時期は後にジラルダン夫人となるデルフィーヌ・ゲーを、愛妾（彼らは慎しみ深く身分違いの妻と言いはしたが）として迎えるのを目にしたいと、側近が渇望していた時であった。彼女もまた二十三、四歳であった。

マリーは、こうした夜会について語っている。

肘掛け椅子の両側にアーモンド形に広がった輪の上座に坐っている王太子妃は、タピスリーを制作していた。家柄に応じて席次が定められているこの輪の中では隣りの者との話も小声でこっそりと行われた。王妃はぎくしゃくした手つきで針を進めていた。（一八三三年のカールスバードですでに、シャトーブリアンがこの機械的で痙攣を起こしたような素早い動作を描写していると、マリーは記している。）

王太子妃はあらかじめ念入りに練ったために、太陽王の指摘のような天真爛漫さのない唐突な質問をとある婦人に浴びせる。婦人はありきたりの陳腐な答えを返す。

少し離れたところで王太子とダグー子爵夫人が「無言でチェスをしていた。まるで二人の自動人形が駒を動かしているように全く無言であった。サロンの奥では、シャルル十世が同じく無言でホイストの勝負をしていた。国王の負けとなれば、国王は立腹し相手が詫びる。そして次の勝負の決着がつくまで再び沈黙が支配する。勝負が終ると国王は椅子を押しやって立ち上がる。国王のゲームを目で追っていた王太子妃も直ちに、ばね仕掛けの人形のように立ち上がる。彼女はタピスリーを投げ出し、輪になっている者たちに一瞥で散らばるよう命じる。」王太子はチェスを放り出す。国王は退出しながらご婦人方の一人一人に言葉をかける。王族は姿を消した。

マリーはヌーヴ＝デ＝マチュラン街（後にはプリュメ街やローズ館）の作家や画家が集うサロンで、彼女の物語を仕上げる。ベルナール・ポトッキ公爵や彼女の熱愛者たちの中にいる貴族だけが、こうした夜会の情景を正確に思い浮かべる。だが、他の者たちにとっては、ドーミエ風の風刺画そのものである。

「参加者たちはひどく満足し、またひどく羨ましがられて帰宅する。王太子妃の催すこうした内輪の夜会への招待は、社交界で最高の恩寵とされていたからだ……」

マリーが一八三〇年の革命を、安堵の気持ちで受けとめたことは容易に理解できよう。彼女は宮廷から解放されたのだ。また、こうした夜会の退屈さや異常なまでの滑稽さが、リストへの情熱や貴族街との訣別をどれほど準備して来たか理解できよう。

マリーの最初の解放は、パレ＝ロワイヤルのオルレアン家での音楽会に出かけることであった。姑のダグー子爵夫人が溜息をつく、「わたくしはあのような人々が好きではありません。」国王の従兄弟たちが中産階級——ひどくごちゃまぜになった階層を迎え入れたからである。貴族街の人間は、そこには誰ひとり知り合いはいないという。

ダニエル・ステルンは無頓着さと、こうした話を好まぬ人々を凍りつかせるような皮肉の混じりあった比類のない口調で付け加える、

「わたくしはそこで紛れもなくラフィット、ロワイエ＝コラール、カジミール・ペリエ、チエール、ギゾー、オディロン・バロの諸氏、さらにはベルタン兄弟たちに出会った。紛れもなく、といった理由は、わたくしの属していた社会は絶えず小集団を作り、成上がり者に対しては全く関心を払わぬという極度の傲慢さを誇示していたので、わたくしの前を通り過ぎる見知らぬ顔に名前をつけることはできないし、また不作法になるため、あえてたずねもしなかったからである……」

ここで、十八歳のシャルトル公爵はご婦人方のご機嫌を取ろうとする。彼のイギリス風の物腰は、同じく一八一〇年生まれの青年、同様に光輝ある家柄の出身であり、数奇な出生の青年の美貌と好一対であった。青年は美しいマリア・ワレフスカとナポレオンとの間にうまれたワレフスキ伯爵であった[39]。

この二人の若きライバル、魅力ある騎士の間で流行は迷っていた……が、死神の方は迷わなかった。この時から十五年後、素早く断固とした選択をし、オルレアン公爵の命を奪ったのである。一方のアレクサンドル・ワレフスキは、従兄にあたるナポレオン三世と運命を共にすることになろう。

自分自身であろうとする以上にひとかどの人間になろうとした若い伯爵夫人の前に、どのよう

39）アレクサンドル・ワレフスキーは悲劇女優ラシェルとの間に息子をもうけた。ラシェルはエミール・ド・ジラルダンにも愛されよう。

な女性が模範として現われたのか？

　ベリー公の死から六年後、マリーはディエップで名高い公爵夫人、優しく陽気で才気煥発の金髪のナポリ女性に出会った。胸元をあらわにしたデコルテ姿、無頓着さ、そそっかしさから、彼女の言動は誰からも本気にされなかった。結婚した時、彼女は十七歳、二度目の結婚であった夫は四十歳近くであった。一八一六年、ベリー公爵夫人となった両シチリア国王の娘マリア＝カロリーネがはじめて自分を明らかにしたのは、暗殺者の短刀で心臓を突き刺された夫の血が、宴のドレスにほどばしった悲劇的な夜であった(40)。

　妊娠していた公爵夫人は、奇跡のボルドー公爵を生んだ。以後、王位継承者の母として王弟妃殿下は終生、自分自身であることを忘れなかった。ジムナーズ座ばかりでなく、ジラルダンに説得されて『モード』誌の後援を承諾するほど芸術家を保護した。マリーが顔を合わせたディエップの海水浴場に、夫人は亡き夫の前妻であるイギリス女性の娘たちを連れて来ていた。ディエップの人々は夫人を愛した。というのも、夫人が彫刻を施した象牙の装身具を身につけ、この地方の職人仕事を広めたからであった。

　マリーはその年の最初の海水浴に参加した。王弟妃殿下臨席のもとに開会式が行われ、祝砲が打ち上げられた。妃殿下には私服の警部兼医者のムルゲ博士が付き添っていたが、警部は手袋をはめたこぶしを差し出して海の方へ案内した。

　それは笑い転げるほどの光景であったと、マリーは語る。うっとりした微笑が観客を晴れやかにする。マリーと仲の良いオルタンス・アラールが話を展開させている。

40）本書を書いているこの20世紀末、ジャッキーのスーツに血が飛び散ったケネディ暗殺に思いを馳せないわけにはいかない。彼女もまた魅惑的であり、流行の女性であった。道徳——つまり超自我、各々が自分の中に持っている理想——が誇りに立脚していた時代と、幸福及び超自我が消費に根拠を置いていた時代の間の差異が明らかになる。ジャッキー・ケネディはやがて世界一の富豪と再婚する。

「ディエップにはオステンドの海水浴場のような海中を引っ張る小さな車椅子はなく、正式に任命された男性の水泳指導員が女性の海水浴客たちを抱きかかえて運び、潮の干満によって変化はあるが小石の浜を越えて水中をある程度の距離まで進み、頭を下にして女性たちを沈め、次に足にひどく優しい細かい砂の上に平衡をとって立ち上がらせる。目、耳、鼻、時に怖ろしさで思わず叫んでしまうために口まで塩水で一杯になるこの潜水をやっている間は勿論、その後もわたくしたちは醜いしかめ面をしたままでいた……」

一方、マリーは、蠟引きされたタフタ織で拵えた頭にぴったりした帽子、長ズボン、黒いウールのスモック、上靴のぞっとするような水着姿を伝えている。水から上がると、この体にぴったりくっついた水着はどんなに美しい女性をも醜悪そのものに変えてしまう。テラスの上では男たちがオペラグラスを手にして、ご婦人方が着替えをするテント付近の往来をねらっている。それはこの上なく不作法なことであったが、それでも、式典の行われた初日以後、公爵夫人は他の女性たちにまじって水浴した。

この時の水浴が、夫人と結婚もしておらずお披露目もされていないフラヴィニー嬢を結びつけた。二人は同じ指導員を持ち、共に若く金髪で色白であった。そしてカロリーネはマリーを人気者にした……かつてデルフィーヌ・ゲーを花形にしたように。

だが、マリア＝カロリーネはマリー・ド・フラヴィニーにとって部分的な理想でしかなかった。結婚式と宮廷でのお披露目の後、彼女はサン＝ジェルマン街の老婦人たちを知った。糖尿病と水腫で動けなくなっていながら過激王党派《ユルトラ》を牛耳っているラ・トレモワル夫人は、永久に坐り続けている醜悪な蛙を思わせた。この夫人についてマリーは恐ろしい思い出が消えなかった。

だが、モンカルム侯爵夫人の政治的サロンについては愛情をこめて追憶している。『思い出の記』に見られるこうした権勢を持った場所の描写は、プルーストが目にとめたとすれば大いに評価したことであろう。

若いダグー夫人の庇護を自ら買って出たモンカルム夫人は、リシュリュウ公爵の妹であった。「兄が大臣だった頃はわたくしが才気のある女だと、誰もが知っていました」と述べているが、そこに苦い思いが感じられないわけではない。

教養ある国際人で、兄に似て謙虚で無信仰であり、信心を装うことは全くなく、精神の革命に好奇心を抱き、威圧的なところが少しもなかった。華奢で小さな奇形の身体のためにサロンで横になったまま、耳を傾け、質問をして、モレ、ド・バラント、ポッツォ・ディ・ボルゴ、ラギューズ公爵といったリシュリュウ一族の政治家や外交官を迎えた。マリーはこの淡い光や会話で元気づけられることが好きだった。加えて女主人の最も親しい友人の一人が若い伯爵夫人に好意を寄せていた。

シャルル十世治下のこの時代、貴族街は際立つことだけを考えている社会であった。ハンガリー人のアポニィ伯爵夫人はダンスをする昼食会を流行させた。もっとも、他の人間は、フラヴィニー夫人もその中にいたが、料理を出さない音楽会やダンスの夜会で満足した。

「そこでは奢侈や富を誇示することはなく、貧しい者が富める者を招待することもあった。立食にはブイヨン、牛乳ライス、アーモンドミルクが出された。それで全てだった。」

こうした状況は一部の亡命貴族が破産していたからである。彼らの娘はモスリンの服を着、髪に花をさして、貞淑ぶらずに、だが礼儀正しく踊った……

デルフィーヌ・ド・ジラルダンが中産階級の社会を嘲笑し、伝統の欠如を非難する時、マリーは自分が彼女に似通っていると思いあたったであろうか？

訪問客の中には時々、伯爵夫人に思い切って音楽についてたずねる人間がいた。正しくピアノが弾け、加えてリストの伴侶として五年の月日を過ごした彼女は一八二〇年、一八三〇年代の音楽界を詳細に述べることができた。

その当時、ロッシーニが君臨し、はるか下方にベルリーニとドニゼッティがいた。マリブラン、パスタ、ゾンタク嬢がテノール歌手ヌーリと並んでもてはやされていた。

だがサロンでは芸術家はどれほど望まれた存在であろうと下位にとどまっていた。そしてまさにこの事実がダグー伯爵夫人の出奔のスキャンダルを大いに増大させたのである。

「音楽会を華やかにするためにロッシーニに依頼する。わたくしの記憶違いでなければ、千五百フランというかなり少額の報酬で、この大マエストロは曲目の選定と演奏を引き受けた……つまり、夜会の間中、ピアニストを務めたのである。」

加わった名手たちの中に、しばしば小さなリストの姿があった。彼らは一同揃って小さな門から入って来る。そして賛辞を受けて帰って行く。翌日、ロッシーニに報酬が届けられた。マリブランは音楽会が終った後もフラヴィニー家にとどまっていた。ゾンタク嬢の方は不器用に貴婦人の真似をし、賛美者が王族や外交官、あるいはユダヤ人の銀行家か美術学校の校長でなければ、

＊シャトーブリアンの創作した人物。ここではシャトーブリアン自身。

41）彼は筋金入りのサン＝シモン主義者であった。

彼らに対して無礼な言葉を吐くか、無視するだけであった。
シャトーブリアンの君臨する文学サロンではラマルチーヌやユゴーといった若い作家たちが語られ始めていた。ルネ*がブリフォ（デルフィーヌ・ド・ジラルダンが『ジャーナリストたちの学校』の中で手厳しく批判した著名な批評家）に、ユゴーのアカデミー入りのための投票を依頼した時、この不実なアカデミーフランセーズ会員は、「貴殿はルイ十四世にも等しいお方ですな。貴殿の私生児たちを我々に認知させようとなさるのですから。」と言った。彼の名が記憶されているのも偏にこの言葉、フランス・ロマン主義の父に対する結構な賛辞のゆえである。

小説『ウーリカ』を書いて評判になったデュラス公爵夫人の娘であるローザン公爵夫人のサロンが、真に文学的サロンと言える最初のものであったが、マリーはここをよく訪れた。もっとも彼女の目には公爵夫人は間の抜けた女性に映った。それでも、夫人の母のサロンの残存者たちの中の有名なコレフ博士、さらに博士に劣らず著名なデックスタン男爵をマリーが目にしたのは、このサロンでだった。デックスタン男爵は、はるか後に彼女のサロンに迎えられることになるが、誰の目にも謎めいた人物であった。(41) ユダヤ人ということであったが、北方の君主の私生児とも言われた。彼は評判の高い『ガゼット・ダウグスブルグ』誌の通信員で、♀と署名した。秘教主義の有名な普及者スヴェトシン夫人の顔も見えた。公爵夫人は反響を呼び始めていたロマン主義の奇抜さを少しも嫌わず、サント＝ブーヴ、ウジェーヌ・シュウ、リストといった面々を夜会に招いた。ダグー伯爵夫人が公爵夫人を語る淡々とした口調に自己批判が読みとれよう。こうして彼女は貴族街の軛から解放された若い女性たちに与《くみ》する。公爵夫人は媚の歓びと美徳とを適切に混ぜ合わせたプラトニック・ラブの虚構を流行させた。マリーやデルフィーヌ・ゲーでなくて一体誰がこの虚構の師となったであろう？

　やがてダグー伯爵夫人はこれに匹敵するサロンを作り、自分を愛している男性たち、たとえば孤独を好むヴィニーにさえ、サロンに姿を見せることを強要した。マリーはまるで甘美な罪を告白するような、好奇心をそそる語り口になる。「純粋なサン＝ジェルマン街の人々が、ローザン夫人、ラ・ブルドネ夫人、ラ・グランジュ夫人、そして、わたくしのサロンに才気やロマン主義がすっかり侵入した様を目にした時……それはいわば揶揄であった。わたくしたちは青鞜婦人だと宣告されたのだ。」

「私の五分間を！」

　マリーがダニエルとなったこの頃、彼女を愛している男たちは――ヴィニーのように友として（もっともかなり排他的な友情ではあったが）、あるいはジラルダンやサント＝ブーヴのように恋人として――皆、各々に、彼女と差し向かいのひとときを持とうとして手紙の中で激しく競い合う。

　彼女はサロンを飾るために彼らが欲しい。彼らは自分の胸中を打ち明けるために彼女が欲しい。この相違から、誤解や媚態の駆け引きが生じる。

　一八四〇年から一八四一年にかけての冬、エミールは嘆息する。

六時です。あなたのことを考えています。あなたに書かずにはいられない。私たち二人の最良の日々、二人で過ごす最も長い宵はもう過ぎてしまったのだと考えて、恐怖にとらわれるのです！　兄上が来られることに私の心は激しく乱れています。私がさまざまな感動にかくも深くひたったこのひと月のようにあなたが一人きりになり、思いに耽ることは日毎に困難になるだろうという気がするのです。ですから、朝のうちに私に長い手紙を書いて下さい、そして、私たち二人の間がどうなっているのか教えて下さい。私には知る必要があるのです。あなたを余りに深く愛していますから、しばしば心が乱され、不安になるのです。私の心にあることをあなたに書けないのです。ですから、あなたが私に書いて下さい！　私への愛がすでに少なくなっていると感じておられないのでしたら、お返しした手紙をもう一度、お送り下さい。読み直さなければなりません。私に分け与えて下さるひとときが少なくなった時の助けとなるでしょう。今晩はお伺いしません、お会いできるのは今朝だけです。

返却されたことをあれほど誇らかにフランツに伝えた手紙が再度、要求された。おそらくこの要求は叶えられたであろう。「私への愛がすでに少なくなっている」という一節は彼女が愛に同意したことを示している。言葉で？　しぐさで？　それとも行為でか？　そんなことは重要ではない。

昨晩、あれほど遅くまで残っていたのがR……〔ロンショー〕氏であれば、今朝の出会いの埋め合わせを十分にしたことになりますね。これほど激しく最後の時間が欲しいと感じたことは未だかつて一度もありません。これ以上見事なまでに率直で、残酷なまでに優しく、崇高なまでに真実であることはできません。

哀れなルイ・ド・ロンショー！　一体何が彼に言えたであろう？　彼にはマリーと親密に過ごす時間はほとんどない、彼はそれに執着し、手に入れようと闘う。ジラルダンが彼に打ち勝つのはかなり容易なことだ。手紙は続く。「もし私に日中、一時間がとれないとすれば、親友にとって今晩はもっと好都合ではないでしょうか？」

鉄のペンを持った伯爵、青春時代の友人もまたサロンの常連と闘う。ヴィニーは社交界が好きではない、そして大勢の人が集まる場を避けていた。

一八四〇年の終り、マリーは意気阻喪を経験するが、この神経性の発作は年齢を重ねるにつれて頻繁になるだろう。ヴィニーは彼女に会いに行く勇気がない。追放された女性の一八三九年の帰還に際して、彼はより愛情にみちた絆を結ぼうとしたのだろうか？　ある土曜日、彼は2という数字の完璧さを彼女に証明しようと試みる。

一八四一年一月十九日、ヴィニーは二人だけの時を切に求める手紙を書く。

何にも増してくつろいだおしゃべりをお願いします。それが無ければ何ひとつあなたについて、あなたの心を占めている事柄全てについて理解できません。是非にも真実をあなたに届け、あなたに申し上げたいのです。あなたが私についてどんな点であれ思い違いをなさるということは耐えられません。あなたに不安を抱かせるものでは全くありませんが、私たち二人にとって必要な説明をし、またあなたにおたずねしたいのです……もしお許し下さるならば、木曜日、三時にたった一人でおられるあなたにお目にかかりに伺います。

何もかもが優雅な気晴らしである魅力的なサロンで、話をする手だてが彼には見つからない。

一八四一年四月六日、四時の扉が再び閉まることを彼は嘆く。

一八四二年一月十二日、重大な事故の後の手紙。「十一月二十六日のことですが、私はすんでのところで殺されるところでした。」彼は執拗に懇願する。

あなたには訪問客のいない五分がまだおありですか？　それをどうか私に与えて下さい。それも2という完璧な数で、つまりあなたと私、二人の優しい真実の友だちだけで。第三者をお望みであれば、同席するのは詩情だけに願います。私は本当にひどく、あなたに打ち明けた以上に苦しんだのです。真実、心をこめて。

一八四二年二月三日の手紙で彼女は彼が姿を消してしまったことを咎めたにちがいない。彼は返答する。「姿を消すとは一体何のことでしょう？　あなたとだけお話できる一時間があるのでしたら、絶えず私の姿をご覧になるでしょうに……私は差し向かいでなければ心の底からお話できないのです……計算も空虚な媚もありません。余りに率直な人嫌いと、多分少しばかり嫉妬した友情があるだけです。」

一八四二年二月二十四日、「真実、私はあなたにお話することがあります。あなたの紫色のビロードの宝石箱の中に、何時《いつ》あなたがいらっしゃるのか私に教えて下さるものならば……」

一八四二年四月十日、彼はマリーの新しいお気に入りの客となったドイツの詩人ゲオルゲ・ヘルヴェークに会うことを承知する。だが……「月曜日の二時三十五分から二時四十分まで、あなたの宝石箱のカーテンを私のために少し開けて下さるでしょうか？」彼はまるで書物のように便箋の下部にメモを書きつける。「真の時刻ではなく平均時に従ったチュイルリー宮殿の時計に私の時計を合わせておこう。太陽が思い違いすることがあるのは周知である故に。」

一八四二年十一月十八日、旅行から帰った彼は彼女に会いたいと思うが、出かけなかった……ジラルダンが傍にいるのを目にすることを怖れたからにちがいない。

初めて再会するのにあなたがたった一人ではないのを目にすれば、きっと一年中、あなたを憎んでいるような気がするのです……

だから、どうか宵か午前中の一時間を私に、私一人だけに、一人だけに、一人だけに与えると言って下さい。そうすれば、あなたには世界中でただ一人の友しかいないと、そして、それがこの私であると固く信じて帰宅できることでしょう。

一八四三年一月十九日、権利の要求が再度なされる。

私には私だけに与えられた五分間の方がいいのです。でもあなたがお望みになり、是非にとおっしゃるなら、土曜日、六時に伺います。けれども、晩餐や夜会は友情の演出に過ぎません。友情そのものではありません。

マリーは演出している、これは、ジラルダン、ヴィニー、サント=ブーヴばかりか他の男たち、ロンショー、レーマン、更に、もっと遠慮がちにではあるが、ベルナール・ポトッキ公爵、そしてヘルヴェークといった外国の詩人たちも直ぐに……皆が一様にする非難であった。彼女が催す夜会には――デルフィーヌやクリスチーナ・ド・ベルジオジョーソ、ジョルジュ・サンドの夜会、あるいは貴族街のそれと同じく、芝居の上演や見せ物があった。そこでは観客と俳優がまじり合う。劇場と同様、花形スターもいれば端役もいた。コンメディア・デラルテあり、状況に応じて即興に作られたとは言っても全員に役が振り当てられている台本あり、といったところだった。

驚くべきことは、ダニエル・ステルンがこうしたことにダグー伯爵夫人であった時と変わらぬ喜びを感じたことであり……解放よりもっと強いしきたりによって形成された、マリーの二重人格がこうした劇場を必要だと考えていたことである。社会階層の対極にいるフローラ・トリスタンもまた、バック街の屋根裏部屋に客を迎え入れていた。彼女のサロンで、マルクスの友人ルーゲのような外国の知識人たちと頻繁に話を交わしたのは、労働者である詩人、職人である理論家、社会主義者、あるいは無政府主義者であった。フローラは、パンとミルクと卵と少しばかりの野菜や果物という生活をしていたが、それでも客を迎えた。女性が集まりの中心になれるのは自分の家でだけであり、たとえどれほど質素なものであろうとサロンとして使われている場所でだけ重きをなせたのだ。

マリーは相手に質問し、耳を傾ける才能で有名であった（今日の精神分析学者であれば彼女に、相手の言葉に注意深く耳を澄ます能力を認めたであろう）。彼女は差し向かいの対話を好んだ。リストに会う前、彼女は二人きりのこの無邪気なひとときをウジェーヌ・シュウらと味わった。まるで甘美な罪を犯すように。

ヴィニーの手紙はジラルダンの書簡以上に良質の鏡である。そこに映し出されるのは相互の友情であり、抑圧された愛情ではない。一八四三年一月三十一日、彼女は詩人の不実か不機嫌をとがめたようだ。彼女は——後にプルーストが描き出す貴婦人たちやプルースト自身のように——相手に弁明を余儀なくさせる、つまり、愛情を告白させ、絶えず立場を明確にさせることになる誤解や見せかけの告発を利用する術を心得ていた。ヴィニーは彼らが仲たがいしていないことを確信させる。「どうしてそのようなことをおっしゃるのです？　一体誰が友情についてそんなに誤った考えをあなたに吹き込んだのです？　私が不実であるなどと絶対にお考えになってはなりません。神聖そのもののこの事柄についての私の言葉をお疑いになってはいけません。」

二週間後、彼はもう一度、彼の五分間を懇願する。「いつも変らず穏やかな、あなたの兄妹愛のような友情という、私にとってこの上なく大切な宝石箱」を彼のためだけに開けてくれるよう懇願する。〔それにしてもマリーが穏やかだって？〕

根こそぎにすべき情熱、リスト

リストの手紙、そして『二人の日記』——イタリア滞在中に二人が書きとめた対話や告白の記録——は彼らの間で投げつけられた怒り、冷ややかで高慢な侮辱、卑しい出生や下品な乱痴気騒ぎへの言及、その後に来る気が狂ったほどの後悔、お互いの胸に抱かれてのすすり泣き、ひざまずいての詫び、祈りを彷彿させる。それから、マリーがもはや話す力もなく、重苦しい虚無に落ち込んだ日々。ミシェル・ド・ブールジュと別れたばかりのジョルジュをノアンに訪れもした。

それは、無数の言葉をちりばめるほど感動が強くなると信じられた時代であった。

42）ヴィニーは1843年５月23日、ヨードの医学的悪評に言及し、「用心すること！」と記している。

43）マリーが関わることになる精神と心の病気のこれら専門家たちを1980時代におけると同様、精神分析学者と呼ぶことにする。

怖るべき恋人たちの間で繰り広げられるけんかは、二十世紀末であれば、爽快剤や睡眠剤の服用、あるいは精神療法で治るものだが、当時にあっては火山の噴火のように激しく爆発し、今日なお溶岩を手にするほどに熱い。ジェルメーヌ・ド・スタールは胸をあらわにし、実際に髪を引きちぎりながらコペの館の階段を這いずり回ったという。ジョルジュとミュッセ、また他の男たち。ヴィニーを苦しめるマリー・ドルヴァル。ドストエフスキーの小説の読後にわれわれが感じるスラヴの魂の狂熱、とても定義されるものが、時代の先端を行くヨーロッパの最も洗練された階級で繰り広げられていたのだ。

だが、マリーは誇張した言葉で感情の強さを示すといった時代の流行に従っただけではない。彼女は次第に頻繁にうつ状態に陥り、コレフ博士を筆頭に何人もの医者が、稀釈した阿片カノコソウ、強壮剤、ヨードといった当時の薬物で治療にあたった[42]。今日の精神科医であればどのような診断を下したであろうか[43]？　どのようなうつ状態であったのか？　常規を逸した感情の爆発、そしてその後に来る長く、最も近しい者の訪問さえ拒絶するほどのうつ状態におちいることが何度かあった。年齢を重ねるにつれて一層頻繁にうつ状態に襲われることになるのだが[44]。

種々の記事、愛着を抱いているドイツについての文学的研究、さらに、遅々とした進捗ではあるものの決して放棄されることのなかった小説『ネリダ』の草稿に見られる厳しい自己陶冶は、ダグー伯爵夫人がダニエル・ステルンに変身するためにはどれほどの犠牲をも厭わぬ覚悟でいたことを物語っている。読者の誰もが直ちに批評家の素性を見抜いていたが、新しい顔は秘密にされたままであった。彼女自身に公的責任を持った新しい人格を啓示するゆえに秘密であった。秘

44）ヴィニーたちはこれを嘆く。ジュリエット・アダンは『回想録』中で狂気について語る。

密の顔は意志が強く、野心に燃え、そして神経の脆いこの女性に新しい自己を与えた。これは一八四八年に完全に確立されよう。

すでに一八三八年、ヴェニス滞在中、「テーブルの上に忘れられた花束」について語っている。彼女は夜、このことがひどく不快になった。

時々、わたくしは気が狂ってしまうのではないかと怖ろしくなる。わたくしの頭脳は疲れ果てている。わたくしは余りに涙を流した[45]……わたくしの頭と心は渇き切っている。これはこの世に生まれ出た時以来ずっと抱えている病気だ。情熱が一瞬のうちにわたくしを昂揚させるのに、自分の中には生命の源泉がないと感じている……わたくしはあの人にとって優しい女性ではない、悲しみと失意をあの人の人生に撒き散らしているだけだ[46]。

フランツは彼女の人生で唯一の肉体的な情熱の対象であった。だが、彼女は彼が世紀のピアノの名手ではなく、作曲家になることを望んだ。彼が愛情と情熱を要求する以上、マリーは何よりも彼が不実な行為をやめることを望んだ。リストは欲望を甦らせるために、絶え間ない変化や芝居がかった、悲劇的な状況、さらには二人の前に立ちはだかる障害を必要としたのであろうか？由緒正しく、裕福な伯爵夫人としてのマリーはリストが手にできるはずのない高嶺の花、つまり、最も激しく渇望する征服を具現していた。だが、今では彼の三人の子の母親、彼を狂おしいほど求めて哀願する女であった。だから、彼は彼女を欺く。そしてそのことを後悔する。マリーの非難が彼を傷つけ、説得が激怒させる。そして、彼がしばしば自分自身に対して感じるこの突然の憎悪が相手の上に振りかかる。イタリア滞在中、彼が『二人の日記』で描いた自画像を、彼女は

45）159頁の注44を参照。
46）強調　原文。今日、死の衝動と呼ばれるものがマリーにあっては強かったように思われる。

後に『回想録』に転写する。

　雲行きが怪しい。私の神経は苛立っている、それも怖ろしいばかりに。私には獲物が必要なのだ。二つの相反する力が私の中で闘っている……何故に、女という名の哀れな偶像のためにこの素晴らしい才能を浪費してしまったのか？　ああ！　私の潔白の王冠をマリーの頭上にのせることはいとも容易であっただろうに……その王冠こそ彼女の宝石のどれにも増して高価であっただろうに……私の悲しみと苛立ちはコーヒーと紅茶の過飲に大いに由来している。煙草も全く同様だ。だが、コーヒーと煙草は私には今や絶対に不可欠となってしまった……

十一月十四日。

　彼女は私に昔の指輪をもう一度はめるよう求めた……この指輪を私の指に再び通した時、私は突然、長い病から癒えたように思われた……時々、朝、私は故意にこの指輪を忘れる。我々の結びつきのこの悲しく、恐ろしい徴《しるし》をこんな風に、全く偶然のように棄ててしまうことで私は奇妙な歓びを感じるのだ……

ダニエル・ステルンとなるためにマリーが闘わねばならぬ悪魔は、したがって単に想像上のものではなかった。信頼を失う明白な動機がこの年月の間に積み上げられて行く。

文章を書き、サロンに客を招き、パリにおける国際的な中心となることは、リストを愛し、期待し続けることと相反するものではなかった。

一八四一年六月、夏の数週間をマインツ近くの小島、ノンネンヴェルトで過ごそうとリストが提案した時、気持ちの昂りはなかったものの、狂おしいほどの期待を抱いて承知した。ドイツということが彼女の心を惹きつけ、子ども時代へと引き戻す。マリーはすでにパリでドイツ人の賛美者たちに囲まれていた。

グツコフもその一人であった。三十年代、彼はドイツの青年たちのために、プチブルの自己満足を一掃し、生き方を変える〈計画〉を構想した。教養豊かな社会は顕著な婦人の影響を受ける。ドイツにあっては、思想家であり、また、自らサロンをひらいたベッティーナ・フォン・アルニムとラヘル・フォン・ヴァルンハーゲンが詩人や思想家たちに詩想を与え、著作の検閲もした。グツコフは現実の女神《ミューズ》の存在を信じていた。彼の発行する雑誌が発禁となり、投獄されもした。フランスに来た彼は、ジョルジュ・サンドにパリでお目にかかりたい旨、手紙を送った。彼女は愛情だけが彼女の心を占めている事柄であると返事を書く。二人の会見はグツコフを失望させた。一ヌーヴ＝デ＝マチュラン街では、偉大なミューズの探求に対してよりふさわしい歓迎を受けた。八四二年、彼は『パリ通信』で、あらゆる芸術に精通し、静かで、愛想がよく、そして気品に満ちたD……伯爵夫人を熱狂的に描き出した。

一八四三年から四四年にかけての冬、マリーはもう一人のドイツの詩人ゲオルゲ・ヘルヴェークの愛情を獲得する。新婚の妻マルタは四十歳になったこの伯爵夫人に嫉妬しよう。マリーはヘルヴェークを友人たちから奪い取った。若いカール・マルクスの弟子であり、ヘルヴェークと共に『独仏年誌』を発刊していたルーゲは、安楽な結婚生活が契機となったとはいえ革命家の詩人が伯爵夫人の影響で完全にブルジョワ化したと非難した。

47）1928年6月、A・エヴェジーは『ルヴュ・ミュジカル』誌に、「リストとダグー夫人」と題する論文を発表し、ノンネンヴェルトの旅行客たちの驚嘆の言葉を引用している（J・ヴィエはマリーの手紙と共にこの論文を引用)。

ともあれ、ノンネンヴェルト島では見知らぬ人々、とりわけとある将校の娘が彼女に魅惑された。[47]

マリーはモルティエ＝ドゥフォンテーヌという勿体ぶった平民の名を使い、悦に入っていた。リストが合流し、次いでジラルダン、チエール、リシノフスキー公爵（彼もまた五分間の水入らずを乞い求める無条件の賛美者であった）が集まった。ある宵、リストはホテルに改造されている昔の修道院のピアノを弾いた。マリーは――帽子を被らずに、と将校の娘が記している――ヘアネットをつけ、首にショールを巻き、絹のスカートそして開いた袖飾り（これはイギリスで流行していた大胆な装いであった）を身につけ、彼のそばにいた。リストが宿泊者たちのダンスの伴奏をする宵もあった。だが、リストに幸せであって欲しいと願うご婦人がいたほど、彼は四六時中、ふさぎこんでいた。そしてマリーは、「一体誰が、この地上で完璧な幸せを見つけることができよう？」と嘆息する。

洗濯女が持って来る下着や、黒いスーツケース、化粧を賛美した後もなお、将校の娘はこの見知らぬ女性がジョルジュ・サンドであると信じこんでいたのだ（その昔、アルプス山中で二人が一緒にいるところを目にした旅行客たちが二人の女性を混同したように。まるで人目を引く、突飛なフランス女性はこの世にたった一人しか存在し得ないかのように）。

マリーは、八月十六日のサント＝ブーヴへの手紙の中で、山々の全景が見渡せる中に建ち、勇敢なジークフリオルが命を落としたと伝えられている昔の修道院や、「羽の生えたドラゴン、忠実な騎士、涙に濡れた乙女が登場するこの上なく魅力的で感動的な伝説の舞台となった」廃墟を描写している。船が河を往来する……島にいるマリーは、次第に自分がローレライ――舟人たちを怖ろしい破滅に導くというあのセイレーン――にも似通っていると感じたことであろう。もっともマリーは、この場所にふさわしい半ば修道女の格好をしていた。前腕や手が見えるかなり短い袖のついたカシミヤのケープ。脇にガーネットのロザリオがついたカシミアのヴェール。彼女の賛美者である将校の娘に、マリーはミサのないことを残念がる……それから、友人たちと一緒に料理人をつれて来年もやって来るつもりだと言う。

マリーは大いに楽しむ。ジョルジュの肖像が届いてもなお、宿泊客たちは思い違いに一向に気づかない。「こうして話が作られて行くのだわ！」と、溜息まじりにマリーは呟く。

一八四二年と四三年、彼女は子どもたち、家庭教師、そして崇拝者たちを残らず伴って、ノンネンヴェルトに戻って来る。だが島でのこの半ば孤独な状態、時に友人たちが訪れ、彼女を賛美し、八月十五日には、至高の聖女マリーの祝日を祝う中で、彼女の耳には愛が失われた喪の鐘が聞こえる。

かつてイタリアでフランツが言ったことがあった、「あなたは私から追い返されて暮らすのです。さあ、あなたの娘や家族や友人たちに再会なさるがいい」と。自分にはまだ家族や娘たちがいると、彼女は彼に言えるだろうか？

この時期、リストからの一通の手紙が途方もないほどの感動を彼女に呼び起こした。彼の愛の誓いの言葉に、経験したことのない驚きと恍惚を味わった。

一八三九年から四四年にかけて抑圧された愛は生き続ける。
この世の何にも増してわたくしが愛した、そして、別離の決心をしたにも拘わらず、おそらく今なお愛している男性から絶対的に、また決定的に自分を引き離す誓い——それがどのような性格のものであれ——をすると確信していたとすれば、自分が尊敬に値する人間とは思えなかったであろう。(『回想録』)
そしてライン河に浮かぶ小島について書く。「ノンネンヴェルト、それはわたくしが抱いた幻影、わたくしが理想とした生活、わたくしの希望の亡骸《なきがら》を埋葬する墓」と。

親権を振りまわす父、リスト

一八四四年、マリーは別離を決心した。だがリストが復讐に出ることは予測しなかった。その復讐が彼女から子どもたちを取り上げて人質とする、つまり子どもを敵対した二つの自尊心が繰り広げる残酷な球戯のボールとする、という最も伝統的な形を取ることなど思いもしなかった。

両親の間のこの種の対決が子どもたちに衝撃を与え、その心に深い傷を作ることは二十世紀末の裁判判決録が伝えてくれる。親権が一方に委ねられると、直ちにもう一方が子どもを奪い取り、裁判に訴え、境界を越えさせる……子どもたちはいつの場合も決して意見を求められはしない。子どもたちがどれほどはっきりと選択し、すすり泣きをしていようとも、また、明白すぎるほど神経症の徴候を見せていようとも、愛が終った狂人たちの心は揺るがない。子どもたちが選んだどちらかにまかせずに、彼らは精神科医の指導に委ねてしまうのだ。

十九世紀。フランスでは離婚制度が廃止されていたために、子どもは夫のものであった。マリーのこの別離より十年前にフローラ・トリスタンは、司法、警察、そして世論を向こうに回して素手で女の闘いを経験した。夫の許から逃亡した妻、社会のこの追放者《パリア》は子どもに対して権利がなかった。理性を失った夫は、街頭でフローラに発砲さえしたというのに。

こうした事実を伯爵夫人はかつて繰り返し述べ、批判していた。音楽の妖精《エルフ》、水と森の精であるフランツが高潔な父として振る舞えるなどとどうして想像できよう？　だが、相談を受けた高名な弁護士シェ・デス・タンジュが、法的見地からいえばマリーはリストの子どもたちの母親としては存在しないと言明する。ブランディーヌ、コジマ、ダニエルの親は彼らを認知したフランツ・リストだけである。それでも彼女は二人を有機的に結びつけている絆、つまり子どもたちを彼が侵すことは絶対にないと信じていた。

別れる決心をした伯爵夫人は、スキャンダル専門の雑誌が取り上げ、友人たちが囁きあっている彼の乱痴気騒ぎの生活態度が正当な根拠となり、不誠実な愛人に全ての落度があると認められるだろうと考えた。

だが人間は、時には一貫性が認められないほどの様々な面を備えているものだ。首都から首都へとピアニストを追いかけるローラ・モンテスのかなり異様で滑稽な醜聞がヨーロッパの音楽界に知れ渡っていた。一八四四年の二月十日、リストはマリーに手紙を書き、忘れられない過去を思い起こしている。「まるで乞食のように私の後について来て、私の魂の一部を求める激しい望みが一つ、また一つと私から離れて行くにつれて、私の歩みは遅くなるような気がします。……我々の愛情と友情が眠る墓の上で、あなたにとっては多くの事柄が再び芽吹くことでしょう。」

神話の中の人物のようにリストは、自らが撒き散らす絶望の中から力を回復する人間だと、かってジラルダンが評したことがあった。だが、マリーはそこに嫉妬の結果を見ていた。彼女自身、彼を侮辱し、悪《あ》しざまに言いはした。だが、彼がこれほど低劣で、これほどありきたりの復讐がやれる人間だとは予想していなかった。


一八四四年四月八日、フランツはパリにいる。ローラ・モンテスとの醜聞に深く傷ついているマリーと二人きりで食事をしたいという。豹変、反撃。死に瀕した愛が突然、姿を変える。四月十一日、フランツからマリーへの手紙。「私があなたの心に与えたあらゆる苦しみを一つずつ数えています。如何なるものも、如何なる人間も私自身から私を救うことは決してできないでしょう。」傲慢な言葉が救われることを真実のところは望んでいないことを伝えている。十三日、二人の状況を友人たちに知らせたことをマリーがなじると、彼は悲劇的口調から揶揄に転じる。「あなたは私の乱痴気騒ぎの日々を非難された上、私たちは会わない方がよいと私に申し渡された。だから、もう会わないのです。」

この手紙に最初の脅迫が認められるが、彼女にはその重大さが分かっていなかった。「……もしあなたが敵として振舞われるのであれば、彼らをあなたの手の中に戻すことに同意するのは不可能です。」彼ら？　法律上はマリーとは何の関わりもない子どもたちのことだ。絶望したマリーは共通の友人であるヘルヴェークに最後の交渉を委ねたのであろうか？　「子どもたちを取り戻すためにライオンのように闘う覚悟です」と、後にこのヘルヴェークにいう。友人の一人が里親たちの監督を任される。そして母のリスト夫人が全てを取りしきる。

もはやヒステリーの領域である。崩れ落ちる寸前まで張りつめたこの二人の、しばしば肉体的に非常に顕著な症状を見せる心身の状態が、ツェトリッツ将軍夫人にあてたマリーの手紙に明らかである。(48)マリーはラ・モネにいる母の許に出かけることになっていた。「わたくしの出発の前日の真夜中、彼の下僕がやって来て、彼が全身硬直し、怖ろしい状態に陥り、死を目前にしていること、それから、わたくしを呼んでいることを告げました。わたくしはもう床についていましたが、彼が毒をあおることはあり得ないことではないと思われて、大急ぎで起き上がったのです。」これは、彼女が尊大に、かつ悲劇的に対処したにちがいない悲惨な事件であったと漠然とながら想像される。彼女は冷静で決然としていた。フランツは高熱を出した、ただそれだけのことであった。彼女を丁寧に迎え入れた後で彼はいつもの演説をした。彼女は優しい言葉を口にしたが、可能な限り距離をおくことを心に決めて辞去した。

月日が経過する。彼女は大いに仕事をする。だが、子どもたちの将来のことが次第に脅迫観念のように頭から離れなくなる。収入の一部を養育費として送る、とリストが約束した事実を彼に思い起こさせさえする。これに対して彼は、マリーの許にいるブランディーヌには三千フランを認めよう、だがリスト夫人の許に弟と一緒にとどまることになっているコジマには承認できない、と屁理屈を並べ立てた。

48）これらの手紙はJ・ヴィエ編『書簡集』に収められている。

一八四五年の書簡は、ありふれた離婚話を浮かび上がらせる。彼女の方は最低の卑劣行為と咎め――これは真実であろう――、彼の方は法的にマリーが子どもを引き取れぬことにつけこむ。彼女はブランディーヌを乳母の許に連れて行く。

今後、あなたの娘には母親がおりません……いつの日か、あなたの娘たちはあなたに向かって、「わたくしたちのお母様はどこにいるのですか?」とたずねることでしょう。あなたは、「お前たちに母親がいることは私の気に入らなかったのだ」とお答えになるのですね。

マリーに見られる母親としての感情には、他のさまざまな愛情と同様の複雑さ、抑圧が見られる。夫との間に生まれた娘たちの中ではルイーズを偏愛した。それは、夫とはもはや不可能であり、母親とはうまく行かなかったように見え、兄とは、モンテスキュウ=フザンサック嬢との結婚で断たれた、親密な一体感の対象を子どもに期待したからであった。

一八四〇年の今、彼女はクレール・ダグーを愛している。聖心修道女会寄宿舎学校に面会に出かけ、彼女の家に来させる許しも得た。だが、満たされない幼年期を過ごしたクレールは心を閉ざしたままであった。いつも微笑をたたえ、魅力的な娘であったが、心の中は凍りついていた。一八三五年十二月十八日、ブランディーヌが誕生した時、マリーは心の底から幸せを感じた。生命を作り出す、娘に生命を与える、それは幼くして亡くなったルイーズを甦らせることであった。そして、それは何よりも、彼女の最初の、そして唯一のひたむきな愛を具現するものであった。コジマを宿した時はまだ、精神の昂揚と崇高な歓びの完璧な瞬間で嵐や絶望が時に中断され、時々、思い出したように、彼女は幸福を信じた。それは苦悩する愛、だがまだ感動を与えてくれる情熱から生まれた子どもであった。一八三八年に妊娠した[49]ダニエルは、リストの心を取り戻すための最後の試みであった。

マリーには天与の母性愛はなかった。身体の奥底では母になることを望んでいなかった。二十世紀末の現在、どれほど多くの女性がこの事実を打ち明ける告白や小説を書いていることであろう？　たとえマリーが時代の社会道徳に先んじていると思っていたにせよ、これら三人のいわば良俗に挑戦した反逆の子どもたちは、愛する男性がマリーの傍に留まり、愛情が続いていなければ幸福にはなれないのだ。マリーと同時代の他の女性、たちえば、ポリーヌ・ロランやオルタンス・アラールは誇りをもって自らの非合法的な母としての状況を受け入れ、償いの結婚を拒みさえした。だが、伯爵夫人がこうした精神の闊達さを持つことはない。

後に、カロリーネ・ド・ザイン＝ヴィトゲンシュタイン侯爵夫人に恋したリストは、すでに成長していた娘たちにこの一時的な母親を与えようとした。マリーに再会した後でさえ、ブランディーヌとコジマは、侯爵夫人に以前と変らぬ魅力的な手紙を書き送り、リストには、新しい母が与えてくれたかくも気高い精神の教えを、終生忘れはしないと断言する。ブランディーヌは本当の母親を「ミミ」と呼んだ。母に対して愛情を感じはするが、批判的な目で見つめもした。ブランディーヌは妹コジマにダニエルの悪戯を語りながら、このことは母には話さないようにと言う。なにしろお母様は、愛しながら笑うことが上手に出来ない女性《ひと》だから。若い娘にしては並外れた明晰さがそこに見える。ブランディーヌはフランスを離れた時も、パリにいるダニエルのことを

49）1839年5月に出産する。

たずねる……興味深い見解を教示してくれるにちがいないギリシャの古典をお母様と一緒に読んでいるかしら？　ルナン氏には会ったかしら？……一八四六年、母から引き離されたブランディーヌは、家庭教師のベルナール夫人の家で母を夢みる。少女の心をとらえることができた家庭教師ではあったが……マリーはまさに美であり、優雅さそのものであったのだ。

一八五〇年マリーは、一八四八年の革命期に友人となったゲパン博士に宛てて、「……この子どもたちはわたくしがいないことを嘆いて日々を過ごしておりますわ。一番上の子は情熱的にわたくしを愛していますの」と書くだろう。リストは子どもたちと五年も顔を合わせていなかった。したがって、母親から離すことは狭量な復讐に過ぎなかったのだ。

一八五〇年二月、ブランディーヌは妹をこっそり母の許に連れて行く。シャンゼリゼ街のローズ館へのこの訪問は、マリーを有頂天にした。だが、ブランディーヌはこの脱出の直ぐ後に、まるで犯した過ちを白状するように父に報告している。そしてリストは、喜劇に登場するあの威厳にみちた父親よろしく返事を書く。「子どもたちを養っているのはこの私だ、母親？　美辞に悦に入っているだけだ。」激怒のあまり、彼は子どもたちから慕われている家庭教師ベルナール夫人を無理矢理引き離し、ザイン＝ヴィトゲンシュタイン夫人の昔の乳母に子どもたちの世話をまかせた。ブランディーヌはひどく悲しんだ。音楽の妖精《エルフ》の心をなだめるものは何ひとつなく、子どもたちは人質に過ぎぬということがブランディーヌには分かっていた。

ジョルジュ・サンドに比べれば、マリーは良き母親ではないと言われる。母性愛の豊かなサンドは、リストの子どもたちをそれとなく哀れんでいた。

（ジョルジュはまた、ちらりと見ただけであったフローラ・トリスタンを高慢で怒りっぽい女性と評していたが、追放者《パリア》の遍歴の間、更に労働者の団結を訴えるためのフランス一周の間、母親に見捨てられている娘のアリーヌを哀れんだ。一八四四年、フローラが仕事半ばで過労死すると、ジョルジュはアリーヌに驚くほど古風な関心を抱いた、つまり、アリーヌの結婚相手を探した。もっとも、共和主義を信奉するジャーナリストのコンスタン・ゴーギャンにアリーヌを紹介したのは、同棲を実践し、未婚の母であり、ジョルジュとフローラを賛美するポリーヌ・ロランであった。アリーヌとコンスタンの息子である画家ゴーギャンは、「私の祖母はいわば青鞜派の女性であった……」と後に述懐している。）

初めて女性運動が組織化されたこの頃、サン＝シモン主義を信奉する女性もフーリエ主義の女性も、堅苦しいことは抜きにした異端の女性たちも、世間の嘲笑を浴びたその思想と彼女たちを抑制している慣習の間で、そして母であることと、自らを開花させたいという欲求の間で引き裂かれていた。

ダグー伯爵夫人はこうした女性たちに比べれば、財産の点では優位にいた。それでも、リストと金銭上のさもしい争いをした。彼は送金の約束を果たさない。彼は自分だけが子どもたちの養育費を出していると言う。彼は彼女に詳細な会計報告を強く求める。彼女は娘たちに持参金を約束した。そして（彼からばかりか、最初の婿であるエミール・オリヴィエの家族からも）約束不履行で非難された。

50）子どもたちの監督の任にあったランベール＝マサールへの手紙。

51）彼が非常に長い間、結婚を望んでいた女性。結婚が可能になった時、彼は神父となった。

マリーは子どもなぞ少しも欲しくなかったのだ。おそらくはフローラと同様、現代であれば子どもを持たない道を選んだであろう。それでも、彼女は二人の娘クレールとブランディーヌを熱愛した、二人がもはや子どもとは呼べなくなった時に。リストは一時期――誰一人、彼の恨みをかきたてなかった時に――マリーがブランディーヌの世話をすることを承知した。だが、ダグー夫人がコジマを無理にも自分の手元に連れ戻そうとするのであれば、徹底的な仕返しをするつもりだ、つまり、夫人が子どもたちに対して全く感化を及ぼすことのできないドイツに三人を連れて行く[50]と書く。

子どもたちがザイン=ヴィトゲンシュタイン侯爵夫人[51]の許や彼と共にドイツにいる時は、リストは何かにつけて、母親に対する彼らの賛美の気持ちや愛情を崩そうと努めた。それでも十九歳と十七歳のブランディーヌとコジマはローズ館のサロンに集う多彩な客人たちにうっとりし、またマリーの才気、教養、著作に心を奪われた。パリでひどく不評を買ったドイツ人リヒャルト・ヴァーグナーのオペラをコジマが初めて聴いたのは姉たち（ブランディーヌとすでにシャルナセ公爵夫人となっていたクレール）とであった。それは『タンホイザー』であった。

マリーは娘たちに完璧な芸術的素養を身につけさせようとする。確かに娘たちは音楽には非常に造詣が深かったが、絵画、建築、歴史にはまだ素人であった。一八五五年の父親への手紙でブランディーヌとコジマの驚嘆が伝えられる。何と多くの才能豊かな人々に出会ったことでしょう！　何と多くの美しいものを目にしたことでしょう！……二人の批評眼は忠実にダニエル・ステルンの教えに従っている。

同時期の一八五五年一月四日、マリーはオルタンス・アラールに書く。オルタンスの方は夫はなかったが、母である幸福を常に感じていた。

　この前、お便りして以来、大きな幸福がわたくしに与えられました。子どもたちに再会したのです。どの子もわたくしを心から慕ってくれましたわ。あの子たちがどんなに美しく誇りやかであるか、あなたにさえ申し上げられません。でも、あの子たちのおかげでわたくしの人生の中に愛情がもう一度甦ったと率直に申し上げますわ。理想化され、形を変えた愛情、時の経過と共に壊されてしまった鎖を結び直し、わたくしの青春ばかりか、熱狂も力も誇りもひとつ残らず返してくれる情熱的な母性愛です。わたくしの中で鈍化していた事物に対する神聖な感覚が甦ったのです。わたくしは人生を、わたくしの人生を愛しています。全てを愛し、全てを理解するために新しく生まれ変わるような気がしておりますの[52]。

マリーがダニエル・ステルンとなるために闘い、彼女の唯一の大恋愛の決定的な挫折に直面し、さらに子どもたちを奪われた非常に苛酷な時期と、この母としての歓びをかみしめるに至った時期を十年の歳月が隔てている。

　そしてこの歳月は苦悩に満ちた愛と深い友情の——きわめて親密で、恋と呼べるようなものもあった、そして、その中の一、二はお互いに愛を感じていたにちがいない——時期であった。

　さらにこの歳月は、ダニエル・ステルンとなったマリー・ダグーという名のロマン派的女性が、ロマン主義が現実感の喪失の中への逃避を意味している限りにおいてロマン主義から抜け出した時期でもあった。繭を作る、それは愛する男性と一体化する、つまり彼の中に溶け込み、自らの

52）J・ヴィエ編『リストと娘の書簡』(1936)

中に彼を溶かす、という希望であった。この幻想は女性を男性の反映、影であるとする伝統的な役割を承諾する場合にのみ抱き続けることができた。ところでマリーは誰の目にもきわめて女性的に映りはしたが、超自我を抱いていた。行為し、作り出し、自らの行為に責任を持つという、男性の伝統的姿から借用した自我の理想を抱いていた。マリーが自分自身の異なった姿を作り出すことができたのは自らが他者と違っていること、自らが本質的に孤独であることをはっきり自覚したことによる。

ダニエル・ステルンというこの新しい人物の解読は今なお複雑である。強い社会的要請でマリーは優雅な社交界の女性であり続けよう、そして自分の方からは応えずに、あるいは彼女なりのやり方でのみ応えることで男性の愛を獲得しようとする策略家でさえあるのだ。

そして同時に、幾つもの試論を書き、一つの小説を構想し、練り直し、何度か書き直し、歴史家としての教育を受けずに歴史家となる。つまり、一個の人格を形成し、一つの役割を演じ、そして女性が未だ例外的な存在である職業を引き受けた。

無意識のうちに彼女は男性のペンネームを採用することで社会的な排他性を是認している。自分の著作を真剣に受け取めさせるためであろうか？　紛れもなくそうであろう。だが、そればかりではなく、変装することが彼女を面白がらせたのだ――（ちょうどジョルジュ・サンドや新聞の時評欄に大胆不敵な記事を書いたデルフィーヌ・ド・ジラルダンを面白がらせたように。）彼女はこの事実を認めたであろうか？

女性であり続けながら、男性の社会で地歩を固め、やがて重きをなす、両性具有現象に全く気づかないこの欲求が非常に長い間、女性の作家たちや芸術家を支配するのだ。

知性や教養、作家としての職業意識は男性的特質と見なされていること、したがって彼女たちが心ならずも両性具有者の役割を演じていることを十分に承知しながら、仮面を拒絶し、女性の名で署名した人々もいた。

一八三〇年来、人間の平等を要求している男性たちからさえ拒否された両性の平等の獲得のために女性たちが真向から、あるいは仮面をつけて闘う時期が始まった。マリー・ダグーは運動から離れた所にいた。だがこの運動は彼女の運命に結びついていた。一八四八年、彼女はこの事実に気づくであろう。

サン=シモン主義の女性たち。〈青鞜婦人〉と〈女性の救世主〉

社会学並びに生産労働に立脚した社会主義の先駆者であるサン=シモン伯爵ことアンリ・ド・ルーヴロワ[53]は、マルクス以前の理論家たちの先駆者でもあった。彼の予言のほとんどが現実のものとなったことは歴史が証明している。社会福祉に関する法律、社会保障、疾病手当て、有給休暇、義務教育、免状やコンクールによる職業取得、輸送の重要性（スエズ及びパナマ運河は彼の弟子であるフェルナン・ド・レセップスが建設した）、水路、鉄道（彼の弟子たちが推進者となった）、道路、共済組合による融資、相互扶助……要するに、発達した産業社会のあらゆる基礎を彼は未来社会の理想的な姿、ユートピアに描きこんだのだ。彼は民族相互の、人間相互のコミュニ

53）1760—1825。『回想録』の著者サン＝シモン公の後裔。

ケーションによって幸福を招来できると信じていた。彼は国際連盟と言えるものを予言した（現在、国際連合が存在する）。彼はまた、理論上、両性の平等を確立した。

サン＝シモンは一八二五年に世を去った。理工科学校の卒業生で幻視者となったプロスペル・アンファンタンが召集した銀行家、理工科学校卒業生、実業家、学者、音楽家、労働者といった彼の弟子たちはサン＝シモン学派、サン＝シモン家族という結社を打ちたてる。社会からの排除、異端視、何人かが受けた懲役の実刑判決（この中にプロスペル・アンファンタンもいた）、こうしたきわめて波瀾に富んだ段階を経ながらも、弟子たちは世界を縦横に走り回った。（アンファンタンは、スエズ運河掘削工事にスルタンの関心を惹こうとして、エジプトまで出かけて行く。）その信仰が神と人類をただ一つの炎の中に溶かしこんだ、熱烈な男性たちのグループは解放を望んでいる女性たちを引きつけた。

何年か後に別の学派がサン＝シモン主義者たちの学派と競い合い、そして補完する。それは一八三七年、モンマルトルの小さな部屋で植物だけを唯一の道連れとして死んでいった孤独な男シャルル・フーリエの弟子たちであった。彼の信奉者たちの中で最も精力的であったヴィクトル・コンシデランが後に、あらゆることが可能に思われるアメリカ大陸という新世界に生活共同体《ファランステール》の建設を試みる。アンファンタンほど幻視者ではなかった、もう一人の社会主義者エチエンヌ・カベが「新しいイカリア」を設立するのも同じくアメリカのテキサスにであった。

サン＝シモン主義を信奉する女性たち――中にやがてフーリエ主義に移行する者もいるが――の何人かとダグー伯爵夫人、むしろダニエル・ステルンは一八四八年の革命期に親しく接することになるが、それより先の一八四二年、ダニエルは、どの学派にも属していないことを繰り返し断言しているひどく風変りな女性と出会う。滑稽な女と思ったダニエルはサント＝ブーヴにあてた手紙の中で笑い者にする。だが、この女性こそフランス・フェミニズムの最も輝かしい先駆者であり、女性運動の指標となる著作を残したフローラ・トリスタン[54]であった。私生児であり、結婚に失敗し、非常に貧しく、三人の子を生みながら、早くから夫を憎悪するようになり、遂には逃亡した過去を持っていた。ジョルジュもダニエル・ステルンも『追放者《パリア》の遍歴』の著書であり、『ロンドン散策』のすぐれた特派員であり、『メフィス、或は、無産者』の髪を振り乱した小説家であり、そして「労働組合」の女性の救世主である彼女が女性思想の一時期を体現しているとは認めなかった。ジョルジュやマリーと同様、フローラは彼女自身の人生において離婚制度廃止の不当性、子どもに対する母親の親権のなさ、逃亡した妻を普通犯の軽犯罪者とする法律を体験した。フローラは社会から抑圧されている全ての女性――ダグー伯爵夫人もデュドヴァン男爵夫人もふくめて――が社会で最も抑圧されている階級、つまり労働者階級と共通の利害関係を持っていることを最初に明らかにした女性であった。『労働組合』の中でその思想を展開し、労働者たちに相互扶助の活動を勧める。彼らの子どもたちや妻が教育を受け、病人が治療を受け、老人は貧困と物乞いから解放されるような家――宮殿を皆の分担金で建設しようではないか……このパンフレットの出版を引き受けてくれる出版社は皆無であった。

上流階級に属する女流作家たちはこの女性の独創性に気づかなかった――ジョルジュ・サンドにみられるこの無理解は驚くべきことにしても、職人や労働者、社会主義の信奉者たちや、教育

54）1803—1844。

のある人々でさえ、フローラを常に歓迎したわけではなかった。余りに高揚して思想を披瀝し、信念を確信している彼女が彼らには激越に過ぎると映じもし、また極めて率直な口調ではあるものの余りに洗練された話し方、礼儀正しさで上流婦人に過ぎると映りもした。

　フローラ・トリスタンは小冊子の印刷代と用紙代を捻出する手段としてわずかずつの寄付に頼らざるを得なかった。彼女は支援してくれそうな人々を男女を問わず残らず訪ねて歩いた。オルタンス・アラールはマリーやサント=ブーヴを初め彼女の全ての友人に対してフローラを弁護し、自分では二回の出版に五フランずつ寄付した。貧しい彼女にはこれができ得る最大限のことであったのだ。クリスチーナ・ド・ベルジオジョーソ公爵夫人は二〇フラン、ベランジェはヴィクトル・コンシデランと同じく十フラン、フロベールの女神《ミューズ》ルイーズ・コレ、五フラン、マルスリーヌ・デボルド=ヴァルモールやマリー・ドルヴァル、ポリーヌ・ロランも同じく五フラン（ポリーヌにとってこの額は相当なものであった）。ジョルジュ・サンドはフローラに対して好感を持っていなかったにも拘らず、ヴィクトル・シェルシェと同様に惜しまずに四〇フランの寄付をした。最も気前がよかったのはこの時もまたウジェーヌ・シュウであり、百フランの援助。彼の上に出たのは匿名の卸売商人（二百フラン）と地主（三百フラン）の二人だけであった。ポール・ド・コックはむしろ意思表示をするべきではなかった。彼は一フランを投げ与えた。ダニエル・ステルンからの寄付はなかった。

　だが、小冊子に盛られた思想は後にダニエル・ステルンが表明する見解に非常に近いものであった。

男性に義務づけられていない貞潔を女性にも徳として命じていないのであれば、女性がその心の求めるままに振る舞ったことで社会から拒絶されることもなかったであろう。また、誘惑され、騙され、棄てられた娘が売春行為に身を落とすこともないであろう。

「労働組合」の女性の救世主フローラは一八四四年、遍歴の旅に出る。そしてボルドーに着いた時、過労死する。

ジョルジュの友人であるサン゠シモン主義者ポリーヌ・ロランがフローラの思想を一八四八年の革命を通して育んで行くが、このポリーヌに対してダニエル・ステルンは敬意を表している。

フランス遍歴中のフローラにとある労働者が恋をしたことがあった。この時、彼女の感情は文壇の君臨者たち、あるいはサロンの名士たちに対するマリーの感情に類似したものであった。「労働者にはその欲望をわたくしの高みにまで引き上げる権利がない、と言うつもりはありません。他のどんな男性にとってと全く同様にその労働者にも権利があると思います。ただこの時期にあっては、わたくしが誰の愛情をも受け入れるつもりのないことは感じ取るべきでしょう……」それはサント゠ブーヴやベルナール・ポトッキ公爵、アンリ・レーマン、シャセリオ、あるいはルイ・ド・ロンショーに対するマリーの状況にそのままあてはまるだろう。もっとも、伯爵夫人が今なお、狂おしい情熱の思い出と、最も内奥の誇りを踏みにじられた痛みに苦しめられていることを別にして。一方、フローラの心を占めているのは、製版工ジュール・ロールとの愛情にみちた絆にも拘わらず、使命感だけであった。フローラはまさに取りつかれていた。

一八三三年から三四年の、人目を忍んだ愛の始まりの頃、リストは伯爵夫人にサン゠シモン主義者たちについて語った。ジョルジュ・サンドと同様、こうしたサン=シモン派のメンバーと連れ立ってリストは、プロスペル・アンファンタンの信奉者たちがモンシニー街に借りた館で催す夕べに足繁く通った。一方、マリーも榛の木の王様に出会う以前に、連合社会の到来と「最高位の夫婦」の支配とを予言するアンファンタンの燃えるような説教をテブ街で聴いたと考えられるふしがある。「最高位の父」に自分を選出させた後でアンファンタンは「最高位の母」を見出そうとする。彼は本当にこの称号をジョルジュ・サンドに与えようとしたのであろうか? いずれにしても、その噂が広まった。だが、フローラも一時期、自分が招かれた女性たちの中に入っていると信じていた、という風聞もあった。アンファンタンは社会変革の明確なプログラムを立てた。彼は各々の女性に、彼女こそ特別視されていると信じこませ、そうすることで、この後何年間も続くことになる熱狂、信心、献身を掻き立てた。しかしながら、サン=シモン主義を信奉する女性たちはテブ街の説教が終わり、モンシニー館が挫折し、さらに、「女性の友」の男性たちだけがメニルモンタンの館へ隠遁すると、抵抗を始めた。事実、最も素朴で最も献身的な絨緞織工シュザンヌ・ヴォワルカンさえもが、女性の未来の君臨、女性の完全な平等、さらに女性の優越性を主張する理論が日常生活では従来の不平等を存続させていることを感じ取っていた。

シュザンヌたち

サン=シモン主義を信奉する女性たちは――彼女たちの兄弟からの励ましは余りに少なかった

が――『自由女性』（やがて『新しい女性』、さらに『未来の女性』、『解放された女性』となる）といった種々の雑誌を発行した。シュザンヌ・ヴォワルカンの借りたアパルトマンにお針子や下着製造工、刺繡職人たちが集まったが、その中の二十歳の二人の娘、デジレ・ヴェレとマリー・レーヌ・ガンドルフがやっとの思いで節約し、また、集めて来たわずかな金額をこの出版のために出資した。

一方、教父アンファンタンは彼の新聞『グローブ』紙の他の編集者たちと共に、治安及び良俗に対する侵犯のかどで告発され、判決が下された。全員そろいの青い服を着、何本もの旗をなびかせ、歌を歌いながら進む長い行列に伴われて彼は裁判所に赴く。女性の声がしばしば優勢となった。ダグー伯爵夫人も（ウジェーヌ・シュウだけが情報源ではあったが）この噂を大いに耳にしたにちがいない。彼の裁判は長い間、編集室や大通り《ブールヴァール》のキャフェ、またサロンの格好の話題となり、嘲笑の的となった。この気違いじみた男は、サン＝シモン主義を信奉する青い服を着た女性たちの軍団を指し示しながら、判事や弁護人の中に女性たちが入ることを強く要求した。彼は判事たちに向かって自分が美男であると、そしてまさにこの美貌が彼らに聖なる恐怖心を抱かせているのだと明言した。「余をご覧になるがいい！」彼は裁判官と共に出版の責任者である支配人、つまり理工科学校卒業生の銀行家オランド・ロドリーグに敢然と挑んだ。ロドリーグは、まさしく風俗に関する見解の相違でファランステールを離れたサン＝シモンの最後の弟子であった。この銀行家が一夫多妻を激しく攻撃すると、アンファンタンは手紙を手にして自分がロドリーグ夫人の愛人であると公然と証言した……判事たちはアンファンタン並びに、一夫多妻、夫婦交換、欲望の解放を論じ、告発を受けた記事の署名者たちに有罪判決を下した。一年の懲役刑であった。ロドリーグは罰金を支払って刑を免除された。

この頃、サン＝シモン主義の女性たちの中にフーリエ主義に転向する者が見られた。デジレ・ヴェレは指導者のヴィクトル・コンシデランと恋におちた。だがやがてコンシデランはフーリエ主義の影の女王のクラリス・ヴィグルーの娘と結婚するためにデジレを棄てた。そして妻ジュリーの持参金をテキサスでの生活共同体建設で蕩尽する。ブルジョワの捧げ物を利用した冒険であった。

サン＝シモン主義の女性たちの雑誌は続いていた。信奉者の数が少なくなるにつれて、彼女たちは教義の厳格な規律の中で硬直していった、当然、予測された事態であった。雄弁家の女工クレール・デマールは異端者的立場にあったが、男性たちの偽善が女性にだけ課す性的拘束に反抗し、『将来の私の法律』と題する告発の小冊子を発表した。雑誌の編集者たちはシュザンヌ・ヴォワルカンを先頭に反対の叫びを上げた。こうした性的自由の要求は女性の運動を風刺し、乱痴気騒ぎ、ばか騒ぎであること、つまり、良俗に反するとして非難する敵陣営に論拠を提供することになろう。今日の理論家であれば、クレールは敵陣営の主張を支持したと論述するであろう！　彼女は同時に複数の男性との結合によることも含めて幸福への権利を要求しているのだ！　教父アンファンタンは他の事は説かなかったではないか、とクレールは反論する。活動家たちは袂を分かち、正統派はこの異端の女性を理論家気取りであるとして非難する。問題の核心は、誰が「法」を唱えるかにある。『解放された女性』の編集者たちにとって、それは男性、つまり予言者であるのか？……クレールはかつて同志であった女性たちを思い切り侮辱し、自分の本の出版資金を捜す。ある夜、興奮にかられた彼女は、同じくけりをつける覚悟をした若い男とベッドに横になる。この男が彼女の愛人であったかどうかさえわからない。二人は毒をあおる。新聞は同志を絶望に追いやったとしてサン＝シモン主義の女性たちを告発する。彼女たちはクレール・デマールを拒絶しながら、会員の言動が適切でなくなった場合の過激な政治団体の姿勢を見せている。マリー・ダグーは、こうした初期のフェミニストたちのドラマにはほとんど反応を示さなかったようである。

彼女が一人のサン＝シモン主義の女性に出会うのは、やっと一八四八年のことである。この緊迫した時期に地方からパリに出て来たばかりのポリーヌ・ロランがその女性であった。汚れなく純粋で、家庭教師の導きでサン＝シモン主義に改宗したこの二十歳の若く美しい女性は彼女の自由の倫理を実行する。相次いで二人の愛人と生活し、子どもを産む。その度にこうしてできた家族をただ一人で、原稿の校正、翻訳、手引書の作成や改訂、また英国史の執筆といった報酬の多くない文学的な仕事をして養うことになる。彼女の周りの男性は彼女が、男性としての生活を送っていることに賛辞を呈した。ポリーヌは他のフェミニストたちと同様、女性がこのように認識されるには少なくとも男性に比べて倍以上の熱意、労働、生産性を持たねばならぬことを知っていた。ポリーヌはマリー・ポリーヌの署名で『自由女性』に、次いで、サン＝シモン主義の女性ウジェニー・ニボワイエの指揮下に同様の闘いを続けている『女性の論壇』に執筆した。

彼女はサン＝シモン主義の指導司祭シャルル・ランベールをシュザンヌ・ヴォワルカンと共有し

た。

出獄した「最高位の父」は、一八三二年から三三年にかけて「母」を捜しにオリエントに行く決心をする……シュザンヌ・ヴォワルカンは他の何人かの女性と共に彼に同行する。彼女はエジプトで看護婦、助産婦となり、疫病で大量に死んで行く病人の治療に事実上の医者として従事する。そして自らも病に倒れ、帰国するが、程なくしてロジェ兄弟と合流するためにペテルスブルグに向けて旅立つ。帰国後、アメリカの生活共同体に向けて出発する。

人生の結末がその不幸を象徴したクレールとは反対に、シュザンヌ・ヴォワルカンは性の問題に結論を出さなかった。サン＝シモン主義に身を投じた時、彼女は愛してはいない男と結婚していた。彼が生命に不可欠な欲求を感じていたからであり、彼にとって死活問題だと彼が言ったからであった。彼が性病による生殖不能を告白したのは結合の後であった。失望に打ち克ったシュザンヌは夫を修道院のように、サン＝シモン主義に導いた。生活共同体は水晶の家でなくてはならぬ、男女を問わず各人が「最高位の父」及び「兄弟」、「姉妹」からなる審議会で過去を告白しなければならぬと、「父」が断言していたために信者シュザンヌは告白する。結婚する前に、この時も同情心からであったが、病気を理由に相続権を奪われた男に身を任せた。男はあらゆる嘘をつき、病気を感染させ、そして彼女を捨てた……ヴォワルカンは感情を抑えかねて「父」の肩にすがってすすり泣いた。だが彼女が涙を流している時、誰一人、手を差し伸べることを思いつかなかった。ほどなくヴォワルカンは、とある「姉」と共にサン＝シモンに愛を見出したと、そして彼女と一緒にアメリカの地に生活共同体を建設するために旅立ちたいと言明する……一方、シュザンヌは自らに課した「法」に相変わらず隷従し、二人を祝福する。ポリーヌ・ロランは息子たちや愛人に引き留められてエジプト行きを取りやめた。

マリーとジョルジュは、二人の親密な友情、そしてその後に続く仲たがいと苦悩の年月の間、黎明期にあったフェミニズムの運動を一人は耳にし、かいま見、もう一人はもっと近くから観察していた。それはもはや孤立してはいず、集団を作って、教育、労働、夫婦及び家族の中での役割、子どもに対する役割を要求する女性解放のための最初の行動であった。

ダニエル・ステルンは『一八四八年革命史』の中でサン゠シモン主義の女性たちを批判する。

一八三〇年代、サン゠シモン派の説教は相当数の女性たちの間に解放思想を吹き込んだ。不幸なことにサン゠シモン主義理論に含まれている真実は、現代人の意識には容認し難い快楽の神秘主義の中に、自然及び社会のあらゆる法則を混ぜ合わせた何人かの狂信者たちの個人的な影響で忽ちのうちに歪められてしまった。

十九世紀半ばに書かれたこの数行を、ダニエル・ステルンの人生、とりわけ、彼女にまつわる伝説を知っている者はどう受け止めるであろう？　この女性はかって愛情の名のもとに彼女の属する階級と国の掟を破った。彼女の周囲にはいつも有名人の求愛者たちの一群がいた。その女性が快楽の神秘主義、つまり、欲望の自由を容認しがたいと批判するのか？　四十歳の、しかももうすぐ祖母になろうとする彼女は、若かった頃の狂おしい情熱を否定したというのであろうか？

ダニエル・ステルンはクレール・デマールや宗派を離れた女性たちのことを考えながら言葉を

続ける、もっともプロスペル・アンファンタンの品行に触れてはいない。

　ある種の表現の神秘的な意味を十分に理解せずにサン゠シモン主義に身を投じた女性たちは動揺した。動物磁気が主要な役割を果たしている祭式や儀式で刺激を受けた彼女たちの想像力が理性と鋭敏な本能に対立した。彼女たちの多くが内面の苦しい闘いの後でカトリック教会に戻ったが、もっと弱い、あるいはもっと強い勇敢な女性たちの中には自ら死を選ぶ者もあった。サン゠シモン主義の神秘を襲った不評は長い間、女性の運命の改善に好意的なあらゆる思想にはね返ったのである……

一八四九年、彼女はデュドゥヴァン男爵夫人への賛辞を書き始める、もっとも秘かな憎悪がこめられていないわけではない。この時期、ダニエル・ステルンはフェミニズムの闘士ではないにしても、少なくともその必要性を自覚していた。

　この時代の女性にとっては全てが未経験であった。引き合いに出せるほどの先駆者も稀である。ラファイエット夫人が名を秘して『クレーヴの奥方』を書いたことは、ジェルメーヌ・ド・スタール夫人の激した雄弁ほど彼女たちの役には立たなかった。社会福祉に関する法律は父・夫・家長のための法律であり、醜聞が起きさえすれば、女性に関するどんな文章も響きを失った。

　ジェルメーヌ・ド・スタールはジョルジュ・サンドにとって一つの規範であった、そして今度はジョルジュが、相反する感情に揺れ、矛盾を見せはしたものの容易に追随を許さぬ手本となった。

ダニエル・ステルンは、一八四〇年代にサン＝シモン主義の女性たちの愛情、たとえばポリーヌ・ロランが見せた自由結合の峻厳で勇気ある行動様式を知っていただろうか？　ポリーヌはマリーが常にその言動を見守っているジョルジュ・サンドの取り巻きの中にいたから、それはあり得ることだ。マリーはそのジョルジュとも四八年の革命の最中、また革命後も再びつき合うようになる。ともかく、一八四八年から四九年にかけて獄中にいたポリーヌにマリーは関心を抱いた。時代に先んじて生きていたはずのダニエル・ステルンではあったが、こうした女性たちの偉大さを真に理解することはできなかった。極度の貧困や知りあいのなさが苦悩や障害をどれほど増すことになるかをマリーは知らなかった。ジョルジュ・サンドとなったオロールに、デュドゥヴァン男爵と別れ、子どもたちを取り戻すことを可能にしたのも、また、マリーに、三人の私生児の母であることが周知でありながらパリで輝いていることを可能にしたのも著名な人々との関係であった。フランツ・リストの子どもを産んだという事実はロマン主義的栄光で女性を包む。ポリーヌ・ロランのようにゲルーやエカールといった無名の男たちの子を宿し、しかも自分だけが法律上の親であるということは嘲笑を浴びひんしゅくを買うことであった。フローラ・トリスタンのように夫婦の居所から逃亡した妻であることは犯罪であった。

死の直前、ポリーヌ・ロランは牢獄から革命の仲間ルフランセに手紙を送った（一八五一年五月二十五日）。「二十年も前、母親だけが家族であるというこの誤った理論から出発し、過ちに気づいたわたくしが一瞬、垣間見たその生活を生きるよう宣告され、まさに厳密に実現することを余儀なくされているのは奇妙なことだとお思いになりませんか？……」そして彼女は夫となった二人の男に思いをめぐらす。あれほど情愛をこめて愛した二人は今も変らず彼女の目には善良で、気高く、聡明に映じる。「わたくしを愛してくれたし、今もなおきっと愛してくれていると、感じています。」

マリーもまた同じことを自問していたにちがいない。だが、『一八四八年革命史』の執筆で関わりを持ったすぐれた女性たちに『回想録』の中で言及する時、奇妙なことに彼女が名を挙げたのは完全に忘れ去られた貴族階級の女性たちだけであった。

一八四七年に執筆し、一八四九年に発表された——もっとも革命後には筆を加えていないと、その序で言明している——『道徳的並びに政治的試論』の中で、彼女はかなり矛盾する二つの視点を表明する。

つまり、「新奇さを渇望したこの時代の作家たちは臆面もなくフーリエやサン＝シモンを盗用した。だが、被害者からの告発を怖れて殺人を犯してしまう泥棒に似て、彼らは盗用のあとでその理論を否認したのだ。」と述べる一方で、

皇帝ナポレオンは偶然、リヨンで印刷された新聞にヨーロッパ列強に関する注目すべき記事を見つけ、筆者を調べさせた。筆者の名はシャルル・フーリエと言い、織物店の店員であり、品行がすぐれ、地理の知識が豊富であるとの報告を受けた。普段は皇帝らしく執拗なまでの好奇心を見せるナポレオンが戦闘の前夜であったこの時、フーリエのことを忘れてしまったのはきわめて残念に思われる。孤独な夢想家の卓越した批判的精神が、天才的組織者であるこの征服者に、もはや貴族による君主制の帝国を再建する時代ではないことを理解させ

なかったと誰が断定出来よう？　かつてないほどの明敏な実践的精神によって規制され、訓練された情念引力の幻想が社会体制における確固とした進歩に道を開かなかったと誰に言えよう？

ダニエル・ステルンは社会主義に心を動かされていた。リストの感化を受け、さらにサンドを取り巻いている友人たちとの関わりの中でその影響を免れることはできなかった。加えて、彼女はフーリエの説くユートピア思想が持っている新しさに敏感であった、つまり、情念の理論——人間本性の根源的欲動や労働に見る個人の嗜好をも包含した理論が、社会に及ぼし得る根本的変化を感じ取っていた。

ところで、この文章の少し後に次のように書き記している。

> どれほど多くの真実の感情や正鵠を得た思想が体系化を図る人々によって長い間、価値を下落させられて来たことか！　無作為に二つの例を引いてみよう。先ず、女性の解放。妻および母の精神的状態を高めることで家庭を再生しようとした思慮分別ある人々全てのこの当然な願いが今では言及されることさえない。サン＝シモンの説く自由な女性、フーリエのバッカスの巫女はこの時代の人々に嫌悪感を催させた。つぎに、共産主義。キリスト教的完成を求めるこの感動的な理想が、タルクィニウスの論法によって厳格な法典に変えられ、特権に最も縁のない人々には怪しげなものとなり、諦観と犠牲的行為に対して最も心構えの出来ている人々をさえそれは恐怖におとし入れる。

フェミニストとして行動し、また闘いはしたが、彼女は基本的には反—フェミニストであったのか？

一八四六年四月、おそらくは彼女のジョルジュ・サンド批判を咎めたサント＝ブーヴに、小説『ネリダ』を送る。

全くあなたのおっしゃる通りですわ。一、女性が女性たちを攻撃すべきではありません。再度そんな羽目になってももう決していたしません。わたくしの中には熱狂と皮肉、信仰と疑い、という二つの性向があり、互いに闘っております。皮肉は鎖で繋がれるべきですわ。今後、わたくしが発表するものの中に、人間あるいは事物に対する嘲りをお認めになった時は……わたくしの全作品を切り刻み、破りすてて下さって結構です。

かくして彼女は初期の作品から、つまり、一八四二―四七年からすでに明らかな二つの音域で演奏することになる。長篇や中篇小説の中で必ずしも成功しているとはいえないにしても、不意にほとばしり出る理想の旋律がこれらの試論を通して流れる。

4 友情の十字路

文章を書くという苛酷な仕事にダニエル・ステルンは、情熱と集中力を持って真剣に取り組んだが、これは彼女の性格の根本をなすものであった。

怒りっぽいサント=ブーヴ

この時期、彼女にとってジラルダンと同様に重要な人物がいた。文学批評家の中で最も影響力のあるシャルル=オーギュスタン・ド・サント=ブーヴであった。倦怠こそ、彼女が決して彼に与えまいと心に決めているものであって欲しいと彼は願い続けていた。愛情面で最も拒絶された男と自称していたが、ヴィクトル・ユゴーの妻アデールをしばらくの間、そしてオルタンス・アラールを望んでいる以上に長期にわたって征服したことである程度の自信をつけた。

アデールとの情事を題材にした『欲望』は一八三二年に発表されたが、夢みがちで貞節なダグー伯爵夫人にとってこの作品は主要な小説に数えられていた。著者は二十八歳。恋敵であるその夫は三十歳。美しく優しいヒロインは激情的に過ぎるいわば超人の夫から顧みられないことに苦悶していた。

マリーは小説家であり批評家であるこの男に出会った。ジョルジュ・サンドは彼を敬虔で優しい夢想家と呼び、女優のマリー・ドルヴァルは新しい学派の伝道者たちの中で真に善良な唯一の人と評した。イギリス人の血を半分引く母親ゆずりのかなり褪せたブロンドの髪をしていた。ずんぐりした体格と容易にかしぐ大きな頭は、ほっそりとやせ、苦悩そのもののようなロマン派作家たちを追いかけている女性たちを失望させた。シャルル＝オーギュスタンは父方の家系を誇らしげにジャンセニストまで遡らせる。ポール・ロワイヤル修道院に対する彼の関心はここに由来するが、彼の著書『ポール・ロワイヤル』はダグー伯爵夫人を深く感動させた。

一八二六年、彼は医学部の学生であったが、ヴィニーの『サン＝マール』、ユゴーの『オードとバラード』(第二巻)について論文を発表した。二十四歳でセナークルに参加し、アルマン・カレルの『ナショナル』紙の批評家となり、ラムネと親交を結んだ。彼に反対する人々の言葉によれば、彼の熱情は激しいが変りやすい。もっとも彼らが仲たがいする前にカレルはジラルダンとの決闘で命を落としてしまった。ユゴーと彼の間にはアデールがいたにしても、彼の心の中では友人たちもご婦人方と同様、矢つぎ早に交代して行った。

したがって、彼は永続きしない欲望と、中傷者たちの言うところでは、同様に一貫しない心を持っていた。しかしながら言論の自由のための闘いは一八六五年、五十一歳で死を迎えるまで続けるだろう。彼の目にはルナンとミシュレがその最後の具現者であった。

彼が帝政下で上院に議席を占めることを承諾した時、共和主義を信奉する友人の多くは彼を非難した。だが、ナポレオン公（皇帝の従兄弟）とマチルド妃（皇帝の従姉妹）は帝室の人間となるずっと前から彼の友人であった。

彼がマリーに出会ったのはダグー伯爵との破局を迎える前であったが、まぶしいばかりに美しく、そして大理石のように冷ややかだと思った。不幸な結婚生活を強いられている女性の絶望を彼女は貴族階級の人間らしく尊大さで覆い隠していたが、彼にはこの絶望が青鞜派婦人のポーズのように見えた。もっとも彼女の方はこの男を醜く、意地悪で、期待外れの人間と見て取った。

その後、一八三九年にサント＝ブーヴはイタリアを訪れた。彼はリストに、次いでマリーに再会する。息子ダニエルが生まれたところであり、放浪の恋人たちは外見ではまだ恋のとりこになっているようであった。だが、小男でブロンドの髪をした批評家の冷酷なまでに鋭い洞察力は二人の間の亀裂を感じ取った。

一八三九年六月、ローマに滞在していたリストはアングル氏やアンリ・レーマンの訪問以上に思いがけないサント＝ブーヴの出現をひどく喜んだ。すでに我慢できないものになっていたマリーとの差し向かいを中断してくれたからだ。マリーは記している。

リストはこれまでも大いに魅かれ、好意を抱いていたサント＝ブーヴについて長々と話す。そしてわたくしがジョルジュやディディエの単調さの影響を受けていると言い、とりわけ、彼に対するわたくしのよそよそしさを問題にした。わたくしは礼儀正しいとはいえない彼の友人のほめ方を指摘してしまった。彼はわたくしが間違っていると婉曲にほのめかした。そして、わたくしたちは相変らず仲良く、とはいっても少しばかり控え目に、お互いを観察しながら別れた……

批評家のことでリストはマリーに二人の仲の終わりを告げる宣言をした。もっとも彼らはすでに別離をほとんど決めてはいたが。

サント=ブーヴは私が手にしたものを一度として得ることがなかったのです。あなたと共に過ごした三年という月日が私を大人にしました。昔風に言えば、私はこれから人生を始めます。私にはさらに他のものを求める権利があるとは思いませんが、ただ一つ、少しばかり多くの富が欲しいのです……我々から哀れみの感情を遠ざけるためにです。この感情が私の心に重くのしかかっています。

一方、サント=ブーヴは報われることのない愛情を相変わらず詩に託していたが、六月十一日、マリーとの出会いを歌った（八月二十五日付『ルヴュ・ド・パリ』紙に発表）

あなたゆえに美しくなった
ある晴れた日の夕暮れ近く
私たちは聖なるチヴォリから降りて来た……
私は何を考えていたのだろう、
こっそりあなたの後を追い、

夕暮の間中あなたと私のことを夢みていたこの私は……

詩句の稚拙さに気づかず、マリーがパリにもどって来るや、再び同じ過ちを犯す。しかも一層執拗に。

私が初めてあなたの姿を目にした時
巻き毛が光り輝く頬にきらめいていた
それは遠くの稲妻のように私の心に残った
だがこうして時を経て今、再びあなたを見、
あの巻き毛が昔と変らずみずみずしいのを目にした
そして変らぬ朝の光が巻き毛と戯れていた……

マリーがロマン派らしい詩句に心の中を託す時、サント=ブーヴ以上の独創性を見せてはいないが、洗練さにおいて勝り、旋律に対してラマルチーヌに似た感覚を見せた。出発を目前にして、リストに送る。

いいえ、あなたはお聞きになることはありません、誇りにみちたその女の唇から
心を引き裂く別れの言葉の中に非難も後悔も
あなたの軽やかな心にはどのような不安も後悔もなく

55）ダルブヴィル夫人（28頁参照）

この無言の別れに……
そしてあなたがお知りになることはありません
冷酷でそして忠実な
その女が帰って来ることのない暗い旅路に出ることを
そして恋人から逃れ永遠の夜の中に
愛を持ち去ることを

パリに到着後マリーはすぐにサント＝ブーヴに再会する。彼の戦術によれば絶望している女性は存在感を必要としている。彼はイタリアの詩句と封印代りに格言を携えて来、細々と世話をする。だが、エミール・ド・ジラルダンが取って代るのを目にすると、彼は退き、伯爵夫人のために書いた詩を別の女性に献呈する。(55) マリーは彼が姿を消したのはジラルダンの存在のためではなく、シャルロット・マルリアニが彼女の賛美者をピガール街のジョルジュの仲間たちに紹介したからだと考える。両立不可能とは少しも考えず批評家を招待するように助言するリストに対して、彼女は一八四〇年五月十一日、返事を書く。

サント＝ブーヴは日曜日、マリブランの邸でジョルジュと食事をしますわ。わたくしには彼に手紙を書くつもりは全くありません。彼は今度もあなたが思い違いをしておられるような人間なのですわ。

こうした酷評にもかかわらず、彼は愛の手紙を書いたし、空席になったと思うと直ちに何度も愛の言葉を書き送るだろう。

女性の友情――オルタンス・アラール・ド・メリダン

一体どんな先駆者がその時代の偏見やこだわりを断ち切ることができるだろう？　後世の人間は――つまりわれわれは、マリーやジョルジュに対して、またデルフィーヌやクリスチーナに対して不快感を示したり、哄笑することができよう。どうしてマリーは、ジョルジュの才能の衰え（『フランス遍歴の仲間』に見られるように）や身持ちの悪さを窺って彼女に対する背信行為をしたのか？　どうしてジョルジュは、隠れた女嫌いのバルザックにダグー夫人のこの上なく低劣な策略や肉体的欠陥を教え、『ベアトリクス』の中で三十五歳の女性にすでに年齢から来る衰えを描き出す材料を提供するまでに品位を失うことができたのか？　どうしてデルフィーヌとマリーは、一方の夫がもう一方に恋い焦がれた時に娘時代からの友情を持ち続けることができなかったのか？　どうしてジョルジュもマリーも、フローラ・トリスタンが追放者《パリア》としての苛立ちと女性の救世主としての過度に昂揚した言動を見せはしたけれども、女性たちのための闘争にあってどれほど自分たちに先んじているかを認めることができなかったのか？　そして、どうして彼女たちは、サン＝シモン主義やフーリエ主義を信奉した女性たちをあれほどに過小評価したのであろうか？

とはいえ、ダニエル・ステルンは『一八四八年革命史』の中で、ピエール・ルルウの説くユートピア思想を身にまとったジョルジュ・サンドの不思議な魅力のある文体を称賛し、また、「フローラ・トリスタン夫人は貧困にあえぐ民衆の住むおぞましい巣窟に足を踏みいれた後に、労働者たちに連合と相互扶助の必要性を説き、成果をあげなかったわけではない」と書く。

ともかく、女性同志のこうした排斥、競争意識、狭量な行為はどの時代にも見られるものだ。二十世紀六十年以降、ネオ・フェミニズムが大きく飛躍したにもかかわらず、女性たちがお互いの間に、男性たちがその生涯や著作の主要テーマとした「男性的な友情」と等価のものを見出すのは、幾世代も後のことであろう。

マリー・ダグーには同性の友人もいた。何人かの外国の女性――文化や価値観が隔たっているために友情を育《はぐく》むことは一層容易である――。そして四歳年上のオルタンス・アラール。デルフィーヌ・ゲーの従姉妹である彼女もまた女流作家であった。

マリーがフィレンツェではじめてオルタンスに出会った時、彼女の目にはひどく醜い女性に映った。貧しく、多忙な生活を送っている、称賛に値するが魅力のない女性、要するに危険のない女性であった。だが、サント゠ブーヴやヘンリー・ブルワー゠リットン卿との関係では二人は競争者となるだろう。いつの場合もマリーは自分の方が勝利を収めるような気がする。そして彼女を信じ切ってはいないオルタンスはその都度、貴婦人の媚態は肉体的な絆にまでは進まないだろうと感じ取る。官能的で、恋愛そのものを好み、また隠し立てせずに愛したオルタンスはマリーとは別の声域を持っていたのだ。加えて他人を恨むことのできない性格であり、感情が豊かで、誰かを愛さずにはいられない彼女はマリーを称賛し、絵に描いたようなその不幸に同情もした。公認の父親のいない二人の子どもの母である彼女は、秘密の母であるという事実が伯爵夫人にはもっと重くのしかかっているだろうと考える。二人の女性の状況は逆であった。リストの子どもたちは父親の姓を名乗り、オルタンスの子どもたちは彼女だけの子として届け出られ、養われていた。ポリーヌ・ロランのように彼女だけが家族の中心であった。人生の終りを迎えた時のポリーヌのように、オルタンスも自分の選択した道が誤っていたと認めたのであろうか？　それを証明するものは何ひとつない。

マリーは『回想録』に書く。

フランスの法律ではわたくしには何ひとつ権利のない状況で生まれた子どもたちを離したくなかった。わたくしの名前を与えることもできず、わたくしの財産も子どもたちのものにはならない。それだけに一層、わたくしの愛情を注ぎたいと、そして苛酷きわまりない法律と世論に対して母としての権利を否認する素振りを見せまいと強く望んだ。

マリーは自分が生きた時代の中で母子関係を話すが、それは法的根拠のない父子関係を男性が話すのに似ている。

このような気がかりから実家のフラヴィニー家との隔たりが増大したと『回想録』の中で説明する。

この時代、オルタンス・アラールとの友情は彼女にとってかけがえのないものであった。さらに、マリーに対するジラルダンの執心からデルフィーヌと気まずい関係になった後は一層、貴重であった。

オルタンスはダニエル・リストが生まれた一八三九年に、伯爵夫人に最初に手紙を書いた一人であった。

だが、一八三八年十月二十三日の日記では、かつてシャトーブリアンが愛し、今また——純粋に精神的にであろうか？——ベランジェが愛しているこの女性にマリーは重きをおいてはいない。……相当に魅力的で、優雅で、美しい女性を予想していたが、実際に目にしたのはすでに盛りを過ぎ、上品な物腰も優美さもなく、かなり衒学的な女性であった。卓越した女性には違いないが、ジョルジュのように人を惹きつけ、魅惑する女性にはほど遠い。相変らず同一の模範的人物。相変らず同一の判定基準。今日で言えば男性優位の基準。優雅さ（オルタンスは可能な限り切りつめた生活をしていた）、気品……衒学的だって？　これこそまさに、多くの男性が伯爵夫人を非難した点であった。

わたくしは何度かアラール夫人に会った。女性らしい魅力を完全に欠いた人物。〔これまで多くの男性の心を引きつけ、これからも引き続けるであろう女性にとって、他の女性を承認することは困難であり、無意識のうちに競争者となった女性の審美眼は愛の魅力を読みとれぬことを示している。〕とは言え、彼女は少しも不快感を与えはしない。非常に誠実な女性だと思う。現在の貧しく、多忙な生活は尊敬に値する。彼女には信念がある。もっともそれを表現する時、しばしば滑稽になりがちではあるが。彼女の著作は読む者を退屈させない。

あれほど長く続いた友情の歳月の後でなお、日記のこうした文章を『回想録』に残したということはおそらく知的な誠実さ、つまり叙述している時期にそうであった通りの自己を見せる、ということであろうか？　それとも、長い友情も、打ち明け話をするほどの親密な関係さえも、第一印象を拭い去ることは決してないということであろうか？

だがオルタンスは魅力を欠いてはいなかったはずだ。一八二九年から三一年にかけて、六十代を迎えたシャトーブリアンと抒情的な愛を共有した時、彼女はすでに今日でいう、未婚の母であった。次いで小説『ポンペイ最後の日々』の著者の弟であるイギリスの外交官ヘンリー・ブルワー＝リットンが彼女に心を奪われた……イギリス人の熱愛はやがてダグー夫人に移されたが、夫人の方は愛情を倹約してサロンへの出入りを許しただけであった。

一八四一年、オルタンスが理想とする伯爵夫人は彼女から恋人たち、サント＝ブーヴばかりか、このイギリス人までを奪った。夫人は彼らの友人になったにすぎないと釈明するが……それではどこで張り合ったのか？

一八三〇年に出版されたオルタンスの小説『ジェローム』は、最初の子どもの父であるサンパヨとの恋愛を題材とし、シャトーブリアンが手を加えた（ちなみに、後にイタリアの首相となったジャコポ・マッツェイは第二子の父である）。夫人はこの作品に強い印象を受け、後に自分の原稿をオルタンスに見せさえしよう。ダグー夫人がヌーヴ＝デ＝マチュラン街に居を構えて間もない頃、オルタンスはチエール、ミニェ、ブルワー＝リットンといった友人を連れて来た。

彼女はダニエル・ステルンに、発表後大いに物議をかもし、また激賞されもする『プリュダンス・サマン・デスバ夫人の歓喜』（一八七二年、かなり秘密裡に出版）の原稿を見せたであろうか？　ダニエル・ステルンの『思い出の記』はこの発表の直後に書かれた。いずれにしても、サント

56）L・セシェ『オルタンス・アラール・ド・メリダン』（1908）。

=ブーヴは一八六〇年、『シャトーブリアンとその文学グループ』を執筆した時、その断片を知っていた。オルタンスとマリーはきわめて長い時間を共に過ごしているし、また頻繁に各々の書いたものを見せ合っているから、サント=ブーヴが代父であり、ジョルジュ・サンドが代母であるこの作品の原稿を知らなかったとは思われない(56)。

シャトーブリアンはオルタンスに、「ああ、私がまだ五十歳であれば!」と嘆息する。彼はそれより十歳も年を取っているのだ。

パリで彼らはいつも決まってシャン・ド・マルスの方や植物園を散策する。レストラン"虹"の二階に専用の部屋があった。二人はオーステルリッツ橋で落ち合う。

彼はわたくしに食事をするよう促し、わたくしが食べないといっては咎める。彼は食欲がある。それに何もかもが彼を面白がらせる……彼は自分の年齢や死やこの世のあらゆるものの終りについて、さらに今、彼がこうして浸っている無分別な喜びについて愛情をこめて語る……寒がっているわたくしを元気づけるために、と彼は言うのだが、シャンパーニュ地方産のぶどう酒を注文する。彼のためにわたくしは「私の魂」、「優しい老女」、「善良な人々の神」といったベランジェの曲を幾つか歌う。彼はうっとりして耳を傾ける。美しい詩と愛する女の声が彼の胸を熱くする。心を動かされ、高揚して彼は自分自身に立ち戻り、詩人であればどんなによかったかと言う……ベランジェの詩が彼の心を広やかにし、彼の天分を目覚めさせ、高揚した、物悲しい、それでいて甘美な気持ちにする……こうした時、彼はいつも以上に愛を感じ、生き生きとし、わたくしが彼にこの上なく魅力的な歓びを与えていると言い、わたくしを魅惑する女と呼ぶ。そしてこの人気《け》のない場所でやりたいように振舞う。それから、彼は出発の合図をしてわたくしをひどく落胆させる。私たちは馬車に乗る。限りなく愛撫を与えあう中に馬車はモベール広場に着き、そこで別れるのが習わしだった……確かにわたくしは彼を愛していた、しかも完璧に。優しく幸福に、何の怖れも動揺もなく彼に恋していた。わたくしの心を和らげたのは彼であった。

恋をしている姿をオルタンスとマリーで較べればおそらく両極端を見ることになるだろう。一方に、自己を超越することを強要する高圧的な要求。そしてもう一方に、思いやりがあり、わずかなことに満足する優しさ。いってみればオルタンスは港であり、マリーは男を魅惑するセイレーンである。

発表された『プリュダンス』の物語はバルベー・ドールヴィイ風の批評家たちを憤慨させた。この小柄な青鞜派の女性、財産のないこの貴族の末裔が六十歳を迎えた彼らの神ともいうべき人物の無分別な行動を白日の下にさらすとは！　何という破廉恥な行為！　もっとも彼女が何もかもでっち上げたのは疑いのない事実だ、『墓の彼方からの回想』の中で彼女は頭文字でさえ名ざしされていないのだから、と彼らは主張する。彼女を虚言癖のあるヒステリックな女性と思わせたがっているように今日のわれわれには思われる。

サント=ブーヴはシャトーブリアンのこの忘却に憤慨する。おそらくオルタンス唯一人がその協調的で満ち足りた性格から誠実に愛した。この批評家は偉大なルネが目にすれば快くは思わなかったであろう真実を、一八四七年のオルタンスへの手紙で指摘している。「それは私の目には彼の犯したさまざまな罪の一つであり、彼の受ける懲罰の一つでもあるのです。彼の卓越した性格の最も弱い面で彼が裁かれるからです。立会人の姿を見かけるや、うぬぼれの強さが顔を出し、彼はたちまち気取った態度を取るのです。誠実な純真さゆえにあなたは彼と並んでポーズを取るような女性ではありません。あなたは善良だ、彼を恨んでいないのだから。」そして彼はこの回想録に貢献するために将来、彼女の思い出を発表するよう助言する。「シャトーブリアン氏に最後の喜びを与え、彼にルネを思い出させたのはオルタンス、あなたなのです……彼の最後の恋文を大切に取っておかれるがいい。それこそが高名ではあったが、真実のきらめきを余りにわずかしか持たなかった偉大な人物からの真実なのだから。」

オルタンスにイギリスに旅立つよう勧めたのは、シャトーブリアンであった。彼女はこの地でブルワー=リットンに出会う。だがルネは咎めはしない。二人の友情は彼の死まで続く。サント=ブーヴと交わした手紙は、不実な女性と彼女に綽名をつけた男にオルタンスがずっと心を奪われていたことを明らかにしよう。

オルタンスはかってベランジェをシャトーブリアンに紹介した。彼は語ってはいないが、彼らの間でも友情が変わることはなかった。ダニエル・ステルンがこの著名なシャンソン作家と交際したのもオルタンスの仲立ちによるのであろうか？　あり得ることだ。

王政復古の時代からシャンソンは唯一の民衆の詩であった。従って思想の普及や社会批判を繰り広げる最良の手段であった。街角の歌手や、小説を荷の中に入れた行商人たち、夜の集いの語り手たちが今日のマス・メディアの役割を果たしていたのだ。ベランジェはシャトーブリアンより千倍どころか万倍もよく知られていた。ミュッセは宴会でのデザートで彼の詩が朗読されたため、ヴィニーより知られていた。ヴィクトル・ユゴーの偉大な力、彼があらゆる階層に影響を及ぼしたという事実は彼の多くの詩句が曲をつけなくとも歌になっていたからだ。

オルタンス・アラールは目立たず、控え目で重大な影響を及ぼすことがほとんどなかったために回想録の著者たちはしばしば彼女に言及することを忘れるが、彼女は永遠に「退屈した」シャトーブリアンとベランジェの間を揺れ動いた。彼女は友人たちの社会主義の理論を風刺してシャトーブリアンを笑わせる一方で、ベランジェの許にはピエール・ルルウ、ラムネといった偉大な男たちを連れて来る。ベランジェは彼らをパシィの屋根裏部屋にからかい気味に迎え入れたが、ここにはダニエル・ステルンやフローラ・トリスタンも訪れることがあった。それは、「彼は自分のことが人々の口の端にのぼらなくなって以来、つんぼになったと思いこんでいる」という、シャトーブリアンを揶揄したタレーランの言葉を誰も彼もが繰り返していた時代であった。シャンソン作家のサロンに来れば彼のつんぼはたちまち治ったにちがいない。

すでに、一八三一年、ベランジェはヘンリー・ブルワー=リットンにすっかり心を奪われているオルタンス・アラールにサント=ブーヴを引き合わせている。二人の間には尊敬と友情が直ちに生まれた。一八三二年五月十五日、彼はオルタンスの小説『セクストゥス』について批評文を書いた（これは『ジェルトルード』（一八二四）、シャトーブリアンが手を加えた『ジェローム』に次ぐ三作目であった）。だが、それ以上の関係になるには十年の歳月が必要であった。サント=ブーヴの願望は、「三十五歳から四十歳にかけて、それがただ一度のことであれ、随分以前から知って

57）強調　原文
58）「グラヴィエ夫人への手紙」（『ルヴュ・ラティーヌ』誌、1905年９月25日）

いる、そして愛した女性を所有すること、それは友情の金の釘を一緒に打ち込むことだ[57]。」

この金の釘理論は熱心に女を追う無節操者の幻想を明らかにしている。彼は過去に愛されたことを好む、そして情熱のうねりが静まった時に所有したいのだ。多くの男性と同様、ほとばしる感情に昂揚している間は性的不能に陥ることを怖れる、そして想像力が静まれば勝利をもっとよく味わえるだろうと、稀有な明晰さで考える。たった一度だけ？　サント＝ブーヴは女から女へとドン・ファンを駆り立てたものを感じ取っている。未知の女性だけが、驚きだけが彼に自信を与える。それから、彼にとって最も自然なリズム、つまり友情のリズムを取り戻す。

一八四〇年代、醜い美人と評されたダルブヴィル夫人に、彼は男女の間の友情についての自説を披瀝する。かつてオルタンスに、いやとりわけ、夜会服につけた小さな椿を盗んだ時期、マリー・ダグーに説明したものだ。「友情が長続きするからには、それは必ずしも常に純粋で素朴なものではなかった、短く束の間の瞬間に情熱が燃え上がったことも、身をまかせたこともあったにちがいない。」

一八五三年、他の女性にあてた手紙[58]の中でダルブヴィル夫人について彼が語ることはそのまま、一八三九年から四二年にかけてマリーについて考えたことだ。「讃辞は彼女にとって貴重であり、多くの事で彼女の慰めとなりました。それ以上の能力があるのに、サロンに依存し過ぎていました。彼女は愛するよりも歓心を買うことを、愛されることを望んだのです。私にはこのことがかなりよくわかっています。」

一八四〇年から四一年にかけてのオルタンスはイタリアの地やエルブレの自宅にいない時は、

サン＝ニケーズ街のホテル・ローヌに投宿した。ここでサント＝ブーヴに再会する。彼はやがてエルブレにやって来る。

一八四一年八月二十七日、金の釘が打ち込まれ、そして詩句が生まれた。何一つ失いたくなかった詩人が、批評家の分身であるへぼ詩人を描いた『ジョゼフ・ドロルムの思想』の後の版に挿入した最後の詩節は彼の愛し方を表明している……マリーが決して容認することのできなかった愛し方だ。

耳を傾け、燃え上がる。何にも増して
政治があなたを喜ばせる。そしてあなたの気に入るように勇気を出す、
欲望の奥底で私は生き生きするのを感じる
ピットもチエールも私にはどうでもいいこと、激情が私の中を走る。
突然、うるんだまなざしが
今こそ愛する時だと知らせる。

だが、オルタンスが「あなたに対してとても優しい気持ちを抱いていました。」と告白するのであれば、浮気な女ではない。ドン・ファン的性向は少しもないのだ。「わたくしはもはや殿方の心をとらえるような年齢ではありません。」（彼女は四十歳であった）と控え目な態度を取りながらも、関係を続けることを望んだであろう。一八四五年、彼女は再び彼に書いている。「わたくしは

59）L・セシェ『オルタンス・アラール・ド・メリダン』
60）D・ステルン『回想録』

あなたに夢中になっておりますわ、でも、もう一人の方のことも気がかりです。」（ブルワー＝リットンのことだ）。

あなたから多くは期待しておりません……友情を感じていて下さいますね……あなたはこれからも愛されることでしょう、でもわたくしはもはやあなたに愛される幸せな女性ではありませんわ……さようなら、あなたが名づけられたように、あの日の夜明けがわたくしの人生の中で最も魅惑にみちた日々の一日でした……魅惑的な、そして束の間のひととき[59]。

オルタンスを犠牲にして彼が愛した女性はこの時期、オルタンスが誰よりも好んでいた友人マリーであった。かつてこの女性がまだ手を触れることのできぬダグー伯爵夫人であった時、マラケ河岸のコリンヌと綽名したのはサント＝ブーヴであった。一八三九年、マリーが示した軽蔑ゆえに、彼女が彼を必要としたであろう時、つまり自伝的小説『ネリダ』を発表した時、彼はそっと姿を消す。サント＝ブーヴのひとことが本の運命を変えたであろうものを、とマリーは考える。

わたくしのために非常に有益な働きをなし得たであろう人物、それはサント＝ブーヴであった。だが、彼は辛辣で、才気を誇示し、勿体ぶって彼に都合のよ、い、状、況、を、作、り、出、そ、う、と、し、た。彼は感情を害してわたくしから離れ、わたくしのことは全く口にしなかった[60]。

伯爵夫人に恋い焦がれていた時、シャルル＝オーギュスタンはエルブレでかき立てる嫉妬を面白がったにちがいない。二人の女友だちのどちらもが彼がやって来るのは自分に会うためであることを期待していた。マリーはオルタンスと一緒にいることを楽しみ、近くに家を借りたほどであった。

二人は女性の宿命について果てしなく話した。オルタンスは後にサント=ブーヴに書き送ることになる事柄を繰り返し話したであろう。

情熱を抑えるよりも情熱に包まれて戦う方がいいのです。たとえ自分より劣った人間であれ、その愛人と共に真に生き、呼吸している女性は真実の中にいます。涙を流し、涙を楽しみ、神聖な法則に身をゆだねているのです。一方、本性と闘っている女性にあるのは苦悩だけなのです。

マリーはこれに対して一八四九年に『道徳的並びに政治的概論』で開陳する見解、もっともすでにジョルジュとの会話で表明しているものを述べたであろう。

女性が余りにふんだんに涙を流す光景はわたくしには不愉快なものです。自分たちは犠牲者だとこうした女性たちは主張しますが、一体何の犠牲者なのでしょう？　彼女たちを無分別にした無知、彼女たちを倦怠に押しやった無為の犠牲者……彼女たちの活動を情事や家庭内の煩瑣な事柄にとどめている精神の狭量さの犠牲者……

彼女が夢みているのは何であったか？　女性たちが胸を張り、真実に向かって歩くこと。彼女は女性たちの妄想に耽る精神を咎める。そして、美しいだけの老いの悲劇と、精神的な魅力を失わずにいる、したがって年齢から来る衰えにほとんど気づかない女性たちの従容とを対比する。

このほとんどという語が雄弁に語っている。二人の女性たちは決定的な時期に近づいたのであろうか（オルタンスはマリーより四歳年長であった）？　喜ばせる能力を失ってはるか後になお、愛する力を保っている女性たちなのか？
オルタンスはサント=ブーヴへの手紙で、もはや心を捉える年齢ではないと書いてはいるが、「愛の気配がただよっていれば誰しも敬虔な気持ちになるものですわ、わたくしもそうですの」と心の中を打ち明ける。彼女は彼がマリーの愛人であると信じている時期（一八四一年冬）にさえ告白する。

豊かな資力や、客を迎えるサロンがあればと思います。そして色々な政党の人々がわたくしの許に集まって下さったら嬉しいのにと思います。でも、わたくしはエルブレや現在の貧しくつつましい日々を愛していますわ。

オルタンスの率直さと、『道徳的概論』の中に告白をすべり込ませるマリーの持って回ったやり方は好対照をなしている。マリーの目にはオルタンスは優雅さと女らしさに欠けている。つまり、危険がないと映じた。だが若い頃の肖像画は秀でた額、大きな目、整った顔を見せている。多くの男性が魅力を感じている以上、マリーの判断に驚くべきであろう。マリー、ジョルジュ、デルフィーヌといった明晰な女性が古い遺産を捨ててはいないのだ。オルタンスやポリーヌ・ロランにあってははるかに少ないが、彼女たちは女性としてライヴァルを感じ取っている。そしてその論理は隠された、時に無意識の欲望に触れている。
オルタンスはシャルル=オーギュスタン・ド・サント=ブーヴを愛した。二人は自由であった。だが彼の方は彼女が彼のために自由に生きることを望まなかった。彼女は彼にサンパヨ（第一子の父）とブルワー=リットンを愛したこと、それから、二番目の子どもの父であるマッツェイには愛情を抱けなかったことを打ち明ける。だからマッツェィが結婚を申し出た時も受け入れなかったのだ。「彼に対する昔からの友情は決して愛情には変わらなかったのです。」もしシャルル＝オーギュスタンが先年、彼女を愛していたならば？　「あなたがお考えになっているほど気難しくも激しくもなく生きたいと望んだことでしょう。」だが、現実には一八四三年三月三十日から四四年四月までのきわめて短い期間、彼女は結婚生活を経験した。非常によく知っている男性とであっても結婚は彼女に似つかわしい行為ではなかった。加えて、夫が建築技師として任命されたばかりのモントーバンで地方暮らしをせざるを得なかったため、とりわけそうであった。

夫は「リヨン事件」では勇敢で、素晴らしい印象を残していた。それに彼の名前がオルタンスを面白がらせた。ナポレオン＝ルイ＝フレデリック＝コルネイユ・ド・メリダン・ド・マルヴゥツィ・ド・マルシニャック・ラスクラヴ・ド・サマン・エ・ド・レスバ……これはもう喜劇だ。束の間の結婚と同じく。一八四四年四月、彼女はエルブレに戻って来た。以前と少しも変らぬ思想を抱いて。彼女の愛する民主主義は貴族の手にあるものだけであった。キケロのローマ、そしてピットのイギリス……

一八四五年、マリーは直通の馬車でエルブレに到着する。ポントワーズ行きの馬車を使って、乗り換え、そして徒歩で行くこともできたが、いずれにしても旅は一日がかりであった。

モントーバンの暮らしに耐えることができなかったはずのオルタンスが田舎の歓喜と言う。彼女は早く流れる雲、夢想に誘う水蒸気をほめそやす。

61）J・ヴィエ『マリー・ダグー、夫、友人』（1950）で発表された手紙。

オルタンスに対して常に率直であった（もっとも彼の最大限の真実であるほのめかしを含めてのことだが）サント＝ブーヴは、躊躇する気持ちを打ち明ける。無知ではあるが純潔な娘と結婚する。例えばオンディーヌ・ヴァルモールはどうか？　それとも挫けずにマリーを征服しようとするか？　それが不可能なら、美貌の点ではほとんど無名であるものの若いダルブヴィル夫人はどうか？　ダルブヴィル夫人はアカデミー入りを狙う際、役に立つだろう。

オルタンスはマリーのつれなさ、つまり拒絶で悲しむ彼を慰める。金の釘に同意しようとしないこのセリメーヌを相手にアルセストを演じた彼は結局、苦い思いを抱き続けよう。そして彼女の小説に全く言及しないことで復讐するのだ。

もっとも人の目を欺くような言葉を使って彼女に書く(61)。

一八三一年八月三十一日

あなたは自惚れる気持ちをお持ちになるほうがいい、あなたほどの方でしたらどんなことでもおやりになっていいのです……私の方はあなたに大変感謝しています。まるで……の場合とほとんど変わらぬほど深く感謝しています……それに実際のところ、いつぞやの晩、椿の花を手に入れはしなかったでしょうか？

彼女がトゥレーヌ地方にいる時は「美しきマリー」と呼び、ロワール河が二人を隔てていない時は断じてそうは呼ばないことを彼は自嘲する。秋の季節に王子様（リストのことだ）がいないことを喜ぶ。「たとえ自分たちが王子様になれないとしても、いや、まさにその故にこそ、王子様がいないことを知るのは友人たちにとってはいつも心地よいことでなのです。」

最後の言葉はサント=ブーヴの心の中を見せてくれる。美しい女が身を任す危険のない時にこそ大胆になる。そして、確かにオルタンスのように、そしておそらくはアデールのように、その女が金の釘を打ちこめば、何と巧妙に逃避することか！　この大胆な言葉の後で彼は、自説を変えて国王に賛同したチエール氏の演説を分析する。彼は文通の相手の女性を喜ばせるはずのない言葉でラマルチーヌについても語る。「彼は明らかに一貫性のない、敗北した政治家です。詩人であれば結構だが、軽薄な問題ばかりか愚かしい事柄が彼の関心のありようをあらわにしています。」彼はラマルチーヌの左派への移行をほのめかす（それは確かに私利私欲によるものではないことが後に明らかになるが）。一八四三年一月一日の奇妙な手紙は、彼が友情以上のものを望んでいたことを感じさせる。彼はマリーの手紙に触れる。彼は過ちから過ちへ歩いているのであろうか？

　あなたのお望み通りの人間に私をお考えになればいい、それがお気に召すのであれば私を単に友人としてお望みになればいい……私は待つこともできます。いつまでも、黙って待つことができます。

一八四三年、マリーがすでに『ネリダ』に取りかかっている時期、彼はラシェル嬢がデルフィーヌ・ド・ジラルダンの『ユディト』の断章を朗読したレカミエ夫人のサロンでの夜会の様子を詳細に伝えている。揶揄の気持ちがなかったわけではないだろう。批評家はどんな小さな出来事にも通じている。ジラルダンがマリーに抱いている愛情は公然の秘密であった。それでも彼は書く。

62）1846年、エミールがラシェルの愛人となることを忘れてはならない。

ラシェル嬢がとりわけ喝采を浴び、真実の感嘆を呼び起こしたのは『ユディト』でした……人々は熱狂しました。二人の勝利者ラシェル嬢とジラルダン夫人に向かって列席者たちは口々に、ユディトを加えて三人のヒロインだと言いました。(62)

さらに九月にノンネンヴェルト島に行けなかったことを彼は残念がり、ヴィルキエで起きたヴィクトル・ユゴーの娘と娘婿の悲劇的な溺死事件を報告する。「この若い女性は私が最も幸せであった昔の日々の、愛らしく控え目な証人でした……」それから彼女にたずねる、「大小説はどこまで進んでいますか?」と。

一八四四年、マリーが彼を非難した言葉を人々は繰り返したようである。アカデミーの選挙に関してであった。マリーは確かにヴィニーを支援した。だが、ヴァトゥ氏という城館の候補者もいた。いずれにせよ、サント=ブーヴが選出されよう。ヴィニーは後にアカデミー入りを果たすが、冷ややかに迎え入れられる。その時期、サント=ブーヴは、ベッティーナ・フォン・アルニムに関するダニエル・ステルンの記事について『両世界評論』誌に寄稿を約束していた。

一八四六年三月十七日、彼は『ネリダ』について見解を述べざるを得なかった。だが彼が話題にしているのは、ジョルジュ・サンドの適切で正当な賞讃の言葉であった。彼自身としては、「あなたが描き出された世界は真実です」と付け加えただけであり、それ以上は何もなかった。一般に向けてもそれだけであった。一八五五年の手紙までひとこともなかった。そしてこの手紙もアカデミーの選挙に関するものであった。その次は一八六三年、食事に伺えない旨の詫び状であった。だが、マリーがエルブレに滞在している時、リストがひそかに鳥もち伯爵夫人と呼んでいたものがこの太っちょの蝶をしっかりとつなぎ止めていた。

マリーはずっと以前から、傷心の老女を装ってはいたが、変わらず男性の心をとりこにする女性であった。女性が個としての存在を持つことの必要性を主張しながらも、男性を魅惑し、惹きつけ、自分のサロンをいっぱいにするために自分の女性としての魅力をあてにしていた。サント=ブーヴは自分が主要人物でなくなると怨ち、忠実な常連たちをからかい始める。「ラマルチーヌは、まるで議会と同じ様にダグー夫人のサロンの天井に席を占めている」といった具合に。

政治の重大事項に彼女は心を奪われる。例えば鉄道に関して。ラマルチーヌが提案しているように国家がこれを管理する必要があるだろうか？　それともアラゴが示唆するように、サン=シモン主義から着想を得た会社、協同組合にその営業権を与えるべきであろうか？　あるいは、労働者たちのための共済組合を結成する権利。もっともこれは集団を作ることで彼らをだんだん危険な階級に変えて行く可能性がある。ピエール・ルルウやフーリエ主義者のヴィクトル・コンシデラン、イカリア共産主義者カベ、あるいはプルードンや仲間の連盟主義者たちによる社会主義のさまざまなテーマがダニエル・ステルンのサロンでも、ジョルジュ・サンドのサロンでと同様にしばしば議論された。

加えて、伯爵夫人のサロンはその著作と同様、国際色豊かになった。ヘンリー・ブルワー=リットン卿がイギリスの文物を導入したばかりでなく、ダニエル・ステルンの研究がロマン派以降のドイツを模範として提示したからである。

ダニエルとドイツ

エミール・ド・ジラルダンの援護を受けて美術批評に挑戦し、次いで『プレス』紙に中篇小説を発表したダニエル・ステルンは他の領域でも成功を収める必要があった。彼女の文章が活字になったのは、ただひとえにジャーナリズム界のナポレオンの愛情ゆえと囁かれることほど彼女にとって耐え難いことはなかったであろう。

自分がドイツ人であることを感じるといっていたマリーは一八四三年、他のサロンにすでに出入りしていた二十六歳のドイツの詩人をサロンに迎えた。小柄なゲオルゲ・ヘルヴェークははにかんで目を伏せていたが、彼が目を上げると、その目は稀に見る輝きを放っていた。寡黙であったが、時に極端な怒りに身を任せることもあった。そうした時、彼は論争の中にありとあらゆる急進的な考えを投げ込んだ。彼は裕福なブルジョワの娘エンマと結婚したばかりであった。

彼の周囲の人間、つまり、若いヘーゲル派の学徒たちは彼が中産階級化してしまったと考えた。たとえばハインリッヒ・ハイネや、もっと急進的なケルンの若き経済学者カール・マルクスの友人であるアーノルト・ルーゲがそうであった。ダニエル・ステルンがヘルヴェークについて二つの記事を『プレス』紙に寄稿するや、それらが批判的なものであったにもかかわらず、ルーゲは母に書き送った。

パリはヘルヴェークにとっていってみれば歓楽の都、あらゆるものが誘惑です。商店、馬車、贅沢な家具、女性……やがて彼は破滅に向かうことでしょう。彼は花や装身具に散財しています。さらに困ったことはリストの愛人であるダグー夫人との関係です。彼はきわめて忠実な下僕となり果てたのです。怠惰そのものになってしまったのです……

だがマリーは、まさに十分に忠実な下僕ではないと言って青年を咎めるのだ。「彼は自分が決して誤りを犯す人間ではないと信じているのです。」と彼女は嘆息する。そして周囲の者は必ずしも同意してはいない。

いずれにしても彼の影響を受けてマリーは、若いヘーゲル派の学徒たち、とりわけフォイエルバッハの著作を読む。ヘルヴェークはダニエル・ステルンに、ドイツではロマン主義は盛りが過ぎ、今や死に瀕していること、新しい国家観が広がっていることを納得させた。この概念はヘーゲルに基づくものであった。彼に賛成する者も反対する者も、バイエルン、ヘッセン、バーデン、プロイセンで関税同盟を越えて「若きドイツ」を形成することを望んだ。一八三二年六月、メッテルニヒにより開始された鎮圧は運動をまさに加速させるものであった。プロイセン人たちは自由主義者たちの要求を、彼らが指導しているドイツ国家主義に方向づける意図をもはや隠さなかった。歴史の偶然は、プロイセンに一八四〇年、雄弁で教養豊かな現実主義者の国王——政界のゲーテと綽名する者もいた——フリードリッヒ＝ヴィルヘルム四世を与えることでプロイセンを助けたのだ。その当時、サン＝シモン主義者たちさえプロイセンに組合、社会主義の太陽が昇るのを目にすることを期待した。希望は束の間で消えた。だがフリードリッヒ＝ヴィルヘルムが確かに新しいナショナリズムの起点となった。

63）クララ・マルロー『我が偉大な姉、ラーヘル』（1980）参照。

ベルリンに何年間かの素晴らしい期間があった。晩年にゲーテを愛したベッティーナ・フォン・アルニムや、あの非凡な女性ラーヘル・ファルンハーゲン・フォン・エンゼ(63)が新しい息吹を吹き込んだ。「若きドイツ」、それはロマン主義とフランスから伝わった革命の息吹をよりどころとした表現、風俗、創造、そして思想の自由であった。

しかしながら、一八四〇年それは終った。確かにラムネやサンドを翻訳していた。だが、それ以降ライン河の左岸に対するフランスの野望だけが語られた。双方の詩人たちが応酬する。「あなた方がわれわれドイツのライン河を手にすることはない。」ミュッセが応える、「われわれは手に入れた、あなた方のドイツのラインを。それはわれわれのグラスの中に入った。」プロイセン―イギリス―ロシアの三国同盟が、エジプトのスルタン、メヘメット・アリをフランスの支配下から引き離した(このことがエジプトに亡命していたサン＝シモン主義者たちの希望を少なくとも一時期、消滅させた。)

チエール内閣の瓦解後、ギゾーは平和を語る。だがプロイセンはフランスの平和も、背徳的な影響も、ユダヤ系フランス人の頽廃的な美学をも望まなかった。(ハイネやラーヘル・ファルンハーゲン・フォン・エンゼはフランスびいきのユダヤ人ではなかったか?)

そのほとんどが亡命した若きヘーゲル派の学徒たちは分裂を見せる。ルーゲ、バウワー兄弟、フォイエルバッハらの左翼は反ドイツ主義を掲げた(ルーゲを除いた彼らに対し、カール・マルクスとフリードリッヒ・エンゲルスが怒りをぶちまける。)エルネスト・ルナンにはるかに先んじてシュトラウス博士が『イエスの生涯』の中でキリストを一人の歴史上の人物に、宗教の神話に縮小した。「光の友」が教義の改革について語る。

ダニエル・ステルンを惹きつけたのはこうした雰囲気であった。彼女はロマン主義やロマン派の芸術家たちをきわめてよく知っていたため、彼らの敗北を予言するのにある種の快感を感じなかったはずはない。一人の女性がフランスにロマン派のドイツを紹介した。なぜ、一人の女性が「若きドイツ」を、新しい思想を紹介しないことがあろう？ もはやマラケ河岸に住んではいないにしても、マリーは次第に自分がコリンヌだと感じるようになっていた、そしてジェルメーヌ・ド・スタールに対する賞讃の気持ちは、ジョルジュから離れて行くことで育まれた。

とはいっても、ダニエル・ステルンが最初ではなかった。母国語のドイツ語と全く同等にフランス語に精通し、生まれ育った故国と彼自身が選択した国のどちらをも同じ皮肉な目でからかっているハインリッヒ・ハイネがすでにいた。ベルネが二ヶ国語の雑誌『バランス』を出版したが、その時評欄に執筆していたのがハイネであった。

『プレス』紙で新生ドイツの分析をするようになった今、マリーは本質的な研究に取り組もうとしていた。名高い『両世界評論』誌の偉大な統率者ビュロが妻と連れ立って彼女を訪問した。マリーはビュロ夫人にドイツの文壇で顕著な役割を演じている女性のことを話した。このドイツ女性もまた、兄である詩人のブレンターノと共にリストの友人の一人であった。

破局が近づいてはいたが、マリーはリストにベッティーナに関するあらゆる種類の情報や資料を依頼した。ビュロ夫人は熱中し、彼女の夫はこの主題を承諾した。

ベッティーナ・フォン・アルニムは一七八五年、ブレンターノ一族の、一風変わってはいるが

64）「ベルリンの三部会」（『独立評論』誌、1847年３月－４月号、５月－６月号）

教養豊かで、客を歓待する魅力的な家庭に生まれた。美しくはなかったが、極端な冷ややかさと狂気のような情熱をあわせ持ち、娘時代、ゲーテに恋い焦がれた。彼女が出版した詩人との書簡から、マリーは結論を下す。「ゲーテは、よく知られている通り、また彼自身、隠し立てもしていないが、ブレンターノ嬢に対して愛想のよい好奇心以外の感情を抱いたことはなかった。彼は人間心理の洞察家らしく彼女を観察している。」だが手紙を客観的に読む時、こうした印象は得られない。六十代のベッティーナ・フォン・アルニムは、ダニエル・ステルンの目にはさまざまな物の上を思うままに跳び回っている悪戯好きな妖精と映った。彼女はベッティーナを異常人物と考えた。

一読しただけで、マリーのこの論文には驚くほどの反フェミニズムが感じられる。感得するジョルジュに対峙して、彼女が、考える女性であろうとする野心を持っていただけに、一層驚かされる。ひそかにではあるが、ベッティーナに対する攻撃の矢は、実はリストに向けられているのだ。ベッティーナの中から暴き出された変化への絶え間ない欲求、気紛れ、移り気……これらはまさに、リストに対してマリーが激しく非難したものであった。この論文は彼らが破局を迎えた時に発表された。そしてリストが見せた激怒は、彼がマリーの意図を鋭く感じ取ったことを示していよう。

三年後、『自由についての試論』を執筆している時期に、ベルリンの三部会[64]を報告し、自由、プロイセンの憲法典、身分制議会、専制にたいする闘いを取り上げた。彼女がこれら二つの論文のための資料を得たのは、この当時、ドイツの知識人たちの輝かしいミューズであったラーヘルの夫、ファルンハーゲン・フォン・エンゼからであった。彼は奇妙なことに、ベッティーナに関する論文の発表後に伯爵夫人と文通を始めた。ダニエル・ステルンの著作を擁護した数少ないドイツ人の一人であった。

『ネリダ』

ベッティーナやヘルヴェーク、あるいはハイネについて書き、一方でフランツと破局を迎えている時、ダニエル・ステルンが最も内面的な真実の筆を進めていたのは小説『ネリダ』であった。彼女はこの作品を一八四三年十一月三日に書き始めたと記している。別離の前にフランツとこの小説について話し合ったが、彼はその成功には懐疑的で、離婚を主題としてはいるものの、プロテスタントの国ではどこでも離婚を実践している以上、センセーショナルではないだろうと言った。小説の筋立て、登場人物、そして恐らくは文体までも、一八四六年の発表まで絶え間なく変化した。リストはかつてバルザックの『ベアトリクス』に対して見せたと同様の態度を取った。つまり、彼は自分に関係があるとは感じていなかったし、作品中に自分の姿を認めなかった、彼にとっては――もっとも作者も同意見であったが――これはモデル小説ではなく、作者である彼女の苦悩を小説に転位したものであった。ジュネーヴの中産階級が二人に示した拒絶の中でのフランツとマリーの体験を語った社会小説である。男性の人物はフランツであり、またフランツでない。時に、その人物はマリーに認められる幾つかの特徴を持っているが、マリーが怖れていたリストの将来の姿、つまり虚栄にみちた道化役者の面を備えてもいる。

彼女に対して好意的な伝記作家や批評家の間でも、『ネリダ』の評判は悪い。確かに一読した時、ロマン主義のあらゆる悪癖が人物や状況を重苦しくしている。だが、この時代の作品を飽きるほど読んだ後で、一八四〇年の社会の中に身を置こうとしながら再読すれば、別のものが浮かび上がって来る。そして『ネリダ』はこの時代の貴重な証言の書となる。


ゲルマンとネリダは村での幼なじみだった。やがてネリダは修道院入りを望む。現実の思い出を投影した奇妙なエピソードが挿入される――女子修道院長とネリダが一人のイエズス会士と交わした議論の後で、一人は修道会から離れることを、もう一人は社交界に戻ることを決心する。舞踏会、賛辞、さりげない中傷(この社交界の描写は、オルタンス・アラールやサント=ブーヴをうっとりさせた)の中に戻ったネリダは、ティモレオンと婚約する。軽薄な男、ラクロの世界から出て来たような放蕩者の彼は、愛人と別れぬままネリダを求める。彼がだましているのは、ネリダなのか愛人なのか? どちらの女性にも分からない。

そうした時、画家として名を知られ始めたゲルマンが現われる。彼が主張する、市民の指導者としての芸術家論はサン=シモンを踏襲したものであり、芸術を社会生活にとって必須なものとする見解は、フーリエにもっと直接に依拠している。ネリダは彼に従うために全てを棄てる決意をし、予告せずに彼の許に駆けつけた時、扉を開けたのは一人の女性であった。ゲルマンもまた熱狂的な愛の告白にも拘らず、愛人と別れていなかった。(ラプリュナレド夫人との関係を続けていたリストの逸話であろうか？[65] それとも、果てしなく繰り返され、決して守られることのなかったリストの誓いを思い起こしたのであろうか？）逃げ出したネリダはセーヌの河岸に辿り着き、身を投げようとする。彼女を救うのは労働者、つまり民衆であった――この時代の共和主義の女性にとって必須の筋立てだ――ネリダは危うく狂気に陥るところだった（ここでもまた、他の動機と相まって、娘の死後マリーを襲ったうつ病の挿話が顔を出す）。やがて彼女は結婚を決意する。夫は子どもじみた、空虚な世界、死よりもっと悪い精神の孤独を象徴している。

　ネリダは選択を迫られる（『回想録』の中の記述やマリーの手紙、そして彼女の取った行動からこの挿話がそのまま現実であったことが分かる）。桎梏のない、無限の愛を生きるか、それとも死を選ぶか。妥協は許されない。夫に仕えながら、愛人に身を任せることは彼女にとっては不可能であった。

　現実生活では、ダグー伯爵夫人は一時期つまり娘の死に見舞われる前、リストへの情熱に燃え上がっていた当初、表面的には夫と愛人の両者に属していた。だが、彼女自身が後に断言しているし、あらゆる状況から信じられることだが、ダグー伯爵はもはや名目だけの夫に過ぎなかった。マリーが繰り返し口にした言葉を、ネリダはゲルマンに言う。「嘘をつく以外はどんなことをする勇気もわたくしに備わっている気がします。」

　したがって二人は逃亡する。当然のことながらスイスへ。ここで小説は『回想録』や伯爵夫人の日記の記述と一致する。マリーは当時、「あなたはご家族にとって恥辱です。」とか「ご主人は如才なさを存分に見せておられますわ」といった手紙を受け取った。

65）ラプルナレード夫人はリストの果てしない恋愛遍歴の中でマリーに先行した。

ゲルマンはネリダが劇場に同行すること、彼のために衣装箱から最も美しい衣装を取り出すことを望む。彼はささいなものまで自分が選び、指示することを望んだ。劇場ではオペラグラスがこぞって二人に向けられる。至極あたり前の娯楽でさえ控えているこの街では、中傷という偽善的で安上がりの快楽が求められた。サロンを開いているご婦人方はゲルマンだけを招待する。彼は自作の絵を持って出かける（これはリストの演奏旅行にあたるものだ。）彼女は侮辱されたことに傷つき、自室に残る。とある男性が彼女を弁護して決闘する。

小説家としてのマリーは、画家が帰宅した時の感情について心の広い洞察力を見せる。彼は少なくとも暗黙の非難に傷ついた女性を目のあたりにする。彼は人生における束縛を初めて感じる。かつては輝かしさそのものであり、決定的な衝動であり、光の中心であったこの女性が障害となり、義務となった。ところでこの義務感こそゲルマンが忌み嫌うものであった。

以後、ネリダは自分の存在が黙認されているだけのこうした場所——彼らは今やイタリアにいる——に同行することを拒み、研究に没頭する。彼の方は気晴らしをし、つまらぬことに夢中になる。彼女が知的に優っていることを見せて以来、彼はあらゆる会話を避けた。

ある日、彼女は激怒し、画家が叫ぶ、「ネリダ、あなたは確かに崇高そのものです！　マリブラン嬢でさえ一度としてあなたほど魅力的ではありませんでしたよ！」

リストはけんかを客観的にみつめ、雰囲気を和らげる耽美主義者らしい態度を取ったのであろうか？　それはあり得ることだ。ネリダにとって——それはマリーにとっても同じことだったにちがいない——二人の感情の食い違いの根本が明らかになった。彼女は人生を演じている。だが彼は、彼女が舞台の上で演じていると思いこんでいる。
「不一致が打ち明けられなかっただけではなく……憎悪の種子が蒔かれていた」という一節から疑問が生じる。不一致とはどういった次元のものだったのか？　小説は肉体的な一致ないし不一致について、また、マリーをあれほど苦しめた欲望の不安定さについて全く言及していない。

　仮面舞踏会の一場面は作者に見られる、いわばフェミニストとしての要求の本質を明らかにする。仮面をつけ、変装したネリダはゲルマンを誘惑する。彼は彼女に対して再び欲望を抱く。彼は日記に記す、「彼女が鎖をつけることに同意するとしても……それは誰か一人の男性に誠実であろうとするからではない、自分自身に誠実であるためなのだ。」

　ゲルマンはネリダに手紙を送り、別の愛人の許へ出かける。この手紙に気が狂ってしまうだろうとネリダは考える。（マリーには精神錯乱に陥るという激しい不安が執拗につきまとった。そして彼女はうつ病の発作を起こすたびに、もはやそこから抜け出せないという不安にさいなまれた。）その手紙にはゲルマンのことだけが、つまり、彼の感じているもっと大きな苦しみ、もっと正当な怒り、死ぬほどに傷つけられた自尊心が語られる、彼の叡知が二人はもう理解しあえないと告げるのだ……ネリダの感情について、愛人は一言も触れていなかった。

　ネリダはイタリアを離れ、帰途立ち寄ったリヨンで、かつての女子修道院の院長に再会する。修道女は今や貧者たちのために慈善を施す女性のメシアとなっている。

　小説のこの箇所は、フローラ・トリスタンが労働者の連合のためのフランス遍歴[66]中に病死した直後に書かれた。サン＝シモン主義者やフーリエ主義者たちの話を通してマリーは、リヨンでフロ

66）ドミニック・デザンティ『反抗する女、フローラ・トリスタン』参照。

ーラに耳を傾けた労働者たち、彼女に従うために恍惚として立ち上がった弟子たちの反響を絶えず耳にしていた。フローラは洗礼者ヨハネの母、聖女エリサベツたらんとしたと推測されよう。「彼女は、ここで労働者階級、貧しい人々、とりわけ女性たちに奇跡とでも呼べるほどの影響を及ぼし、その成果は遠からず社会に認められよう……彼女の男性的な性格と立派な性向にふさわしい絶対的な支配である。真実、偉大な女性であり、彼女の足跡が消えることはない。」

この人物に対する人々の評価が、ネリダに自分自身を取り戻させる。他のあらゆるものからと同様、絶望からも人間は立ち直るものだ。

小説の結末で、作者はゲオルゲ・ヘルヴェークの詩句を銘として引用する。

ただ一人で　君は翼を広げ
ただ一人で　君は人生という海路で
冒険しなければならない

修道女は、援助の手を差し伸べている人々の間でさえ彼女を中傷しようとする、昔の僧侶の迫害に会う。「わたくしの力には多くを期待しておりませんが、大義をあきらめてはおりません……」

ゲルマンは、ドイツのとある君主の宮廷で桂冠画家の地位につくことを承諾するが、やがて、君主の選ぶ題材を命ぜられるままに描く上級の下僕に過ぎないことに気づく。彼はひどい熱病にかかり、ネリダに手紙を書く。手紙は届かない。ゲルマンは固定観念に苦しめられながら衰弱して行く。遂にネリダが到着し、彼は歓喜の中に息絶える。独占欲の強いマリーの夢が透明の仮面の下から現われる。「ネリダは、少なくとも愛人の死の瞬間にあっては、愛する男性のためにそうでありたいと願っていた女であったと信じることができた。祈りが聞き届けられ、過ちが許され、ベアトリクスは至福を知った。」

ベアトリクス？　かつて彼女が永久に名誉を傷つけられたと思いこんだバルザックの小説の題名ではないのか？　以前、ローマで、リストが常規を逸した怒りの発作の中で叫んだことがあった。「ダンテ、ベアトリーチェ！　あなたが口にするのは決まってこの名前だ！　だが、真実のベアトリーチェは十八歳で死んでいるんだ！」と。

これこそおそらく、彼女にとっては忘れようにも決して忘れられない場面であろう。この怒り、何もかも否定してしまうこの言葉、ダニエル・ステルンとなる力を彼女に与えたのもおそらくこれなのだ。

『ネリダ』は多数の証言を含んでいることで価値がある。先ず、ロマン主義時代の数々の名高い情熱の一つに数えられる恋愛の経緯について。ヒロインが感じ、それを表現しようとした激しい恋。第二に、この時代に蔓延していた慣習や常套的な考えについて。そして何よりも、女性の新しい状況について。結婚生活を逃れて情熱に身を任せた後でそのことを後悔し、そして……新たに出現した男性の恩恵によるのではなく、自らの意志の力で絶望から抜け出す女性の姿。新しいしきたり、新しい定型が誕生したのであろうか？　この時代、サンドを筆頭にして、またジェルメーヌ・ド・スタールを先駆者として、きわめて少数ながら女流小説家たちが新しい女性像を

67) 『エルヴェ』は、すでにジラルダンがラシェルに関心を向け、エステル・ギモの許に戻った時期のものである。

作り出し始めた。

ウジェーヌ・シュウばりの筋立てを持つ短編小説『ヴァランティア』で、ダニエル・ステルンは二人の対照的な女性を描き出した。ヴァランティアは非常に若くして、初夜を拷問とするような男と結婚した。怖れと、やがては内に秘めた憎悪を抱いて夫の仕打ちに耐える。（彼女は夫が臆面もなく見せる激しい欲情に完全な沈黙で応えた。）彼女には自由奔放に生きているロザーヌという名の友人がいる。ロザーヌはたとえて言えば、デルフィーヌ・ゲーの美貌をもったオルタンス・アラールである。だがロザーヌは死に、ヒロインは彼女の愛人が夫の甥ではなく、夫の私生児であったことを知る……

『エルヴェ』では、幸福な父親としてまじめに暮らしている男が妻の女友だちに心を奪われ、秘密にして来た経歴を語る。これは紛れもなくジラルダンだ。「あなたに、私が見せている人間ではなく、本来の私自身を愛して欲しいのです。」彼は束の間の情事を幾つも経験している。「あなたは今、私に超自然的とも言える影響を及ぼしています……あなたと一緒にいる時、私の心は膨れ上がります。でもすぐに鉛のような沈黙が再び落ちて来ることでしょう。」

ここで再度、マリーは彼の恋愛観を明かす。ジラルダンは一人の女性を長期間、愛することができないのだ。(67)

この物語にもロマン派の小説家たちにとってお定まりの場面、つまり、オペラ座での仮面舞踏会がある。『浮かれ女盛衰記』以来、仮面や変装した群集の場面は、数多くの小説にあって筋を展開させるばねの役割を果たした。フローラ・トリスタンの小説では、仮面の秘密に狂気の悲劇が加わる。『メフィス、あるいはプロレタリア』での生彩あるすぐれた場面である。ダニエル・ステルンの世界では、非常に若い主人公が三十歳のエリアーヌに心を奪われ、彼女をオペラ座の舞踏会に、次いで彼の家に連れて行く。貧しい彼は一年分の収入を散財して、絨緞の代りにアーミンを敷き、夜食のために法外な初物を山と積んだ。浮気な女は青年を当惑させる。言ってみればスタンダール風性的不能に彼は陥るが、ダニエル・ステルンは見えすいた隠喩で読者に知らせる。浮気な女は「余りにも巧みに私を狼狽させたために、彼女に夜食をすすめることさえ思いつかなかった……私は自分の立場に当惑し、恥じ入り、自分の不器用さを感じた。すると増々、不器用になって行った……」彼は社交界に出入りする四十代の男がエリアーヌの愛人だということに気づく。やがてこの愛人が彼女を侮辱する。エルヴェは彼女の仇を討つために決闘を挑む。四十代の伯爵は、愛する女の不実の証拠、堕落のあかしを彼に与えるが、結局、伯爵は命を落とし、エリアーヌはエルヴェと別れる。絶望した青年は遠く旅立ち、賭博で気を紛らす……そしてやがて結婚する……

この物語の興味はジラルダンを想わせる肖像や言葉にある。「あなたは真に別世界の考えを持っておられますね。あなたは幸福を信じておられる。われわれのこの年老いた世界には幸福を信じている間抜けどもと嫉み深い人間だけがいるのです。」

モデル小説と考えられた作品の例に洩れず、物語は好奇心と醜聞から成功をかち得た。デルフィーヌの大きな悲しみは子どもがいないことであるのに、エルヴェを既婚者、父親と設定したことでマリーを非難する者もいた。
だが醜聞はとりわけ『ネリダ』につきまとった。ベランジェは作品は褒めたが、出版は差し控えるよう勧めた。ラムネはこの小説が自分に献呈されることを拒んだ。『プレス』紙、『フランス通信』紙、『ルヴュ・ド・パリ』誌（いつも変わらずダニエルの信奉者であるロンショーが担当した）、他にいくつかの記事が作品を称賛した。
サント=ブーヴはオルタンス・アラールに、『ネリダ』は明らかに成功作であり、「情熱と精神の高揚ですぐれた箇所がある」と言わせるだけで満足した。オルタンスは直ちにこのことをマリーに知らせ、マリーは批評家に礼状を書いた。サント=ブーヴは安直に切り抜けようとして、返事を書く。「様々な意見がある中で、もっともこれは〔成功の〕あかしであるわけですが、才能についてはただ一つの声があるだけです。」次いで、「あなたが描き出された世界は真実です……」というサンド夫人の意見を伝える。マリーは再度、手紙を書き、自分の意図を説明する。

わたくしは理想という感情に取りつかれた女性を描こうとしました。結婚生活に、次いで、自由恋愛の中に理想が見出せると信じ、そして欺かれます。死ぬつもりですが、結局、彼女は生きることを選びます。彼女はその後も愛することでしょう、でも、もはや一人の男性を愛するのではありません（どんな男性も彼女が愛したように愛されるだけの価値がないのですから）、彼女は苦しんでいる人々すべてを愛するのです。彼女はこれから先、自由に、そして毅然として行動するでしょう。彼女は虐げられた人々に手を差し伸べるでしょう。

すでに亡くなっているのに、サン=シモン主義の女性たちの集会で大いに語られているフローラ・トリスタンの影響が、確かに伯爵夫人におよんでいる。

サント＝ブーヴは『ネリダ』についてひと言も書かない。一度として打ち込まれることのなかった金の釘のいまいましさからなのか？　それともヴィニーと並んでアカデミーに立候補し、互いに争った時、マリーのサロンに集まるアカデミー会員たちの票がヴィニーに投ぜられ、彼にではなかったからか？（もっともこの年、アカデミー入りを果たしたのは彼であった）。おそらくは、伯爵夫人を嫌っている人々の間に多くの敵を作らぬためであっただろう。彼は傑作についてだけ記事を書いたのではなかった。主題、登場人物ともに、鋭さ・独創性に欠ける小説を分析し、称賛することさえあった。

ダニエル・ステルンは今では、『自由についての試論』、『道徳的並びに政治的概説』の準備ができている。

そして、彼女の最もすぐれた著作『一八四八年革命史』の題材を提供することになる事件にたいして準備ができている。

マリーに対抗するダニエル

マリー・ド・フラヴィニー＝ダグー伯爵夫人はロマン主義を具現し、この流れを激しく生きた。先ず、彼女が迎え入れることのできない夫からもたらされる不幸に対する反抗。ここでは証拠は手がかりだけである。『ヴァランティア』では、若妻が初夜を拷問のように耐える。ネリダにとっても同様であった。マリーの小説世界では結婚が日常の細々した雑事のために不調に終わることはない。失望も冷めた愛もないが、夫婦の義務に対する嫌悪感、この義務から免れようとする固定観念、肉体的接触への恐怖が絶えず存在する。ここに、いわばプラトニックな愛の宮廷における昇華の欲求が生まれる。極端に洗練された恋愛遊戯やセリメーヌぶることがロマン派の流れに助けられて、離婚を禁止した社会、女たちを慰める男をからかいながらも大目に見ている風俗に対して呪いの言葉を爆発させる。

　同時代の貴族階級の若い娘たちの誰よりも多く読み、体験し、フランスやドイツの詩人、音楽家、思想家たちと知己があり、自らも高い音楽的資質に恵まれ、美しく、優雅な女性。彼女は社会に対する嫌悪感が精神や心を情熱に駆り立てる時代を生きた。情熱こそ唯一の避難所であり、唯一の誇りであった。彼女は崇高で、決定的で、どのような気違いじみた行為にも値する愛を熱望する。貴族階級の特権的立場を棄て、もっと重大なことに、子どもを放棄することさえ正当化するほどに美しい愛を。官能の激しさが融合の欲求に匹敵する年齢というべき二十八歳の時、マリーは一人の天才に遭遇する。ユゴーがその戯曲で創造したロマン主義的英雄のイメージそのものであった。怒りっぽく、情熱的で、その芸術で人々の感性を魅了し、その美貌で女性の心を奪う。実体がなく、神秘的で、それでいて悪意にさらされている。かなり低い社会階層に生まれ、成功と恋愛で社会の頂点に向かう。この天才との情熱の中に融合が見出せるとマリーは信じた。彼女はこのもう一方が他者であることを否定する。彼は彼女の最良の部分なのだ。肉体もまた初めて花開く。果実、しかも天才の果実を実らせる幸福。彼がほんのついでに燃えたとしても、スキャンダルを撒く幸福。排斥された貴婦人の虚栄心の祭壇に献げられた供物……だがもう一方は彼女から逃れる。音楽創造の苛酷な闘いに身を投じる代りに安易な拍手喝采を望み――それは卑俗に見えることなく全力を傾けられる領域である――懇願しさえする。

ピアノの名手として他を凌駕できることを、彼は確信している。作曲家として、彼は最も偉大な人々と力を競い、そしてしばしば意気沮喪する。だが、名人芸は彷徨の日々や不在を、そしてまた評判を作り上げ、演奏会を支援し……音楽家を眩惑する美しい女性たちに依存していることを意味する。それでは魂の融合、お互いに与え合う幸福、二人で限りなく交す創造的な議論はどうなるというのか？ リストは拍手喝采が湧き上がる時にだけ、他の男性にとっては近づき得ないような女性が彼に哀願する時にだけ、安心できるのだ。一体どのような愛のしるしを彼女たちは望んでいるのか？ 神秘的、それとも官能的なものなのか？ 彼にはそんなことはどうでもいいことだ。彼の欲望は変わりやすい、未知という刺激が必要なだけだ。だが、ありきたりのドン・ファンとは異なり、恒常的な避難の場をも必要としたのだ。

五年の歳月と三度の出産を経て、ようやくマリーはこの事実を認めた。彼女は日記に、備忘録に、『回想録』に、手紙に、小説にこのことを書き記した。愛における力関係を見きわめるまでは苦行の日々であった。門閥、宮廷の好遇、財産、政治という力関係であらゆる人間関係が支配されていることに慣れた貴族の女性が、情熱もまた闘いであることに気づく。激しい愛情がフランツの複雑な性格を彼女の目に覆い隠していたのだ。栄光というつまらぬものを渇望する彼の姿を見た時、情熱的ではあるが変りやすく、軽薄で浅薄な彼の性格に気づいた時、彼女はだまされたと感じ、呆然とした。そしてうつ病の発作をおこしやすい彼女は涙にくれる。だが彼は、「私はあなたの涙が大嫌いだ！」と叫ぶ。彼を失いたくなければ、彼女には自分の真の姿を見せる権利がないことを知らされる。愛する男性と一体になる？　否、愛する男性のために何年も前から装っている姿を演じ続けること。才気煥発、幾分冷ややかな優雅さ、落ち着きはらった応待、皮肉を利かせた見解。ジョルジュ・サンドの創作に対する羨望にも拘らず、恐らくはまさにこの羨望ゆえに、彼女はジョルジュ・サンドを愛し、彼女と同一になることを望みもしたであろう。だが、ジョルジュはフランツにとってもっと似つかわしい伴侶ではないだろうか？　ノアンで彼らはお互いにこの事実を理解したのではなかったか？

不安にさいなまれた情熱の五年の歳月の後で、パリに帰り、新聞が発行され、サロンが開かれている重要なパリで地位を取り戻すことを彼女に決心させたのはフランツである。男たちはわたくしを愛するにちがいないと彼女は予測する。だが、求愛する男たちに彼女が与えられるのは、うわべだけの愛か友情に過ぎぬ。男たちがそれで満足することは滅多にない。もっとも、彼女は一つには力関係のために、そして心の報復をするために、新聞界のナポレオンの愛に応えることを確かに望んだであろう。彼女にそれができたであろうか？　彼は背が高くもなければ、すらりとした美男でもなかった。彼は精神的に非常に深く彼女を動かした。だが肉体的にはどうであったか？　彼もまた束の間の欲望を抱く。

ラマルチーヌの場合は？　二人に対してこの問いが提起されることは一度もなかった。

絶え間ない闘いによって、彼女は少なくとも自分自身の名前を獲得した。貴族階級の基準に対されるでの傲慢さ！　彼女はダニエル・ステルンだ。異議を唱えられ、時に中傷さえされ、品位を落とされることもあった（『ネリダ』についてのガション・ド・モレーヌの記事は卑劣であり、作品に対する批評とは言えない）。彼女は女性であることの、そしてひとりきりの女性になろうとしたことの代価を払っている。

それではなぜ、他のひとりきりの女性たちと連帯を感じないのだろうか？　なぜ、フローラ・トリスタンに対して、サン＝シモン主義、フーリエ主義、カベ派のフェミニストたちに対して、プルードンの弟子たちに対して最終的に否定的な判断を下したのであろうか？　もっともフローラに対しては、彼女の死後、判断を修正したが。マリーは彼女たちが極端であまりに急進的に過ぎると考えた。だが、なぜ、強烈な想像力を持ったこの女性が彼女たちと同一化できなかったのだろうか？　なぜ、六十歳を迎えたベッティーナ・フォン・アルニムに対してあれほどまでに厳しさを見せたのであろうか？

自らの労働と粘り強さで貧困から抜け出た人々が、現実から遊離した要求過多の体制告発者たちに対して寛容さを見せることは稀である。同様に、マリーは自らが比類のない規範であることを望んだ。言葉の上で、彼女が闘っている女性たちとの連帯を表現したとしても、闘いを率いている現実の人間に満足することは滅多にない。

彼女の政治的思想は、ミシュレ、リトレ、時にプルードン、そしてサンドの側近ピエール・ルルウら、親しく接した男性たちの影響のもとに培われた。いつまでも変らぬフェリ氏ことラムネは、かつて彼女からリストを奪い返そうとし、彼女とジョルジュの間で裁断を下すことは決してしなかったが、それでも彼女の原稿に目を通し、助言することを承諾した。

　だが、特筆すべきはラマルチーヌである。彼の全て、つまり堂々たる風貌、雄弁、詩心、出自、慎重で取り澄ました態度までが、彼を完璧な英雄に仕立て上げていた。マリーの政治教育は当時のジャーナリストたちの中で最も懐疑的で、無節操で、権謀術数を弄する人間ジラルダンによって始められはしたが、ミッキェーヴィチ、ミシュレ、リトレ　あるいは共和主義者ラマルチーヌといった、未来の社会に大きく目を見開いた偉大な理想家たちが絶えず抑制の働きをしていた。

　後にダニエル・ステルンは『一八四八年革命史』の中で、労働者たちの増大する貧困、中産階級の失望に加えて、フランス大革命及びその影響について三人の著作が数ヶ月の間隔で相次いで出版された——ミシュレの『フランス革命史』、ルイ・ブランの『十年史』と『労働の組織』、そしてラマルチーヌの『ジロンド党史』——ことから、人々が数年来、変革を求めていたと適切に指摘している。これらの著作が民衆や職人に影響力を持ち、新しい精神状態を伝播したことを彼女はわれわれに伝えてくれる。こうした状況の中でアレクサンドル・デュマの歴史劇『赤い館の騎士』が上演され、「祖国のために死ぬことこそ最も美しき運命……」と鼓舞するジロンド党員の歌が劇場に響き渡った。毎晩のように観客はこの歌を繰り返させた。

　リストは一八四五年以来、再び彼女に手紙を書くようになっていた。無意識に？　それとも復讐のため？　過ぎ去った日々の地獄のような嫉妬と苦悩をかき立てる手紙もあった。彼は彼女にシュターレンベルク伯爵夫人となったローラ・モンテスを民衆の恩人として語りもする。一八四七年二月十日の手紙では、真に並外れた女性カロリーネ・ド・ザイン＝ヴィトゲンシュタインに出会ったことを伝える。この打ち明け話に対してマリーが書き送った、「そのご婦人が真に並外れておられるのであれば、その方はあなたの愛人の一人であることに我慢してはおられぬことでしょう……」という指摘は、リストを傷つける。だがこの指摘は、きわめて正鵠を得たものであることが明らかになろう。

「わたくしの日々は修道院での暮らし以上に何一つない」と、マリーは備忘録に書き記した。彼女は自問する、「どこへ行くというのか？　そして誰を愛するというのか？」このあわれな孤独の日々に一体どんな喜びが起り得よう？

これはベルリンの三部会についての記事に引き続いて、『自由についての試論』が評価を得ていた時期である。

そして、没頭できる対象を求めていた時期である。娘のクレールに対する愛情、家族とのいざこざ、著作とその反響。こうした何もかもが、一八四八年二月から秋にかけてフランス全土を襲う激しい風に吹き飛ばされよう。そして彼女はこの時代の史料編纂官に、自らの体験を語る年代記作家になるだろう。

第二部

一八四八年

1 二月の突風とあられ

一つの革命は壮大な壁画となるが、たった一人の証人の目を通しても眺めることができる。スタンダールが最初に、事態がのみこめぬままのファブリスを通してワーテルローの戦いをわれわれに理解させた……スタンダールだって？　一八四二年に没した彼はサンドと、またリストとも関わりがあった。ダグー伯爵夫人はチヴィタ＝ヴェッキアでフランス領事であった彼に出会ったにちがいないが、著者の知る限り、ほとんど言及していない。その代り、彼の旅行記を少なくとも活用したように思われる。幻想を抱かなかったスタンダールは一八九二年の読者をあてにしていた。だが、一八四〇年にすでにバルザックは、スタンダールを読んでいることを主要な記事の中で表明している。

こうしたすぐれた手本に倣ってダニエル・ステルンは、一八四八年の革命に対して証人としての見解を述べることができた。政府にも集会にもクラブにも参加しなかったにもかかわらず、マリーは時代の興奮の中で執筆した『共和主義者の手紙』で、また『一八四八年革命史』で社会の雰囲気を見事に再現することができた。かたよっていた？　確かにその通りだ。あまりに優柔不断な英雄から最後には離れはしたものの、彼女はラマルチーヌ信奉者であったから。また、すでに見たことであり、この後も見ることになるが、変革の運動に女性たちが果たした役割を過小評価したことでかたよっていた。不完全であった？　確かに。だが、不完全でない人間が果たしているだろうか？　彼女がその他の物語や回想録、記事から着想を得たのは明らかである。一八五〇年に輝かしい『一八四八年革命史』（とりわけ人物と状況描写にすぐれている）を発表する前に、ラマルチーヌからプルードンまで、あらゆる陣営の立役者たちを訪れ、手紙を交し、話を懇願もした。

国王の譲位を物語るのは事実上、その譲位を獲得した人間、つまりエミール・ド・ジラルダンである。ほどなくこの反抗的なジャーナリストは、ほんの数日間ではあるが、再度、投獄の憂き目に会うことになろう。

マリーは行動する心の準備ができていた。それに分身ともいうべきネリダは物語の結末で、社会の伝道師フローラ・トリスタンにも似た女性になりはしなかったか？　ラマルチーヌが論争に加わるや、彼女は議会の重要な会議を熱心に傍聴した。そして二月二十四日にはルイ゠フィリップが最後に国民軍を閲兵する姿を目のあたりにする。ひとことでいえば、この革命は彼女自身のものであり、一八三〇年の「栄光の三日間」のようにただ垣間見ただけの光景ではなかった。『イカリア旅行記』を著わした共和主義者カベは非常に穏やかな人間で、サン゠タントワーヌ街の職人たちは新しいロベスピエールと呼んだが、彼はマリーに自分の新聞『人民』紙に三月十六日

68）その一部が現在、ウディノ街となっている。

以降、寄稿するよう申し出た。彼女は断った。ラマルチーヌが困惑するだろうから。だが、ラマルチーヌとラムネが四月三十日、会見するのはマリーのサロンにおいてであった。

彼女はラマルチーヌの陣営に与《くみ》した。そしてわれわれが革命の推移を眺めるのは末期を除いて、この陣営からである。歴史家マリーはその批判精神から、自分の選んだ勇士を批判せざるを得なくなる。バルザックは、自らの手で火をつけておきながら消防士になる、とラマルチーヌを皮肉った。

この当時、マリーはプリュメ街に住んでいたが[68]、革命が続行している間、力強い筆致の生彩に富んだ『共和主義者の手紙』を、共和主義者たちの新聞『フランス通信』に送り続けよう。

彼女の前にはいうまでもなくジョルジュ・サンドがいた。二月の初めより、ジョルジュは法王にポーランドを支持するよう懇願していた。演壇でジョルジュを代弁するルドリュ＝ロランは、マリーによれば、判断力よりも弁舌にたけていた。これは歴史の示しているところでもある。

社会情勢

ダニエル・ステルンは革命をその前兆や社会情勢、さらにはカビリーでのフランスの屈辱的な状況から説明する。カビリーではビュジョー将軍が独裁を敷き、国内に不満を買っていた。

知識階級はミシュレ、ラマルチーヌ、さらにルイ・ブランらの著作で、最初の「大いなる革命」は驚嘆に値するものであったことを知る。このことが人々の精神に前ぶれとして深い印象を与えた。

民衆はイカリア共産主義者カベや『平和的民主主義』と題した新聞を発行しているフーリエ主義者ヴィクトル・コンシデラン、あるいはその見解からは社会主義者とみなされている無政府主義者プルードンの理論や提案を読みもし、耳にもしていた。


ダニエル・ステルンはヴィレルメが最も貧しい階級の境遇にヨーロッパ中の関心を引いたことを書きとめている。大都会の産業プロレタリアートは動物にも劣る生活（シスモンディ）を送っていると報告され、人間以下の暮らしをしている人々の境遇が語られた。

一方、参政権所有階級は安寧な日々を享受している。ルイ＝フィリップは労働者階級を好まない。だが一八四七年は、ギゾー内閣にとって有利に結着した前年の選挙から生じたこの無気力と充足した半睡状態を激しく揺り動かした。つまり内務大臣デュシャテルは、入念に選別された納税有権者たちを動員して模範的な結果を作り出すことで、政府に大いに貢献したが、穀物価格の高騰があちこちの県で暴動を惹き起こした。ビュザンセでは農民が反乱を起こす。従順そのものの軍隊が頑強に抵抗する農民を虐殺することで秩序を回復した。

以後、プリュメ街のマリーのサロンでは、文学や音楽よりも地方で開かれる改革宴会《バンケ》や政治的醜聞が話題となる。ヴィレルメやビュレの見解が解説された。ジョルジュ・サンドの周囲でも同様、いやもっと効果的に労働者階級の悲惨さが語られた。ウジェーヌ・シュウは社会主義者であった。

とある改革宴会の後でギゾーが言った、「あらゆる政党が進歩を約束する。だがそれを実現するのはただ一つ、保守党だけだ」と。

そこでジラルダンは「進歩主義的保守党」という、この約束を忘れてしまった人々を苦笑させる名前の政党を結成する。おそらくは豹変であろう、だが、総理大臣にとっては落し穴でもあった。

エミールは『プレス』紙の銘句を変える。「七年来、何をなしたか？　無・無・無」以後、『プレス』紙は内閣のスズメバチとなる。革命の後で書かれたダニエル・ステルンの次の見解は、八年前の恋文を思い合わせれば驚くべきものである。

議会での権限も、大衆に対する影響力もないが、ジラルダン氏はその論法の力強さ、罠にかける巧妙さ、ユートピアに対する精通（サン゠シモンやフーリエの説く社会主義、プルードンの無政府主義についての知識という意味でマリーは使っている）、批判力の鋭さから、手ごわい政敵であった……内閣は彼から致命傷を受けた……

たとえばカルノの変革のような初期の提案は、ひどく控え目な節度あるものであった。デュヴェルジエ・ド・オーランヌは議会の反対派に団結を求め、外部からの圧力を期待したが、これが一層彼に激しさを余儀なくさせた。チエールは思いつくままに行動した。共和主義者たちを怖れながらも、ギゾーを失脚させ、その地位を手にすることを望んだにちがいない。

その頃、元大臣テスト氏が公金横領のかどで告発された。彼はかつて破毀院の長にあり、レジオン・ドヌール二等勲章を受勲してもいたが、巨大なリベートと引き換えに岩塩鉱山の権利譲渡を承認したのだ。彼は有罪判決を受けた。

ジラルダンは、ギゾーが貴族員議員の身分に値をつけた事実を調査委員会で証言できると、平然と新聞に書く。ギゾーとジラルダンの間に繰り広げられた論戦は恐喝すれすれであり、私生活の暴露となるところであった。だがジラルダンが退き、ギゾーは信任投票をもぎ取った。

一八四七年七月九日、シャトー・ルージュ《赤い城》に八十人の国民議会議員が集まり、改革宴会が催された。きわめて漠然と自由主義的態度を取る議員たちであったため、急進派とアラゴは参加しなかった。単純に国王に祝杯をあげたりはしないのだ。この否定的な抗議にもかかわらず、『デバ』紙は転覆計画を糾弾した。

サン=タントワーヌ街の民衆は、紋章付きの車がこの界隈を通る時、車に向かって一斉に罵声を浴びせ、「泥棒を打ち倒せ！」と叫ぶ。

「最も尊大な階級のたった一つの三面記事が、最もつつましい階級の人々を扇動するのだ」とダニエル・ステルンは断言する。ショワズール=プラスラン公爵夫人の夫による殺害、次いで同輩衆の前に告訴されようとした公爵の自殺……民衆は街角にたむろして読んで来た新聞記事に注釈をつけ、殺害や例をみない狂暴さ、さらには、その弱さから無防備に夫の憎悪にさらされたこの若妻に憤慨する。そしてこの憎悪が公爵に由来することが上流社会全体の信用を傷つけた。

レオタードという名の修道士が強姦の罪を犯したという別の三面記事も同様に彼らを憤慨させた。事件が解明され、外に洩れ、裁かれることのないよう聖職者が結束する。聖職者は修道士の味方をし、民衆は聖職者を憎悪する。

貧困、物価の高騰、中産階級の失望、改革の欠陥、過度の鎮圧、貴族と聖職者が手を結んで特権の廃止と平等の原則を無視するという思い。納税額、つまり財産による選挙人の選別に対する反乱。腐敗した政府への嫌悪感……革命のあらゆる初期症状が提示されていた。ダニエル・ステルンのサロンではこうしたことが自由に議論された。きわめて保守的ではあるが、非常に明敏な頭脳を持った、古くからの友人オラース・ド・ヴィエィユ＝カステルが、以後このサロンでは反対派の宴会だけが話題にされたと言明する。「季節協会」、「人権協会」といった秘密結社に加入した労働者たち、クリスチーナ・ド・ベルジオジョーソが支援するカルボナリ党員、あらゆる系列の社会主義者や無政府主義者たちが多くの点で自由主義的代議士たちと再び結びついた。

こうした様々な傾向の中で、彼らの合流点、交差点となっている人物は、六十路に近い一人の詩人であった。

五十八歳のアルフォンス・ド・ラマルチーヌは数多くの栄光に加えて、政治家に不可欠な容姿、品位、雄弁を兼ね備えていた。彼が貴族階級の人間であることが一方を安心させ、進歩的な考えに理解を示すことが他方を引きつけた。至る所で彼の言葉が繰り返された。一八三九年、彼は議会で、「フランスは退屈しているのです」と発言する。

マコンでは、『ジロンド党史』の出版を記念して、この偉大な人間のために宴会が開かれた。席上、彼は政府に向けて発言する、「自由のための革命と栄光の反革命を経験した後で、侮蔑の革命に直面することになろう……」彼の言葉に従えば、この政府は「もはや政治家を必要としてはいない。道標さえあれば事足りよう」。

彼は、ダニエル・ステルンのサロンを訪れる。ラマルチーヌ氏は驚嘆に値する理解力で、世論の様々に変化する要素を次々に鋭く見抜き……言ってみれば、万人の期待を具現していた。彼が詩人であることが、彼の口にする革命に理想的な様相を付与したのである。

政府は失態を繰り返した。官吏にはもはや改革宴会に出席する権利がなく、市町村は会場を提供することをやめた。急進的な新聞の発行責任者が、次々と裁判官たちの前に引きずり出された。ルドリュ=ロランは野党党首になっていた。一八四一年、代議士に選出された彼は、有名な喜劇役者コミュの息子であり、怠惰ではあるものの、激情的な弁護士であった。彼は「諸君、我々にとっては民衆が全てであります！」と絶叫する。大柄で、頑強で、にこやかな彼は、大仰な口調と愛想のよい微笑で人気を博していた。彼の若さは急進派の古参兵たちと好対照であった。彼は共和主義的な性格にも増して革命家の気質を備えていると、マリーは考える。彼は贅沢を好み、金持ちの娘と結婚した。

彼はディジョンの改革宴会に現われ、声高に話す、「その通りです！　ここにいるわれわれは、こぞってウルトラ急進派です。この言葉に怯えるのは子どもたちに過ぎません。かつて、勝利することで貧しき者の名を光栄あるものにしました。われわれは侮辱を旗印にするのです……」

彼の傍にひどく小柄で、まるで子供のように見える男が姿を見せた。この男は始終笑って、白い美しい歯を見せ、大胆さと機知を宿した黒い大きな輝く目で聴衆を見回していた。コルシカ生まれの、若いがすでに名を成した作家であった。

『労働の組織』や『十年史』を著わしたルイ・ブランであった。彼は、長子の家系の美点を次子、つまり権力を握ったルイ＝フィリップの家系の欠点に対照させたために、正統派から高く評価されたと、ダニエル・ステルンは記している。もっとも、彼女は背信行為を自分の中に感じないわけではない。

一八四七年十二月十八日、シャロンで、次いでルーアンで、これらの男たちは一時的な合意のもとに、中産階級の不満を貧しい階級の不満に結びつけることで、実体のあるものにした。

王家は騒擾を真剣に受け取めようとはしなかったが、国王の譲位や摂政の可能性があることを予想した。ルイ＝フィリップは、オルレアン公妃を尊敬するあまり愛することはできなかった。もっとも彼女の亡き夫は遺言で政務を執ることを禁じていた。だが国王はヌムール公をほとんど評価していなかったため、彼を政治に引き入れることはなかった。際立った美男ではあったが、ヌムール公は人気がなかった。弟のモンパンシエ公は人気を望んだであろうが、芸術家や文学者たちから賛辞を呈されただけであった。

一方、アルジェリアの征服者ジョワンヴィル王子は民衆を熱狂させていた。ダニエル・ステルンによれば——彼自身の書簡によっても明らかであるが——かなり山師であった。ジョワンヴィルは危険に熱中する、と長兄のオルレアン公が評している。

二月八日以来、議会は動揺していた。ジラルダンは集会の権利を決定する法案の起草を内閣に提案する。

内閣はこの提案を取り上げなかった。ジラルダンは反対派、とりわけオディロン・バロに辞職を提言する。こうなれば、当選者の大量辞職に発展し、政府は百人以上の有権者の召集を迫られることになろう。かくして国家は改革宴会以上に革命的性格を帯びた動揺を見せるであろう。

だが二月十四日、辞職したのはジラルダンただ一人であった。彼の言葉が街角でさえ繰り返された。「偏狭な多数派と一貫性のない少数派との間には、主導性と進歩を見せぬ権力、力強さと論理性のない反対派を是認しない者の場がないのである。したがって私はここに辞職を申し出る。」

一斉に辞職しなかった反対派に分裂と弱さが見られた。反対派は改革宴会の開催を決定する。大人気《おとなげ》ない逃げ口上の後で、宴会は二月二十二日と決められた。マドレーヌ広場に結集し、整然と列を作ってシャン゠ゼリゼに向かって下って行く手順が整えられたが、夜半になってこの取り決めが撤回された。オディロン・バロが怖れをなしたことと、内部大臣デュシャテルが激しく非難したからであった。

真夜中、何人かの友人がラマルチーヌの許に集まり、彼は宣言する。「コンコルド広場に人気がなく、すべての代議士が彼らの義務を投げ出したとしても、私はたった一人で影だけを共にして宴会に出かけよう。」この時のラマルチーヌには、歴史書が伝える霊感を得た間抜けの面影は全くない。彼にはすでに、王政が疲弊し、今や成熟した民衆が行動に出る時期であることがわかっていた。

『ナシォナル』紙のマラストはすでに行列の予定を知らせていたが、宴会を中止する決定は、王宮では決定的な勝利に思われた。ルイ゠フィリップはぴょんぴょん跳びはねてみせるほどくつろいだ。思いがけない成行きが事態の重大さを忘れさせていたのだ。彼は陽気に叫ぶ、「パリの人間は

69）G・デュヴォ『1848年』（「イデ」叢書）D・ステルン『回想録』

自分たちのやっていることがわかっているのだ！　彼らは王冠と宴会を交換するような真似は決してしない！」

国民軍の下層中産階級には、彼らが支持するジャーナリスト、マラストとオディロン・バロが、なぜ譲歩したのか理解できない。ところでバロが演壇で見せた大仰な身ぶりは、版画とダゲレオタイプに再現されている。

二月二十二日朝、とある小売店の主人は国民軍の制服を用意した。彼はマラスト、デュヴェルジェ・ド・オーランヌ、ラマルチーヌ、といった面々の行列に加わることを誇りにしている。周囲の者は雨が降るのを眺めながら、彼にいつも通り布地をはかるよう忠告する。「朝の七時にはすでに労働者たちは街頭に出ていた(69)」とダニエル・ステルンは記している。新聞は、レオタードが修道士であることにかこつけて、強姦者を支援する聖職者たちを書き立てた。「ギゾーくたばれ！」

小売店の主人は制服を身につけ、ともかくマドレーヌ広場に出向く。学生たちは「ラ・マルセイエーズ」を歌いながら、パンテオンに結集していた。職人たちはサン＝タントワーヌ街を下って行く（すでにアントワーヌ街と呼んでいた）。縦隊が合流する。学生はブルボン宮を占拠しようとしたが、誰もいなかった。十一時、警察騎馬隊が宴会の準備を取りつぶすために、コンコルド広場からシャン＝ゼリゼに向けて速歩で駆けて行く。

正午に、三つのデモ隊がキャピュシーヌ街の外務省前（キャピュシーヌ街と現在のドヌ街の間）で合流する。ここは一八四二年三月二十二日、外務省を出て来たチヴィタ＝ヴェッキアのフランス領事アンリ・ベール、筆名スタンダールが倒れた場所に近い。だが、群衆の中で誰がそんな事を知っていただろうか？

騒動を知ったオディロン・バロは、二時の会議で議会に内閣糾弾を提案した。その行外では七百名ばかりの学生が、「ラ・マルセイエーズ」を歌いながら労働者と合流した。その行列がコンコルド広場を横切る。橋の前ではパリ警察隊が銃剣を構えた。

この警察隊、つまり金で買われて国王に仕えている人間は、暴動が起こるたびに罵声を浴びる。彼らはいかなる時も命令に従い、時には虐殺されさえする。彼らに対して感謝の念を抱いている者はまるでいないのだ。パリの警察隊員は新聞紙上でも攻撃される。「しかしながら二月の日々を通して、そしてとりわけその後、群衆が彼らを滅茶滅茶に叩きつぶしてしまわないよう、革命派の労働者がかばった警察隊員もいた」とダニエル・ステルンは記す。

一人の若者が上着を引きちぎり、弾の入った小銃を向けている兵士たちに向かって叫ぶ、「撃ってみろ！」警察隊がためらい、縦隊が通過する。

最初の勝利。すでに学生たちは議会に入ろうとする。代議士クレミュウとマリが正義について語り、彼らを鼓舞する。同時刻、竜騎兵の一隊が抜剣して、大急ぎで到着する。武器を持たぬ群衆を前にして、将校は驚き、剣をおさめさせる。「竜騎兵万歳！」群衆が歓声を上げる。「勇敢にして忠誠心のある一人の将校により鞘におさめられたこの剣、それは精神の力に屈した物質的な力である。それは王朝の敗北を示している」とダニエル・ステルンが解説しよう。

彼女は国民議会を傍聴する。[70]

70）『共和主義者の手紙』による。

ギゾーは嘲笑を浮かべて告訴を突き返す。彼はいつもと変わらぬ傲慢さを見せる。午後四時、閉会。ギゾーの軽薄さはルイ=フィリップの最期を示していると確信して、ダグー伯爵夫人は傍聴席を後にする。

だが街頭は平静に戻ってはいない。今回は理工科学校の学生たちは煮え切らず、指導者の言いなりであり、国民軍と共に秩序回復にあたるため三日間待機を命じられている。法学部と医学部の学生たちがやって来る。

コンコルド広場。警察隊は彼らに投石する群衆を追い散らす指令を受けていた。兵隊たちは剣を振り上げて突進し、老人や女たちを押し倒し、打撃を加え、重傷を負わせた。一人の哀れな老女の死と、瀕死の重傷を負った労働者の流す血に復讐の叫びが上がった。警察隊に対する憎悪は三日間続くことになろう。

マリニィ大通り。三時。労働者たちは「ラ・マルセイエーズ」を歌いながら衛兵所に向かう。兵士たちは発砲を避けるため撤退する。衛兵所に赤旗が立てられ、廠舎に火がつけられた。軍隊が戻って来、群衆は四散する。

下町の迷路のように入り組んだ小路で民衆が再結集する。やがて鋪石や川沿いの地下貯蔵庫から取り出したものでこしらえた堅固なバリケードが至る所に建てられた。孤立した兵士の詰所が襲撃されて、武器が奪われた。

バティニョルでは労働者がモンソーの詰所を襲撃した……区長や助役たちの努力にもかかわらず戦闘が始まった。民衆は城壁の後ろに避難した兵士たちに向けて発砲する。遮るもののない所で民衆は一斉射撃を受ける。死傷者は四人であった。この日、最初に流された血であった。(コンコルド広場で息絶えた老女と労働者についてすでに言及しているから、ダニエル・ステルンの記述は矛盾している。)

市役所で、ランビュトー知事は代議士の代表団を迎えた。だが知事は危険という言葉を口にして国王から手ひどくあしらわれていたため、警告しに来たカルノ、ヴァヴァン、タイヤンディエには耳を貸そうとしない。

夕刻八時、シャン=ゼリゼに大きな火の手が上がるのがチュイルリー宮から見えた。蜂起した民衆が木製の椅子や廠舎を燃やし、歌い、そしてファランドールを踊った。

二月二十三日

「夜は静まり返っていた。政府は平穏であると信じていた」とダニエル・ステルンは記す。だが、内務大臣はオーストリア大使の祝辞に答えて言う、「うまく行き過ぎますな!」と。そして、逮捕すべき百五十名のリストを作成させた。(ダニエル・ステルンの伝えるところでは、そのリストが二十四日、警視総監の机の上にあるのを、そこに入り込んだ蜂起者の一人が発見した。)

軍隊は雨の中、ぬかるみに突っ立ったまま、夜を過ごした。頭はぼんやりとし、身体は凍えていた。

夜明けと共に群衆が、サン=マルタン街、ランビュトー街(知事を記念して名づけられたわけではない)、サン=ドニ街、サン=メリ街さらにタンプル街から湧き出て来た。七時、サント=クロワ=ド=ラ=ブルトヌリ街とジョフロワ=ランジュヴァン街の衛兵所が占拠された。軍隊と女や子どもたちの間に、親密な関係が芽生えた。

「予告なしに発砲するようなことはしないで下さい！」

「われわれはそうした命令を受けていません」と兵士たちが答える。

刺すように冷たい風と共に、雨が叩きつける。

急進派の新聞は戦列の兵士たちをいささかも非難しない。

国民軍が召集される。だが何をなすべきか何の指示もない。

そこで彼らは叫ぶ、「改革万歳！」

これに民衆が呼応する、「国民軍万歳！」

奇妙なことに、ある地点で砲撃が中止されるや否や、兵士と労働者が友情にみちた言葉を交し始める。レ・アール界隈では女たちは兵士に食料を差し出し、彼女たちの兄弟を容赦してくれるよう懇願しながら、抱擁する。

ダニエル・ステルンは政府内で起こっていることを、ほとんど同時に知ることが出来た。ヌムール公とその側近は不穏な情報を流す人間を軽蔑していた。

貴族院は、後に回想録を出すアルトン=シェの釈明要求を騒々しい非難の叫びを上げながらはねつけた。

ルイ=フィリップは大臣の交代を拒否した。感謝の気持ちからでは勿論ない。「そうした配慮はこの種の人間には無縁であった」とマリーは記す。

バリケードのことが伝えられても、国王は意に介さない。「そなたたちは悪童が二人でひっくり返した辻馬車を〝バリケード〟と呼んでいるのだ!」

実際のところ、この二月二十三日の水曜日、革命の拠点は、モンマルトル街、大通り、それにバスチーユとマドレーヌ広場に限られていた。

国民軍の連隊の中で、第一区のもの(ヴァンドーム広場からシャン=ゼリゼまでの住民から隊員を補充した)だけが国王に忠実であった。その他の連隊は叫ぶ。「改革万歳!」そして「ギゾーくたばれ!」と。

兵士たちと労働者は互いに手を差し出した。大義とするところが同一であり、利害も似た人々の間の奇妙な市街戦であった。軍服を着たプロレタリアと作業着を身にまとったプロレタリア。同じ貧困にあえぐ人間であり、彼らの知らぬ間に同じ運命におかれた労働者であった。

ダニエル・ステルンはこれ以後、こうした階級の融合に関心を向ける。サンド夫人はまだ革命の知らせにベリーから駆けつけていなかったし、まだ熱烈に革命に身を投じてはいなかったので、ラマルチーヌに雄弁なペンを使っての協力を申し出てもいなかった、と後に証言する。ダニエル・ステルンはあらゆる階層の友人たちから、まるで電報のように素早く知らせを受け、議会で(彼女は傍聴に行く)、街頭で(彼女は庇護者たちと連れ立って駆けつける)、内閣で、宮廷で、編集室で起きていることを把握する。彼女が自分の著作のために、あらゆる話や報告を利用したとしても、パリで繰り広げられている事態についてかなり正確な情報を直接に得ていたことは確かである。もっとも、彼女が何時、どこにいたかを証明するものは何ひとつない。二月二十三日以来、彼女は、ラマルチーヌは非常に偉大な人物であると実感する。彼が倒れる日まで、彼女のこの見解は変らない。

午後、王妃に促されてルイ=フィリップは、ギゾーを捨てモレに組閣を要求する。深夜、国王はこれを断念せざるを得ない。それまでにモレは、サン=ジョルジュ広場のチエールが義母の指導下に勢力をふるっている館に出向いていた。小柄な男と指令を出す女性、ジョルドンヌ夫人ことドーヌ夫人は、陽気だった。二人はチエールの時機来たり、と確信している。彼は暴動を鎮圧できる……たとえ暴動が起こらない時でさえ。爆弾がトランスノナン街で爆発したらしい。真犯人が見つからず、彼は何人もの無実の住人を虐殺させた。モレはナポレオンの大臣を務めることは困難ではなかった、従っていさえすればよかったことをわずか一日で理解する。だが、街頭で闘いが繰り広げられている時に組閣するのは……

ギゾーが捨てられるや、この知らせは直ちに将校たちによってあらゆる拠点に伝えられる。労働者はバリケードを離れ、軍隊は兵営に帰る。夜が更けていた。相変らず寒かったが、雨はもう上がっていた。

ここで年代記作家としての任務の遂行は困難になる、とダニエル・ステルンは言う。どの政党も非人間的行為の責任を負いたがらない……「大罪を犯す残酷なエネルギーを持った人間は幸いにも、名誉を要求するほどの破廉恥な勇気を持ち合わせていないものだ。」（二十世紀末にあっては、あらゆる騒乱、爆弾、誘拐、死刑執行を、革命的言辞を行使するグループが要求している。この相違は注目に値する。）

夜、大通りの家々が様々に色づけされた光の長い花飾りで結びつけられた。祭りの時はいつも――そしてこの革命もまたひとつの祭りとなるのだが――稼ぎの少ない人々が紙ちょうちんを売りながら大通りを下って行く。当時、バルコニーや窓をこの紙ちょうちんで照らし出すことが好まれた。人々の心の一致を示す陽気な表象とマリーは考える。男も女も子どもたちも、パリ住民の快楽と祝祭の舞台である、この光輝く大通りを何の警戒心も持たずに往来した。考えてみればこの二月二十三日、謝肉祭、山車や飾り牛や祭りの女王や市場のおかみさん連中が登場するあの謝肉祭は遠い先のことではなかった……「ラ・マルセイエーズ」が歌われる。素人が即興でパントマイムを演じ、風刺や滑稽劇をやってみせる。

夜半の九時三十分、松明や旗を振りかざした長いデモ隊がモンマルトル街に現われる。それは人々が初めて目にした赤旗であった。『レフォルム』紙（急進派の新聞）事務局や、その他の暴動の指揮にあたる執行部に与えられている指令に明らかに違反するものであった。三色旗以外の旗を掲げること、そして「改革万歳！」以外の叫び声を上げることは、はっきりと禁止されていた。だが、プルードンやブランキの支持者たちがいたのだ。

この群衆はサン゠タントワーヌ街の奥底からやって来た。そして声を合わせて歌い、やじ馬たちを率いて、扇動的な言葉を大声で叫ぶことができるのに有頂天になってマドレーヌ広場に向かっていた。アンリという名の男が男らしい、よく響く声で合唱を導いていた。サン゠ドニ門で騎兵中

71）『ナショナル』紙はアルマン・カレル、チエール、ミニェらにより創刊された。

隊が叫んだ、「改革万歳！」

　この共通の祝祭の感激の中で中産階級と無産階級が互いに腕を組んだ。燕尾服に身を包んだ人間と作業服の男たちが親しみをこめて近づいた。陽気な友愛の感情が、そこにいるすべての人々の心に溢れていた。

『ナショナル』(11)紙新聞社の前で、編集長アルマン・マラストが演説をする。彼は議会と選挙の改革を求め、さらに集会の権利を要求したが、この要求はイタリア、スイスにまで波及する。

十時、マラストに拍手を送ると、行列は再び歩き始める。別のデモ隊がラ・ペ街で合流する。

キャピュシーヌ大通り、外務省前に群衆が到着する。外務省の警護に当たっている二百人の兵士と将校たちは怖れを抱く。指揮官は方陣を作らせる。群衆は軍隊と仲良くしようとする。一人の将校が行列を迂回させようとするが、拒絶される。兵士とデモ隊は文字通り、ぴったり並んでいる。将校（ブロトンヌ氏）が叫ぶ、「銃剣を構えよ！」

その時、銃声が鳴った。何の警告も、太鼓の連打も、命令もないままに。

　銃弾が民衆を襲った。鋭い叫び声が夜をつんざいた。そしてこの引き裂くような叫びを包んだ煙の雲が消えた時、怖ろしい光景が眼前に広がった。百人ばかりの男たちが舗石の上に横たわっていた。すでに動かなくなった死者、瀕死の重傷を負った者たち。

どれほどの死骸があったか？　四十、と言う者もいた。エリア・ルニョーは五十二と言う。ガルニエ＝パジェスによれば死者三十五人、負傷者四十七人であった。

最初の銃撃はどの陣営からのものであったのか？　ラマルチーヌは秘密結社に属している年老

いた革命主義者シャルル・ラグランジュに責めを負わせた。ヴィクトル・ユゴーもそれを信じた。一方、マクシム・デュ・カンは、コルシカ生まれの軍曹ジャコモニが、自分たちの大佐が狙撃されたと信じ込んで発砲した、と伝えている。

ダニエル・ステルンは、ラマルチーヌへの友情にもかかわらず、シャルル・ラグランジュに関する彼のおろかな判断を信じられない話ときめつける。ラグランジュは数日後——何ひとつ抗弁しなかった後で——精神錯乱の発作（高熱による、とマリーは言う）に襲われた。彼女は行為の残酷さの中に予謀よりも偶然を見る。

いずれにしても、労働者たちは荷車に一つの死骸を載せ、ル・ペルチエ街の『ナショナル』紙新聞社の前まで運んだ。そこで、今度はガルニエ＝パジェスが彼らの前で演説する。それから荷車は舗石がはがされ、バリケードが再び築かれた街を突き進む。

ソカという名の労働者が、引いていた荷物運搬車から荷物を降ろして、代りに死体を載せ、市役所まで運ぶ。兵士たちが阻もうとすると、ソカは、「死者たちにひざまずけ！」とわめき、進み続けた。

ダニエル・ステルンは実際に目撃したのであろうか？　多分、見てはいないであろう。だが、この事件は大いに話題となった。ウジェーヌ・シュウのやり方に倣って彼女は描写したのだ。

一頭の白馬を繋ぎ、腕をむき出しにした一人の労働者が手綱を引く荷車に、怖ろしいほどのシンメトリーで五つの死体が並べられた。青白い顔に燃えるように激しいまなざしをした民衆の子どもがじっと前方を見据えたまま、復讐の女神を表してでもいるかのように腕を突き出して荷車の梶棒の上に突っ立っていた。後ろにかしいだ松明の赤味を帯びた炎が、一人の若い女の死体を照らし出していた。その鉛色に変った首と胸には血が細長い筋を引いていた。荷車の後ろに控えた労働者が筋骨逞しい腕で時々、この生命の消えた体を抱きしめ、松明を揺らしながら持ち上げる。松明から火の粉や花火がこぼれ落ちる。男は荒々しい目つきで群衆を見回しながら、「復讐だ！　復讐だ！　奴らはわれら民衆の喉をかき切るぞ！」と叫ぶ。「武器を取れ！」と群衆が答える。死体が荷車の底に崩れ落ちる。荷車は進んで行く。ひとときの間、静まり返る。

ここに描き出された血と怒りの光景、ロマン主義的感情の昂揚は女流作家のものでもなく、またバルザックが描き出した、大仰な――上流社会の――ご婦人のものでもない。ポンサールが彼女のサロンで『リュクレース』を朗読して以来、またドイツ及びフランスのロマン主義の死を自ら宣告して以来、特に好んでいた新古典主義をも否定し、従うべき規範のない人生の危険にみちた未知の部分に二度にわたって近づいた女性が、無尽にほとばしり出る感情に身をゆだねたのである。そしてこのほとばしり出た感情は、フランスを越え、ヨーロッパのあらゆる首都に押し寄せることになる。

ダニエル・ステルンは虐殺される人間の側に立つ。中傷や誹謗から彼らを守ることが彼女にはできる。この葬送の行進があらかじめ入念に準備され、演出されたという噂に対して、政治的野望の全くない何人かの証言から、完全な即興と偶然によるものだ、と断言する。激しい憤怒の中で荷物運搬車から荷物が下ろされ、死体が積まれたのだ。ソカを押しとどめるために派遣された軍隊さえも発砲しなかったのだ。

死者たちが生きている人間を殺す。一人の女の死体がこの時にあっては、勇猛そのものの軍隊にも勝る力を持ったのだ。

一方、チュイルリー宮ではルイ＝フィリップが、おそらくは緩和された形での報告を聞いたが、日頃の活発さと対照的であるだけに一層憂慮される無気力から抜け出すことはなかった。国王はすでに生ける屍のようであった。

モレは組閣できなかったことを報告するために、宮殿に姿を見せることさえしなかった。彼は敗北を予測していた。

オディロン・バロは議会の解散を国王に迫る。「余が手にしているものは存じておるが、手にするであろうものは知る由もない」と国王は答える。

翌日の『モニトゥール』（官報）は政府関係記事として、内戦で名を挙げ、憎まれ、怖れられてもいるビュジョー元帥の任命を載せ、政府筋でない記事としてチエールとオディロン・バロの大臣任命を載せた。

ダニエル・ステルンが証言するところによれば、チエールは改革が切迫していることを理解したところであった。サン＝ジョルジュ広場とその近隣の界隈でバリケードを築いている人々は、このことを知らずに、彼の邸の庭で休息することを求めた。相変らず好機を捉えるのに敏であったドーヌ夫人は彼らに食事を出させ、自ら主人役を務めた。夫人が……彼らの礼儀正しい態度と、確固とした、また率直な話しぶりに驚くと同時に魅せられさえしたように見えた、と周囲の者は断言する。こういう次第で民の声を聞いてチエールは議会の解散を条件に組閣を受諾すると国王に進言した。

ルイ=フィリップは冷ややかな態度を変えなかった。ビュジョーの任命がどれほど不用意であり、もはやどのような和解も不可能になったことを理解さえしていないようであった。

二月二十四日

チュイルリー宮のすぐ近くまで築かれたバリケードの数は一、五一二と推定される。午前九時、オルレアン家の子供たちの部屋の窓にむけて何者かが発砲した。開いている店は一軒もなかった。群衆と反対派の新聞は、こぞってビュジョーの任命に抗議する。

午前八時。バリケードを築いた人々は、ほとんどすべての区役所および五つの兵舎から武器を奪った。中でもサン=ドニ門、ヴィクトワール広場、そして象徴的なバスチーユ広場が蜂起した者たちで埋まった。

前夜の銃撃戦は入念に準備されたものであり、今や反対派を虐殺するためにビュジョーが派遣されたと、人々は信じ込んでいた。

ド・サル将軍が秩序回復の任にあった。とある製造工が、「ギゾーが更迭され、新内閣が組閣されていない以上、一体誰がビュジョーを派遣するのか?」と将軍にたずねる。

この名前を耳にした群衆はわめく。将軍は自分が指示を与えているのだと溜息まじりに言う。製造工はビュジョーと話すことを要求するが、元帥（ディスリ公）は警戒心を抱いたままだ。それでもチエール、オディロン・バロ、そしてヌムール公が製造工の話を聞き入れた。ビュジョーは停戦させる。

ダニエル・ステルンの伝えるところでは、後にこの製造工をとある会合で目にしたディスリ公は、製造工に向かって、彼の言を聞き入れずに、「容赦なくそちたちに弾丸を打ち込むべきであった。そうすればルイ=フィリップは未だ王位にあったであろうものを！」と叫んだ。

（『一八四八年』の著者ジョルジュ・デュヴォによれば、ディスリ公が「われわれをだましたのはそなただ！」と叫ぶ。おそらくこちらの方が真実に近いであろう。）

パレ=ロワイヤルで、デモ隊はシャトー=ドと呼ばれる詰所に火を放つ。第十四連隊の二個中隊が壊滅した。

オディロン・バロとチエールが組閣にあたり、戦闘の一時中止命令が出された、と明言する。二人の署名のある声明文が配られる。

市中の壁に張り出された声明文の上に、「ルイ=フィリップはシャルル十世のようにわれわれを虐殺する。国王はシャルル十世の後を追うべきである」と述べた別の声明文が重ねて貼られた。署名はなかったが、プルードンが起草したものであった。

十時。ルイ=フィリップは家族と水入らずで食事をとる。レミュザとデュヴェルジエ・ド・オーランヌが通される。国王はレミュザに呼ばれて扉の傍まで来、身に危険が迫っていることを知ら

72）D・デュヴォ『1848年』

される。蜂起した者たちが押し寄せている……側近、廷臣、アドルフ・チエール等が入って来る。知らせは刻一刻悪化する。国王は国民軍を閲兵すると告げに行かせ、国民軍中将の軍服を着ける。この間、人望を得ようと馬に乗って市中にあった首相オディロン・バロの耳に「退屈な人間どもを打倒せよ！　民衆こそ主人である！」の怒号が届く。

そして国民軍の将校たちは、「降伏せよ！　和平だ！　和平を実現せよ！」の耳をつんざくほどの叫びを浴びせられる。

宮殿では、代議士のクレミュウが、まだ全て修復可能だと主張する。

そのため幻想のひとときがあった、とダニエル・ステルンは言う。だが、たちまち砕け散ることになる幻想。『ナショナル』紙の社長ド・ランス氏に、マラストは退位が不可避であると予言する。だが、誰が国王にこのことを告げるのか？

この時、ひどく青ざめ、興奮した男――もっともその興奮には、恐怖の表情は少しも見られなかった――が国王の執務室に入って来る。

（ジョルジュ・デュヴォは、他の回想録を根拠としたのであろう、この場面を違った風に描写している。）筋肉のないぶよぶよした青白い顔、真の知性というよりもむしろ、権威と冷笑的な態度を表わしている強いまなざし。ブルジョワ王政のこの衰退期にあって、ジラルダンは自分を売りこむ好機を逃がさなかった。(72)

ダニエル・ステルンは、ジラルダンが語ったその時の光景を詳述する。

「ジラルダン氏。一体何事です？」『プレス』紙の社長に、輝きを失った目を向けながらルイ＝フィリップがたずねる。

「閣下は貴重な時間を徒らに失っておられます。最も断固とした選択を、たった今していただかなければ、一時間後のフランスには国王も王国も存在しないでありましょう。」この乱暴な言葉に対して、国王は驚愕の沈黙で答えるだけであった。ジラルダンはじりじりし、『コンスチチュショネル』紙の同僚を名指す。沈黙。やがて国王の声がきこえた。

「何をしなければならないのかね？」

「退位です、閣下。」立ち会っていた人々を驚かせた大胆さで、ジラルダン氏は答えた。

そしてオルレアン家にとって残された唯一の道は、オルレアン公妃が摂政職につくことである、と提案した。

「ここで死をむかえる方がましですわ！」と王妃が叫ぶ。

国王はチュイルリー宮の防衛について話す。やがて決心し、オルレアン公妃の部屋の扉を開け、叫ぶ、「余は退位する！」公妃は王の足許に身を投げ出し、子どもたちともどもそういうことは決してなさらぬよう懇願する。

その光景は信じ難いものであった。退位しないよう義父に懇願しながら泣いているオルレアン公妃とチエールとを見やりながら、王妃はささやく、「お気をつけ下さいませ。ここには売国奴がおりますから。」

ダニエル・ステルンは——家族への思いに突き動かされたダグー伯爵夫人が再び顔を出す——王妃マリー・アメリーを気違いじみた執拗さで賞讃する。「誇り高く、気高く、あの時のマリー・

アントワネットのように勇気ある王妃は、屈辱の中で生きのびるよりも王妃として死ぬことを望んだのだ。」共和主義者によるこの回想録は見事なまでに多面性を見せている。

支援する者のいないオルレアン公妃はため息まじりに呟く、「何という重荷を背負うことでしょう！　それなのにジョワンヴィルがここにいないとは！」

ルイ=フィリップの計画は、彼が現実をいささかも理解していないことを明らかにする。彼はサン=クルーにとどまるつもりでいた。そして摂政職はヌムール公のものである。つまり、子どもの名前で、実際は自分が支配すると信じていた。

馬車が止まっているはずの所になかったことから恐怖が広がった。だが、結局、国民軍と胸甲騎兵の二中隊に警護されて馬車は出発した。

その間に群衆は、兵士が大勢集まっていた別翼に放火する。彼らが燃え上がる。群衆が火事を消そうとした時はすでに遅すぎた。兵士十一人と市民三十八人が命を落とした。

不本意ながら行なってしまったことを前にしての怒り、後悔、失望を、すぐれたシナリオ・ライターのダニエル・ステルンが甦らせる。

民衆は自分たちの勝利を嫌悪している。負傷者たちはパレ=ロワイヤルの回廊に運ばれた。

王国の兵士、共和国の兵士、敗者と勝利者が、壁沿いに応急に並べられた寝台、マット、長椅子の上に横たわった。医者や女たちが傷に包帯し、流れる血を止め、燃えるような唇を濡らす。静粛を命じ、死の痙攣を和らげる……一人の女、若く美しい一人の女性が勇敢にも砲弾をものともせず、負傷者を助け、自分の家に収容しようとする。「あんたは真のローマ女性だ」と、女の肩を叩きながら民衆の男が言う。女性はオデオン座の女優ロペス嬢であった。奇妙なことに！　カフェや酒場は開店していた。銃撃戦の合い間に、人々は一息入れに出かけ、たばこをふかし、冗談を言いあった。迷い犬が銃撃音に向かって吠えるのが、一度ならず、この悲劇的な光景に笑いを添えた……

疑いなく、こうした情景をダニエル・ステルンは目撃したのだ。

この二月の日々、そしてそれに続く二ヶ月は、彼女の人生でおそらく最も幸福な時であっただろう。それはもはやリストとの狂気の出奔ではなく、共和主義者としての揺るぎない信念が開花したものであり、醜聞となった恋愛にではなく、国家の革命の中で役割を果たしているという興奮であった。以後、誰からも知られることになる新しい顔、ダニエル・ステルンは市民権を得た。そして『共和主義者の手紙』はよく言及される文献のひとつとなる。やがてブランキは国立音楽院にクラブを開く。彼女が姿を見せる。この婦人がダニエル・ステルンであることは誰もが知っているが、多くの者がその本名を知らない。

議会での努力が不首尾に終ったオルレアン公妃がひどくためらいながらも、束の間の行列に加わっている頃、民衆は今にも砲撃を受けると信じ続けて、チュイルリー宮になだれ込んだ。そして玉座の間に進む。

金の房飾りのついた絹の三色旗が二束、玉座の両側を飾っていた。蜂起者たちは誰もが交代で玉座に坐ろうとする。デュノワイエ（共和国の秩序を保つために蜂起した民衆を率い、彼らに武装させさえした中隊長）は仲間たちに熱のこもった訓示をたれ、玉座の刳り形部分に次の簡潔な言葉を書きつけた。

パリの民衆からヨーロッパ全土へ
自由――平等――博愛
一八四八年二月二十四日

その時初めて「共和国万歳!」の叫びが響きわたる。

蜂起者たちは宮殿の中に広がった。食卓は半ば片付けられただけであり、ピアノの蓋は開いたままであった……そして彼らは国民軍の兵士たちと和解した。

絹織物工たちによるリヨン蜂起の立役者シャルル・ラグランジュ(マリーはこの名をリストから聞いていた)が群衆を前に演説し、共和国を喝采させた。

そこへ、こうした状況を全く知らないジラルダンがチュイルリー宮に戻って来る。彼は国王の退位と摂政を伝える。彼はこの事実を証明する。五百部に近い会報に署名する。それから彼は立ち去り、チュイルリー宮は群衆に明け渡された……

地下室や貯蔵所がこじあけられ、ガラス食器やセーヴル製の花瓶が壊される。下層民たちが火をつけ、破壊の限りを尽くす。行き過ぎた行為の数々がマリーの耳に入る。彼女は国王一家が突き落とされた、恐怖で凍りついた夜に思いを馳せたにちがいない……ダニエル・ステルンは書き記す。「信心深い王妃や公妃の厳格なひとり暮らしのためにこの数年来、あらゆる喜びが排除されていたこの城館が、とてつもない乱痴気騒ぎと筆舌に尽くしがたい無礼講の舞台となった」と。リストはこの箇所を読んで、乱痴気騒ぎ、無礼講という言葉を痛烈に嘲笑したことであろう。かつて愛人であった彼女がこうした言葉を投げつけて、彼のどんちゃん騒ぎや不実な行為をなじりはしなかったか？

マリーは群衆が繰り広げた狂乱の騒ぎを詳述するが、「……王妃の肖像にもアデライード夫人の肖像にも手を触れてはいなかった。王妃の部屋の壁掛け、刺繡用の毛糸や絹糸、それに王妃がマリー王女とオルレアン公の経帷子を収めていた祈禱台も無傷であった」と書きとめることを忘れてはいない。理工科学校の一人の学生が運び出した十字架は、サン＝ロック教会に盛大に飾られた。オルレアン公妃の部屋は全く手を触れられていなかった。王妃たちの香水や化粧品は、民衆の娘たちを飾ることになった。娘の一人はポーズを取って「自由の女神」になります。

当節流行の正統派たちは——いつものように——作業着に作業帽《カスケット》のいでたちでバリケードに姿を見せ、上等の武器を分配した。

一方、議会ではジラルダンがオルレアン公妃を登場させていた。罵声を浴びせられ、夫人は退場した。その時、デュノワイエは民衆を議会に入れさせる。

「われわれは共和国に向けて直進する」とラ・ロシュジャクランが言う。

「そのことにどんな不都合があろう？」

「何一つありはしない。」

この応答でラマルチーヌの時代が到来したように見える。

彼が壇上で演説している時、聴衆は彼が摂政を擁護していると思い、罵声が飛び交う。彼は話を続けようとする。一人の興奮した男が傍聴席から、「ギゾーを倒せ！」とわめきながら、彼に銃口を向けた。武器が取り上げられ、代議士たちは逃げ出したが、ラマルチーヌは演壇にとどまった。臨時政府について討議が交される。俳優のボカージュが聴衆の中から叫ぶ。「ラマルチーヌを先頭に、市役所へ行こう！」別の興奮した男が、一八三〇年、宣誓した際のルイ＝フィリップの肖像に向けて発砲する。一人の労働者が演壇から叫ぶ。「記念物に敬意を払おう！　自分たちが勝ち得た勝利を称えることができるということを示そうではないか！」(それは室内装飾業者のテオドール・シスであった。)

怒号と万歳と罵声とさまざまな誤解の中で、臨時政府が樹立されるのは市役所においてである。長老のデュポン＝ド＝ルールやアラゴはもう一つの革命、つまり、大革命に思いを馳せる。ルドリュ＝ロラン、ガルニエ＝パジェス、クレミュウ、同じく賛同者のマリらは、動揺を見せる。蜂起者たちは、バリケードを築いた仲間の機械工アルベールの任命を要求する。他の労働者の方がもっとよく知られている状況の中で、なぜ彼なのか？　それはさして重要なことではない、とダニエル・ステルンは言う。

選ばれた人物は遺憾ながら凡庸であったが、臨時政府のメンバーに労働者を任命することは歴史的事件であり、その意義と性格を過小評価してはならない。この任命は労働者階級の未だ盲目的ではあるが、やがて確信を持ったものとなる解放の兆しであり、政治革命から社会革命への移行の時を示すものである。

この二月二十四日、ダニエル・ステルンもまた、貴族―民主主義者の陣営から戦闘的共和主義者の陣営に移ったのである。

この女性歴史家はルイ・ブランを登場させる。彼の名前がアルベールの名前と並ぶ。こうして人々が「歴史」の中に滑り込んで行く。

ラマルチーヌと対抗者たち

選挙によって共和国を承認させようとする人々と、直ちに宣言することを要求する人々が対立する中で、ラマルチーヌとクレミュウが最終的に臨時政府のメンバーを決定した。デュポン＝ド＝ルール、ラマルチーヌ、クレミュウ、アラゴ(フランス学士院)、ルドリュ＝ロラン、ガルニエ＝バジェス、マリであった。書記としてアルマン・マラスト(『ナショナル』紙編集長)、ルイ・ブラン、フロコン。アルベールの名が後で付け加えられた。

臨時政府は共和国の形態を選びとったが、共和国宣言のために人民の主権を期待した。信条として自由、平等、友愛。スローガンとして民衆、この政府はその構成員である市民の全ての階級により国家が形成されている、と考える。

ラマルチーヌは外務大臣に就任する。三月五日、ダグー伯爵夫人は外務省に出向くが、ラマルチーヌには会えなかった。七日、彼が訪問する旨を伝えて来る。八日、彼はすでにサロンに詰めかけている人々と顔を合わせる。

73) 私的な「備忘録」をもとに『共和主義者の手紙』を執筆し、『フランス通信』に発表。

二月二十八日、早くも賛同者がこぞって裏切っている、と彼女は記している。

ダニエル・ステルンは事件の推移を書き始める。(73) 三月十六日、プリュメ街のサロンで、『新イカリア』の主筆エチエンヌ・カベは、彼女がジョルジュとは対照的に政治的女性であると明言する。ラマルチーヌに対する彼女の影響力は、ロンショーを初めとする知人を外交官に任命させるほど大きなものであった。ラマルチーヌがラムネに出会うのも、プリュメ街（現在のウディノ街）のサロンでであった。

ラムネがマリーをあまりにゲーテ的な（つまり堂々とした）精神であると非難したと、『回想録』に記している。（彼の方は熱狂的で……あくまでもフランス的で、少々偏狭である。）かつて彼女が『自由についての試論』で離婚の必要性を論じた時、彼は激怒した。だが今や、彼女は共和主義運動の中心にいる。ラマルチーヌはラムネとの会談を望んでいた。マリーはこの反逆の神父の『憲法を制定する人民』の出版を援助した。この書の中で彼は、共産主義者たち〔マリーはカベ、プルードン、あるいはコンシデランの信奉者たちを一括してこう呼んだ〕およびルイ・ブランが、リュクサンブールに集められた労働者たちに対するきわめて大胆な反対運動を展開していた。

伯爵夫人は、数度にわたって外務大臣ラマルチーヌと、かつてリストから自分を引き離そうとした司祭とを晩餐に招く。

彼らはお互いに大いにご機嫌を取ろうとした。ラマルチーヌ氏はラムネ氏の節度や完璧な理性に有頂天になった、もしくは、有頂天になった振りをした。「世間では彼を盲目的な革命家だと見なしているが、もし私の一存できめられることであれば、外務省を彼に任せたいと思う……」とラマルチーヌ氏がある時、わたくしに言った。

とある夕べ、一弁護士がラマルチーヌの前でラムネの起草した憲法草案を朗読した。ラムネとしては共和派の著名人たちを一人残らず招きたかったであろうが、ラマルチーヌは内輪の集まりを好んだ。

大臣は、プリュメ街ではよくやるように、長椅子に横になっていた（つまり彼はサロンの女主と親交があったのだ）。ラムネが草案の朗読をさえぎって注釈を入れるのを、彼はくつろいで聞いた。

だがラムネは、ラマルチーヌばかりでなく、自身そのメンバーである憲法制定委員会をも説得できず、ほどなく辞職した。

この時期、兄のモーリス・ド・フラヴィニーと係争中であったマリーは、財産を失うことを心配していた。「わたくしはすっかり貧乏になって、わたくしの生活から完璧なものも、真実のものも悉く消えてしまう。」これは悲痛な叫びである。金のない人間は、優雅なパリでは重きをなすことができない。従姉妹のデルフィーヌとは対照的な暮らしをしているオルタンス・アラールの例は、確かに財産の多寡で名声に違いが生じることを伯爵夫人に教えた。だが、完璧、真実は人々を招待することにだけ帰するのであろうか？　影の女王は客をもてなさねばならぬ、これほど出費のかさむものが他にあるだろうか？　豪奢を好むウジェーヌ・シュウは、花代だけで、中産階級の一家庭の収入に匹敵する費用がかかると計算した……

74）国立図書館蔵

ベリーから戻って来たジョルジュは、矢継ぎ早に論文、公開書簡、演説文……を書く。ルドリュ＝ロランの演説は、大いに彼女のおかげをこうむっている。彼を演壇に押し上げ、内務大臣の書類入れをしっかり抱きしめている彼女の姿を、一葉の版画が描き出している。[74]

マリーは『フランス通信』（マラストの『ナショナル』紙より左寄りであり、サンドの『共和国公報』よりは右寄りであった）に寄稿し始める。五月二十五日号から十二月七日号までの『共和主義者の手紙』は、賞讃と尊敬とそして友情を勝ち得た。

だが、五月末以来、ラマルチーヌとの友情が冷めたように思われる。ラマルチーヌはデクスタン男爵から、無宗教で社会主義者の女性と余りに親密であることを世間が非難している、と告げられた。

マリーは、臨時政府の要員たちを間近に見、詳細に描写する。二月に文部大臣に就任したカルノ（及びこのサン＝シモン主義者の調停的な傾向）とは対照的に、マリーは、パンを要求する以上の熱意で民衆が切望している教育が、彼らに与えられることはないだろうといち早くみて取る。さらに「国立作業場」は、失業の救済手段とはならず、国家の経済を破綻させるものであることも理解した。

イポリット・カルノは、官吏養成の学校、教育を天職とする全ての人間のための「自由学院」、コレージュ・ド・フランスに婦人のための特別講座を開設しようとした。彼の師が集団による個人の扶養機構および国家間の連合を予告したと同様、すぐれたサン＝シモン主義者として、彼は一時的にせよ、国立行政学院の創設を発案したが、これは現在の「実験大学」が持つ様々な特質を凌駕するものであった。また、来るべき女性の高等教育を予測したと言えよう。彼はさらに、労働者のための夜間の授業を設け、公共図書館を開設した。

だが、サン＝ジュストやロベスピエールらと共に、公安委員会の学識豊かな重要なメンバーであったラザール・カルノの息子であり、初期の熱心なサン＝シモン主義者であるカルノは、その名前だけで聖職者及び大学にとって真の脅威であった。

ダニエル・ステルンは、生まれたばかりの共和国を陰謀がどれほど危険にさらすことになるか、はっきりと見ていた。

だが、彼女は公共事業大臣としてルイ・ブランを正当に評価する。彼は失業を解消するために設立された鳴り物入りの「国立作業場」を嘲弄の的にすることになった行き過ぎと欠点の責任を一人で負わされていた。

彼女はラマルチーヌの言葉を引用する。「作業場は、政府の中で反社会主義的見解を秘かに抱いている指導者たちに操作され、管理され、維持されていた(……)、世間で言われているようにルイ・ブラン氏に買収されているどころか、彼に敵対する立場の考えに着想を得ていた。」そしてマリーは、「私はリュクサンブールに反対していたし、ルイ・ブラン氏の勢力と公然と闘っていた」という作業場の責任者エミール・トマの言葉を伝えているが、ルイ・ブランは局外者であることをガルニエ＝パジェスも認めている。かくして、労働の組織化を意図したこの作業場は、『労働の組織』の著者に反対する形で指導・運営された。

ダニエル・ステルンは、仕事がなくとも給料が約束されているという餌におびき寄せられて、フランス各地からパリに殺到した失業者を描き出す。彼女はまた、二月の日々をまさに惹き起こした、集会と表現の自由から必然的に生まれたクラブを詳述する。

一八四八年四月二十三日、復活祭の日（この日はフランスにおける初めての普通選挙の日であった）、議会に送り込まれた代議士たちが凡庸であったとしても、クラブでは一般の人が自らの意見を表明した。そして、しばしば、婦人が発言した。

流行が生まれる。当時の版画に見られる青地の共和主義的な婦人服は体にぴったり合わせ、袖と胸を際立たせ、スカートにはギャザーが取ってある。白い小さな衿、フリジア帽と同色の茜色《あかね》の前掛け。つまり、社会主義者たちが強要しようとした赤旗に三色旗が打ち勝ったのだ。ラマルチーヌは、青・白・赤ではなく、一七九二年の第一共和政での青・赤・白に色彩配列を変えるよう提案しただけであった。ともかく、フランス共和国という語に三色旗は始まっている。

あちこちのクラブで、次のようなピエール・デュポンの唄が歌われた。

もう賤民も下層民もいない
誰も彼もが市民権を手に入れた
そして投票用紙に
自分の意志を書くことができる

あるいは、「インターナショナル」の作詩者となるウジェーヌ・ポティエの唄だった。

働くことで生きていけるのは
あたりまえの法則
だが法律を制定する人間は
この法則を忘れてばかりいる
大工であったイエスが
漁師を使徒として選び給うた
われわれの使徒が選ばれるのは
われらの工場でにちがいない

こうしたクラブは大いに流行した。一八四八年に蜂起した者の六十二パーセントが労働者であったにしても、今や、パリの社交界はそれまでの集いや快楽を取り戻すにはまだかなり動揺していたが、最初の茫然自失の時が過ぎると、気晴らしを渇望して家にとどまっていることができず、クラブからクラブを駆け回り……神経を刺激し、落胆から抜け出ようとした、とダニエル・ステルンは揶揄している。国立音楽院《コンセルヴァトゥール》でブランキは、『田園交響曲』や『レクイエム』の演奏をやめさせた。

ダグー伯爵夫人は勿論、この流行を書きとめることを忘れはしない。そして、身の程を心得ている作業服の男たちが、金持ち階級に懲罰の脅迫や罵詈雑言を叩きつけるのを耳にして茶化す。

ブランキの「中央協会」に対抗するものに、バルベスの「革命クラブ」があった。

マリーは、脱落の果てに自殺した司祭の息子であるバルベスに意図の純粋さや律義さ、純粋さ、誇りの高さを認め、こうした美点ゆえに才能の少なさに寛大であった。彼女の目には彼が宗教的な悲しさを秘め、殉教者の運命を背負っているように映じた。彼は自らの思想のために相当な財産を失い、九年に及ぶ歳月を牢獄で過ごした。頭は禿げ、青白い顔をし、動作は緩慢であったが、心をとらえる微笑を浮かべて、ラマルチーヌ氏に対して全幅の信頼を見せた。つまり彼のクラブは政府支持の立場を取った。

マレ地区ではラスパイユの「人民の友」が、ダニエル・ステルンの記述によれば、毎晩六千人の聴衆を集めていた。彼も、バルベスと同様、急進的な共産主義者ではあったが、移行を遂行するためにラマルチーヌを支持していた。ラスパイユは貧しい人々の医者であった。彼の新聞『人民の友』に書かれている内容にかかわらず、そして、おそらくはマラから取り戻した題名のために、彼が富める階級の根絶を目的としていると考えられた。そしてこの中傷が、彼を次第に政府に反対する態度を取らせることになった。

イカリア社会の実現を目指した共産主義者エチエンヌ・カベは、訴訟の後、長い間ロンドンに追放されていた（一八三四年から三九年にかけて、彼はこの地で協同組合の創始者ロバート・オーウェンの弟子となった）が、ダグー夫人に心を奪われたこともあった。この組織家は自分の着想を追い続けた。彼にとって政府の形態はどのようなものであろうと重要ではなく、目標はイカリア社会の建設であった。イカリア社会の信奉者たちは一八四八年、革命の勃発にもかかわらず、テキサスに向け出発した。カベは壁に、「イカリア社会の信奉者は、家族制度・財産制度を損なう意図は毛頭ない」と貼り紙をする。加えて彼は、与党を陰謀からしばしば守ったが、彼自身は与党に深い失望を味わっていた。

ヴィクトル・コンシデランとフーリエ主義信奉者たちは、厳しく監視されている激越なクラブに姿を見せた。つまり、「キャンベス・ヴァン盲人院クラブ」、「アルスナル・クラブ」、「ソルボンヌ・クラブ」、そしてパンテオンに近い「三月二日クラブ」である。

こうしたクラブにあってはいずれも、これまで一度として人前で発言したことのない人々が、宣言や希望や決意を述べるために立ち上がった。反対に、強い男たちは独裁的政府が必要だと考え、それを具現するためにルドリュ=ロランを選出していた。彼らのクラブ「権利と義務」は、「人権協会」となり（三万人という夢のような会員数が噂されたが、実際には設立者たち以外の加入者はいなかった）、三月二日、武力闘争をも辞さず闘い抜く、と誓い合った。こうした動きから、「クラブの中のクラブ」が結成され、諜報員たちを地方に派遣するための秘密資金をルドリュ=ロランが出した。四百人が一日あたり、五フランの支払いを受けたが、多数の下司官が過激主義の疑いのある兵士を彼らの長に告発する任を負っていた。他の者たちが補佐した、つまり、共和派の委員を監視、告発した。

「クラブの魅力は、新しさや弁説を好み、多少の醜聞さえ厭わないパリの住民にとって強烈なものであった」と、マリーはわずかに軽蔑を見せながら記している。彼女の軽蔑は彼らの行為を支援している無数の新聞や、紙名まで盗作する者たちにも向けられる。新聞は四ヶ月で二百にまで達し、臆面のなさや激しさを張り合った。ナポレオン信奉者たちは、宣伝活動ですでに民衆扇動策を使い始めていた。もっとも正統派も同様であったが。

四八年の革命以前、政府支援と考えられていた大新聞はそれまでの威信を失った。その中にあって、ジラルダン氏がますます精彩を放っている『プレス』紙だけが、世間の注目を集めることに成功した。先ず、共和国に賛同し、次いで、政府を攻撃する。この時期、マリーがエミールに呈する賛辞には悪意が満ちている。政府は怒りっぽい野心を巧みに操る術を知らなかったし、また操ろうともしなかった。

ダニエル・ステルンは、プルードンの『民衆の代表』紙が唯一の独創的新聞だと評しているが、この後に発行されるラムネの『憲法を制定する人民』紙を加えることができたであろう。選挙に出馬することも、街頭に姿を見せることもなかったが、この無政府主義者は民衆と深くまじり合った人々以上に強く世論を揺さぶった。プルードンは政府を攻撃するが、同時にあらゆる批判勢力をも非難する。気難しく、病的なまでに女嫌いの、この醜男が、ダグー伯爵夫人を不可解なほど魅惑した。いつの時代でも貴婦人たちが、大いなる反抗者や周囲のものを破壊する宿命を背負った悪魔に対して感じる眩惑であった。彼は、社会本能の自発性を阻害するあらゆる桎梏を破壊すること以外に革命の任務があるとは思っていなかった。もはや聖職者も軍隊も官吏も、所有権もない。いかなる形態の政府もなく、無政府状態である。それとなく知識を誇示する喜びを大切にするマリーは、この表現は一八四一年のJ-J・メの『人道主義』にあると記す。そして彼女は、プルードンのあからさまな方向転換を説明する。彼の一般的見解は、個々の場合に応じて無限に変化することをこの方向転換が実証し、民衆を苛立たせたのであった。

クラブや反対勢力を批判しながらも、ダニエル・ステルンは普通選挙で選出された人間の凡庸さ、並びに指導者たちの一貫性の無さを看破している。マリーは五月十日、議会を傍聴する。そしてこの日、ルイ・ブランが新しい行政府から追放された。彼はいつものまなざしと微笑を見せながら演壇に上がり、「労働・進歩省」を要求する。彼は戦闘が始まったことを知っていた。彼は攻撃する。

「私が今ここにこうしているのは民衆の力によってであり、また彼らの権利を擁護するためであります。」（あらゆる議席から怒号が上がる）

――この議場にいる者は、こぞって民衆のためであり、民衆を守るためだ。

――貴殿には民衆の愛情を独占する権利はないのだ！

『労働の組織』の著者に向かって、方々から叫びが上がった。

「議会は必ずや、労働の組織の重要な基礎をひとつ残らず作るでありましょう……」

ダニエル・ステルンは、プルードンを断罪しないと同様、ルイ・ブランをも終始弁護するが、反対に共産主義者たち、つまり生活共同体を提唱する社会主義者たちを、貧しい者たちの優しい心の中に苦汁を流しこむとして糾弾する。彼女は彼らの中に、サン＝バルテルミーの虐殺や異端審問を寛容の時代にあってやりかねない狂信者の姿を見ていたのだ。

2 共和主義の女性たちと、闘いの終り

『一八四八年革命史』は、女性の権利要求に対し理解を示してはいない。ブランキのクラブ「中央共和主義協会」に出入りすることは、生まれのよい人間にとってはちょっとした戦慄であった。

社交界のご婦人連が質素を通り越した服に身を包んで、油が極度に節約されたケンケ式ランプの薄暗い灯に守られてこっそり忍び込む。遠くから互いの顔を認め、すばやい合図で挨拶を交わす…作業着の人間が金持ちを脅かして楽しんでいる。甘美な恐怖……

ダニエル・ステルンは婦人たちのクラブにも言及する。「他の諸点と同様、この点についても四八年の革命は最初の革命の伝統を踏襲している。そしてジャン＝ジャックの思想をはるかに越えて、権利の完全平等を主張するコンドルセの思想に依拠している。」スタール夫人は、現状では女性は自然の秩序にも社会秩序の中にも存在していないと宣言し、女性を教育し、女性を擁護し、さらに女性に義務を課することで、ある程度の幸福を保証する立法者たちの誕生を予告していた。ダニエル・ステルンは――彼女一流の故意に言及しない手法からは予想できないことだが――

一七九二年の思い出の中で、オランプ・ド・グージュを評価している。この雄弁家は女性のための要求事項にほのめかしや曖昧さをことごとく取り除いた。大胆なまでに明確な政治的表現を与えた（これが『女性および女性市民の権利宣言』である）。マノン・ロランと同様、オランプは断頭台に上ることになったが、ロランほどの穏やかさを持たず、自由奔放に過ぎた彼女を、後世の歴史家が取り上げることは多くない。この点で、ダニエル・ステルンは先駆者の役割を果たしていると言えよう。彼女は最初の革命の女性たちを称賛する……行動する彼女たちの姿を実際に目にしていないからだ。彼女たちはロラン夫人やシャルロッテ・コルデーのように、コルネイユの血を受けたローマ女性といった古代風の表現が似合う、遠い、神話的存在であるからだ。マリーは無名の女たちが率いている市民連盟やクラブを称揚する。「彼女たちは思想の持つあらゆる偉大さ、行為の持つあらゆるヒロイズム、革命の熱狂が見せるあらゆる狂気の沙汰を分かち合ったのである。」

熱月《テルミドール》九日、大革命は修道誓願の永続性の廃止と財産の平等分配以外には如何なるものも認めず、女性を締めだした。離婚に関してはどうであったか？　庶民の階層の女性には離婚はほとんど関わりがなかったと、マリーは記している。いずれにせよ、離婚は廃止された。そして長い沈黙の期間の後で女性の権利が再び検討の対象になるには、サン＝シモンとフーリエ学派を待たねばならなかった。

だが、何人かの狂信者のために、サン＝シモンの提唱した真実が退廃に向かう。女性たちは動揺した。動物磁気説による催眠術が主要な役割を果たした儀式や祭儀によって高ぶった彼女たちの想像力が、理性や繊細な本能と対立したのである。これがプロスペル・アンファンタンの周囲で女性の信奉者たちが体験した事柄の要約である。

　このように女性の動きをたどって来た後で、歴史家マリーは、ジョルジュ・サンドの才能、つまり女性の登場人物の美化、社会および結婚生活における女性の苦悩の描写、見事な文体を称賛する。作品の持つ風変りな美しさと作者の型やぶりな生きざまに惹きつけられた、サン＝シモン主義を信奉する女性たちは、サンドの才能を自分たちのものにしようとした。(アンファンタンが「最高位」の女性になるようサンドに申し入れた、と言われていることに対する言及である。) だが、四八年のジョルジュの行動は、マリーには純粋に扇動者の行動と映じた。

　その他の女性たち、つまりサン＝シモン主義者、フーリエ主義者、また、キリスト者であるピエール・ルルウやイカリア社会を提唱するカベ等の共産主義の信奉者たちはどうであったのか？彼女たちは社会の信頼を得ようとするよりも、真向から慣習に反抗した。こうした女性の中に地方の小都市の市長になることを望んだ者もいたし、女性の選挙権を要求する者もいた。パリ市中の壁に、国民議会への立候補表明を貼りつけた女性さえいた。ダニエル・ステルンは、ポリーヌ・ロランの闘争仲間であったジャンヌ・ドロワンに思いを馳せたにちがいない。彼女たちは並外れた大胆さを見せた女性たちであった。

　フェミニズムの運動が新たな出発を見せるたびに、穏健派の女性たちは、過激な闘士が運動を危うくし、また物笑いの種にしてしまうと考える。かつて「才女たち《プレシューズ》」のおかげで、宮廷でも街でもご婦人たちが嘲笑の的となり、フランス革命時の「編物をする女たち《トリコトゥーズ》」は憤激を買った。二十世紀、六十年以降のネオ・フェミニズムについても状況は同様であろう。だが、過激派の女性たちはどの時代にあっても、少なくとも権利の問題を提起した。確かに声高に過ぎたであろう。だが、彼女たちの存在は決して忘れられることはない。

ダニエル・ステルンの無理解

急進派の女性たちの評価を下げるために、ダニエル・ステルンは、ボルムという名の言ってみれば狂人が組織した、いかがわしい暮らしぶりの女性たちの軍団ヴェジュヴィエンヌについて語る。

穏健な見解に与《くみ》しているように見せた後で、反対の見解を引き合いに出して否定させるのは、マリーの論法のひとつである。彼女自身の別の面を見せるためであろうか、それとも、偏見のない誠意を見せるためであろうか？　いずれにしても著者は不意に、方向を変える。

しかしながら、民衆は女性たちのこの抗議に異なった評価を下した。民衆は――それはよく理解できることだが――滑稽であることにさほど敏感ではない。民衆は熱意を嘲弄しない、熱意が犯す逸脱や失敗まで称賛する。民衆は生来の正直さと魂の率直さから、とりわけ女性の特性に大いなる敬意を抱いている。こうした点では、もっぱら文学的な教育が中産階級の中に培った嘲笑的な偏見には民衆は全く与《くみ》しないのだ。彼らはラテン文化の伝統が風俗の中に確立した女性の劣等性を知らないし、キリスト教神学が女性に下した判決については、一層無知である。民衆が知っていることといえば、ジャンヌ・ダルクがフランスを救ったということだけだ。民衆はラブレーの諷刺も、ラ・フォンテーヌの寓話も、ヴォルテールの屈辱的な詩も読んでいなかった、もっとも読んだとすれば憤慨して突き返したことであろう。活動的で頭が良くて真剣な女性の姿を至る所で目にしている労働者階級は、中産階級の嘲弄にもかかわらず――実際のところ、彼等にはどうしてもこの嘲弄が理解できなかったにちがいない――、彼ら自身のために求めているものを女性のためにも要求した。つまり、教育、節度ある労働、精神生活に必要な余暇である。この精神生活は孤立した存在を共通の生活の中で結びつけ、同じ国の住民を同一国家の市民とする社会的機能を持っている。

そしてマリーは一八四八年三月三日の請願を引用する。「市民よ！　多くの女性が絶望的な状況にいる。あなた方はこうした女性が貧困やふしだらな行為を余儀なくされ続けることをよもや望まれはしまい。良俗こそ共和国の力を作り出す。そして良俗を作り出すのは女性なのだから……」かなり長文のこの請願はフェミニストたちの手になるものだ。

この文章はフローラ・トリスタン（女性労働者にのしかかっている雇用者と夫という二重の圧制を描き出した）にも、シュザンヌ・ヴォワルカンの『民衆の女の思い出の記』にも見られない、理想主義―現実感覚の欠如を示している。この点ではダニエル・ステルンは、ユートピアを標榜する社会主義者たちからよりもウジェーヌ・シュウの影響を強く受けている。とはいえ、サン＝シモン主義並びにフーリエ主義の女性たちが団結して編集し、フローラ・トリスタンの思想を継承した『女性の声』は彼女を惹きつけたであろう。この全女性の利益を代弁する社会主義的・政治的日刊紙はとりわけ離婚を要求したが、これは、ジョルジュやフローラと同様、マリーが基本的権利として求めた事項の一であった。彼女たちは慎重である。「夫婦財産契約の不可侵性は、この契約の侵害や破棄が認められている国において一層確固としたものに思われる。誰のために離婚が要求されるのか？　うまく調和できなかった夫婦のためである。それ以外の者は何も怖れることはない。幸福がいかなる義務をも心よく果たさせよう。」

ウジェニー・ニボワィエの主宰する「女性の声協会」の中央委員会には、ジャンヌ・ドロワン、相変らず利害を離れた行動に熱中している有名なシュザンヌ・ヴォワルカン、さらに熱烈な社会主義者のデジレ・ヴェレ・ゲーの顔が見られた。彼女たちは工場に仕事のない女性労働者を集めることを考えた。こうすることで仲介なしに直接、顧客と交渉できよう。いってみれば協同組合的な機能を果たす。彼女たちは可能な限りの廉価で、両性の労働者たちが秩序と清潔の恩恵に浴するよう、国営の洗濯場や衣類整理室、食堂を設立しようとする。こうしたフーリエ主義の考えは四八年の革命の雰囲気の中では実現の第一歩を踏み出せたであろう。さらに、フローラ・トリスタンが『労働者階級の宮殿』で言及しているものだが、風紀を純化する策として、集会室や図書室での両性のための気晴らしを企画しようとする。

ケール広場に集まった洗濯女たちは、政府へ代表団として赴き、労働時間（十五時間、時に十七時間に及ぶ場合さえあった）の短縮と給料の増額を勝ち取った。なぜ、女性労働者たちは臨時政府に対する要求を表明するために、職業ごとに集会を持たなかったのであろうか？

こうした闘争する女性は、自分たちの要求に賛同してくれる著名人の声を求めていたが、ダニエル・ステルンは明らかに彼女たちにほとんど関心を寄せなかった。ジョルジュについて言えば、彼女たちは政治的平等の原則に陽の光を与えるために選挙への立候補を要請したが、ジョルジュは拒絶し、書簡で自分の立場を明らかにした。永遠のライバルであるジョルジュの動向を常に窺い、十分に情報を入手していたマリーは、おそらく彼女の見解を知っていたであろう。女性が結婚により夫の後見の下に置かれ、夫と従属関係にある以上、政治的自立を手にすることは全く不可能であり……、慣習や法律が確立したこの後見を破棄することは女性にはできない……はるか以前から、まさしく解放されている女性がこのような言葉を述べたことに驚かされる。

ジョルジュとマリーの、信条とは異質のエリート主義が二人の意に反して現われ出たと言えよう。もっともジョルジュは矛盾を見せながらも、夫婦財産契約は、一方の性の所有の権利を完全に破棄するものであるから、所有という神聖な権利に反しているとして告発する。

一方、ダニエル・ステルンは『共和主義者の手紙』の一篇で、逮捕され、投獄されながらも女性の大義を進展させようとした四八年の女性革命家たちに関心を寄せた。だが、彼女は奇妙にもこうした女性たちの能力を限定し、活動の場に限界を設ける。科学的諸問題の解決、社会的自由と平等の組織化は男性の能くするところであり、心情の神聖な仕事、敵対する階級間の和解は、女性の能力にふさわしい、そして彼女は男性に寛恕を求めるよう、母―妻―娘―姉妹に勧告する。発見―組織化―行政に対するに、母たること―女性同志の友愛―慈愛は、両性の役割の伝統的な分担である。階級の和解の夢は折悪しくも、大企業が飛躍的に発展し、目覚めた真剣な労働者の闘いが強まろうとする時期に出現した。だが、フーリエ主義者とカベ主義者はこの同じ時期に彼らの提唱する調和やイカリア社会を実現させることで、階級闘争を、阻止できると信じていなかっただろうか？

ポリーヌ・ロランとジャンヌ・ドロワン

女性たちは、すでにこうしたユートピア思想に反発していた。中でもジャンヌ・ドロワンがとりわけ反感を示し(75)、一八四八年八月、すでに『女性の意見』で、靴屋の組合、教師の組合といった種々の組合の友好的にして強固な連合を提唱している。

ジャンヌは、フローラやポリーヌ・ロランのように夢想的な人間ではなかったし、革命家でもなかった。二月革命が見せた荒々しさは、彼女の目には救援というよりも障害に映じ、彼女は改革の方を選んだ。

ポリーヌ・ロランの研究家エディト・トマは、ジャンヌの見解を要約して、「労働組合の連合は、国内の資本主義を徐々に征服し、最終的には新しい労働団体の前に屈伏させるべきである」と述べている。つまり、イギリスやスカンディナヴィア諸国の労働組合が後に取る方式である。エディト・トマは、こうした現実主義的な提言の持つユートピア的性格を指摘する。ジャンヌ・ドロワンは、資本主義体制の強制と力の機構、つまり裁判所と警察を考えずに期待したのだった。

一八四九年十月五日、連合は八十三の組合を集める。一八五〇年五月二十九日、代表者たちがジャンヌ・ドロワンの借りた部屋に集合した。警官がなだれ込む。女性九人、男性三十八人、全

75）E・トマ『ポリーヌ・ロラン、19世紀におけるフェミニズムと社会主義』(1956)

76）ギュスターヴ・ルフランセ『ある革命家の思い出』(1972)

員が逮捕された。[76] ほどなく、この集会に出席していなかったポリーヌ・ロランが取り調べを受けた。父親のいない三人の子どもたちから引き離されてサン＝ラザール監獄へ送られる前に、逃亡しない旨の宣誓をして仮釈放になった。起訴状では、彼女の共産主義―社会主義者思想が告発される。結婚せずに母親となった彼女は、夫の権威に妻の従属をゆだね、容認しがたい不平等を確立する結婚制度の敵である。教義に則ってではなく、道義からキリスト者である彼女にとって、キリストは一人の男性であって神ではない。彼女の宗教は、徹底的に社会主義の言葉に立脚していた。

確かにポリーヌが綴った信仰告白には、フローラ・トリスタンの思想が読み取れる。

この点では、どうしてこれらの女性が、サンドやステルンといったすでに時代の先端にいる女性たちより先行できたのであろうか？　女性の立場の不平等性だけでなく、単に生きて行くためにだけ闘うことを身をもって体験する必要があるのだろうか？

同じ訴訟で、もう一人の被告であるラヴァンチュール嬢ことラヴァンチュール夫人は、三重の母性で結婚制度に抗議する。

訴訟は一八五〇年十一月中旬に始まる。直ちにジャンヌ・ドロワンは宣言する、「お答えする前に、貴殿方がその名においてわたくしを裁こうとされている法律に抗議しなくてはなりません。それは男性の手によって作られた法律であり、わたくしは承認しておりません。」

社会主義とフェミニズムはここでも結びついている。だが、それでもポリーヌとジャンヌは、共同被告人の弁護士に連合の創設者としては振る舞わぬことを約束した。連合を単なるご婦人方の仕業に帰せしめぬためであり、また、政治的訴訟の重大さをそのことで軽減させぬためであった。

この時期、プルードンの女嫌いにもかかわらず、社会主義者と無政府主義者は相携えて闘っていた。ポリーヌ・ロランと彼は、コンシェルジュリで向かいあった独房にいたが、二人が顔を合わせるようなことはなかったにちがいない。ルイ十四世が建設させ、壁の厚さが三ピエに及ぶこの氷のように冷たい独房には漏斗状の目隠しが取り付けられ、囚人は向かいの壁さえ見ることが出来なかった。「わたくしの自我はもはや存在していない、獣だけがこの壁の中に住むことができる」と、ポリーヌは告白している。

サン=ラザール監獄に移送されたポリーヌとジャンヌは、娼婦たちのみだらな歌が聞こえて来る中でやっと生気を取りもどした。

やがてアルジェリアに流刑にされ、死ぬためにのみ故国に帰って来ることになるポリーヌ、追放先のロンドンで生涯を終えることになるジャンヌ。こうした闘う女性たちの存在をダニエル・ステルンは確かに知っていた。だが彼女たちについてほとんど書き残してはいない。

この当時、請願権でさえ女性には禁じられていた。獄中からのジャンヌの抗議は、議会で嘲笑の的となった。カンタン=ボシャールが公然とあざ笑う。一つは夫が署名し、もう一方には妻の署名があるなどといった、相反する請願があり得るだろうか？　そんなことになれば、子供たちの署名した三番目の請願がどうして提出されないことがあり得よう？　一八五一年六月二十三日の会議で、黒人のために闘って来たシェルシェと、やがてユダヤ人のために闘うクレミュウだけが、

77）同じ時期、G・サンドは、女性は政治的任務を果たし得るほどには未だ十分成熟していない、と主張している。

女性の大義を支持した、とエディト・トマは記している。

シェルシェはよくマリーのサロンを訪れた。彼女はこの日の会議を傍聴しただろうか？

両性の平等の意識がフェミニストたちの間でさえも十分に浸透していなかったし、また二十一世紀を目前にした現在にあっても同様の状況であるということ以外、ここに見て来た無理解について何といえばよいのであろうか？[77]

クラブ——ブランキ

一方、臨時政府の後を継いだ政府の中には、もはやルイ・ブランやアルベールの姿はなかった。この内閣は余りに激しい失望を惹き起こしたため、ポーランド解放のための開戦要求を口実に民衆は再びブルボン宮へ向かった。バルベスは請願書を提出しようとするクラブの代表者たちを入れるよう要求する。蜂起者たちは発言し、半月形の会議場が占拠された二時間は会議の中断と宣告され、ブランキの演説とともに『官報』に掲載された。

ブランキは先ず、ポーランドを国境地域で回復させるための介入を要求する（共和主義的インターナショナリズムが政府の行動原理の一部をなしていた）。次いでルーアンの労働者にたいして行われた血みどろの鎮圧について語る。この街では進歩的名簿に名を連ねた候補者は一人として選出されなかった。民衆はバリケードを築き、一斉に意思表示した。発砲の結果、数十人に及ぶ死傷者が出た。

ブランキが言葉を続ける。「……この街の牢獄には常に囚人が溢れているという事実を民衆は知っているのであります。そして彼らは牢獄が空になることを要求しているのであります。」「正義を！」の叫び声が彼の言葉に呼応する。

この少し前、ブランキの失脚を図った事件があった。つまり、一八三九年、彼が妻に陰謀の詳細を書き取らせ――妻が官憲に一切を白状したということだが――共謀者を裏切ったとして糾弾されたのだ。ブランキは逆襲した。ラスパイユが彼を弁護する。ダニエル・ステルンはこの事件を詳述した後で、ブランキ氏の人気がこのことで深刻な打撃を受けることはなかった、と結論する。彼女は幽閉者の姿を素描する。「彼の魅力の主な要因であった神秘的雰囲気を一層濃く漂わせ、ごく少数の腹心の友とだけ交渉を持った……彼らは指導者の踏みにじられた名誉の挽回に燃えた。七十年のその生涯の中、数え合わせると四十年近くを獄中で過ごしたこの男は少数の先鋭分子の直接行動を信じていた――これが彼の全理論であった。これら先鋭的な闘士たちは時期が到来すれば、気力に欠け、長期間の戦闘状態で緊張を持続することができないと彼の目には映じている大衆をも導く力を持っていよう。この「ブランキ主義」が大きな民衆運動で初めて機能するのをダニエル・ステルンは目のあたりにしたが、これはこの後、非常に長い間、フランス労働運動を導くことになる。一世紀後、共産主義の指導者たちは互いにブランキ主義の逸脱を非難し合うことになろう。

ブランキ主義者たちが打倒を目ざしている人物は、信奉者たちをもますます失望させていた。だがこの男ラマルチーヌは、相変らず優柔不断そのものであり、地位に恋々とし、やせて、猫背で、

78）M・アギュロン『48年の革命家達』（「アルシーヴ」叢書）

不眠症で、それでなお、不滅であった。連日のように、過激派による誘拐が彼に予告されていた。四月十五日朝、みすぼらしいなりをし、ひどく暗い顔つきをし、二、三人の見知らぬ者を従えた男が来訪を告げるように求め、ブランキと名乗った。ラマルチーヌはその男を通し、二人きりで会った。

その夜、マリーの許でおそらくは食事をとりながら、ラマルチーヌは「印象は悪いものではなかった」と言明した。ブランキはとげとげしくなってはいたが、邪悪ではなかった。心は深く傷ついていたが、なお強靱であった。ブランキは人間としてもまた市民としても、彼が呼び起こす熱狂と献身に値しない男ではなかった。

一八四八年六月の絶望の日々――キャヴェニャック

陰謀が増加する。失望、野心、汚職。民衆の代表者たちの理想や熱情までもが利用される。クラブの支持者たちが、今や強い人間が必要だと考え始める。失業者たち、国立作業場の閉鎖で資産のないまま見離された労働者たちが同じ言葉を呟き始める。

不穏なスローガンが流れる。「革命をやり直す」という標語が、腹から出る叫び、「パンを与えよ！」を十分に説明している。

パンテオン広場の区役所建設現場に雇われた石工のモーリス・ナドーが、共和国の行なった事業中で最も非難の集中した国立作業場について書いている。(78) ここでは土工と装身具細工師が顔を合わせたのだ。「毎晩、ここに集まった食うや食わずの人間に賃金の支払いをする。何という混乱！何という喧騒！」抗議の叫びが生まれたばかりの共和国に向けられる。ナドーも同様に絶望する。「お前は共和国をあれほど望んでいた。その共和国が作ったお前たち労働者の境遇がこれだ。」だが、彼は言葉を続ける。「民衆のあらゆる敵がまだ厳然と存在していることはわかっていた。」ナポレオン信奉者が仲間を徴募するのは、これら失望した労働者たちからであることも彼は知っていた。

こうして、六月二十三日、絶望と幻滅のバリケード、そして、余りに大きな期待をかけ、余りに愛し、挙げ句にわれわれを裏切った（と、貧しい者が考えた）共和国に対する復讐のバリケードが築き上げられた。

六月四、五日実施された補欠選挙の結果、議会に選出された中にヴィクトル・ユゴー、チエール、プルードン、ピエール・ルルウがいた。だがとりわけ――三つの県で選ばれた――ルイ・ナポレオン・ボナパルトがいた。

六月十五日、議員になったばかりの社会主義者ピエール・ルルウが発言した。ジョルジュ・サンドの一時的な思想上の師であり、ポリーヌ・ロランにとっては実質的な師である彼は、ダニエル・ステルンの気に入るはずはなかった。だが、彼は彼女に強烈な印象を与えた。まなざしに見られる微妙な炎、肉感的な唇、中年の男らしいがっしりした肩幅は、彼に享楽主義的な、それでいて田舎風の美しさを与えていた。彼の教養は彼女の心をとらえた。彼の思想は政府をおびえさせるものであった。彼はアルジェリアについて話す。フランスは植民地にする必要がある、新しい、文明を求めている民衆を自分の胸から外へ出してやる必要があると、この社会主義者は説明する。彼は右を向く。傍聴席のダニエル・ステルンは、ラマルチーヌと共に身を震わせる。「キリスト教が新しい一歩を踏み出すことをあなた方がお望みにならないのであれば、つまり、人類の提携をお望みでないのであれば、あなた方は古い文明が怖ろしい断末魔の苦しみの中で死を迎えるにまかせておられるのであります。」

次にルルウは、恒常的な貧困の統計を読み上げるが、マリーは幸いなことに、これはきわめて誇張された数字と考える（彼は、三千五百万人のフランス人の中に八百万人の乞食・貧窮者を数え、加えて賃金の保証されていない労働者が四百万人いるとした。）「社会主義による解決策をご検討頂きたい。」現在の共和国は、いわば民衆が望んでいる共和国の母である、と彼は言う。「政府が社会主義を試してみることを拒絶するのであれば、新しい共和国は自らの母を殺すことになりましょう。」

ダニエル・ステルンが記しているところでは、六月の日々の後で、プルードンはキャヴェニャックに向かって、「君は母親を救うために子どもを殺してしまった」という言葉を投げつけたという。

ともかく、ピエール・ルルウの演説は激しい恐怖を引き起こした。だが、やがて反動を組織するモンタランベールとファルゥは握手を求めてやって来る。

ダニエル・ステルンによれば、その時、悲劇的な誤解が生じた。激しい反共産主義者である大蔵大臣グショーが、国立作業場の制限を要求した。かつてルイ・ブランが怒号の中で提案したこと、つまり労働の組織を提案する。彼は無償教育、最も貧しい階級のための税金の軽減、仕事を助成するあらゆる法律の改正を提案する。この左派の演説を締めくくるにあたって、彼は右派の目にはそれまでの全てを償う結論を付け加える。彼は国立作業場の撤廃を提案したのだ。

六月十八日、「市民グショーに告ぐ」という見出しの貼り紙がパリの街に溢れた。「……国立作業場を組織化し、教育し、モラルを高めて頂きたい。どうか消滅させないで頂きたい。」別の声明文が労働者に呼びかける。「現在のフランスにあっては、民主的にして社会主義的な共和国以外に可能なものは存在しないのである。」

六月二十三日金曜日、市役所からバスチーユまでの古い小路に十四、サン=タントワーヌ街からトローヌ広場までに二十九のバリケードが築かれた。こうした界隈にはまだ大通りはなかった。ストラスブール、セバストポール、マジャンタ、サン=ミシェルの各大通りはいずれもオスマン男爵の事業である。ラ・シャペル村は五千人の労働者を数え、その多くが社会主義者であった[79]。多数の組立工、冶金工、荷車引き、ブロンズ鋳造師（この中の何人かは、一八六五年、第一次国際労働者同盟《インターナショナル》の創始者となる）が居住した。シテ島では港湾労働者やオルレアン鉄道の工事現場で働く労働者たちが蜂起した。

キャヴェニャック将軍が、金曜日の夕刻、行動を開始する。

土曜日、サン=ドニ街からヴォージュ広場まで（近くの市役所では議会の占拠が心配された）、さらに、砲弾を浴びたサン=ジェルヴェ教会からサン=テチエンヌ=デュ=モンまで、至る所で流血を見た。今や銃だけではなく大砲まで使用されていた。

79）こうした詳細な点はG・デュヴォ、前掲書による。

聖体の祝日である六月二十五日の日曜日、一日中、バリケードを築いた人間同士が闘った。だが総指揮を取っていたキャヴェニャックには、勝利をおさめることがわかっていた。

将軍ネグリエが弾丸を受けて倒れた。「一兵士の手にかかって私は死んで行く。」デュヴォの記述によれば、アフル猊下の腰に命中したのは一警官の弾丸であった。パリ大司教は二月革命の時のように仲介者の役目を果たそうとしたのだ。一方、ブレア将軍は待ち伏せしていた一群の反徒に殺される。ラ・ヴィレットからバスチーユまでのバリケードが、最後に陥落する。

ダニエル・ステルンは、六月の絶望の兵士たちに最も美しい賛辞を献げる。信頼しきった労働者たちは働く権利を要求するためにやって来た。だが、彼らが耳にしたものは何であったのか？　彼らと対等の立場で議論した人間が、彼らに兵士になるよう、さもなければ、「自らが選んだものでなく、自分たちに不向きの不健康な仕事で、最低生活さえ保証できないようなわずかな賃金」を稼ぐよう厳命した。こうした様々の前代未聞の事実を簡潔に記述し、二月二十三日と六月二十二日を比較するだけで長々しい考察は不要であろう……あれほどまでに心が寛く、優しさと叡知にみちていることを示したばかりのパリの民衆が、今や猛り狂って野蛮な乱闘に身を投じ、理性の上に打ち立てようとした自由を血の中に溺れさせ、もう一度生命を吹き込むと信じていた共和国に致命的な打撃を与えてしまったのだ。

ラマルチーヌの最後

二十世紀の終末にあって一八四八年を語ることは、寛大な心を持ち微笑を浮かべながら、ロマン派の時代遅れの人々――彼らの勿体ぶった様子、大仰な美辞麗句、非現実的な希望を思い起こすことであろう。

一七八九年あるいは一七九三年の予言者や当事者たちのことを「八九年の革命家《キャトル・ヴァン・ヌヴァール》」、「九三年の革命家《キャトル・ヴァン・トゥレザール》」と呼びはしないが、ラマルチーヌ、ブランキ、ダニエル・ステルン、ルイ・ブラン、ヴィクトル・コンシデラン、ラムネの革命に対しては、少々軽蔑をこめて「二月革命荷担者《キャラント・ユイタール》」と呼ぶ。そして百二十年後の一九六八年、立ち上がった学生たちに同様の呼称「五月革命参加者《ソワサント・ユイタール》」が用いられることに注目しよう。彼らは民主主義者であり、同時に社会主義者であった。他の革命や戦争で殺戮された何百万人という人々は、この二つの語は演説と夢の中でしか結びつき得ないことをわれわれに教えてくれよう。行動においてはどうか？　重大な運動の初期には確かに両者は結びついている。だが、たちまち亀裂が生じる。社会主義者は貧困を根絶すると自負し、民主主義者は自由を守ると吹聴する。

二月の革命家たちは自由の名のもとに行動していると叫びながらも、六月の反徒を鎮圧した。だがその時、街で繰り広げられる暴動に対して、また、満たすことが不可能だと思われる要求に対して、後に彼らのひ孫のそのまた子どもたちが持つであろう視点と同一の視点をどうして持ち得たであろう？　現代のわれわれの世界観を振りかざして一八四八年の革命当事者たち、あるいは証人の誰をも裁くことはできない。今日の改良主義者、革命家、あるいはフェミニストたちと比較することで、ラマルチーヌもルイ・ブランも、さらにまたマリー・ダグーも理解することは不可能である。同じ時代に生きた人間の間でだけ彼らを評価し、格づけすることができる。

臨時政府の十一人のメンバーの中で九人が中産階級出身であり、そのほとんどが弁護士やジャーナリストであった。貴族であるラマルチーヌと労働者のアルベールが輪を作った。ルイ＝フィリップに反対する七人の代議士がいた。被選挙資格を有している以上、彼らの職はある程度の資産を証明していた。だが財産の程度は必ずしも思想に相応しているわけではない。ルドリュ＝ロランは金持ちではあったが、生涯、革命に忠実であるし、非常に貧しかったアルマン・マラストは、赤色を大量の水で薄めよう。

民主党は、マリー・ダグーが好んでサロンに迎え入れた知的中産階級の中から、積極的に党員を募った。

民衆は「作業服」と名づけられたが、社会階層の違いが一瞥して明白になることを呼び名が示している。

一八四八年六月の逮捕者中、労働者は七、二八三人にのぼり、投獄者の六十二・七パーセントに当たった（その半数近くが建築、被服、冶金、家具製造に従事していた）。中産階級に属する逮捕者（小売店主、勤め人、芸術家、自由業、学生）は二、〇三八人と算定される。つまり十七・五パーセントである。九・一パーセントはルンペン・プロレタリアートや警官、時に兵士でさえあった。しかしながら、六月の暴動を鎮圧したのは軍隊、国民軍、及び機動憲兵隊であり、機動憲兵隊は、マルクス主義的階級闘争に好都合なように、ルンペン・プロレタリアートから徴募されたといわれてはいるが、明らかに庶民階層に属していた。

歴史家モーリス・アギュロンは、一九七四年にピエール・カスパールの行なった古文書研究[80]に立脚して、機動憲兵隊は盗賊団からは徴募されなかった、二月以来、大部分は労働者たちから補充されたことを明らかにしている。したがって街頭で対立したのは、大半において職人、労働者階級のメンバーであった。

機動憲兵隊は、おそらくは親方の苛酷に過ぎる搾取を逃れるために志願したのであろう。彼らは仲間たちとの連帯感を持つには若すぎた。彼らは徒弟として親方に仕えたが、苛酷に扱われることもしばしばであった。多くの者が村や町の出身者であった。大都会で得られる労働者としての連帯感が彼らには欠けていた。機動憲兵隊のこうした若い兵士たちは、共和国政府から徴募され、金を払われ、教育を授けられ、宿営させられていると感じ、したがって、反徒から共和国を防衛すると信じていたにちがいない。モーリス・アギュロンはこうした少年たちの定義を極端だとして拒否する。「われわれのそれぞれの中で昨今、理想からの動機と利益からの動機がどのように結びつくであろうか?」

誰もがピエール・デュポンの「兵士の歌」を歌った。

80）『48年の革命家達』（前掲）
P・カスパール、『ルヴュ・イストリック』誌（1974年7月－9月号）

民衆はわれわれの兄弟なり
圧制者は宿敵なり

ダニエル・ステルンは、機動憲兵隊の少年たちが見せる勇気に驚くほどの熱狂的賛辞を送る。
一斉射撃の音、弾丸の風を切る音は彼らを喜ばせる新しい遊びなのだ。硝煙や火薬の匂いが彼らを刺激する……ひとたび身を投じるや、もはやどんな命令も彼らを引き留めることはできない。競争心が彼らを押しやり、死の危険にひるむことさえしない。戦士の血みどろの手から銃をもぎ取り、裸の胸で騎兵銃を構え、ぴくぴく動いている肉に銃剣のきっ先を突き立て、死体を蹴り、先を争ってバリケードの頂上に立つ……自らの血が流れるのを笑いながら見つめ、旗を奪い、頭上高く振り動かして敵の弾丸に挑む。こうしたことはパリのひ弱ではあるがヒロイズムを好む少年たちにとって、未だかつて経験したことのない興奮であり、彼らは我を忘れた。

優しいマリー、十枚の羽根ぶとんの下にあるたった一粒の豆さえも感じ取る繊細なアラベル王妃が、突如として戦争の恐怖を貪欲に描写する語り手に変貌した。辛辣な批判を下すことも忘れはしない。たとえば、機動憲兵隊が反乱側に移っていれば、勝利もまた憲兵隊と共に移行したであろうに、と記す。

一八四八年八月、ユゴーは日記に書きつける。「二月はフランスの上に共和国の層を被せたが、昔の社会が早くもその下から顔を見せている。もう一度、被せることが必要であろう。革命に加えるに一つ半の革命……」　だが二番目の層が置かれることはない。皇帝《プランス》＝大統領《プレジダン》がすでに姿を見せている。

ダニエル・ステルンはバリケードを築き、機動憲兵隊となった民衆の悲劇的な姿を描き出す。

ボンヌ＝ヌヴェル大通りとサン＝ドニ街の角で蜂起者が接近戦を繰り広げ、国民軍の第二連隊に対しすさまじい射撃を開始した。六月二十三日金曜日であった。

　ひっくり返った馬車の上に突っ立ち、旗を手にして戦闘を指揮していた蜂起者の長が致命傷を負った。闘いは終ったと思われた。だが、旗が指導者の手から滑り落ちる瞬間、その時まで人目につかずにいた一人の少女が旗を摑んだ。少女はそれを頭上高く揚げ、まるで取りつかれたように振った。髪をふり乱し、腕をむき出しにして、鮮やかな色の服を着た少女は死神に挑んでいるように見えた。この光景に国民軍は発砲するのをためらい、少女に引き下がるよう叫ぶ。少女は身ぶりと声で攻撃者を挑発する。発砲。少女はよろめき、そして崩れ落ちる。不意に一人の女が少女の傍らにかけ寄り、片手で仲間の血にまみれた死体を抱え、もう一方の手で攻撃者たちに向けて石を投げ始めた。もう一発、砲撃が鳴り響く。抱きしめていた死体の上に今度はこの女が倒れ落ちる。

国民軍にいた外科医が駆け寄り、二人の死を確認し、同志のもとへ戻る。

この描写は、マリーのいつもながらの絵画的、演劇的感覚の冴えと、血に染まったヒロイズムや死の情景の恐ろしいほどの崇高さに対するロマン主義的趣味を見せている。彼女はこの光景を目撃したのであろうか？　それとも周囲の人間がさまざまに語るのを耳にしただけであろうか？

＊漫画家、作家、俳優のアンリ・モニエが、画筆、文筆、演技の三方から創造した人物ジョゼフ・プリュドムのこと。もったいぶった話しぶりをする俗悪愚昧な十九世紀ブルジョワの典型。

ヴィクトル・ユゴーが『目にした事々』で同じ挿話を語り……才能と天分の間にどれほどの差異があるかをまざまざと見せている。サン=ドニ門のバリケードの上で、第一、第二連隊の国民軍兵士が相次いで二人の女に発砲した。

若く、美しい女が髪をふり乱し、怖ろしい顔つきになり、腹が見えるほどスカートをまくり上げて、叫んだ、「卑怯者たち！　できるものなら女の腹に発砲するがいい！」彼らは撃ち、女は斃れた。もう一人はもっと美しく、十七歳になるかならぬかに見えたが、同じしぐさ、同じ叫びを繰り返した。そして国民軍はまたも発砲した。二人ともレースのネッカチーフをつけ、旗を手にしていた。二人とも娼婦であった。

ユゴーは目撃者であったのだろうか？　彼の目にした事々はしばしば耳にした事々である。社会主義についての民衆の代表者たる彼の意見に関する限り、その天分も陳腐さの前に姿を消しているかに見える。彼の見解は、シェークスピアよりもプリュドム氏*に由来している。「多くの社会主義が存在するのではなく……あるのはわずかに二つだけだ。本能的活動を政府に置き換えようとし、全ての者に充足を与えるという口実の下に各人から自由を取り上げる社会主義がある。司祭も……神もいない修道院である。」社会を破壊する社会主義に、ユートピア思想に心酔したユゴーは、「貧困、無知、売春、税制、法律による復讐、権利や本性に矛盾するさまざまな不公平、解消できぬ結婚制度や撤回できぬ刑罰など、あらゆる束縛、軛を廃止する社会主義」を対立させる。「この社会主義は社会を破壊するのではなく、変貌させるのだ。」……だが、それを実現するための方策については彼は何も言わない。

この時代の主だった天才が、これほどまでに現実のはるか上空を飛翔している以上、四八年の革命家や彼らが犯した誤謬をどのように裁けばよいのであろう？

ダニエル・ステルンは稀に見る明晰さを持った時代の証人である。ユゴーと同じく彼女は、二月革命に力の時を見る。そして六月に暴力の時を見る。

囚人、ジラルダン

リストとの愛の後でマリーがおそらく愛したに違いないただ一人の男性は、一八四八年の革命の日々をいかにも彼らしく激しく劇的に生きた。一八四〇年に彼が伯爵夫人と作った関係は、プラトニックなものであれ、否であれ、この重大な日々の間、改善されはしなかった。

一八四八年三月から五月にかけて、ジラルダンは、ルドリュ＝ロランならびに、各省で彼が指名した無経験で、軽率で、信用を失墜した（前科者や殺人者までいた）男たちの無能力を暴露し続けた。

したがって毎日、『プレス』紙は「抵抗せよ！」と叫ぶ。エミールが「買収された群」ときめつけた群衆は、新聞社の前に群がり、死の怒号を上げる。

彼の昔の友人アルマン・マラストはパリ市長であった。彼が一八三三年、『トリビューヌ』紙の主筆だった時、彼を執拗に攻撃する人間に向けて書いたことがあった。「これがわずか一紙に対する非難攻撃であれば、子どもじみたことであり、新聞界に対する攻撃であれば、勝利を得ること

81）この挿話は、1848年８月に出版されたエミール・ド・ジラルダンの『あるジャーナリストの日記』から取った。

は決してありますまい。」

エミールはこのことを彼に思い出させる。エミールは逮捕が近いという情報を得る。だが、敵をいささかも恐れていない時には、彼らを警戒する気には容易になれないものだ！

彼を逮捕に来る警官を力づくで阻止しようと社員が申し出る。「国家の災禍に個人的な抵抗騒ぎを加えるようなことは断じてしたくなかった！」[81]

彼は、非常に礼儀正しい警察署長に従った。警視庁で警視総監に会見を求め、権力が軍事局に譲渡されていると知らされる。エミールはデルフィーヌに手紙を出すが、彼女は面会許可を得られない。彼はコンシェルジュリに、しかも独房にいる。このことを彼女に伝えた彼は、驚きの言葉が全くない彼女の反応に満足する。彼は自分が実際、すぐれた人間だと感じていると天真爛漫に告白する。

六月二十五日の彼の論説は、『ナショナル』紙（パリ市長マラストの新聞）が専制君主的流儀で振舞っていると非難する。これはかつて七月王政期、彼があばき出したやり方と全く変っていない。

四日目、『法の精神』がエミールに渡される。五日目、他の勾留者たちと共に中庭を散歩することが許された。彼はキャヴェニャックに書く。キャヴェニャックはその返書で、「軽率な出版が、共和国、国家、ヨーロッパ社会全体を危うくすることでしょう」と警告する。次いで将軍は歴史に残ることになる名句を記す、「こうした残酷な騒ぎのために望みもしなかった高みに図らずも上《のぼ》りましたが、とどまっていたいとも望まないこの高みでは情熱を持つことができません。したがって貴殿が私を怖れる必要は全くないのであります。国家の裁判が貴殿になすことを尊重して頂きたいのであります。行政権の長たる将軍キャヴェニャック」。だが、検事総長がジャーナリストに、戒厳令で法廷の職務が解除されたことを告げる。

国家の囚人は書簡に次ぐ書簡を送り、見知らぬ人々から好意ある証言を受け取る。彼は監獄を調査し、一八四八年三月に自らが発表した刑罰制度批判の確認をつかみ、改革の草案を作成する。監獄は囚人を威嚇せず、共犯の絆を固めるのに役立っており、囚人を鎮圧せずに、堕落させている事実を彼は身をもって体験する。ジラルダンの提唱する制度は警察力に基盤を置く。「内戦による国家騒擾罪、武力の不法使用、公の破壊と掠奪は死刑。但し、政治事項での死刑廃止。法律によって定める流刑地は存在せず……」すぐに法律は改正されよう。ポリーヌ・ロランはアルジェリアに流刑となり、一世代後、パリ・コミューンでの叛徒はカイエンヌに送られる。ジラルダンは前科者と惑わされた叛徒との区別を考え、後者のために赦免を要求する（ダニエル・ステルンはこの恩赦を闘いのスローガンとして女性たちに提言する。）

ジラルダンの独房生活は十日で解かれ、ほどなく釈放されたが、この後、キャヴェニャック、ラマルチーヌら共和国関係者はこぞって日常的制裁にさらされることになる。

ジラルダンは大臣の地位を期待して、いちはやくボナパルト支持を打ち出す。だが大臣の職を手にすることはないだろう。かつて信頼と新聞を提供し、ダニエル・ステルンに仕立て上げた女性との友情が復活するのは、ずっと後になってのことである。

共和主義の最後の輝き

マリーはラムネと再会する。今や彼はプルードンを激しく攻撃している。社会主義者たちを仲間割れさせた悪魔、キャヴェニャックに味方した裏切り者でなくて何であろう？　要するに、七ヶ月前、伯爵夫人のサロンでラマルチーヌを前にしてこの男に呈した賛辞が呪いの言葉に変ったのだ。ラスパイユもまた呪いを浴びせられる。マリーはこの豹変をからかう。リストとの愛が始まって以来、フェリ氏ことラムネは彼女の生涯にあって怖ろしい、得体の知れない存在であったが、今やその実像が彼女の目に見え始めていた、彼女はもはや彼を悲劇的存在とは考えなくなった。

この時期のマリーの日記には幻滅や皮肉が見られないわけではないが、文章は軽やかである。ジョルジュは中傷され、加えて、革命中、動揺を見せたことでパリで疎んぜられてはいたものの、相変らず人の心を惹きつける存在であった。このサンドのかつて友人であり、今では頭脳的革命家となった教養豊かな労働者ピエール・ヴァンサールをマリーはどれほどの喜びで迎え入れたことか。彼の新聞『ラ・リュシュ・ポピュレール（民衆の巣箱）』は、かつてフローラ・トリスタンの『労働者同盟』の掲載を拒否した。彼は成熟し、今では大きな目と疲れた表情が目立っていた。ルイ・ブランとの確執が彼を辛辣な人間に変えていた。職人—労働者の彼には、全ての労働者の給料の平等を提唱するルイ・ブランが滑稽であった。確かにその方式は未熟練労働者には好都合であろう。だが、真の職人にはどうしても受け入れるわけにはいかない。彼らが赤旗、つまり知的社会主義者の思想を望まぬと同じことだ。労働の組織化だって？　それは単なる理想だ。加えてルイ・ブランには大衆に受ける扇動家として不可欠な体力と精神力が欠けていた。ラマルチーヌはどうか？　彼はかつて便乗者たちの人質であった。彼は、ジョルジュの『フランス遍歴の仲間』よりダニエル・ステルンの著作（『道徳概論』）を好み、ジョルジュその人をも中傷する。

　マリーはマルスリーヌ・デボルド＝ヴァルモールをも迎える。マルスリーヌは「四八年の革命家」の一人である貧者ラスパイユ博士に敬服している。彼は、毎日五百人の患者を無料で診察する。講演を予定していたある夕べ、彼が目にしたのは、聴衆ではなく極上の晩餐に招待された会食者たちであった。ラスパイユはそこに自分の共和主義者としての徳を汚すための罠を見、「私は乾杯しながら話はしないのです。失礼します」と、鋭い口調で言うや、立ち去った。この革命家をマリーは、ポンサールの言葉を信用して、ねずみのように意気地なしだと判断した。

　全てが失われてしまう前から、ラマルチーヌはマリーを失望させていた。一八四八年十二月二十四日、プリュメ街のサロンで彼は彼女の前に坐っていた。年老い、痩せ、気力を失っていた。革命の情勢が変化した五月十五日について彼は言う、「私が陰謀を企てたですって？　避雷針が雷に対して企むように！」マリーは日記（未発表）に記す。

「わたくしの花のことで会話が始まった。鳥好きの婦人の話。それからわたくしの歴史（つまりダニエル・ステルンがすでに書き始めていた『一八四八年革命史』）のこと。彼の方も歴史を書いている。二十四日の会議について、「あなたの許し難い罪ですわ」とわたくしは彼に言った。このことから話題が政治に移った。

「『プレス』紙は、あなたがキャヴェニャックやデュフォールと共に副大統領に推薦されると伝えていますわ。」

「私には何も申し出がありませんし、また申し出がないことを望んでおりますよ。今朝もマラストに言ったのです、『私に何か申し出がなされることのないよう、どうかご尽力下さい。だが……』」

この……には何という雄弁がこめられていることか、とマリーは付言しながら、詩人の言葉を続ける。

「……愛国心から私は受け入れるでしょうし、またそうしなければなりますまい。共和国を監視するために前線の歩哨となりましょう。」

わたくしは彼が承諾することに反対した。彼は固執する。彼が死ぬほど政権の座に復帰したがっていることは、わたくしには明らかだった。

だが、彼自身十分に感じていることだが、彼は田園監視員になる方がよいのだ。南フランスに家を買うべきなのだ。

ラマルチーヌは彼女が三ヶ月の間、ラムネに素晴らしい影響を及ぼしたとほめそやす。彼の方はデルフィーヌ・ド・ジラルダンに影響されていると、彼女は思う。

マリーは決然として共和主義者、国際主義者になった。それは、フランツ・リストとの愛の始まりに彼の意見を聞くことに端を発した長い過程であった。それはまた、もっと心の奥深くにある彼女自身の国際性の感情であった。母がドイツ人でありプロテスタントであるという事実が、常にマリーに盲目的な愛国心を感じさせなかった（娘のコジマ・ヴァーグナーが一八七〇年の敗北の後、フランス、否定している母を絆として結びついているフランスを侮辱した日が、生涯にただ一度の例外であった）。

きわめて誠実な共和主義者でありながら、ダニエル・ステルンにはキャヴェニャック将軍が共和国にとって脅威であることが理解できなかった。

彼女は敗北への歩みを悲し気に語る。ルドリュ＝ロランの大統領選挙への立候補は、急進派と社会主義者を結びつけた。改革宴会運動が再会され、おぞましい資本家に反対して乾杯した。だがこの立候補は、社会主義者と左派中産階級を結集するどころか分裂させた。社会主義者はラスパイユに期待し、プルードンに後押しされた極左は棄権を決定した。したがって、キャヴェニャックに立ちふさがる立候補者は、ただ一人ルイ・ナポレオン・ボナパルトであった。この男は持っているものは名前だけであった……だがこの名前が、国家の上にどれほど巨大な重さでのしかかっているか、すでに人々には分かっていた。かくしてマリーは、中産階級がキャヴェニャックの政治的誠意、徳性、また公安機動隊のために彼が行なった絶大な貢献を認めることに得心する。

法王ピオ九世は、フランス共和国に援助を求めるふりをした後で突然、ナポリ王と同盟を結び、キャヴェニャックを笑い者にした。エミール・ド・ジラルダンは、キャヴェニャックが反乱を鎮圧することで穏健派の信頼をかち得ようと、一八四八年六月の反乱を自ら惹き起こしたとして責め立てる。議会はキャヴェニャック将軍が国家のために十分に尽くしたと明言した。だが地方の決意ははっきりしていた。フランスの深層部はボナパルトを望んでいるのだ。

＊ナポレオン三世の綽名。アム監獄脱獄の時、バダンゲという名の石工から服を借りたことに由来。

一八四八年十二月十日、七三二万六、三三四五票のうち、ナポレオンの甥は五四三万四、二二六票を獲得した。

ダニエル・ステルンは道徳的教訓を披瀝する。「支配階級は無教養な大衆を自分たちの高みにまで引き上げるという啓蒙の任務を果たさなかったために、もはや隆盛の途を辿らないことを知るであろうし、あらゆる動きを阻止されてしまうだろう。」

熱心な共和主義者のこの見解は完全に否定されよう。つまり、中産階級はルイ・ナポレオンの治世下、二十年間に及ぶ隆盛期を迎えることになる。

簒奪者の甥に対する伯爵夫人の軽蔑は、共和主義的確信だけによるものではない。一八三〇年の革命後、マリーは、「昔は、王とお妃がいたものを……」と嘆息した。それは彼女が生まれ育った階級の声のこだまであった。彼女は、市民王が無数の職務を廃止してしまったために、シャルル・ダグー伯爵にはフィリッポの宮廷ではもはや果たすべき職務がないという事実を拒絶に変えた。この最初の反乱を彼女は窓から眺めていただけだった。だが、ダニエル・ステルンは一八四八年の革命に参加した。

七光りによる甥の栄光、この成金の新興貴族は共和主義者であり、貴族であるダニエル・ステルンに二重の衝撃を与えた。大統領の地位、次いで帝政に対し彼女は長い間――娘ブランディーヌの結婚によって自由帝政の若い野心家たちが彼女のサロンに闖入して来るまで、嫌悪感を抱き続けるであろう。とは言っても、このサロンがバダンゲ*に味方することは決してない。

ポーランドの自由、それはフランスの左派によって四八年の革命の友好のリフレインのように鳴り響いた。この一世代、ポーランドは象徴であった。ミッキェーヴィチやショパンのおかげで、また、ナポレオンの思い出やポーランドの歩兵部隊、「歩け、歩け、ドンブロフスキ」の歌(何十年もの後にこれは国歌となる)のおかげで、さらにはマリア・ワレフスカのおかげで、ポーランドは圧制と闘い、余りに強大な敵に対する英雄的な防衛を意味していた。

ポーランドが蜂起し、フランスの革命主義者たちはその擁護のために議会に侵入する。(一九七九年、ポーランドの共産主義者の幹部でもある一人の哲学者が、ラテン・アメリカにおける抑圧された文化についての討論会で発言した。彼は、インディアンの農民たちが知識人たち——マルクス主義者であれ、否であれ——の革命的思潮に関わりがあるとは少しも感じていないことを、それと明言せずに理解させようとして、一八四八年のポーランドを想起させた。知識人、学生、都市労働者たちが引き起こした純粋な運動の鎮圧に、ポーランドの農民たちは進んで協力した。彼らにとって、その運動は都市に住む人間たちに関わる事柄であり、自分たちが置かれている状況を少しも変えるものではなかったし、聖職者たちが反対しているというだけの理由で彼らも反対したのだ。)

だがヨーロッパ全域にわたって、つまり、ドイツの公国からイタリアの諸地域、オーストリア

＝ハンガリー帝国の中心に至るまで、四八年の革命は抗議の時期到れり、とばかりに鐘を鳴らしたのだ。民族の春の到来であった。民衆は至る所で敗北した、だが、いかなる所でも彼らは忘れなかった。民衆、少なくとも、彼らの前衛部隊は忘れはしない……

ハンガリーではコッシュートが群衆の先頭に立った。ハンガリー国王でもあるオーストリア皇帝は秩序維持のために使節を派遣する。ダニエル・ステルンはこの使節が、一八四八年九月二十八日、叛徒たちによりブダとペストを繋ぐ橋の上で殺された状況を語る。皇帝はハンガリーに戒厳令を布告した。

コッシュートの姿はマリーを驚嘆させた。「ちょっと足を止めてこの並外れた人物に敬意を表そう。彼が未曽有の闘いのために民衆を英雄とする日は近い……」彼女は彼が見せる神聖な狂気にも似た犠牲に敬意を表し、勝利の中で燦然と輝いている征服者に劣らず、敗北の中で偉大に見えると称賛する。

イタリアでは、ダグー伯爵夫人の親友であるマニンがダルクール公爵から書状を受け取る、「フランス人が到着するまで持ちこたえて頂きたい、イタリアの救済は貴殿を通して訪れましょう……」だが、ラマルチーヌの後継者である新しい行政長官キャヴェニャック将軍は、軍隊にマルセイユに戻るよう、すでに命令を出していた。「決して召集されることのないブリュッセル会議の選択に、イタリアの運命が委ねられた。かくして、オーストリアは無抵抗で受諾することを決意していた介入の危惧から解放され、申し出ていた譲歩をひとつひとつ撤回し、イタリアで必要のなくなった策略をその他の属国に向けたのである」。

第三部　苦悩と栄光

1　ローズ館の招待客たち

マリーの『回想録』は、ローズ館の思い出で終っている。

一八五一年十二月二日、クーデタが勃発したが、その頃、わたくしはシャンゼリゼ通りを登りつめた所に小さな館を購入したところであった。産褥を離れたばかりの娘〔シャルナセ侯爵夫人となったクレール〕を残してクロワシーから帰って来ると、冬の館の整備に精をだした。この瀟洒な家は一八五七年、公益のために行政措置により取り壊されたが、それまでの六年間、ここで家族や友人たちの集いを催した。そしてこれが、当時、新聞で「民主主義の森の修道院」と呼ばれたサロンであった。

マリーはこの呼び名をあまり好まなかった。バラの木の茂みと淡い色のれんがのためにバラ色に見える館は鉄柵に囲まれていた。アカシアが植えられ、まわりは広い草地であった。周囲には一軒の家もなく、この館は太陽の光をいっぱいに浴びていた。ルネサンス様式のこの建物を設計したのは画家のジャカンであった。マリーは仕事部屋の一つをサロンに、もう一つを書斎に改造した。三番目の仕事部屋が絵を描いているクレール・ド・シャルナセのアトリエとなった。館からエトワール広場の凱旋門が見える。玄関近くの野ぶどうの植えられた二つのあずま屋だけが外から見えた。

庭でただ一匹、少々退屈している巨大なニューファンドランド犬が緑の茂みや柵越しに大きな鼻面を突き出していた。サロンの窓から見ているわたくしたちは、この犬の尻尾の振り具合で友人の誰が呼鈴を鳴らしているか、言い当てたものだった。

訪問客（それはよくエルネスト・ルナンであり、ミシュレであり、ミッキェーヴィチであり、さらに令嬢や共同執筆者を伴ったリトレであった）は、ガラス張りの庇で覆ったステップを昇って玄関を入ると、彩色した格間《ごうま》がつき、ステンドグラス越しの光を受けた小さな黒壇の階段が目に入る。黒の縁取りをしたオレンジ色の絨緞はマリーや娘たち、そして親しい仲間が朝のうち、くつろげるようにふんわりしたものであった。

階下の小さな八角形をしたサロンの三つの黒壇製の扉には、かつてヌーヴ゠デ゠マチュラン街のアパルトマンを飾っていた様々な時代の天才たちを彫った名高いメダイヨンのうち、イタリア・ルネサンスの肖像だけが掛けてあった。それに「モナ・リザ」の複製が新たに加わっていた。

オーク材で上張りをした大きなサロンは金の装飾が施されていた。壁にかかったフランドルのつづれ織り、暖炉、オパール色をした水晶のシャンデリアは、クロワシーの館にあったものだ。バルトリーニの手になる胸像は、冬の庭の奥で白い大理石の輝きを見せていた。噴水の音がシャクナゲやミモザ、クチナシの茂みに降りそそぐ。

マリーは自分の手で作り出したこの場所が誇らしい。そればかりではない、美しく若いクレール、小さな孫息子、紺青の目をした金髪で色白の二人の娘たち、彼女たちの弟であり、学業に秀で、夢見るような表情の青年が誇らしかった。法律を学んでいたダニエル・リストは全ての面で好結果をおさめ、あと二年の命しか残されていないことを予感させるものは何一つなかった。

『回想録』を執筆している年老いた婦人は、ローズ館の牧歌的な生活に胸が熱くなる。イタリア進歩主義の政治家ダニエル・マニン（翌一八五七年、五十三歳で世を去ることになる）が、ブランディーヌとコジマにダンテを翻訳させている。歴史については、この姉妹はアンリ・マルタンやジュール・シモン、ジュール・グレヴィ、そしてとりわけトックヴィルから学んでいる。エミール・オリヴィエは、皇帝からますます重用されているナポレオン支持者ではあったが、ローズ館の常連となり、帝政期の先端を行く友人たちを連れて来た。

このサロンに出入りする婦人は多くが外国の女性であったが、サロンと会話の卓越した熟練者であるこの女主人の傍で修業もし、利用もしようとする野心のある若い女性もまじっていた。ジュリエット・ランベール（アダン夫人）は、客を上手に引き留める術を学びながら、やがて手ほどきをしてくれたこの恩人を中傷するようになるだろう。

ボカージュ、『ジャンヌ・ダルク』を朗読する

ジョルジュの元恋人の一人である俳優ボカージュが、ダニエル・ステルンの戯曲『ジャンヌ・

ダルク』を著名人たちの前で朗読した。彼が偏狭な人間だと思っていたマリーは自分の大きな思い違いに気づいた。

フリーメーソンとして高位にあり、かつてはブールヴァール演劇の人気俳優であり、アレクサンドル・デュマの『アントニー』を演じたこの男が、躊躇するラマルチーヌに、一八四八年の政府を引き受けるよう説得したのだった。(82)

戯曲の朗読は、マリーを十年前に――理解されぬままにリストに棄てられ、パリに戻って来た時に、そして美しいデルフィーヌが『ジャーナリストたちの学校』を朗読した時に――引き戻した。『ジャンヌ・ダルク』の朗読が終ると、誰もが彼女を賛辞で包んだ。「あなたは軽やかに『歴史』を運んで行くのですね……」とミシュレが言った。

賛美者たち

この魅惑的な女性は、五十代に入った今も変らず男性の心をとらえて離さない。カベ主義者のゲパン博士もその一人であった。博士はマリーの目を治療するが、彼女の存在全体に夢中になる。「わたくしにはもう幸福も気晴らしもありませんわ。」と彼女は博士に言うが、そのまなざしはこんな年齢になっても彼の訪問を待っているのだ、と信じさせる。かつてリストは、鳥もち伯爵夫人と嘲弄したが、ジラルダンのようなしたたか者、ラマルチーヌやヘルヴェークといった詩人がこの鳥もちにつかまってしまったのであれば、それにアンリ・レーマンやルイ・ド・ロンショー

82）Ｃｈ・ロバン『1848年革命史』

は何年も前から変らぬ崇拝の念を抱き続けているのであれば、どうしてゲパン博士が期待しないことがあろう？　マリーは善良な博士に、「初めてお話した時から、あなたがわたくしにとって、終生変らぬ友人であることがわかっておりますわ」と書き送る。博士は彼女に親戚の青年ダヴィラを紹介する。青年が伯爵夫人に恋していると噂をする者もいたし、夫人の娘ブランディーヌとの結婚を切望していると信じている者もいた。ダヴィラはゲパン博士にとっていわば養子であったが、噂を広めていたのは……博士その人であった。マリーはこの永遠の友情に優しく結末をつけた。

正統派の貴族バルシュウ・ド・ペンオエンが自分に夢中になっている、と彼女は日記に記す。彼はダニエル・ステルンの肖像画と手の塑像を自分のものにする。彼女は彼をビアリッツまでの旅の道連れにした。コトレでの湯治やトゥルヴィルの海水浴を楽しみながら、彼に手紙を書いた。彼は五十歳で世を去るまで、マリーの恩寵を失うことはない。

いつも傍にいるルイ・ド・ロンショーは最後まで姿を見せるが、若い代議士トゥリベールもまた、際限のない情熱を表現した……もっとも言葉だけが、情熱的である友情の域に抑えられてはいたが。ロンショー（彼のサン＝リュピサンの領地はサン＝クロードに隣接していた）と同様、トゥリベールはマリーをグルノーブルに近い邸宅に迎える。

詩人のロンショーはマリーへの愛のために、ジュール・グレヴィの選挙運動員となり（一八六九年）、また立法議会へ立候補し落選する。代議士であり大旅行家であり、公的な集まりで重きをなしているトゥリベールは、彼女の意のままに使われた。彼らは私生活をどう過ごしたのであろうか？　秘密裡に他の女性を愛したのであろうか？　束の間の情事に満足したのであろうか？　それとも、直接的な行為よりも昇華した感情を求めたのであろうか？　あるいは、ロンショーについて囁かれたことであるが、彼らは女性に対してプラトニックな情熱の方を選んだのであろうか？　いずれにしても彼らのおかげで、マリーはうつ病の激しい発作から脱け出すことができた。とりわけロンショーは、どんな兄妹でもできないほどに看護に専念した。トゥリベールは彼女との絆を一層強固なものにするために、娘コジマが十五歳になった時には結婚を申し込もうとさえ考えた。

二十世紀の終りにあってなお、男性と女性の間に性的な関係以外のものがほとんど考えられないとすれば、マリー・ダグーのこうした常識を越えた交際に対して、どうして冷笑や中傷が向けられなかったことがあろう？

ジュラ山中のサン＝リュピサンにあるルイ・ド・ロンショーの館に、マリーが滞在することが次第に恒常的になって行くが、このことについて回想録の著者たち（たとえばエドワール・グルニエ）、そして『年代記《アナール》』を執筆したフランシュ・コンテ地方の人々たちは不満をあらわにする。「才能が過大評価され過ぎたこの女性は、哀れなロンショーをその魅力でがんじがらめにし、サン＝リュピサンに滞在すると、無慈悲なまでのエゴイズムで彼の一年分の収入をわずか六週間ですっかり蕩尽させたのだ」と。

だがロンショーは、かくまで長期間にわたって献身的に仕えた以上、そこに深い充足感を得ていたにちがいない。そしてマリーは、生彩を欠いたものであったかもしれない彼の人生に、感動や予期せぬ突飛な出来事を引き起こし、性的欲望では必ずしも呼びさまされるものでない待ち望んだ嵐を与えたのだ。言葉の持つ完全な意味で、マリーはルイ・ド・ロンショーにとって、「運命」であった。それに彼女がいなければ、一体誰が彼のことを思い出すだろう？ 彼女はサン＝リュピサンの彼の館で心の静謐を得、かつて一八三九年にフランツと二人でお互いの感情を書き記した『二人の日記』を読み返すことができた。彼女は『回想録』に書く。

一八六六年十月十五日、サン＝リュピサンで二人の日記を読み返した。この二十八年という歳月をあの人はどのように過ごしたのであろう？ そしてこのわたくしは！ あの人は今ではリスト神父であり、わたくしはダニエル・ステルンとなった！ 二人の間には何と多くの絶望や死があったことか！ どれほどの涙が流れ、すすり泣きや喪の悲しみがあったことか！

ここに語られた言葉の隠された意味を十分に探らなければならない。彼はリスト神父である、つまりカロリーネ・ド・ザイン＝ヴィトゲンシュタインとの結婚を諦めた。誘惑や肉欲を、少なくとも公然とした関係は諦めたということである。わたくしはダニエル・ステルンとなった、つまり男性的な力、ペンの力や影響力そして輝きをかち得た、それはただ単に表面的な美貌による輝きではなく、精神の輝き——かつてあの人は、わたくしが知識をひけらかす文学かぶれの女であると言い、また盲目的にあの人を賛美しないからという理由で気難しい女ときめつけ、わたくしに認めようとしなかった輝き——をかちとった……

ジュラの山中で、友人である男性、つまり肉体的に彼女を征服しなかった友人のそばにいることがマリーには必要であった。高邁な性格と精神ゆえに愛されていると知ることが必要であった。彼女の欲望を満たす相手になろうとする男たち、彼女の愛情を求める女たちに、マリーは失望させられ過ぎていた。無条件の賛美者を自認したジュリエット・ランベール＝アダンも例外ではなかった。結婚し、自らもサロンを開いた彼女は、隆盛期のサロンの伝統に則って手ほどきをしてくれた伯爵夫人に、侮辱的な言葉を浴びせた。情愛にみちた関係が始まった頃のジュリエットへの手紙で、マリーは彼女を愛していると思っているが、愛しているのはおそらく真実のジュリエットではなく、自分の想像力が創り上げた人物なのだと明晰に分析している。

だが、少なくともロンショーに対しては、マリーは自分好みの真の弟としての愛情を持つことができた。

心が打ち砕かれていると声高に吹聴する伯爵夫人に、「男を破滅させる女」という評判を立てるのに他の男たちは一役買った。彼女はグルノーブル近くのヴォレプの館にすむ別の賛美者を訪れたが、この地方の成り上がり貴族の間でも同様の噂が広まった。

すっかり恋のとりこになったように見える、イアサント・デュ・ポンタヴィス・ド・ウセーという名のブルトン人の詩人もいた。叙情詩人（文学性よりも大げさな感情を際立たせる詩を書いた）と九歳年長のミューズとの関係は、神秘的なものであったのだろうか？　二人は、来世のために未来に情熱を投影する。「未来の世界でわたくしはあの人を愛するだろう。」彼女は二人の出会いを特異なものと考え、ブルターニュのラ・トゥール・ドーヴェルニュの館に出かける。

かつて彼女をあれほど苦しめたバルザックの小説『ベアトリクス』の舞台が、同じブルターニュのゲランドであったことを考えたであろうか？　招待は一八六二年のことである。この時、マリーは、五十六歳、ポンタヴィス、四十七歳。生涯で初めて詩作する、と彼女は日記に書き記す。(その昔、詩を書きつけたことを忘れているのだ、もっとも時の経過に耐えるほどのものではなかったが) 図らずも十二音節詩句となった言葉が日記に見られる。

わたくしは確かに風変わりな人間だ……幾分興奮して夜半に何度も目覚め、あの人の言葉を思い出す。「あなたもまた我を忘れているのですね、あなたの髪は乱れています。」マリーが書きつけた詩句の中の一篇の四行詩が、彼女自身にではなくその娘にとって予言のように響く。太陽の娘である風変りな女が死んで行く……

娘は落ち着いて、重々しく、額を上げ
　危険にひるまず　進みゆく、
一歩、さらに一歩、底なしの深淵に向かって
　無限に広がる大洋に向かって。

ブルターニュから帰って間もなくマリーは、エミール・オリヴィエが購入したサン=トロペの領地でブランディーヌが亡くなったことを知る。若妻は息子ダニエルの産褥で死んだ。ところで、ダニエル・ステルンの円熟期の恋愛はどうであったのか？　彼女が自分自身について抱いているイメージが変わる。彼女はもはや自分が男性を魅惑する女であるとも、情熱に駆ら

れた女であるとも考えていない。彼女は年若い友人（やがて夭折するが）アンリ・ブシェが、二人の友情を男同志の友情とみなすことを喜んだ。彼女はダニエル・ステルンであることを望んだのだ。彼女はゲパン博士にあてて、ロラン夫人が人を愛したとしてもそのことを口にする権利は誰にもなかったし、ジロンド党員たちは彼女をミューズではなく友人と考えていたのだ、と書き送る。

男性の心をそそる女性なのか？　たとえそうだとしても、それは無意識でのことだ。挑発的な女性なのか？　確かに。だが自分のイメージを称賛し、非凡なものにすると考えてのことだ。

気取りのないジョルジュはもっと頻繁に、自分の欲望や情熱のおもむくままに行動する。より頭脳的で、より両性具有で、むしろ男性のイメージに似せて作り上げたマリーは、時に曖昧な表現を取る情愛にみちた友情を、かつて過度なまでに苦しめられた情熱に先行させる。リストを知る前の彼女は肉体の歓びを感じなかったにちがいない。心をかき乱す「エルフ」であり、男性的、女性的と分類される性格の特徴だけを考慮するならば同様にどちらともはっきりしないフランツは、肉体と想像力の狂気の沙汰を引き起こした。苦悩、屈辱、棄てられた思い出が、マリーの心に余りにも重くのしかかり、身をささげると彼女が呼ぶところの行為が彼女を極度に怖がらせたのだ。

2 母であることの重圧と歓び

子どもたち

女性が待ち望みさえする、母であることとは何であるのか？ 至上の目的？ 完全にして究極の開花であるのか？ この点でダグー伯爵夫人は、一世紀を越えてエレーヌ・ドゥーチ博士やシモーヌ・ド・ボーヴォワール、そして今世紀末のフェミニストたちと相通じる。

これまでどう言われて来たにせよ、母であることが女性の唯一の使命であるというのは間違っている。女性にあって子どもへの愛がどれほど深く、またどれほど高揚したものと考えられようとも、他のあらゆる愛を排したその愛だけでは、女性の生きている力を使い果たすことも、その生涯を充足させることもできないであろう。

母としての任務は、それがない多くの場合は言うまでもなく、限定された時間を占めているに過ぎない。その任務が存在する前も、存続している間も、その後も、女性は人間として自分自身により、自分自身のために存在している。男性に劣らず、女性も多種多様な能力を賦与されており、それ故に家庭の中で、国家の中で、人類の中で義務と権利が生じ、明らかにさまざまな職務の遂行が要請されるのである。

絶対の真実を持っていると主張する「教会」が教えるところであるにしても、女性にとって最も重要な徳は、自分のための生活を諦観することにあり、服従し、苦悩することは女性に定められた掟であり、創造者たる神の不可解な意志に則って世界創造の日以来、アダムよりもイヴにおいてあらゆる意志は邪悪であり、あらゆる欲望は罪深い、と信じることは間違ったことであり、道理に完全に背くことである。

男性とは異なったやり方ではあるが、女性もまた完璧に理性的行動が出来るように作られている。その行動原理は自由であり、目的とするところは進歩、そして、その実践はたえず変化している社会状況のただ中にあっては、われわれ人間のうぬぼれの強い英知が独断的に限定できないものである。

この点で、次第に消える傾向にある聖書による習慣も、反乱を起こした人々をわずかに抑えているに過ぎない。抑圧的な法律のもと、永久に神から呪われたような痛ましい状況の中での両性の不平等は、あらゆる面で平等な権利を要求する近代人の意識にとって容認し難い概念であり、人間の力に対する侮辱である。人間に備わったこの力は自覚を増すにつれて、嫉み深い神の宿命とますます激しく闘い、至る所で打ち負かすことを期待している。

こうした彼女自身に対する意識から、寄宿女学校を終えて戻って来た娘のクレール・ダグーに対するマリーの激しい愛情の吐露が説明されよう。彼女は長い間、娘を見棄てていた償いをしようとする。

だがクレールにとって、この愛情は遅過ぎた。容姿は申し分なく、素描、彫刻、書法に秀でた才能を見せ、社交界の女性であり、また際立って美しいダニエルの母でもあるが、彼女は自分の中に閉じこもり、自分にしか愛情を持つことができなかった。いわば女性のナルシスであった。母から見棄てられた時、自己の存在を確かに証明してくれるものが必要だったのだ。子どもの時からクレールは、休暇を過ごした伯父の妻マチルド・ド・フラヴィニー（旧姓モンテスキュウ＝フザンサック）の実家で耳にする、母に向けられた非難に対して弁明しなければならなかった。クレールにとっての逃げ場は、自分の中に閉じこもることだけであった。情熱に溢れ、生き生きとして娘のそばに戻って来た母は、この凍りついたプシケの微笑を浮かべた外見に満足したにちがいない。クレールは才能を花開かせることができた。だが、彼女に愛することができたとは思われない。

リストとの子どもたちとマリーの関係は悲劇的であった。しかしながら、ブランディーヌ、そしてコジマさえ、マリーの生涯で唯一の、欠けるところのない情熱から生まれた。とりわけブランディーヌがそうであった。この時期、フランツはまだマリーに夢中になっていた。そして娘の誕生はマリーにとって、幼いルイーズの死に対する生命の復讐であった。ブランディーヌは生まれたばかりの頃は、子どもたちの中で最も待ち望まれ、最も祝福された存在であり、長じては他の子どもに比べて天分に恵まれていたわけではなかったが、マリーがもっとも可愛がった子であった。コジマはリストの愛が戻った時に、おそらくはノアンで妊娠したのであろう。この頃マリーは、まだジョルジュの友情を信じていたし、ジョルジュがフランツを取り上げるのではないかという心配もなかった。そしてコジマが歓喜の中で生まれたのだ。リストは友人たちに、恋人たちを幸せな気持ちにするにはコモ湖畔のベラッジォに送りこみさえすればいい、と書き送った。だが、この娘——はやくから目を疑うほどに父親似となる——が生まれて間もなく、激しい苦悩、愛の誓い、口論、そして直ぐに破られる和解の繰り返しが始まった。そしてダニエルは破局の子であった。この子を生み落とす時すでに、マリーは子どもの父親である愛人に見棄てられていることがわかっていたのだから。

『一八四八年革命史』の著者ダニエル・ステルンとなったダグー伯爵夫人は、母として娘たちにどのような願いを抱いたであろうか?

真に自由な精神を持ち、真に強く、偏見にとらわれない女性であるオルタンス・アラールは、田舎のエルブレから、また旅先のイタリアの地から、娘たちについて根本的な問題をマリーに提起した。「独立した、すぐれた人格として成長するのを目にすることになるのでしょうか? あなたはそれを怖れていらっしゃるのかしら? 結婚が第一の義務だとお考えなのですか? 女性は軛を外した時に初めて社交界の花となるのでしょうか?」

この根本的な問いかけに、時代の影響を見ないわけにはいかない。ダグー伯爵夫人は、欲しいものは何ひとつないと、牢獄から書き送って来たポリーヌ・ロランに敬服していた。だが、ダグーは娘たちがそれを見倣うことに耐えられたであろうか？　娘たちが婚姻外の子どもを設けることに、子どもたちの父との結婚を拒否することに、家事の一切を行うことに耐えられたであろうか？

マリーはポリーヌが一八五二年三月二十二日、サン＝ラザール監獄で書いた手紙を保管していたが、それはポリーヌの偉大さに心を打たれたからだ。

進んで判決を受け入れているわたくしの他に、おそらく同じ刑罰を課せられている二十一人の婦人がおります。二人を除いて皆、恩赦を受け入れることでしょうが、赦免は全く当然のことです。彼女たちの運命を意のままにできる人々に対して、あなた様は何かおできになるでしょうか？　彼女たちがのがれられようもなくとらえられているこの恐ろしい状況に押しつぶされないようにして頂けるでしょうか？　もしおできになるのであれば、一刻も早くわたくしにお伝え下さい。彼女たちは直ぐにもこの監獄から引き出されてアフリカの地に投げ捨てられましょう。そして多くの者が彼の地で果ててしまいましょう。

『一八四八年革命史』の執筆にあたって、マリーはオルタンスに、サン＝シモン派のフェミニストたちとまだ交渉があるかどうかたずねた。

一八六六年、『回想録』を書いている時期、彼女はマリア・ドレームとポリーヌ・ボシェという二人のフェミニストと文通していたが、ポリーヌ・ボシェに「男性の精神が不毛になる時、女性の心が広がらなくてはなりません」という衝撃的な言葉を書き送る。

だが、だからといって娘たちが生活様式を一新するのを援助するだろうか？　それはダニエル・ステルンがダグー伯爵夫人の部分を縮小させ得たと考えることだ。こうした天使との闘いの中で、天使は常に自己の気難しい部分であり、完全に打ち勝つことは不可能である。

クレール・ダグーの辿るべき道はすでに示されているように見える。つまり周囲の人間と異なっていることは、つまはじきにされるだけである優雅な寄宿女学校で、彼女が除け者にされる条件は十分過ぎるほど揃っていた。だからこそ、社会的に認められることへの激しい欲望に取りつかれたのだ。ギー・ド・シャルナセが伯爵であること、アンジュー地方のきわめてしっかりした家庭の出身であり、地方に定着した、つまり、クレールの目には怪しげなところのない家系であることが伯爵個人の魅力を大いに増大させた。

リストの娘たちはどうであったか？　ブランディーヌは非常に早くから結婚を望んだようである。しかも可能な限り輝かしい結婚を。コジマはどうか？　彼女は幼い時から、大人たちが敵対する中で生きていくために感情を表面に出さないことを学んだ。母は嫡出の娘の方を可愛いがっている、とリストの子どもたちは考えていた。

弱者たちには術策を弄することが必要だった。一八五三年、カロリーネ・ド・ザイン＝ヴィトゲンシュタイン公爵婦人が音楽家に同行してパリに来た時、彼は子どもたちを引き合わせた。彼らはこの偽りのその場だけの母を愛想よく迎えた。そしてマリーはこのことに苦しんだ。

公爵夫人は子どもたちの心をかち得たであろうか？　それともブランディーヌは二十歳ですでに比類のない役者であったのだろうか？　翌一八五四年、彼女は父リストを喜ばせるためにローズ館から書き送る。「公爵夫人の大層賢明なご忠告に感謝しながら、夫人に愛情をこめて接吻を送ります。わたくしは夫人のご忠告に従いますわ。姉弟の誰もがおっしゃる通りにしますわ。わたくしたちのために示して下さった立派な道から決して逸れはいたしません」と。幼いジプシーのようにあちこち転々とさせられた三人の子どもは、自分たちが存在することだけで両親の間に生じる台風を避けながら日々を過ごして来たのだ。

クレールと非嫡出子たちの間の感情は、外見からは非常に愛情のこもったものに見えた。姉妹たちは手紙を交し、ローズ館では寄り添って輝いていた。

クレール・ド・シャルナセ

クレールには他の姉妹たち以上に、母親である伯爵夫人を恨む根拠があった。リストの子どもたちが母に会えなかったのはリストが会わせなかったからであり、マリーが彼らを拒絶したのではなかった。だが、シャルル・ダグーの娘は真実、母から棄てられたのだ。一人ぼっちだと感じ、自分だけを愛して来たクレールが、母からの新しい献身を無感動で受け入れたことは容易に想像できる。

それにもかかわらず、彼女は——おそらくは彼女の意に反して——醜聞を惹き起こしたこの母と強く結ばれているのを感じていた。ギー・ド・シャルナセは伯爵夫人ばかりか、さまざまの才能に恵まれ、人目を惹く美貌ときわめて高額の持参金(クロワシーの館と領地が約束されていた)を持ったその娘に驚嘆し、マリーの過去をアンジューの家族に知らせるのは得策ではないと判断した。だが、一八三五年のパリの醜聞の中でもとりわけ耳目を集めた事件の噂が、シャルナセ家まで届いていないことがどうしてあり得よう？　彼らは一切を黙殺したように思われる。

義理の両親の館にいる若妻の心情は想像に難くない。一体、どのようなほのめかしや、色あせた意見や、一時代前の批判が彼女の感情を翻弄したであろうか？　わかっていることは彼女が感情を爆発させ、打ちのめされたシャルナセ家の人々に一部始終を話したということである。母の出奔と三度の婚姻外の出産、ローズ館の母の傍での余りに有名な私生児たち――天分と愛の結晶の子どもたちの生活、そしておそらくはこの父親のちがう妹や弟にたいする優しい思いをも語ったであろう。

マリーはこの一件をまるで勝利のように感じた。彼女の備忘録には、一八五〇年一月二十二日、アンジューでのクレールの不作法とあるが、この騒ぎの結果、ギー・ド・シャルナセの父は息子に二度と顔を見ることはないと言った。「こうなった以上、わたくしが必要なもの全てを用意し、二人にここで居を構えさせなければならない。」

ギーは、彼が愛しているもの、つまり馬に専念した。馬や牛の英国種をクロワシーはじめフランスの各地に導入したようである。マリーによれば、この仕事は婿を一段と男らしく、魅力的にした。息子を追い払うために侯爵が引き合いに出した、ギーは社会主義のために呪われている、という口実は予期せぬものであった。真の原因は明らかに『一八四八年革命史』と娘によるダニエル・ステルンの弁護であった。したがってギーは、マリーが「動物の社会主義」と綽名したものに没頭する。夜食を取り、地獄の桟敷席に出入りし、オペラ座やブールヴァールの劇場の楽屋裏を足繁く訪れるといった、社交界の寵児の生活を再び始めたのであろうか？　家庭は壊れ、ダニエル・ステルンが財産分離を宣告させる、と言っているところから見て、持参金はやせ細ったにちがいない。和解が突然やって来る。ギーは――後のエミール・オリヴィエと同じく――魅惑的な義理の母に対してあくまでも敬々しく礼儀正しかった……そして息子のダニエルがマリーにとってこの上なく大切な存在であることが確かに誇らしかった。一八五七年一月十一日、マリーは手紙の中で、クレールは今や、まっとうな望みに立ち返ったこの哀れな粗忽者と法的にも公式にも別れてはいないと断言している。

一方、クレールはアングルやレーマンが素描をほめてくれるのにも満足せず、ペンを手にし、ダグー家の領地の名から取ったC・デュ・ソの署名で（筆名さえ出身の家柄に深く根ざしている）母と同じく『プレス』紙に執筆を始める。

『ドイツ評論』誌は、ダニエル・ステルンの多数の随筆や論文と並んで、C・デュ・ソの、特にザクセンに関する一連の論文を掲載した。母は友人たちに、娘の文章にほめたたえるよう強要するのだった。

時々、マリーは倦怠感を覚え、憂うつな気分に満たされる。「三人の闘いの中でわたしは全てを与えているのに受け取るものはごく僅かだ。クレールのあの無感動さを目にすると犠牲的な献身が少しも報われない。」確かに、C・デュ・ソの才能を過大評価して、友人たちに娘は当代第一級の人物の一人になると言明していたことを思いあわせれば……

他の二人の娘たちとの関係も同様に難しいものであった。加えて息子ダニエルとの関係……一八五六年、中高等学校《コレージュ》で優等賞をうけた彼はパリで抜きん出ることができたであろうが、突然、ドイツで法律を修める道を選んだ。なぜ？　いやむしろ、誰に反抗してのことなのか？　かつてローズ館でミシュレやルナンに出会うことに心を奪われ、ミミと呼んだ母に驚嘆したダニエルが、姉たちへの手紙で、著述家となった、時に大道芸人の面さえ見せるダニエル・ステルンを嘲笑し始める……はるかに大道芸人である父についてはどうか？　父の栄光は余りに国際的であるため、三人のうち誰一人として父を問題にする勇気はなかった。彼らが必要とするものは全て自分一人で供して来た、と主張する父に誰もあえて逆らわなかった。自分たちを不幸にしたのは父だ、ということを思いつかせる勇気も娘たちにはなかった。

決定的に別れを告げた、かつてのすさまじい恋人たちは、お互いに絶え間なく芝居を演じ合っていたが、そこでは子どもたちはしばしば操り人形の役を与えられた。

一八五三年、リストはパリに滞在する。この時、ある場面が繰り広げられたが、居合わせた者の誰一人としてその重要さを予測しなかった。

ヴァレンヌ街のとあるサロンで、リストは子どもたちを一人の音楽家に引き合わせた。彼より五、六歳年下のこの音楽家は、フランスではベルリオーズよりさらに受け入れられなかったが、ドイツではその天分が認められ始めていた。彼の名はリヒャルト・ヴァーグナーといった。リストと同様、彫りの深い顔であった。リストの持つ妖精のような優美さは持っていないが、ある種の威厳、すでに自分が選ばれた人間であることを知っている風格を備えていた。彼はリスト家の人々に『神々の黄昏』の台本の数節を朗読した。

ヴァーグナーの前にいるのは十八歳のブランディーヌ。彼は娘の優雅な美しさに間違いなく引かれた。そして十四歳の少年ダニエルと十六歳のコジマ。ヴァーグナーはリストの顔立ちや表情をこの娘に認めた。コジマはこの出会い、この十月十日という日を決して忘れることはない。この時から十年後、彼女が五人の子ども――その中の三人はニーベルンゲンの創造者ヴァーグナーが父親であった――の母になった時、この出会いの思い出を日記に記すであろう。

この頃、ダニエル・ステルンは『一八四八年革命史』を著わし、批評家たちの間で話題になっていた。リストの友人たちは、彼女が語っていることの全てを彼女が実際に目にしたわけではなく、シャルル・ロバンの『一八四八年革命史』あるいはエリア・ルニョーの『八年史』から着想を得たと、それとなく口にした。

今日では、同一事件の描写がどれほど相互に伝えられるものであるかわかっている。ダニエル・ステルンとヴィクトル・ユゴーが、同一場面を描写しているのはすでに見た通りである。ほぼ一世紀後の一九三六年に出版されたとある本には、ダニエル・ステルンを模倣したと言うよりも、まるごと盗作した記述が何箇所も見出される。

一八五四年、リストは娘たちがローズ館を自由に訪れることを許可する。彼女たちはそこで共和主義を唱える野党の著名人や、権力から離れずに、将来を狙っている青年たちに出会う。大銀行家、鉄道会社の創始者や社長、民衆基金銀行の創始者たちは結局のところ、かつてのサン＝シモン主義者たち、あるいは彼らの影響を受けた若い金融家たちではないだろうか？

三人の娘たちは母が列席者の前で、イタリア国家統一運動《リソルジメント》の重要人物の一人マッツィーニの手紙を朗読するのを聞く。ベルジオジョーソ公爵夫人だけが関心の対象であるはずの男性マッツィーニを自分の方に引き寄せるのは、マリーにとっては大きな勝利である。マッツィーニは誉めそやす。『一八四八年革命史』の中には、「……民衆への純粋な愛が漲っています。この書はきわめて難しい主題について書かれた中で、私が目にした最良の著書です……ただ、私は社会主義に対してあなたほど寛大ではありません。フーリエ、カベ、ルイ・ブラン、プルードン等々、誰しもが、知性を持っていました。そして彼らの個性崇拝が許容する範囲で民衆への愛情を持っていました。だが、彼らの誰もが信仰を欠いていたのです。そうです、彼らはこぞってベンサムの息子なのです。彼らは万物の諸問題を物質化してしまったのです。」

フーリエ（一八三七年没）、サン＝シモン（一八二五年没）に対する判断は確かに不当である。二人とも確固とした理神論者であったのだから。

マッツィーニはお世辞のうまい人間ではない。ダニエル・ステルンがスタンダールの『ローマ、ナポリ、フィレンツェ』を想起させる（彼女はこれを読んでいたのだろうか？）『フィレンツェとチューリッヒ』を発表した時、マッツィーニはこの作品では台頭期にあるイタリアの民衆が感じられない、として非難する。「それはあなたが水面下にもぐらなかったからです。あなたの周囲の人々があなたにそうさせなかったのです。」こうした批判的な手紙も同様にサロンで朗読され、解説が加えられた。マッツィーニは『一八四八年革命史』の中で、ギゾーをはじめフランス人の描写はいずれも卓越しているが、イタリア人に関してはそうではない、と言明している。自国の人間を見る時はどうしても近視眼となり客観的に見ることを妨げるものだ。

心を豊かにするこうしたレセプションや会話の日々が、ブランディーヌとコジマにとって一年ばかり続いた。

一八五五年、マリーはオステンドで海水浴をする。くるぶしで締めつけられた長いズボンの上に同じく長い服を着て、波打ち際までキャビン形の籠で転がって行く、そして水に飛びこみ、泳ぐ。やがて波間から出るや否やガウンにくるまって、再びキャビンに戻る。

皇后が流行させ、共和主義者たちも倣ったこの遊びの最中に、突然、予期しなかった知らせが届く。リストが、子どもたちの家庭教師の病気を口実に、彼らに祖母と共にフォン・ビューロー夫人に伴われてベルリンに帰るよう命じて来た。ビューロー夫人は、彼のお気に入りの弟子の母親であり、むら気な性格の離婚経験者であった。

ブランディーヌはすすり泣き、コジマは怒りをこらえて歯をくいしばる。マリーは娘たちに憤慨した手紙を書く。リストがこの手紙に目をとめ、激怒する。子どもたちに対して、マリーは何の権利を持っているというのか？　法律的には？　如何なる権利もない。精神的には？　否、子どもたちを養育したのは自分なのだから。

マリーはブランディーヌにあてた手紙で、近く成年に達することを父親に強調させようとする。ブランディーヌはパリや舞踏会を夢みる。まるで香りのように母を包んでいる美しさを夢み、フォン・ビューロー夫人のいかにも小市民らしいアパルトマンを嫌悪する。法学者になることを拒み、リヒャルト・ヴァーグナーの足もとに熱狂的にひれ伏している、夫人の二十五歳になる息子のハンスは活力と個性に欠けていると思う。ブランディーヌはパリを熱望する。障害はただ一つ、他の二人が同意しないことだ。ところでリストの三人の子どもたちは、同じ籠の中に詰め込まれた幼い動物たちが抱くあのお互いに対する深い優しさを別にすれば、他人に対して信頼も、理解も、持続した愛も感じたことは一度としてなかった。

コジマにはブランディーヌの美しさも優美さもなかった。姉と弟の間で、ブランディーヌより音楽に秀で、父に心を奪われ、父の不在に苦しんでいる彼女は、自分たちを輝かしい除け者の状態においたマリーを決して許さなかった。

コジマの『日記』の編者は、気がかりな事実に言及している。つまり、一八三七年十二月二十五日、コモ湖畔のベラッジョで誕生した時、コジマはマリーの姓であるフラヴィニーの名で届け出されたという事実である。法的には何の意味も持たぬ名前であった。離婚することができず、マリーはダグー伯爵夫人のままであった。コジマがリストを名乗るのは、父が母と決定的に別れた一八四四年になってのことである。新生児のこの奇妙な届け出、法的根拠のない姓という、いわばペンネームはマリーが破局を予感していたことを示しているように見える。ノアン滞在の後、口論が繰り返され、不貞が確かになった後のことであれば、驚くには当たらない。伯爵夫人は、彼女の「エルフ」であり、「榛の木の王」であり、「天才」であるリストの脅迫をすでに危惧していたのであろうか？　コジマはこの身元の変化を知ったのであろうか？　答えようのない問い……母と交した手紙を見る限り、彼女は外向的な性格ではない。子ども時代、また少女の彼女に会った人々は、一様に彼女の慎重さと精神の集中力に驚嘆した。彼女は姉と正反対であった。彼女の『日記』から性格の複雑さが明らかになる。愛情によって支配したい、不可欠な存在でありたい、そして自分がどれほど不可欠な存在であるかを繰り返し周囲の者から言われたいという要求。主婦としての際立って散文的な性格と細部にこだわる衒学的な態度の奇妙な並存。十八歳から九十三歳まで、当代の最も偉大な音楽家たちの間で生きたこの女性が記した『日記』の八割近い部分が、家庭の不如意や、日常生活の瑣末を語っている。もしわれわれがその著作と天分を知らなければ、この日記ではニーチェ教授までもが風采の上がらぬ一訪問者に過ぎない。ただ一人「R」リヒャルトだけが抜きんでている。だが、絶えず繰り返される愛の告白を別にすれば、彼についてわれわれが知るのは性格の些細な特徴、不眠、仕事のための徹夜、金銭的な気苦労である。

一八五五年、十八歳のコジマはフォン・ビューロー夫人の家で暮らしている。ある夜、この家の息子ハンス・フォン・ビューローが意気消沈して帰宅し、すすり泣き、自殺を口にする。彼にとって神にも等しいヴァーグナーの『タンホイザー』を指揮し、口笛でやじられたという。家族の話によれば、コジマがハンスに愛を告白し、結婚を望んでいると明言したのはこの夜のことだ。彼のほうでは、初めて会った時以来、ずっと彼女を愛していた。リストは反対する。二十五歳のハンスには何の地位もない。父親としてリストは一年間待つことを命じた。パリにいるマリーは、ベルリンにクレール・ド・シャルナセを代理で行かせ、「お母様は絶望しています」と言わせる。コジマは名手になるつもりの全くないこと、ハンスと結婚して子供を持ちたいと返答する。

一八五六年十月三十一日、マリーはヘルヴェークに心の内を語る。

コジマは父親にとてもよく似た、才能豊かな娘です。彼女に備わった力強い想像力のために月並みな道を歩きはしません。あの子はデーモンが宿っているのを感じています。デーモンが要求するものは何であれ全て捧げるでしょう。

リストが何と言おうと、マリーは娘たちの心の中にあるものを知っていた。彼女が娘たちに幻想を抱くのは、不安をぬぐい去る必要のある時だけであった。

マリーはヘルヴェークの妻に、コジマとハンス・フォン・ビューローの結婚は誰にも幸せをもたらしはしないと書き送る。だがブランディーヌにはコジマに持参金を持たせると言明する。あたかもこの縁組がこの上なく彼女の意に添ったものであるかのように。

持参金の約束とその履行はいつの場合も、マリーと娘、娘婿の間にいざこざを惹き起こす。ブランディーヌの場合は後に見ることになろう。

結婚を間近に控えた一八五七年四月二十日、コジマはブランディーヌに、「昨晩、毒を飲むことを真剣に考えましたわ」と書く。涙にくれた長い夜のあと、八月十八日、ベルリンでコジマはハンス・フォン・ビューロー夫人となった。

マリーは転居し、結婚式には参列しない。息子のダニエルはローズ館の取り壊しを喜んでいると、意地悪く言う。著述家、大道芸人はこの時期、高く評価されていないのだ。母親としての愛情を大仰に表明したにもかかわらず、ザイン＝ヴィトゲンシュタイン公爵夫人も結婚式に列席しない。

精神的にも肉体的にも弱々しく、しばしば不可解な意気消沈に打ちのめされ、時に興奮し、病的なまでの無関心に落ち込むハンスは、コジマが彼を最も必要としている時期に、まるで弟のような存在となり、暗く、絶望し、彼女を必要とするのであった。彼は子どもを産ませはしたが、妻に歓びを与えたようには見えない。だがコジマは夫に長く思いやりを示すであろう。

ハンスの性格でコジマを何よりも苛立たせるのは、リヒャルト・ヴァーグナーに対する徹底的な献身、言ってみれば隷従であった。作曲家の控え目な妻と彼の庇護者の妻である公認の愛人マチルデ・ヴェーゼンドンクがこの隷従を分担していた。コジマはミンナ・ヴァーグナーを面白味のないつまらぬ女性と思ったが、マチルデについては狂気といえるほどの変人だと批判する。コジマは誰も彼もが異常なまでに作曲家に服従していると思う。ハンスはワイマールに居住するよう妻を説得する。そうすれば、昼夜を分かたず、リヒャルトの呼び出しに応ずることが出来るだろう。実際、呼び出しは頻繁であった。

マリーがエミール・オリヴィエを知ったのは、一八四八年であり、当時、彼は二十七歳、マルセイユの共和国代表官であった。常連の一人が伯爵夫人のサロンへ連れて来た。彼の共和主義的信念は今も変ってはいない、と彼女は確信する。もっとも、帝政下にあっても代議士になってはいるが。エミールはローズ館を頻繁に訪れ、友人を連れて来る。皆、自由主義者であり、かつ、権力のまわりに集まって来た人間であった。当時、流行した呼び名「老いぼれた四八年の革命家」を彼らは嘲笑したのであろうか？　野心に燃える彼らは半ばからかい気味に、半ば郷愁にかられながら、お互い同情を寄せていた。もっともエミールは別であった。彼の父デモステーヌ・オリヴィエは帝政の追放者であり、イタリアで暮していた。

一八五七年、フォン・ビューロー夫妻の結婚後、伯爵夫人は彼らがヴァーグナーに従ってやって来ていたスイスに会いに行くと約束していたが、突然、約束を破棄する。ブランディーヌが生涯の決定を彼女に委ねたからであった。

ブランディーヌ

エミール・オリヴィエがブランディーヌに結婚を申し込んだ。奇妙なことながら、ダグー伯爵夫人はよく知っているはずのオリヴィエ家について調査する。彼女は四万フランの持参金を約束した。オリヴィエ家によれば、彼女は結局、この金額を支払わなかったし、遺書に記すことを拒みさえした。この事実を父親のデモステーヌは侮辱的な言辞で強調している。

マリーはブランディーヌを熱愛していると信じていたが、ブランディーヌの方の感情は非常にあいまいなものであった。妹を取り上げたとして母を非難することがよくあった。パリに来る時、

83）ダニエル・オリヴィエ文書（J・ヴィエ引用）

コジマはブランディーヌの許に滞在すると約束する。ところが実際はマリーに連れて行かれるにまかせる。結婚を目前にしたブランディーヌが義兄になるエルネスト・オリヴィエに書く。「母はコジマとわたくしが母の庇護の下に入るためにあらゆる手を尽くしました。そして、わたくしたちのどちらもが母の彫刻の台座になろうとしないことがわかった今、クレールとポーズを取り、妹を引き立てているのです。[83]」

慣習の白いヴェールを取り除くならば、母と娘の関係は決して容易なものでもなければ、常に同じ意味を持つものでもない。この並外れた母と、運命に弄ばれた娘たちの場合、その関係は沼というよりも火山に似ていよう。

エミールとブランディーヌの正式の出会いは、ブールヴァール劇の筋書き通りである。伯爵夫人と娘はフィレンツェに向けて旅立つ。国境近くでエミールと彼の友人である弁護士のリメは、偶然のように二人に出会い、同行を申し出る。全てが、取り決められている以上、なぜデモステーヌ・オリヴィエはフィレンツェで結婚を準備するのであろうか？

ブランディーヌは父に感動的な手紙を書く。彼女は結婚式の日として、リストの四十六回目の誕生日である十月二十二日を選んだ……父は来るだろうか？　大作曲家は婿となる青年をワイマールに呼びつける。出かけられないエミールは手紙を書く。そして、侮辱と腹立ちをあらわにした返事を受け取る。音楽家は、フランス市民でないために残念ながら、フランス領事に代理で結婚式に参列してもらえないと言う。マリーは日取りを変更させようとした。フランツとかつてあれほど愛し合い、ダンテとサヴォナローラについてあれほど意見を交し、口論さえした街フィレンツェを再び訪れることはそれだけで試練であった。どうして、その上結婚式をフランツの誕生日にする必要があろう？　だがブランディーヌは固執した。父がこの世に生を享けた十月二十二日こそ、彼女に幸福をもたらしてくれるだろうから、と。

そんなことはどうでもいい。五十二歳という年齢にもかかわらず、[84]伯爵夫人の優雅さも気品も美貌も昔のままであった。母と娘にふさわしい舞台として、デモステーヌ・オリヴィエは息子の結婚式のために、サンタ・マリア・デル・フィオレ教会を夜間、開けさせる許可を得た。

ブランディーヌはリストに結婚式の様子を伝える。

この時間には普段は閉まっている教会がわたくしたちのためにだけ開けられました。エミールの数人の友人と父、そしてわたくしの母が列席者の全てでした。何もかもが瞑想にふさわしい雰囲気をかもし出しました。神父の声が広い堂内に厳かに響き渡り、祭壇の松明とろうそくがわたくしたちを照らし出しました。あたりは神秘的な薄明かりに包まれていました。

「信頼し切っていましたが、それでも深く感動しました」と心の中を打ち明ける。マリーは涙をこぼした。だが母親の涙は娘の結婚式にはつきものである。

翌年、義父のデモステーヌ・オリヴィエにこの日のことを書き送っている手紙から、ブランディーヌは満ち足りた幸せにひたっていることが感じられる。奇妙なことに、彼女はリストによそよそしさの感じられる「vous あなた」を用いている。リストは子どもたちに決して親しみを感じさせなかった。どの子にとっても苛立ちやすい神であり、恩恵を施す神であったが、決して友だちではなかった。一方、義理の父に対してブランディーヌはくつろぎを感じたにちがいない。彼

84）伯爵婦人は1805年12月31日に生まれた。

女は義父に親しみをこめた「tu あなた」を用いている。彼女は、「松明の薄明かりの中でこの上なく美しく、詩的な雰囲気にみちていた結婚式、ブリュネレシの手になる厳粛で壮大な大聖堂に漲っていた深い沈黙、あなたが下さった率直で感動的な祝福、重ね合わせたわたくしたち二人の手、二人の瞑想、二人の愛」を思い出す。上流社会の何ともグロテスクな結婚式に比べて、彼女は自分たちが特別の恩恵を受けた幸運な人間であると認める。

以後、結婚した娘たちと気難しい息子の母であるダニエル・ステルンは、子どもたちと距離を置く。彼らは彼女の手を離れたのだ。彼女は再度、自分自身にならなければならない。自らを作り上げなければならない。

結婚に失望したコジマは、愛情の対象を弟のダニエルに求める。彼は衆目の一致するところ、音楽と哲学に天賦の才を見せていたが、進むべき道を決めずにいた。……突然、医者はこの時代の病気、つまり肺結核が彼の体を蝕んでいることに気づく。看護にあたったのはコジマである。一八五九年五月、二十歳でダニエル・リストは他界した。

ダニエル・ステルンは、たった一人の息子を失った。ペンネームはこの息子の名前から取ったものであった。ステルンは星を意味する。ダニエルの星は不吉であった、彼は破局の子どもであったから。

コジマとハンスの最初の子は娘のダニエラであり、クレールの息子はダニエル。やがて生まれるブランディーヌの息子もダニエルと名づけられよう……ダニエル・リスト、ダニエル・ステルン……ダニエルが溢れる。

コジマにとって弟の死は、想像もしていなかった感情的な孤独の始まりであった。この弟と姉はまさしく同腹の動物のように生きて来た。彼らのお互いに対する優しさだけが二人を力づけるものであった。ハンス・フォン・ビューローは自己嫌悪が強すぎ、変らず愛することができなかった。コジマが妊娠中や病床に伏して夫の支えを必要とする時、彼は妻のそばにいなかった。ヴァーグナーや友人の家にいるか、陰うつな苦悩の底に陥ちこんでいた。

今日、コジマについてはどう語られているだろうか？　父の模範に押しつぶされて名手になろうとする勇気を持てなかった、ということであろうか？　彼女にとって緊急かつ最重要のことは職業の成功にではなく愛する熱烈さの中にあった、ということであろうか？　だが、彼女はその要求の多い愛、激しい愛を、父に匹敵するだが父を賞讃できる人間にしか献げられなかった、ということであろうか？

ハンスは確かにすぐれた音楽家であった、だが、天才ではなかった。それに、この分裂病質の人間、自己にとらわれた人間の心にどのようにして近づくことができよう？　彼は妻が離れて行くことに耐えられなかった。だが、彼の中に彼女を認めることもできなかった。

ヴァーグナーは『トリスタン』を完成する、そしてマチルデ・ヴェーゼンドンクとの愛に終止符を打つ。彼はパリにいる。そしてオリヴィエ夫妻に会う。リストの母は大腿骨頸部を折り、ブランディーヌが看病していた。フランツ・リストが、若い皇帝フランツ＝ヨーゼフから貴族に叙せられたという知らせが届く。息子を失った苦しみから、彼はこの祝賀にも無感動であった。

ナポレオン三世はヴァーグナーを寵愛する。『タンホイザー』の稽古がパリで行われるが、オペラ座支配人の説得にもかかわらず、作曲家は第二幕にバレーを挿入することを拒絶した。だが、バレー団の練習生やソロ舞踏手たちは、ジョッキー・クラブの名士たち、つまり貴族や平民ながら、流行で爵位を与えられた大金持ちのお気に入りであった。「ジョッキー」は陰謀を企てた。初日の宵、彼ら、フランスの歴史の後裔たちはこぞってオペラ座に参集し、銀の笛で音楽と拍手をかき消した。

オリヴィエ夫妻は、ヴァーグナーを悪性の風邪から回復したコジマに合わせる。その頃ハンス・フォン・ビューローはワイマールでリストの『ファウスト交響曲』を指揮していた。ヴァーグナーの陽気さは、四十八歳という年齢よりも彼を若く見せ、コジマのまじめさは彼女を二十四歳より老けて見せた。

一八六一年十月二十二日、リストは五十歳を迎えた。ザイン゠ヴィトゲンシュタイン公爵夫人は遂に法王庁ヴァチカンの泥沼のような手続きに打ち勝った。彼女の結婚は無効とされ、今やフランツと結婚できよう。その時、何もかもが互解したのだ。

フランツ・リストは、三十年近く前の一八三四年、ラムネが伯爵夫人に「この子を神から取り上げぬよう」懇願した時、彼に示した道に入ったのだ。友人の枢機卿が彼を司祭に任ずる。結婚の危険はこれで完全に回避された。

翌一八六二年、ヴァーグナーはビューロー夫妻を呼び寄せる。

ブランディーヌは妊娠していた。そしてマリーとの関係は悪化していた。相変らず支払われていない持参金の一件が全てを悪化させているのだ。伯爵夫人は窮地に陥った感じだと親しい人々に打ち明ける。現金は土地を売却することで得られるが、買手がいつも見つかるわけではない。

マリーは、ブランディーヌに最高の専門医がいるパリで出産するよう懇願する。一方、エミール・オリヴィエは、南仏の小さな港に面したサン=トロペという名の漁村にある彼らの新しい領地の近くで開業しているイスナール博士だけを崇拝していた。ブランディーヌは、金銭上の問題で母を恨んでいる上に、エミールを愛している。南仏に向けて発つ直前に、彼女は父にあててこの世にあることの幸せを感動的に綴る。「大いなる天分と高貴な心を授けられ、神のしるしが明らかな方の娘であり、秀でた性格、偉大な個性、高貴な心を持った方の伴侶であるわたくしが選ばれた人の母となるならば、わたくしは女としてどれほど美しい人生を送ることになるでしょう……」この手紙に母マリーへの言及はない。

一八六二年九月、サン=トロペでブランディーヌは、ダニエル・オリヴィエを出産し他界する。叔母コジマがこのダニエルを抱くのは、生後二ヶ月の時である。

ブランディーヌは、マリーが五人の子どもたちの中で最も待ち望んだ子であった。そしてこの娘は、マリーが金銭上の誤解を解くことさえできないうちに死んだ。彼女が最後に書いた手紙は父にあてたものであった。

人生の全てが約束されていたブランディーヌの突然の死は、エミールと彼の兄ばかりでなく、彼女に心を奪われていた弁護士ジュール・ファーヴルに衝撃を与えた。（奇妙な巡り合わせと言うべきであろうか、一八三八年、パリの弁護士会に登録したばかりのジュール・ファーヴルは街頭で妻を殺そうとしたフローラ・トリスタンの夫の弁護を引き受けた。この訴訟に勝ち、シャザルの死刑を減刑させるために、弁護士はフローラの著作を盾に取り、彼女が破廉恥な日々を送っていたと主張し、被告の行為を正当化したのだ。リベラルで知的な階層の人間は、このやり方は反動的で気高さに欠けると判断した。）

マリーは絶望に打ち沈む。もはや誰にも会おうとしない。ジュリエット・ランベール＝アダン（すぐにマリーを裏切ることになるのだが）に書き送る。

どうかお出でにならないで下さい。わたくしは慰められることを拒絶いたしますわ。衝撃は余りに激しく、長い間打ちのめされたままになっております。この時期に抵抗しようとするのは、悲しみに身をまかせる以上に残酷なことですから。

喪の悲しみさえも、愛ゆえに生まれた子どもたちの中でただ一人残った娘とマリーを和解させることはなかった。しかしながら、そのコジマも違った形ではあったが、母の運命を繰り返していた。三番目の娘イゾルデは、ハンスの子ではなかった。リヒャルト・ヴァーグナーの子であった。

かつてリストとマリーというすさまじい恋人たちは、いわば見せ物であった。舞台の上でフランツが音楽家としてだけでなく、喜劇役者として振舞う時、伯爵夫人はその行動に厳格な規則を課した。そしてあらゆる違反が、彼女にとって侮辱となり屈辱となった。彼女が含まれていない招待にリストが応じるならば、それは彼が彼女をもう愛してはいないこと、彼女を軽蔑していること、あるいは別な女性に心を奪われていることであった。

こうしたドラマを、コジマは直接記憶していたからではなく、語り伝えられたことで、残らず知っていた。コジマは結婚生活を放棄し、夫を捨てて天才を選ぶ同じ筋書きのドラマを、母とは違った風に生きようとした。彼女は天才の下女になることを望み、作曲にふさわしい環境を作り出すよう心がけた。バイエルンのルートヴィヒ二世——かつてリヒャルトはビューロー夫妻にあてた手紙で、「若き国王が私の最も忠実な弟子だ」と、誇らしげに語ったことがあった——がやがてコジマを憎悪するようになるのは、リヒャルトが仕事から引き離されることを彼女が認めなかったからだった。ヴァーグナーには、ルートヴィヒ二世の寵愛に感動しているふりを、少なくともすることができたが、頭にあるのは音楽のことだけであった。

コジマには、自分が絶対に不可欠な存在であると感じること、そして愛の告白で満たされていることが必要であった。この条件が適えられれば、彼女はどんな犠牲でも払うことができた。一方、ヴァーグナーには、親密で関係を断ち切ることのできない人々、つまり妻と子どもたちの輪の中心に自分がいると感じることが必要であった。この輪が彼を中心にして回っていれば、彼は賛歌を歌い上げよう。二人は各々の願望を手に入れたのだ。

最後の忠実な友人たち——ジラルダン、ロンショーなど

喪の深い悲しみから立ち上がろうとするダグー夫人を支えたのは、友人たちである。彼女が社会の変革を目にするのは、共和主義者たちの友人を通してであり、共和主義者としての信念を失

85）1846年のエミールとの短い関係は忘れられた。

うことはない。彼女は『オランダ起源史』を著す。また「ダンテとゲーテの対話」といった、歴史や文学の主題に取り組み、賢明なディオティーマの名前で顔を出す。彼女の著作は今まで以上に頭脳に頼った、抽象的なものになり、『一八四八年革命史』を価値あるものとしたあの豊かな色彩、細部にわたる描写、生き生きと写し出す才能は影をひそめた。彼女のサロンには相変らず忠実な友が集い、エミール・ド・ジラルダンの顔も見えた。

エミールは相変らず、来たるべき世紀の速度で生活していたが、崇高なまでに優雅に病に耐え、ついに一八五五年、癌で亡くなったデルフィーヌを忘れることはなかった。デルフィーヌの晩年は、しばしばマリーに羨望の念を抱かせもし、また皮肉な思いにさせもした。

夫が常に大臣の地位を望んでいた――結局、一度も手にすることはなかったが――ジラルダン夫人は、後に皇帝となる皇帝《プランス》-大統領《プレジダン》、そして皇后と近づきを得た。彼らはデルフィーヌの戯曲『レディ・タルチュフ』のフランス座での初演に出かけた。デルフィーヌの変らぬ賛美者ラシェルが演じた[85]。

平戸間も、桟敷席も批評家たちの黒服を別にすれば〈肩飾り〉をつけた男性と肩をあらわにしたデコルテ姿の女性で溢れた。ジュール・ジャナンは『デバ』紙で作品を絶賛するが、幕間にロビーで、「これはタルチュフ夫人ではない、夫人に変装したタルチュフそのものだ。」と洩らす。悪意のあるものではない。ラシェルは後にこの戯曲をロンドンで上演することになる。女優の邸で催された夜食の席で彼女は姉と共に酔っぱらい、エミールはレアという名の公爵夫人につきまとわれる。『ル・タン』紙の主幹である（そしてマリーのサロンの常連であり、この時の夜食の様子を詳細にマリーに報告する）アルセーヌ・ウーセは、「ラシェルは貧しい人々には何一つ拒まないが、金持ちからは全てを受け取る」と呟く。これは真実であった。テオフィル・ゴーチエは、デルフィーヌの象徴であり、夜の妹であるラシェルが酔いつぶれる姿を病気のデルフィーヌに見せまいとする。自分に多くの矛盾があることを自覚しているデルフィーヌは、愛する人々の陰の部分を発見しては心を痛める。

バルザックが彼女に、とある遊びを教えた。彼女もその力を信じ始め、皇后にも参加させようとさえしたが、これはうまく行かなかった。交霊円卓である。

ジラルダン夫妻はある程度の距離を置いたナポレオン支持者であった。エミールは普通選挙実施のために闘い、バ＝ラン県で代議士に選出された。実を言うと、彼は一八四八年十月二十四日以来、皇帝《プランス》‐大統領《プレジダン》を歓迎すると宣言し、ダニエル・ステルンの憤慨を買っていた。だが、一八五〇年一月五日、彼はフランスの主人をどなりつけた、「五千万の投票から閣下が手にした巨大な権限をどうしてしまったのです？」

後に、帝国のまさに中心でボナパルト一族の一人が、アンリ・ド・ロシュフォールの部下の若いジャーナリスト、ヴィクトル・ノワールに発砲した事件では、ジラルダンは暗殺者に抗議して犠牲者とロシュフォールの味方をしよう。

友情は政治と競合するものではないことを示すかのように、デルフィーヌは一八五三年九月六日、ヴィクトル・ユゴーの亡命地マリヌ＝テラスに下船する。詩人は温室にいた。突然、彼は、クリノリンの入った白いドレスに身を包んだ女性が、亡霊のように自分の方に向かって来るのを目にした。それは公職にあるパリの要人や文壇のパリの名士たちがこぞって憧憬するパリの女性であり、帝国を支えている男の妻であった。彼は「やあ」と言う。そしてデルフィーヌは、「ええ」とだけ言葉を返す。

このさり気ない言葉で二人の劇作家には十分であった。デルフィーヌの説得でユゴーの家族全員が交霊円卓を信じるに至った。九月十一日と十三日の両日、パリでの実験が再現される。デルフィーヌは霊媒と磁気術師による呆然とするような実験のことを語った。ユゴーの家族、それに忠実なオーギュスト・ヴァクリィ（申し分のない秘書役の彼が記録をとる）が、夜の中で待つ。そして突然、霊が名を名乗る。それは若い夫と一緒に溺死し、『オランピオの悲しみ』のヒロインとなったユゴーの娘レオポルディーヌであった。激しい感動が懐疑を霧散させた。二日後、ヴィクトル・ユゴーはシャトーブリアンが円卓を介して、「海が私に君のことを語る……」と彼に話しかけたと信じた。

デルフィーヌは九月十六日、島を出発し、十一月二十七日、今日ならば、交霊術の実用新案品とでも言うような円卓をマリヌ＝テラスに発送する。一方の卓には動く針が次々に示すアルファベットの文字盤が備えつけてあり、もう一方には霊の口述を書き取る鉛筆が付いている。だが、ユゴー夫妻は新案品愛好家ではない。二人は改良品に頼らずに、デルフィーヌが実演してみせた小型円卓を一八五五年まで使用する。一八五五年、デルフィーヌが世を去った後はどうなっただろうか？　彼女は彼らのもとに話をしに来たのだろうか？

こうした話が、デルフィーヌと死別した夫が再び出入りするようになっていたマリーのサロンまで伝わって来る。そしてジュリエット・アダンが仲違いの後で、伯爵夫人からジラルダンを奪い取ったとどれほど自慢しようとも、思想に対しては容易に立場を変えたジラルダンも過去の情熱には終生、誠実であった。

ジラルダンは、私生活では愛情と自尊心が踏みにじられ、苦悩を味わう。一八五五年に妻を亡くした彼は、その翌年、娘といえるほど若いドイツ女性ミンナ・フォン・ティーフェンバッハと結婚する。新しい妻のために彼は、ラ・ペルーズ街に壮麗な邸を建てさせ、その修道院のような簡素な書斎で、おまけに僧服を着て、ジャーナリストや政治家たちと面会した。ミンナには知性と感受性が欠けていた。ある日、ジラルダンはシャン＝ゼリゼ通りで偉大な詩人——何週間かの間フランスで最も人気があったが、今や一介の破産した地主、売れない作家でしかないラマルチーヌに出くわした。彼はラマルチーヌを晩餐に招待し、夫人の右側に座らせた。ミンナはこの客人が何者であるか知らなかった。彼女は服が擦り切れ、シャツにはもはや光沢がないのを見て取り、ほとんど口をきかなかった。ジラルダンにとって、これは幻想の終りであった。

一八七〇年の戦争の間、彼はミンナをイギリスに行かせた。この地で彼女は女児を出産する。エミールは直ちに嫡出否認の訴訟を起こし、たやすく勝訴し、別居をかち得た。

ミンナが実権を握っていた間も、ジラルダンは昔の女友だちをないがしろにはしなかった。マリーのものではなくなった、この元恋人は、今やダンディに変身した。美しい季節には白服に身を包み、矢車菊色のネクタイをしめ、新しい小径が作られたブローニュの森の散策にマリーを誘う。二人は散策が好きだった。

ジラルダンは、マリーが昔ながらの忠実な友人を集める時にもやって来る。そしてエミール・オリヴィエとよく顔を合わせた。彼はブランディーヌの夫であったこのエミールと、一八六三年に協力関係を結んで選挙運動を支援し、エミールを大いに喜ばせた。それから一八六七年、二人は仲たがいする。オリヴィエは、「私が大臣になる夢は水泡に帰した」と嘆息する。二人を仲直りさせるのはマリー・ダグーであろうか？　彼女の影響力はもうどちらにも及ばなくなっていた。二人を近づけるのは共通の友人、皇帝の従兄弟にあたるナポレオン公である。だが、しばしば破られることになる彼らの結託の根底にあるのは、ダグー伯爵夫人の思い出である。

ミンナに失望した直後に、ジラルダンが意中の女性に出会ったことをマリーは知っていた。彼はこの女性、ド・ロワーヌ夫人が亡くなるまで、毎日のように訪れることになる。辛辣な記事を書くゴシップ記者のアルチュール・メイエールは、二人の決して変ることのない挨拶を聞いて感動する。ジラルダンは部屋に入りながら、「こんにちは。私の優しい女《ひと》」と言い、ド・ロワーヌ夫人はこれに対して、変ることなく、「さあ、おかけ下さいな、わたしの偉大な方」と応じる。

マリーはこうした心を打つ愛情の表現を耳にして苦しんだであろうか？　自分の許を離れるにまかせた男性を、このド・ロワーヌ夫人が繋ぎとめておくことができるのを耐え忍んだであろうか？

おそらくは、エミールが自分のサロンに新しい息吹を吹きこんでくれることに感謝していたであろう。ジラルダンの目には、一八六七年の株式会社に関する法律は、フランス経済、つまりフランスの真の政治の重要な転換期を意味していた。以後、要求をつきつける賃金労働者たちに対して雇主は、「私の株主たちが望んでおりません。したがって私は自由に船を操縦するわけにはいきません」と答えることができるのだ。（百十五年後であれば、「私はもはや自由に振る舞うわけにはいきません。工場を買取った多国籍企業が拒否したのです」と答えるであろうが。）上場の株式会社に関する法律は、フランスにおける工業所有権制度、および責任制度を変革する。

ジラルダンはパリの変貌についても話す。ウジェーヌ・シュウほど詩人でない彼には、オスマン男爵の工事現場の賃金に引き寄せられて田舎を捨てた人々が、すし詰めになっているあばら家の密集する場末や小路の新しい秘密を浮き彫りにすることはできないが、技術進歩（一世紀後のオートメ化と同様）が、労働者たちには脅威と感じられていた事実を明示することができた。最初から最後まで一人の職人、あるいは一つのグループが成し遂げる見事な仕事に対する職人の誇りを打ち砕く作業がすでに始まっていた。ジョルジュ・サンドが『フランス遍歴の仲間』を書き、フローラ・トリスタンがフランス遍歴を企てていた時期に、職人の勲功が色あせ、滅び始めていた。自分たちの労働の合目的性を知らない工場労働者の悲劇が始まっていた。マッチを作る、時には織物だけを作る、棺桶のような工場に引き寄せられた女子労働者や子どもの数が増加していた。そしてすでに、こうした労働の規制が考えられ始めていた。

田園生活（一九六〇年代以降、われわれが「自然環境」と呼んでいるものに相当しよう）への願望、新ルソー主義がすでに流行していた。

マリーはしばしばパリの生活に倦み、友人のトゥリベールや、ジュラ山中に腰を据えて動こうとしないルイ・ド・ロンショーの許へ出かけて行った。ロンショーは彼の館が忠誠を誓った貴婦人にふさわしいものであるようにと、ますます散財を重ね、破産に向かっていた。

マリーは、真直ぐに走る大通りと重々しい建造物のパリ、女像柱のついた建物や豪華に過ぎるショーウィンドーのパリで、『パリの秘密』の描写が真実であったことを、さらに『レ・ミゼラブル』やバルザックの『十三人組の物語』の真実性を一層認めるようになった。パリのこうした情景は次第に移動し、やがて姿を隠す。鉄とガラスの通路、つまり店が顧客のために雨天を心配しなくてもすむアーケードが建造される。そしてパリの胃袋レ・アール（中央市場）は、バルタールという名の天分ある男の設計による鉄とガラスの翼で覆われる。ほぼ百年後、金権体質の首都のエリートたちに、進歩を愛していると思いこんでいる共和国大統領が加担して、レ・アールの翼を屑鉄商の手に放り出すだろう。

一世紀後、マリーの時代から始まっていた収益性を目的とする配慮が、再びパリを変えたのである。

ダグー伯爵夫人は、真の独創性をいつも見分けることができたわけではなかった。たとえば、ジョルジュ・サンドとドラクロワが友情で結ばれていることから、彼の天分を認めることができなかったし、『ボヴァリー夫人』に見たものは地方のありふれた姦通の話だけであり、彼女自身が感じているものによく似た孤独ゆえの絶望の姿ではなかった。

だが、一八六二年二月二十一日、彼女はコレージュ・ド・フランスでルナンの講義を聴講する。ルナンは脅迫されていた。『イエスの生涯』の著者を口笛でやじる教権支持派と、帝政賛同者（ルナンはナポレオン三世から任命されていた）に口笛を吹く自由主義者たちの団結が危惧された。

「実際は、聴衆ははるかに大きな声で『ミシュレ万歳！』、『キネ万歳！』と叫んだ。そして講義は自由思想の勝利を際立たせた」とマリーは記している。

代議士に選出されたトゥリベールは、伯爵夫人のサロンでビスマルクの危険性を説明する。プロイセン、つまりドイツの名声を確立させるために、フランスに対する優越性を世界に証明することがビスマルクには必要なのだ。

エミール・ド・ジラルダンは今や極端な国粋主義者であった。『ポルティシの軍隊』の初日、オーケストラが「ラ・マルセイエーズ」を演奏すると、彼はミュッセの詩に曲をつけた「ドイツのライン河」の演奏を要求した。指揮者はその賛歌を知らないと弁明する。その時、騒ぎを圧倒するジラルダンの鋭い声が桟敷席から上がった。「ライン河を奪取するための時間より、それを覚える時間の方がどうやら必要と見えますな！」

エミール・オリヴィエは、このこれ見よがしの好戦的言動を苦々しく思う。

一八六六年、一時的にではあるが、『プレス』紙を手放した時、ジラルダンはただ同然で発行部数五百の『リベルテ』紙を買い取った。彼はその紙面でオリヴィエの率いている政治を激情的に支援し、何千部をも県庁に送った。一ヶ月後には発行部数が一万二千となり、やがて六万部に達する。

エミールは朝、シャン＝ゼリゼ通りの自宅でジャーナリストや作家志望に面会した。訪問客はとてつもなく大きな階段を昇って行く。門番が証明書に記入させる。やがて飾りの全くない独房に通される。そこで、見る人によってはウードンの描くヴォルテールとも、修道士に変装したやぶにらみの年老いたナポレオンとも見える人物に面会することになる。

一八六七年、自分の書いたものを持参した一人の青年がジュール・ヴァレスと名乗る。「自分の仮面を冷却させるために入れた氷を割れば、彼のふくれっ面に隠れた善意と、冷ややかな眼の中に凍った涙がみとめられる。青白い顔のこの男には、感傷的になる余裕もないし、人類に対する彼の侮蔑を説明したり、罵倒されるにまかせている臆病者を卑屈な人間として痛罵する権利を彼がなぜ持っているのか説明する余裕もない！ 危険がないと思う人間をこの男が罵ることはない！」

ダニエル・ステルンがこの肖像画を知れば、かつて自分が描いたエミール・カレ以上にエミールに似通っていると認めたにちがいない。

この同じ一八六七年、エミール・オリヴィエと決裂した『リベルテ』紙編集長は、『プレス』紙がギゾーにあてたものとは反対のことを書く。「貴下は、変らずわれわれの尊敬を得ておられる、だが、もはやわれわれの協力を手にすることはないでありましょう。」和解した後、誠実なオリヴィエは投機をしたかどで、皇帝に非難されるジラルダンを弁護する。

この後、彼はさまざまな嫌疑で非難を受ける。たとえば、パイヴァを足繁く訪れたこと（これは真実であった）、そこで一人の女スパイに出会ったこと、ビスマルクの罠に落ちたのは、この女のためだ……エミールは全ての汚名を晴らす（だが、それはずっと後になってのことだ）。

同じく一八六七年の二月十七日、コジマの四番目の娘、リヒャルト・ヴァーグナーにとっては二番目の娘、エヴァが生まれる。父親は『ニュールンベルクのマイスター・ジンガー』に専念していた。娘が生後八ヶ月と八日を祝う時、これを完成させよう。

リスト神父とヴァーグナー夫人

コジマが胸の内を両親に明かすことはほとんどなかった。リストが真実を知るのは、ひどいうつ状態に陥っていたハンス・フォン・ビューローに会いに行った時である。

だが、マリーとフランツが別離から二十一年を経て同じ食卓につくことになるのは、コジマの懇願からである。父と共にパリに滞在していたコジマは、母の家に食事に行くよう説得した。

磁器はセーヴル製、銀食器はクリストフルの手になったものであった。最上のレストランの洗練された食事が供された。娘の両側から彼らは見つめ合った。マリーは思いをめぐらす。「あなたはリスト神父になられた、そしてわたくしはダニエル・ステルンに。それにしても何と多くの苦悩や絶望が、わたくしたちを妖精フランツとアラベル王妃から引き離していることでしょう……」

ただ一人生き残った子どもが、かつての自分たちと同じように情熱に身をまかせていることを知って、二度と交わることのない二人は何を考えたであろうか？　娘は信心深い人間がキリストを信仰するように、ヴァーグナーを信じたのであろうか？　不安や希望が予言的に見えるのは、それらが現実のものとなった時である。

ハンス・フォン・ビューローは、自分がコジマ――当代随一の偉大なピアニストとこの上なく風変りな貴族女性によってこの世に送られた女神ともおぼしき女性――にふさわしい人間であるとは一度として考えたことがなかった。彼女の方から求めた結婚、彼には望む勇気など決してなかった結婚に際して、彼はリストに書き送った。「私の愛で深く結びつけられておりますが、もしお嬢様が私について思い違いをしていたと気がつかれるようなことになりましたら、お嬢様を自由にしてさし上げることで、お嬢様の幸福のために、ためらわずに私自身を犠牲にいたしますことをお誓い申し上げます……」

だが、その時が到来するや、変ることなく情熱のとりこになっていた哀れなハンスは、自分の偶像であったリヒャルト・ヴァーグナーを憎悪し始める。

一八六九年六月五日、コジマはヴァーグナーの息子ジークフリートを出産する。彼らにとっての唯一の息子は、後に母コジマと共にバイロイト劇場に君臨し、ヒトラーが父の栄光を利用することさえも許すであろう。

ジークフリートの誕生には幸運な兆しがあった。ヴァーグナーが思想上の師と仰ぐ哲学者フリードリッヒ・ニーチェが居合わせたのだ。つまり、リヒャルトと哲学者が話している時、若い母親は最初の陣痛に襲われた。明け方の四時、産婆が「坊やですよ！」と告げに来ると、ニーベルンゲンの支配者は幸せの余りくずおれ、すすり泣いた。男として自分は、一人の男をこの世に生み出したのだ。リヒャルトは離婚とそれに次ぐ結婚のために闘うことを決意する。名前を永続させるのに娘をあてにすることはできない。娘は夫の姓のために自分の姓を失うのだから。ところがジークフリートはヴァーグナーとなり、終生かわることはない。

ヴァーグナーはコジマに選択を強いた。彼女はハンスが二人を結びつけている絆、彼の名前を子どもたちに伝える絆の虚構の中にしか生きていないことを知っている。

ハンスがリスト神父に全てを打ち明けたのは、ミュンヘンでの『タンホイザー』初演の翌日であった。

母の故国が夫の国に征服されるのを目にした怖ろしい年、一八七〇年の八月二十五日、離婚したコジマはリヒャルト・ヴァーグナー夫人となった。

娘コジマにマリー・ダグーは、驚くほどの生命力を授けていた、つまり、一九三〇年、バイロイトにおいてコジマは、九十三歳の生涯を終えることになろう。バイロイト祝祭劇場の礎石が一八七二年五月に置かれる。したがって彼女は、ドイツ音楽の中心として半世紀近くにわたって君臨することになるのだ。父の栄光が、西ローマ帝国とヴァルハラ信仰の復興を望んでいる人物の役に立つとジークフリートが気づいたのは、母の死後である。

マリー・ダグーは、ヨーロッパの政治情勢が家族の中にあっては解決されると思ったであろうか？　エミール・オリヴィエは議会で、「憂いなく戦争を受け入れる」と断言することになるが、これはどんな歴史書でも決して許されはしない。

だが、この衝撃と戦争の恐怖を目にする前に、マリーは次第に頻繁に起こる神経の発作に苦しむようになる。

クレール・ド・シャルナセは一八六九年四月二十八日の手紙で、「お母様は快方に向かっていますが、精神状態はまだとても不安定です」と、コジマに伝えている。だが、ダニエル・ステルンがゲーテについて執筆する時、ドイツの娘は驚嘆する。九月二十三日、クレールは、「お母様は再び錯乱状態に落ちています」と知らせる。

〔コジマの日記、十一月四日〕母が『リベルテ』紙（ジラルダンの新聞）で、ヴァーグナーとの結婚通知を読んだ。したがって、「……わたくしには大層不快なこと」と手紙に書いて寄越すにちがいない。リヒャルトがからかう、「何てことだ、君の両親は！　君の大好きなお父さんはピアノに坐ることと、人生に腰を下ろすことは全くちがっているという事実を証明しているね。」

〔コジマの日記、十一月二十八日〕六年前、ベルリンでリヒャルトに出会った時、二人が共に暮らすことは決してできないと考え、一緒に死ぬことを望んでいたのを思い出す。「このような愛は愛する人の世界を自分のものとすることだ。」

〔コジマの日記、一八七〇年九月一日〕ライン河征服をフランス人がこれほど絶え間なく主張していることは、どのような終結を迎えることになるだろうか、とニーチェ教授がたずねる。

九月十四日、サン＝シモン主義を信奉する国際主義者とフランスの共和主義者の間に生まれたコジマは、ドイツの立派な愛国者として書きとめる。「ランの降伏におけるフランス人の裏切りが真剣に噂されている。彼らは可能な限りの悪を行えると思う。ドイツ人はどうするか？　ナポレオンを再び王位につけるか？　常に敵意にみちた態度をとる共和国と交渉するのか？　リヒャルトは長期間の占領とフランスの武装解除に賛成している。『フランス人は運命に押し流されるが、ドイツ人は運命に支えられている』と彼はいう。」（二つの大戦の間隔をおいて、ナチがヴァーグナーの中に思想的指導者を見出したとしても驚くに当たらない。）

九月十六日、戦時下のフランス、包囲に備えているパリ、共和国の発足後十四日目であった。コジマはフランス女性が感じるようなことは何もかも忘れてしまったように見える。〔コジマの日記、九月十六日〕深く動揺しているように見えるニーチェ教授の手紙、フランスについての率直に過ぎるわたくしの批判に、少々心を傷つけられた母からの手紙。可哀相にクレールはすっかり困惑している。パリは今や世界から孤立している。〔フランス人についての言及〕リヒャルトは、民衆の実情を知るには彼らの大衆的な踊りであるカンカン踊りを見さえすれば十分だ、とわたくしにいう。

旅行者や見物人を興奮させようと、ムーラン・ルージュが創案したエロチックな体操でフランスを判断するなどとは、ヴァーグナーの真剣な政治性を示すものではない。パリから不当に拒絶された音楽家の怨みが高潔さを欠如させたと言えよう。

もっとも十日後にリヒャルトは、賛歌「ラインの歩哨」で称揚された、愚かしいまでに極端な愛国心に憤慨し、前言を訂正する。

愛する祖国よ、心安らかにあれ。
ラインの歩哨は常に変らず強く忠実であるゆえに。

嫌悪感を募らせた彼は、自分はフランスの勝利を願っているのだと叫ぶ。コジマの日記を通して、時折、彼の中の穏やかな反ユダヤ主義が読み取れる。この事実から、息子ジークフリートのイデオロギーが説明されよう。

〔コジマの日記、十一月十三日〕（コジマは母からの長い手紙に触れている）フランス風に訓練された頭脳は夢想を捨て去ることができない、という事実をこの手紙から引き出せよう。

十一月二十六日、ニーチェの到着。十二月十六日、彼らはパリでの食料調達が困難であることを知る。

フランスの首都では、兎の代りに猫が食され、動物園の馬や獣たちが切り刻まれ、ネズミが特別メニューとなり、パンが藁の重さをはかっていたこの時期、ヴァーグナー夫妻が、この上なくよく知っている人々が強いられている苦難の日々に、胸を痛めている様子は見られない。天才の娘であり、また天才の妻であるコジマは、戦争についてビスマルクの親衛兵とほとんど変らぬ見解を表明する。「パリ爆撃という良い知らせを受けた。フランス人は彼らの状況が如何に絶対的なものであるか理解しているように思われる。」

エミール・オリヴィエは監視下に置かれ、ベルリン近くで孤独な日を送っていた。ヴァーグナーは彼を、善良で知的な人間ではあるが、フランス国家の傲慢さから常軌を逸した行動に走った、と批判する。余りに哀調を帯びたオリヴィエの手紙は、ヴァーグナー夫妻を驚愕させたが、彼は自由に話すことができないのだと考えるに至る。

コジマの日記はパリ＝コミューンについてほとんど触れていないが、クレール・ド・シャルナセの手紙もヴェルサイユ鎮圧に言及していない。十月十日、パリで何千という革命主義者が命を落としている時、コジマはパリのリスト家でリヒャルトに初めて出会った日の十八回目の記念日をったのである。

感動をもって祝っていた。あの日、リヒャルトは『神々の黄昏』の台本を読んで聞かせたのであった。

十一月五日、コジマは父がフランス支持を公言して、ワイマールへの演奏旅行を拒否したことにひどく驚く。

ダグー伯爵夫人は戦争、包囲、そしてコミューンの間、その大半をパリから離れて過ごしたが、しばしばサン=リュピサンのロンショーの館に滞在した。この戦争は彼女にとって家族を引き裂くものであった。二人の孫息子ダニエル・ド・シャルナセとダニエル・オリヴィエは、突然、フォン・ビューロー、ヴァーグナー側の孫たちの敵となった。

国際的な姻戚関係を持った貴族の由緒ある名前が、このように交戦国間に振り分けられることはよくあることだ。だが、今の場合は知識階級の人間であった、オリヴィエのような政界の弁護士、ヴァーグナーのような芸術家であった。

妻の日記にヴァーグナーが書きとめた、パリ=コミューンに対する想像を越えた見解を、マリーはどのように考えたであろうか？「共産主義者たちがパリを炎上させることを望むならば、それは壮大なことだと思う。パリの文化に対してそのような反感を抱き、何もかも焼き払おうとする、これこそが壮大なことだ。」

無政府主義者の見解、二十世紀の終り近くのテロリストたちの中でも最も先鋭的な分子の先駆者的見解と言うべきであろうか？　ヴァルハラの壮大な秩序を謳い上げたあの男がこうした見解を表明する……人間というものは断じて首尾一貫してはいない。

マリーは、ジラルダンから便りを受け取る。敗北を迎えた時、彼はリモージュにあって、『デファンス・ナショナル』紙を発行していた。

休戦の後、ジラルダンはパリに戻る。彼の日刊紙はいうまでもなく『リュニオン・フランセーズ』と題される。彼は、サン＝シモン主義者やフーリエ主義者の講義や、カベやプルードンと交わした長い会話を思い出して、紙上でアメリカ風の一種の連邦主義を説く、つまりフランスを十三の州に分割することを提唱した。

新聞は十三号で、校正刷りが共和主義者、ジャコバン派、中央集権主義者たちから押収された。革命的法律はパリからやって来るべきなのだ。そこでジラルダンはヴェルサイユに赴き、チエールに仕える。「ジラルダンは次々とあらゆる政府を裏切って来た男だ。」とミラボー＝ムッシューに進言する者がいた。今は亡きジョルドンヌ夫人の婿は微笑を浮かべて答える。「それは取りも直さず彼がすべての政府に仕えたことですよ。」ジラルダンはモットーとしている寸言、「最悪の事態は、決して確かではない」を固守している。

一八七二年、マリーは相変らず、輝かしい知的活躍（『オランダ起源史』執筆）と絶望の発作との間を揺れ動きながら、ジュラ山中にあった。ヴァーグナー夫妻はスイスのトリープシェンにいた。

マリーは半ばドイツ人であり、コジマの母であることで中傷を受けた。彼女が娘のクレールと共にあれほど頻繁に寄稿したアルセーヌ・ウーセの『ル・タン』紙は、彼女をドイツ人として扱った。

戦時中は、この攻撃がマリーをふるい立たせた。彼女は反駁する。確かに彼女は、自分が生まれたゲーテの国との一体を、正当とみていた。「一七八九年と一八四八年のフランス、ワシントンを支え、フィヒテとゲーテの愛するフランス、平和を求め、寛大で自由な民族を友とする共和国フランスだけが健全である。」

だが、それはフランスが敗北する前であった。今や、彼女は自分が徹頭徹尾フランス人であると自覚している。「ゲルマン民族の最大の栄光のために、われわれは全てのラテン民族と共に滅びる運命にあるのだろうか？」

戦争、敗北、パリ＝コミューン、鎮圧……一八七二年三月二十三日、マリーはヴァーグナー夫妻を訪問する決心をする。壮麗な館の前に四輪馬車が到着する。マリーはコジマを、子供の頃の愛称「わたしのムク」と呼ぼうとする。だがヴァーグナー夫人は、うちとけずに、「こんにちは、お母様」と答える。子どもたちはドイツ語で祖母に挨拶する……仕事をしているヴァーグナーの周囲は静まり返っている。夕食の時間にならなければ、マリーは彼に会えないだろう。

マリーとヴァーグナーは、マリーが著した「ゲーテとダンテに関する対話」を話題にする。ヴァーグナーは七十歳になろうとするこの婦人が着手した『オランダ起源史』に関心を抱く。壮麗な館、そしてそこで交わされる会話やヴァーグナー家の人々の物腰が、ゴチック風マントルピースや古い時代の肘掛け椅子が伝えるニーベルンゲンの壮大さと、そしてまた諺を刺繍したクッションやパイプ立てに並んだ主人のパイプがかもし出すドイツ風のくつろぎと、奇妙に混じりあっていた。

マリーは話題が政治の方にそれぬよう気遣う。彼女は自分が失敗したことを、コジマは上手にやり遂げたことを知っている。友人のヘルヴェークが伝えるところでは、戦争になる前に、カール・マルクスの友であるフリードリッヒ・エンゲルスが、とある邸で、リスト、ヴァーグナー、コジマ、ハンス・フォン・ビューローという奇妙な顔ぶれに出くわした。そして四人の間に漲っている賞讃と優しさの雰囲気に驚嘆した。コジマは愛を成就させるために死体の上を歩いたのであろうか？　ハンス・フォン・ビューローが受け入れた以上、誰がそのことで彼女を非難できたであろう？

三日間、ダグー伯爵夫人は、完璧な祖母、感嘆している義母、理解ある母を装って過ごした。それからコジマが不意に、「この戦争は不可避のものでした、そしてこの苛酷な教訓が、思い上がっているフランスには必要だったと、わたくしはますます確信するようになりました」と鋭い口調で言った。そして彼女は議論の後で、人は誰でも自分の愛の国籍を持っているものだと付け加えた。

ダニエル・ステルンは、ロンショーの領地に戻ることを決意する。自分から生まれたこの娘、もはや再び会うことはないとわかっているこの娘を、マリーは抱きしめる。彼女はヴァーグナーを抱擁する。ヴァーグナーの天分はリストが第二級の天才であることを世に知らせた。ヴァーグナーは妻に向かって、「君はよいお母さんを持っているね」と。

コジマは母の訪問を日記に記さなかったが、一八七三年五月八日の頁には、ダニエル・ステルンの『オランダ起源史』がアカデミー賞を受賞したと記している。コジマはこのことをクレールの手紙で知った。そして九月十三日、マリーから手紙が届く。次いでクレールが、母のうつ病の発作を知らせて来る。コジマの心に一つの思いが蘇る——子どもの頃（おそらく、恋人たちが破局を迎えた一八三九年から、二人の繋が一切断たれる一八四四年の間に、避暑のためにノンネンヴェルト島に滞在中のことだ）母が食卓で泣き続けているのを目にした。「涙に濡れたパンを食べる」といったような言葉を口にする。リストが怒りを爆発させる。それは乞食の言葉だ。コジマがこの情景をヴァーグナーに語った時、彼はリストに同調した。

コジマにとって、生涯のこの時期、一方に「父、夫、前夫」の男性と彼らとの絆である子どもたちがいた。そしてもう一方に、たった一人の母がいた。この母に対して、砕かれた賞讃、断ち切られた優しさ、そして恨みの錯綜した感情を抱いていた。コジマはこの母を、かつて激しい欲求不満を感じていたフランスと混同している。

一八七五年九月二十五日、コジマはダグー伯爵夫人からの最後の手紙を受け取る。夫人は、フランスの再生への信念を語り、さらにドイツではあらゆるものが欠乏している時にあって、第三共和制の未曽有の繁栄について語る。コジマは、ドイツ人の最大の美点は彼らの不満足だ、と返事を書く。

この年、歴史家ミニェが、アカデミーフランセーズでダニエル・ステルンの著作について講演するが、これが著述家マリーとしての最後の喜びであった。ミニェはかつて、オルタンス・アラールからマリーに紹介されていた。

冬の間中、何の知らせもなかった。

一八七六年三月七日、新聞を開いたリヒャルト・ヴァーグナー夫人は次の記事を目にした。「ダニエル・ステルンの名前で文壇に知られたダグー伯爵夫人が日曜日、パリで死去した。享年七十一歳。フランツ・リストとの関係で話題をさらった故人は、故エミール・オリヴィエ夫人、およびリヒャルト・ヴァーグナー現夫人の母である。」（ダニエル・ステルンが、語られるのは彼女の数々の恋愛によってであり、また母子関係によってである。）このニュースが確認されると、コジマはただ一つ近くにある墓に詣でた。弟ダニエルの墓であった。

リスト神父は「ダグー夫人の思い出は苦悩にみちた秘密です」と言った。

ダニエル・ステルンの埋葬には、崇拝者たち、娘、婿、嫡出の孫息子が立ち会った。ペール＝ラシェーズ墓地で、常軌を逸するまでに忠実であったルイ・ド・ロンショーは、エミール・ド・ジラルダンを目にして、ダニエル・ステルンを作り出したのはジラルダンであったと考えたであろうか？

死が訪れ、情熱が消えた。ジラルダンは、この女性をつき動かして来た激しい欲求と意志を、内面から理解していたおそらく唯一の人間であった。彼自身がまさに同じものを体験したからに他ならない。マリー・ド・フラヴィニーと私生児エミールは、いわば社会の両極端で生を享けた。彼はジラルダンという名前を手にするために名声を獲得しなければならなかった。以後、ジラルダンという名の人間は彼自身であり、亡父の伯爵でもなければ、嫡出の後裔でもない。一方、マリーの方は、幼い時から教え込まれた考えと、美しい響きを持つ二つの名前――フラヴィニー、あるいはダグー――を棄てなければならなかった。自分自身を素材として自分が作り出した一個の未知の人間、ダニエル・ステルン、つまり生みの親のない一個の存在であろうとする。

だが、墓地を後にしながら、かつて「新聞界のナポレオン」と呼ばれ、今や七十代を迎えたこの男は、自分こそが少なくともダニエル・ステルンの養父であったと、呟いたにちがいない。

あとがき

本書はDominique Desanti, *Daniel ou le visage secret d'une comtesse romantique, Marie d'Agoult*, Stock, 1980.（ドミニク・デザンティ『ダニエル、あるいは、ロマン派の伯爵夫人マリー・ダグーの隠された顔』）を訳出したものである。著者デザンティは歴史家、ジャーナリスト、また小説家として多様な作品を発表しているが、フローラ・トリスタン、ローザ・ルクセンブルクなど歴史に名を刻んだ女性のすぐれた評伝作家でもある。

本書では、十九世紀パリ社交界の輝かしい存在であったマリー・ダグー伯爵夫人の人生の軌跡を、大革命、産業革命、さらに数度の革命が相ついだ、激動の時代の中で辿りなおすことで、その生涯が現代人へ投げかけるメッセージを読み取ろうとする。

一八四八年二月、パリの民衆の蜂起に始まった革命は国王ルイ=フィリップに退位を余儀なくさせ、第二共和政を成立させたにとどまらず、折から自由主義・民族主義の気運が高まっていたヨーロッパ諸国を激しく揺さぶった。そして各地で革命の狼煙《のろし》が上がった。この二月革命はわずか数ヶ月で挫折を迎え、革命を支持した知識人たちに苦い絶望感を与えはしたが、「諸民族の春」を到来させる契機となったその意義がきわめて深いことは、ここで繰り返すまでもない。

そして、パリにあって一人の女性——最も由緒ある貴族階級の中で誇り高く育った一女性が二月の日々、首都に漲《みなぎ》った熱気を見事に映し出し、解放と平等の実現を叫んでバリケードを築いた民衆の姿を浮かび上がらせる、比類のない証言を残した。『一八四八年革命史』を著したダニエル・ステルン=マリー・ダグー伯爵夫人である。

マリーは輝かしい境遇を、六歳年少のハンガリー生まれの一介のピアニスト、フランツ・リストへの無分別なまでの情熱で惜し気もなく捨てた。少年の頃からモーツアルトの再来と評され、ヨーロッパ社交界の寵児であるとはいえ、執事の息子に過ぎぬリストへの愛を選択することは、マリーにとってまさしくサン=ジェルマン街の「人形の家」からの脱出であり、重い因襲の桎梏からの解放であった。サン=シモン主義に強く惹かれ、ラムネ師に心酔していたリストはあらゆる専制・圧制に反撥した。リヨンの絹織物工の反乱はポーランド人の暴動と同じく、彼の心を深く揺り動かした。マリーは夫のダグー伯爵に代表される貴族階級から離れ、リストの側に身を置くことではじめて、現実の社会を構成している、大多数の持たざる者の真の姿のほんの一端を垣間見た。

リストとのまさにロマン主義的情念を具現するような愛の破綻の後になお、ヴィニー、サント=ブーヴ、ウジェーヌ・シュウ、そしてとりわけ、ジャーナリズムの帝王エミール・ド・ジラルダンなど多くの崇拝者、求愛者が類まれな美貌と聡明さをもったマリーの前に現れたが、彼らの情熱に身をゆだねることは二度となく、七十年の生涯を終えるまでペンに自らを託し続けた。

同じ時代、女性の真の幸福を追求した、つまり、一個の人間としての自由——男性本位の法律や社会道徳の重い鎖に幾重にも繋がれた隷属状態からの解放を求め、情熱における両性の平等を謳った作品を矢つぎばやに世に問い、絶えず社会の耳目を集めているジョルジュ・サンド。そして戯曲や詩作ばかりでなく、「ド・ロネ子爵」の署名で『プレス』紙の時評欄を担当しているデルフィーヌ・ド・ジラルダン。この二人の先達を模範として――時に嫉妬や反感に駆られて――マリーがペンを進めたことは想像に難くない。

だが、もっと奥深いところでマリーを突き動かし、ペンにより自己の内面をあらわにする行為を続けさせたものは何であったのか。

本書の著者ドミニク・デザンティは、マリーの生涯を辿ることでこの本質的な問いを読者に投げかけているように思う。

極度に発達した機械文明の中で現代人が枯渇させてしまいがちな精神のエネルギーを、生涯燃焼させた、ロマン派時代の卓越した存在、マリー・ダグー＝ダニエル・ステルンを紹介する機会を与えて下さり、多くの助言を惜しまれなかった、藤原書店店主藤原良雄氏に心からの感謝を申し上げたい。

尚、原文ではきわめて多くの《 》が使用されているが、訳文中では煩雑になることを避けるため、訳者の考えで、行を改めて引用を明示するか、ケン点に替えた、又脚注の箇所にある1)は原注を＊は訳注を示すことを読者にお断りしておきたい。

訳者

主な登場人物

マリー・ダグー伯爵夫人（ダニエル・ステルン）
際立った美貌と聡明さでパリ社交界の輝やかしい華でありながら、生涯、ペンを握り続けた。

シャルル・ダグー伯爵
マリーの夫。婚約式に王家が出席するほど由緒ある家柄の貴族。

ルイーズ・ダグー
マリーとシャルルの長女。六歳で病死。

クレール・ダグー（後のシャルナセ侯爵夫人）
マリーとシャルルの次女。

フランツ・リスト
ハンガリー生まれのピアニスト。「ピアノのパガニーニ」といわれる技巧と魅惑的な容姿で音楽界の寵児であった。

ブランディーヌ・リスト（後のエミール・オリヴィエ夫人）
マリーとリストの最初の娘。

コジマ・リスト（後のリヒャルト・ヴァーグナー夫人）
マリーとリストの二番目の娘。

ダニエル・リスト
マリーとリストの息子。

エミール・ド・ジラルダン
ジャーナリスト、政治家。廉価の新聞を創刊し、新聞界に革命を起こした。「新聞界のナポレオン」と称せられた。

デルフィーヌ・ド・ジラルダン
エミールの妻。天才少女として文壇に名を馳せ、結婚後は「ド・ロネ子爵」の署名で新聞に多く寄稿。そのサロンには各界一流の人士が集まった。

ジョルジュ・サンド（本名オロール・デュドヴァン男爵夫人）
ロマン主義を代表する女流小説家。リストと深い友情で結ばれた。諧謔趣味でマリーやリストとのつきあいの中で、自らをピフォエル博士と呼んだ。

シャルロット・マルリアニ
パリ駐在スペイン領事エマニュエル・マルリアニの妻。マリー、ジョルジュ・サンドの共通の友人。

オルタンス・アラール・ド・メリダン
社会の偏見、因習から解放された生き方を貫き、マリーと終生、変らぬ友情で結ばれた。

サント゠ブーヴ
十九世紀を代表する批評家。印象批評と科学的批評を融合した近代批評を確立。モラリストとしての人間解剖に本領を発揮。

アルフレド・ド・ヴィニー
ロマン派を代表する詩人。小説家、劇作家としてもロマン主義運動の渦中にあった。深いペシミズムを象徴的手法で作品に結晶させた。

ウジェーヌ・シュウ
新聞小説の開祖とも言うべき小説家。『パリの秘密』、『さまよえるユダヤ人』などの社会小説は大衆の圧倒的人気を得た。

アルフォンス・ド・ラマルチーヌ
ロマン派を代表する抒情詩人。七月革命後、政治に関心を寄せ、二月革命では臨時政府の外相として、雄弁をふるう。

クリスチーナ・ド・ベルジオジョーソ
秘密結社「連邦組織」の統率者ベルジオジョーソ公爵と結婚し、生涯、熱烈な愛国者として、イタリア問題解決のために奔走した。ラファイエット、ミュッセ、ハイネらと親交を結んだ。

ラムネ師
司祭。キリスト教的社会主義を説く。『信者の言葉』でローマ法王庁より破門の宣告を受けた。『民衆の書』で社会の不正を糾弾し、平等主義を唱えた。

ヴィクトル・ユゴー
ロマン派の首領であり、また十九世紀を通して広汎な活動を見せた、フランスを代表する作家。人類の無限の進歩を信じ、理想主義社会の建設を目ざして政治家としても活躍。

テオフィル・ゴーチエ
ロマン派の詩人、小説家。若くしてジャーナリズムに関わり、終生、文芸・絵画・演劇評論を寄稿した。「芸術至上主義」を唱え、高踏派の先駆者となった。

ラシェル嬢
ユダヤ系アルザス人の悲劇女優。コルネイユ、ラシーヌ、またロマン派劇で華々しい成功をおさめた。

マリー・ダグーを中心とした系図

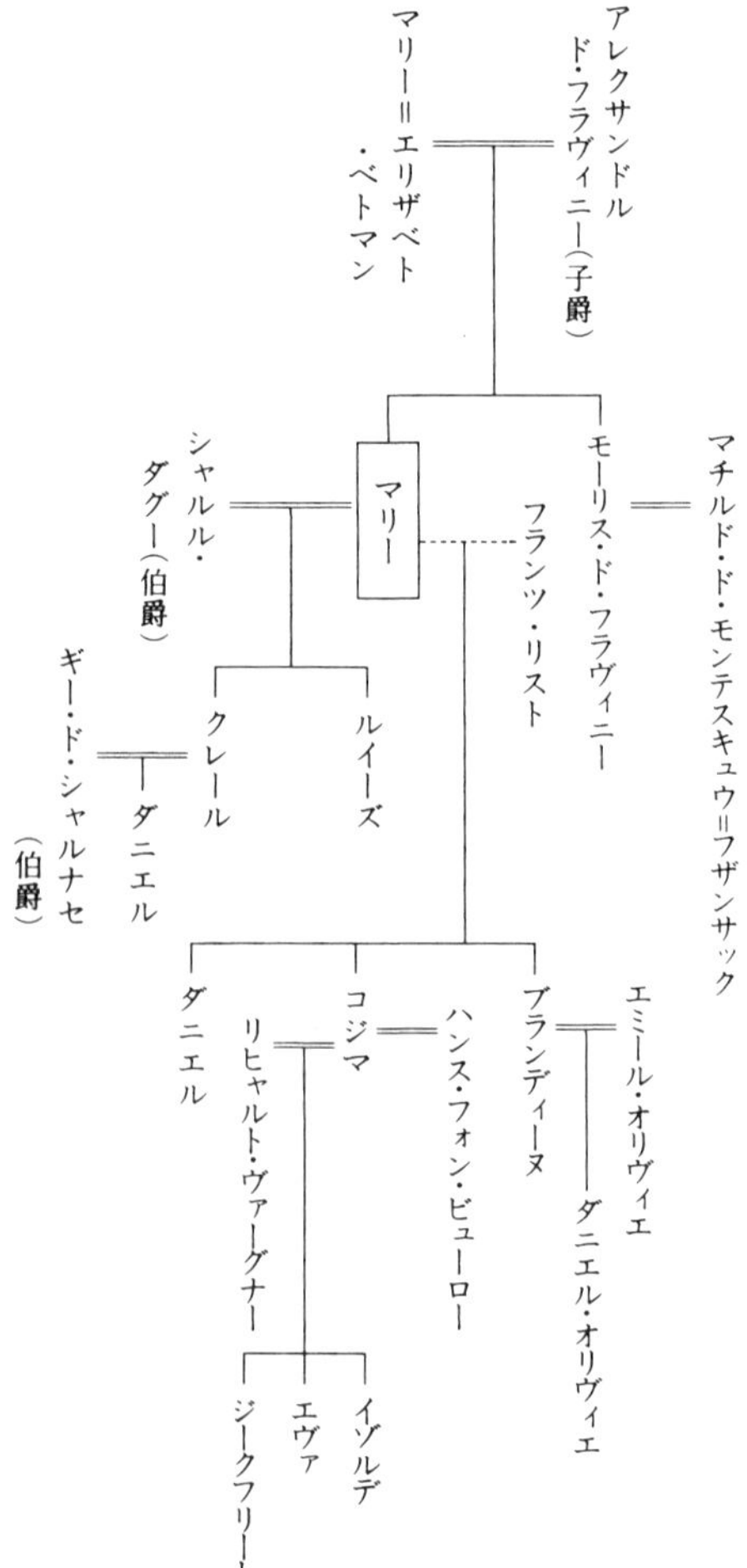

除名。本部をアメリカに移転。

(フランス) インターナショナルへの参加禁止。
(ドイツ)「文化闘争」修道会に対する政教分離。

1873 経済恐慌。
ドイツ軍、フランス撤退完了。
(ロシア) ヒヴァ・カーン国を併合。
ランボー『地獄の季節』
ルナン『反キリスト』

1874 万国郵便連合設立。

(イギリス) ディズレリー内閣成立。労働時間規制法。

ヴァーグナー『ニーベルンゲンの指輪』

1875 **ダグー伯爵没(3月18日)。誠実で、私心なく、寛大な、とマリー記す。**
(フランス) 共和国憲法制定。
(ドイツ) 社会民主党成立。ゴータ大会。
ガルニエ設計のパリ・オペラ座建立。
フロベール『聖アントワーヌの誘惑』
ビゼー『カルメン』

1876 **マリー・ダグー没**(3月6日)。**コジマは母の死を新聞で知る。**

マリーの友人の一人、ジュール・シモン、大臣就任。

日刊紙『プチ・パリジャン』紙創刊。
(ロシア) 革命運動の形成。「土地と自由」結社。
グラハム・ベル、磁石式電話器を発明。
オットー、ガス機関「オットー機関」の発明。
テーヌ『現代フランスの起源』
マラルメ『半獣神の午後』
アルフォンス・ドーデ『ジャック』
ルノアール『ムーラン・ド・ラ・ギャレット』

ロンドンで国際労働者協会（いわゆる第一インターナショナル）結成。マルクス、バクーニン参加。
ヴィニー『運命』
ミシュレ『人類の聖書』
オッフェンバック『うるわしのエレーヌ』

1865 リンカーン暗殺（ 4月15日）
クロード・ベルナール『実験医学序説』
ベルトロ、熱化学講義。熱量計の発明
トルストイ『戦争と平和』(—1869)

1866 (アメリカ) 黒人の市民権擁護法制定。

1867 (アメリカ) フランス軍のメキシコ撤兵を要求。
(メキシコ) 皇帝マクシミリアン、革命政権指導者ファレスによって銃殺。
マルクス『資本論』第一巻。
ミレー『晩鐘』
ヴァーグナー『ニュルンベルクのマイスタージンガー』
グノー『ロメオとジュリエット』
リスト『ハンガリー戴冠ミサ』

1868 (フランス) 労災基金。
(イギリス) 第一回労働組合会議。
(アメリカ) ジョンソン大統領、弾劾裁判にかけられる。
(アフリカ) リビングストン、南アフリカに向けて出発（1873年、現地にて没）。

1869 フロベール『感情教育』

1870 (フランス) プロイセンに宣戦布告（7月）。帝政崩壊（9月）。メッス降伏（10月）。
ヴァーグナー、コジマと正式結婚。
テーヌ『知性論』
ローザ・ルクセンブルグ生。

1871 **マリー・ダグー、ジョルジュ・サンドやコジマ・ワーグナーと同様、コミューンを残虐なものと見る。パリに戻らず。**
プロイセン軍、パリ包囲、パリ入城。パリ・コミューン。
パリ、国民軍中央委員会（3月）
パリ民衆蜂起（3月18日）
コミューン議員の選挙（3月26日）
〈血の一週間〉の市街戦（5月21日—28日）。鎮圧。
白色テロル、虐殺、流刑が相次ぐ。
ダーウィン『人間の起源』
マルセル・プルースト生。

1872〜1876 **マリー・ダグーの晩年はもはや円熟期の輝かしさを持たないが、『回想録』を出版し、『思い出の記』を準備する。**

1872 インターナショナル会議、その半壊。バクーニンおよび無政府主義者たちの

1857　（フランス）テロ行為、鎮圧、禁止令が相次ぐ。
〜1863　（イギリス）財政危機。株式銀行の設立。アイルランドの結社「フェニアン団」創立。
（アメリカ）最初の石油探査ボーリング。
合衆国南部諸州「アメリカ盟邦」結成（1860）
1858　**ブランディーヌ・リスト、エミール・オリヴィエとフィレンツェで結婚。**
1859　**ダニエル・リストの死。**
1862　**ブランディーヌ・オリヴィエの死。**
第二帝政治下のフランス。奢侈とさまざまな禁止項目。
ブルジョワジーの隆盛。都市、とりわけ、オスマン男爵のパリ改造大事業に、「農村の不用の腕」が引き寄せられた。
パリにおける貧困の増大。
ボードレール『悪の華』（1857）
ミレー『落穂拾い』（1857）
ヴィクトル・ユゴー『諸世紀の伝説』（1859）
ジョン・スチュアート・ミル『自由論』（1859）
マルクス『経済学批判』（1859）
ジョルジュ・サンド『彼女と彼』（1859）
ヴァーグナー『トリスタンとイゾルデ』（1859）
アンリ・ベルクソン生。（1859）
クールトリーヌ生。（1860）
ドストエフスキー『死の家の記録』（1861）
ヴィクトル・ユゴー『レ・ミゼラブル』（1862）
フロベール『サランボー』（1862）
ルコント・ド・リール『夷狄詩集』（1862）
クロード・ドビュッシー生。（1862）
モーリス・バレス生。（1862）
ジョン・スチュアート・ミル『功利主義』（1863）
ルナン『イエス伝』（1863）
プルードン『連合の原理』（1863）
マネ『草上の昼食』（1863）
サント=ブーヴ『続月曜評論』（1863）
1864　**マリーは深刻なうつ病状態に陥りながらも、文学、政治、社交界の活動を続**
〜1870　**ける。1870年の戦争、パリ包囲、パリ・コミューンの日々は、パリを離れて、多くはルイ・ロンショーの館で過ごす。彼女のペンの影響力は弱まる。**
〈フランス〉妻ブランディーヌとの死別後も、義母マリーに尽くしたエミール・オリヴィエが首相を務める自由な帝国。
1864　ストライキ禁止法の緩和。
鉄工組合設立。
（アメリカ）奴隷制廃止を可決。
リンカーン、南部の再建を図る。

イタリア諸邦に自由憲法発布。
ピエモンテ政府、ロンバルジア、次いでヴェネツィア併合。
〈ミラノの5日〉の市街戦（3月)。
（ドイツ及び中央ヨーロッパ）各地で革命的騒擾。
3月、ベルリンで市民蜂起。ウィーンで暴動。
5月、フランクフルトで国民議会召集。
6月、プラハで汎スラヴ民族会議。暴動が鎮圧され、会議は解散。
9月、オーストリアで、農民解放令発布。
ハンガリーで暴動。コッシュート、政権を握る。
10月、フランクフルト議会、オーストリアと断絶。
〈インド〉イギリス軍、パンジャーブ地方を併合し、インド総督を任命。
クロード・ベルナール、肝臓のグリコーゲン形成機能を発見。
ジョン・スチュアート・ミル『経済学原理』
アレクサンドル・デュマ・フィス『椿姫』

1849 **マリー、『1848年革命史』のための資料収集。**
皇帝《プランス》=大統領《プレジダン》の統治。鎮圧、逮捕、解散。
ジョルジュ・サンド『ラ・プチット・ファデット』
ダニエル・ステルン『道徳についての試論』
ディケンズ『ディヴィット・コパフィールド』（—1850)
クールベ『石割』

1850～1860 **マリー、シャンゼリゼの〈ばら色の館《メゾン・ローズ》〉、次いでエトワール近くに住む。著作の出版。帝政下で共和主義者のサロンを開く。うつ病の発作。**

1850 出版及び結社に関する規制法。
ヴァーグナー『ローエングリーン』
ダニエル・ステルン『1848年革命史』
クールベ『オルナンの埋葬』

1851 第一回万国博、ロンドンで開催。
フランス郵船（メサジュリ・マリティム）設立。
ビスマルク、連邦会議でプロイセンを代表。
リスト『マゼッパ』
シューマン『ヘルマンとドロテーア』
ヴェルディ『リゴレット』

1853 クリミア戦争。
ジョルジュ・サンド『笛師の群れ』

1854 ヴァーグナー『ラインの黄金』

1855 ロシア皇帝アレクサンドル二世即位。
(エジプト）フェルディナン・ド・レセップス、スエズ運河会社設立許可を得る。

1856 フロベール『ボヴァリー夫人』
ヴァーグナー『ワルキューレ』
ヴィクトル・ユゴー『静観詩集』

フローラ・トリスタン没。
1845　テキサス州、合衆国に復帰。
(メキシコ) 戦争。
(アイルランド) 凶作、大飢饉 (―1846)
ジョルジュ・サンド『アンジボーの粉ひき』
エドガー・ポー『鴉』
ダニエル・ステルン『ネリダ』
メリメ『カルメン』
ワグナー『タンホイザー』
ドーミエ『法廷の一隅』
ガブリエル・フォーレ生。
1846　**ダニエル・ステルン「ドイツ民族の知的議会」について執筆。**
オーストリア、ポーランドのクラコヴィを併合。
ミシュレ『民衆』
ベルリオーズ『ファウストの劫罰』
1847　ヨーロッパの食糧危機。
改革宴会運動 (共和主義的騒擾) 始まる (7月)。
アブド=エル=カデル降伏。
(イギリス) 女子労働時間に関する法律。
マルクス、エンゲルス『共産党宣言』執筆。
ラマルチーヌ『ジロンド党史』
ミシュレ『フランス革命史』(―1853)
エミリー・ブロンテ『嵐が丘』
1848　**マリー、国民議会、クラブ、街頭での革命運動を精力的に観察。**
『共和主義者の手紙』を発表。
(フランス) 2月22日、23日、24日の戦闘 (ルイ=フィリップ退位)。
2月25日、共和国宣言。
2月27日、国立作業場の設置。
3月、信用紙幣制度。社会主義者たち、選挙期日の延期を請願。
4月、社会主義者たちのデモ、失敗。
5月、パリで暴動。リュクサンブール委員会解体。
　　社会主義者と国立作業場の労働者たちの団結。
6月、国立作業場閉鎖 (21日)。
　　パリの労働者蜂起〈6月暴動〉(23日―27日)。
　　蜂起の鎮圧者キャヴェニャック、議会の議長となる。
　　ポワチエ街委員会。
　　クラブに関する法律。出版に関する法律。
11月　新憲法発布。
12月10日、ルイ・ナポレオン・ボナパルト、大統領に選出。
〈ヨーロッパ〉
　　(イタリア) シチリア島で革命。独立宣言 (1月)。

コンコルド広場での新しいガス灯の実験。
ヴィクトル・ユゴー『リュイ・ブラース』

1839 **マリー・ダグー、パリに戻る**（10月）。
アブド=エル=カデルとの戦闘再開。
パリで「季節社」の反乱。
スタンダール『パルムの僧院』、『カストロの尼』
ルイ・ブラン『労働組織論』
ジョルジュ・サンド『レリア』（改訂版）

1840 ～1848 **マリー・ダグー、ダニエル・ステルンとなる。サロンを開き、多数の友人を迎える。論文・随筆・小説の執筆。**

1840 カナダ統一。二院制議会の設置。
ビュジョー、アルジェリア総司令官となる。
リヴィングストン、アフリカに渡る。
ヴィレルメ『フランスの絹、綿、毛織物工場労働者の身体的・精神的状態』（糾弾文書）
プルードン『所有とは何か』
カベ『イカリア旅行記』
メリメ『コロンバ』
サント=ブーヴ『ポール・ロワイヤル』（―1859）
ジョルジュ・サンド『コジマ』（戯曲）、『フランス遍歴の仲間』
ミッキェーヴィチ、コレージュ・ド・フランスでスラブ文学を講義（―1845）
ジュール、〈ジュールの法則〉の発見。
クロード・モネ生。
エミール・ゾラ生。

1841 児童労働取締法。
ショペンハウアー『倫理学の二つの根本問題』
フォイエルバッハ『キリスト教の本質』

1842 （フランス）鉄道建設法成立
オルレアン公（国王ルイ=フィリップの長子）没。
（中国）アヘン戦争終結。
シャセリオ『化粧』
ヴィクトル・クーザン、カント哲学を講義。
スタンダール（本名アンリ・ベール）没。

1843 ヴィクトル・ユゴー『城主』
エドガー・ポー『黄金虫』

1844 （フランス）モロッコを攻撃。
（アメリカ）モールス、電信機実用化（ボルチモア―ワシントン間）。
ハイネ『ドイツ・冬物語』
ヴェルレーヌ生。
ニーチェ生。
アナトル・フランス生。

（イタリア）マッツィーニの陰謀。
（アメリカ）奴隷制度反対協会を組織。
ジェームズ・ゴードン=ベネット『ニューヨーク・ヘラルド』創刊。
パリ、ヴァンドーム広場の円柱上にナポレオン像が戻る。
ドラクロワ『アルジェの女たち』
ミュッセ『肘掛椅子で見る芝居』
ジョルジュ・サンド『レリア』
バルザック『ウージェニー・グランデ』
ミシュレ『フランス史』
ラムネ『信者の言葉』
ゲーテ『ファウスト』第二部
1835 **マリー、リストと再会。妊娠したマリーはスイスでリストと暮らす。**
娘ブランディーヌ、クリスマス前に誕生。
アルド=エル=カデル、ラ・マクタでフランス軍を破る（6月28日）。
フィエスキによる国王ルイ=フィリップ暗殺未遂事件（7月28日）。
バルザック『ゴリオ爺さん』
ヴィニー『軍隊生活の屈従と偉大』、『チャッタートン』
ヴィクトル・ユゴー『薄明の歌』
トックヴィル『アメリカの民主主義』（—1846）
シュトラウス『イエス伝』
テオフィル・ゴーチエ『モーパン嬢』（—1836）
帝政の画家グロ男爵、セーヌ河に投身自殺（ 6月26日）
マリー・ドルヴァル『チャッタートン』のキティ・ベルを演じる。
1836 **マリーとリストはイタリア、フランスを遍歴。パリでサロンを共有していた**
～1837 **ジョルジュ・サンドのノアンの館に滞在。**
1836 パリ、エミール・ド・ジラルダンの日刊紙『プレス』紙の第一号（7月1日）。
アルマン・カレル、ジラルダンとの決闘で死亡（ 7月22日）。
徒刑囚の鎖、廃止。
（アメリカ）経済危機。テキサス州、メキシコより独立宣言。
（アルジェリア）コンスタンチーヌ地方でアルジェリア総督クローゼルの敗北。
ラマルチーヌ『ジョスラン』
バルザック『谷間の百合』
クリスマスに娘コジマ（後のヴァーグナー夫人）誕生。
1837 （イギリス）チャーティスト運動（—1848）。
ディケンズ『オリヴァー・トゥイスト』（—1838）。
1838 **マリー、リストの苦悩と破局。**
～1839 **息子ダニエルの誕生**（1939年1月）。
1838 タレーラン没。
セーヌ河、凍る。

年　譜

1805　ナポレオン、イタリア王を兼ねる。

アウステルリッツの戦い。

ジャカール、織機を発明（ジャカール織機）。

シャトーブリアン『ルネ』

カトリック教徒のフランス亡命貴族を父に、新教徒のドイツ銀行家の一族フォン・ベトマン家の娘を母に、マリー・ド・フラヴィニー、ドイツで誕生。（12月31日）

1827　**マリー・ド・フラヴィニー、十五歳年長のシャルル・ダグー伯爵と結婚。婚約の夜会に王家が出席。**

1828　ドン・ミゲル、ポルトガル国王と称する。
プロイセンとヘッセン・ダルムシュタットの関税同盟成立。
シュレーゲル『歴史の哲学』
ブルッセ『焦燥と狂気』
ウォルター・スコット『パースの美少女』
娘ルイーズ・ダグー誕生（六歳で死亡）。

1829　ロバート・オゥエン、共産社会〈ニューハーモニー村〉建設。
『両世界評論』誌創刊。
ヴィクトル・ユゴー『東方詩集』
ヴィニー『オテロ』
メリメ『シャルル九世年代記』

1830　**マリー・ダグー、マラケ河岸の館の窓から、シャルル十世の勅令に反対する民衆の蜂起を目撃。〈栄光の三日〉**（７月27日、28日、29日）。
アルジェ占領（７月５日）。
「人民の友」、「人権協会」結成。
ルイ＝フィリップ、フランス人の王となる。（ 8月 7日）。
（ベルギー）独立宣言（10月４日）。
ワルシャワ蜂起（11月29日）。
（アメリカ）モルモン教創始。
（イギリス）リヴァプール―マンチェスター間の鉄道開通。
（フランス）ミシンの発明。
ヴィクトル・ユゴー『エルナニ』（嵐の初演）
スタンダール『赤と黒』
ベルリオーズ『幻想交響曲』
ドラクロワ『民衆を率いる自由の女神』
娘クレール・ダグー（後のシャルナセ公爵夫人）誕生。

1832　**マリー、リストとの出会い――「世紀の情熱」**

～1834　**娘ルイーズ・ダグー、発病後数日にして死亡。マリーの精神錯乱、虚脱状態。**

（イギリス）ロバート・オゥエン、全国労働組合連合を成立。

　　　　　児童労働規則に関する法律。

（フランス）ギゾー、初等教育の整備。

Cosima von Bülow-Wagner, 10 lettres de 1856 à 1872.
Marceline Desbordes-Valmore, 6 lettres de 1843 à 1850.
Maria Deraismes, 6 lettres de 1868 à 1873.
Emile de Girardin, 131 lettres de 1830 à 1873, (publiées en partie par J. Vier.)
Victor Hugo, 4 lettres.
Ingres, 13 lettres.
Lamartine, printemps 1848, projet de Constitution.
Lamennais, 4 lettres.
Littré, 5 lettres de 1856 à 1875.
Michelet, 12 lettres de 1847 à 1864.
Mickiewicz, 2 lettres de 1837 à 1852.
Adolphe Pictet, 11 lettres de 1835 à 1873.
Renan, 6 lettres de 1855 à 1857, publiées par J. Vier.
Sainte-Beuve, 34 lettres de 1839 à 1863, publiées par J. Vier.
Vieil-Castel (Horace de), 68 lettres de 1843 à 1875.
Tocqueville, 1 lettre du 24 juin 1856.
Etc.

Collection Spoelberch de Lovenjoul
Charles Didier, Journal, D 672 *bis*, E 940.
Correspondance : Sand-d'Agoult-Marliani, E 872.
D'Agoult à Sand : 11 lettres.
D'Agoult à S. Marliani : 2 lettres.
Sand à Marliani : 4 lettres.
Sand à d'Agoult : 1 brouillon.

Fonds Charnacé — Bibliothèque de Versailles
(Entre beaucoup d'autres inédits.)
D'Agoult : 5 fragments de *Nélida*, *Valentia*, *Maria-Clémentine*, *Eleuthère*, *L'Armurier de Solingen*, *Mémoires*, récits de voyages.
Plus de très nombreuses lettres.

Archives nationales
Fonds saint-simonien, série F, 1848.

« Etats Généraux de Prusse », in *Revue indépendante*, 1849.
Histoire de la révolution de 1848 (1851-1853), 3 vol., réédition 1862.
Marie Stuart, 1855.
Jeanne d'Arc, 1856.
« Dialogues sur Dante et Goethe », in *Revues germanique et française*, 1864.
La Hollande et son passé, sa liberté, Bontier, 1866.
Nélida-Hervé-Julien, M. Lévy, 1866.
Histoire des commencements de la République des Pays-Bas, ibid., 1872.
Souvenirs, ibid., 1872.
Nouvelles : *Hervé, Julien, Valentia, La Boîte aux lettres, Ninon au couvent*, ibid., 1883.
Agoult-Stern, Mémoires, 1833-1854, introduction Daniel Ollivier, Calmann-Levy, 1927.

Plus une centaine d'articles au moins, signés Daniel Stern, J. Duverger, « Un Inconnu » ou anonymes, sans compter *Les Lettres d'un bachelier ès musique*, signées Franz Liszt. (J. Vier, dans le tome IV de *La Comtesse d'Agoult et son temps* [A. Colin], en donne le détail.)

Archives de Daniel Ollivier

Œuvres inédites de Marie d'Agoult :
Palma-Wolfram, drame en 3 actes (fragments de Mémoires romancés inédits).
Cahiers : portraits.
Journaux intimes, 1861-1863.
Notes de lecture.
Lettres écrites par Marie d'Agoult :
1 lettre de 1862 à Cosima von Bülow.
9 lettres à Marceline Desbordes-Valmore, de 1844 à 1850.
22 lettres aux Herwegh, de 1850 à 1858.
12 lettres au prince Napoléon, de 1862 à 1874.
15 lettres à George Sand, de 1836 à 1874.
Certaines publiées dans « Bataille de dames » de Thérèse-Marie Spire, in *Revue des Sciences humaines*, avr.-sept. 1951.
Très nombreuses lettres adressées à Marie d'Agoult par :
Béranger, Berlioz, Berthelot, Louis Blanc [33].

SIMON (Jules) : *L'Ouvrière*. Hachette. 1861.
SPENLE (Edouard) : *Rachel von Varnhagen*. Hachette, 1910.
STENGER (O.) : *Grandes Dames du XIXe siècle*. Paris. 1911.

THIBERT (M.) : *Le Féminisme dans le socialisme français*. Giard. 1926.
THIERRY (Augustin) : *La Princesse Belgiojoso*. Plon. 1926 ; *Lola Montès*. Grasset. 1936.
THOMAS (Edith) : *Etudes de femmes*. Colbert. 1945 ; *Les Femmes de 48*. P.U.F.. 1948 ; *George Sand*. Editions universitaires. 1950 ; *Socialisme et féminisme*. 1956 ; *Pauline Roland*. Rivière. 1956.
TIXERANT (J.) : *Le Féminisme à l'époque de 48*. Giard. 1908.
TOUSSAINT DU WAST (Nicole) : *Rachel. amours et tragédie*. coll. Femmes dans leur temps. Stock. 1980.
TRISTAN (Flora) : *Pérégrinations d'une paria* : rééd., Maspéro. *Promenades dans Londres* ; rééd., Maspéro, *Méphis, ou le Prolétaire* (roman) ; *Tour de France*. Journal inédit, La Tête des Feuilles.

VIER (Jacques) : *La Comtesse d'Agoult et son temps*. 6 vol., A. Colin : *Emile de Girardin inconnu* (lettres). Editions du Cèdre. 1949 ; *Marie d'Agoult. son mari. ses enfants*. ibid.. 1950 ; *Franz Liszt. l'artiste et le clerc*. ibid.. 1951 ; *Daniel Stern. Lettres républicaines*. ibid.. 1951 ; *La Comtesse d'Agoult et F. Ponsard*. t. I. A. Colin. 1960 ; plus 21 articles.
VIER & PICHOIS : « Richard Wagner et Blandine Ollivier ». in *Revue de littérature comparée*. oct. 1955.
VINÇARD : *Mémoires d'un vieux chansonnier*. Paris. 1878.
VOILOUIN (Suzanne) : *Souvenirs d'une femme du peuple. Une saint-simonienne en Egypte*. Maspéro.

WAGNER (Cosima) : *Journal et Correspondance*.

Œuvres de Daniel Stern

Nélida. M. Lévy. 1846.
Essai sur la liberté. ibid.. 1847.
Lettres républicaines. Cavaignac. Amyot.
Esquisses morales. Pagnerre. 1849.

POURTALÈS : *Franz Liszt*, Gallimard, 1925.
PROUDHON : *La Pornocratie, ou la Femme des temps modernes*, Lacroix, 1875 ; *Amour et mariage*, Lacroix, 1876 ; *Les Femmelins*, Nouvelle Librairie nationale, 1912 ; *Confessions d'un révolutionnaire*, Rivière, 1929.
PUECH (Jules) : *La Vie et l'œuvre de Flora Tristan*, Dalloz, 1925.

RABINE (Dr Leslie) : Etude sur *Mélida*, (inédit).
Révoltes logiques (revue).
ROLAND (Pauline) : « Du travail des femmes », in *Revue indépendante*, juillet 1842 ; « Etude sur l'histoire des femmes en France », in *Revue sociale*, juillet 1846 ; trois lettres, bibl. M. Durand.
RONCHAUD (Louis de) : Articles sur les œuvres de Daniel Stern dans : *L'Artiste*, mars-juin 1846 ; *Revue de Paris*, 31 mai 1846 ; *Le Siècle*, 6 mars 1853 ; *Revue nationale*, 10 mai 1862.
ROWBOTHAN (Sheila) : *Féminisme et révolution*, Payot, 1972.

SAND (George) : *Œuvres complètes et correspondance*, t. IV, éditées par G. Lubin, Garnier ; « Lettres à Marcie », in *Le Monde*, 2 mars 1837 ; *Lettres d'un voyageur*, Scribe, Bruxelles, 1837 ; *Impressions et souvenirs*, M. Levy, 1873 ; « A Daniel Stern », in *Nouvelle Revue*, 15 mai 1881 ; « Lettres à Everard » (anonyme), in *Revue illustrée*, 1890 ; *Souvenirs et idées*, Calmann-Levy, 1939 ; *Histoire de ma vie : Souvenirs de 1848 : Journal intime*, publié par A. Sand, Calmann-Levy, 1925.
SAULT (C. de) : « Claire de Charnacé », in *Revue germanique*, 1857-1862.
SCHURE (E.) : « Mme d'Agoult », in *Revue politique et littéraire*, 1er avril 1876.
SARRANS : *Louis-Philippe et la contre-révolution*.
SÉCHÉ (Léon) : *Hortense Allart de Méridens*, Mercure de France, 1908 ; *Sainte-Beuve*, ibid., 1904 ; *Hortense Allart. Lettres à Sainte-Beuve*, ibid., 1908 ; *Delphine Gay*, ibid., 1910.
SELLARD (John) : *Dans le sillage du romantisme : Charles Didier*, Champion, 1933.

LESCURE (de) : « Les Esquisses morales de Daniel Stern », in *Gazette de France*, 10 juillet 1860.
LISZT (Franz) : *Lettres*, Gallimard.
LITTRÉ (Emile) : « Histoire de la révolution de 1848 par Daniel Stern », in *Le National*, 29 sept. 1850 ; *Histoire des Pays-Bas de Daniel Stern* : *La Philosophie positive*, 1873.

MALO (Henri) : *Delphine Gay et sa mère*, Emile Paul, 1924 ; *La Gloire du vicomte de Launay*, ibid., 1925.
MALRAUX (Clara) : *Rachel ma grande sœur* (Rachel von Varnhagen), Ramsay, 1980.
MARON (Eugène) : « Une histoire de la révolution de 1848 », in *Revue germanique*, 16 juin 1862.
MARTIN (Marietta) : *Un aventurier : le Dr Koreff*, Champion, 1925.
MARTIN (René) : « Cosima Wagner », in *Revue de littérature comparée*, oct.-déc. 1931.
MAUROIS : *Lélia* (George Sand).
MÉZIÈRES : « Daniel Stern », in *Le Temps*, 9 mars 1876.
MICHELET : *Journal, 1828-1848*, Gallimard, 1959.
MONOD (Marie-Octave) : *Daniel Stern*, Plon, 1937.
MOULIN DU ECKART : *Cosima Wagner*, Stock, 1933.

NIBOYET (Eugénie) : *Le Vrai Livre des femmes*, Dentu, 1863 ; *De la réforme du système pénitentiaire*, Charpentier, 1838.
NISARD (Désiré) : « Daniel Stern », in *Revue de France*, 15 déc. 1877.

OLLIVIER (Emile) : *Journal*, t. I, Julliard, 1961.

PAILLERON (M.-L.) : *Lettres d'Hortense Allart*.
PELLETAN (E.) « Essai sur la liberté par Daniel Stern », in *La Presse*, 29 déc. 1846 et 15 févr. 1847.
PICTET (Adolphe) : *Une course à Chamonix*, Duprat, 1840.
POMMIER (A.) : *Profils contemporains*, Dentu, 1867.
POMMIER (Jean) : *Les Ecrivains devant la révolution de 1848*, P.U.F., 1948.
PONTMARTIN (A. de) : « Sur Daniel Stern », in *Revue des Deux Mondes*, 1er avril 1849.

GIRARDIN (Emile de) : *Journal d'un journaliste au secret*. M. Lévy, 1848.
GRENVILLE (vte de) : *Histoire du journal « La Mode »*. 1851.
GROVEDINS (Sirdema de) : Divers articles sur Daniel Stern (cités par Jacques Vier).
GUBERNATIS (A. de) : Articles sur Daniel Stern en italien, mars 1873 et avril 1876, *Riviva Europea*.
GUGENHEIM (Suzanne) : *Mme d'Agoult et la pensée européenne*. Oschki, Florence, 1937.
GUILLEMIN (Henri) : *Lamartine en 1848*. P.U.F., 1948.
GUIZOT (F.) : *Mémoires*. M. Lévy, 1858-1867.
GUTMANSTHAL (N. de) : Souvenirs de Liszt, Leipzig, 1913.

HEILLY (G. de) : *Mme de Girardin*. Bachelin-Deflorenne, 1869.
HERWEGH (George) : *Au printemps des dieux*. Gallimard, 1929 ; *Au banquet des dieux*, ibid., 1932 ; *Au soir des dieux*. Peyronnet, 1933.
HEVESY (A. de) : « Liszt et Mme d'Agoult », revue musicale, juin 1928.
Histoire générale de la presse française, IIe partie, P.U.F.
Histoire de 1848, publiée par la Bibliothèque de l'histoire de la révolution de 1848, spécialement le tome : « Les Ouvriers de Paris », 1967.
HUGO (Victor) : *Choses vues. 1848*, coll. « Folio », 1972.

IVRAY (Jehan d') : *L'Aventure saint-simonienne et les femmes*. Alcan, 1928.
JOUBERT (Solange) : *Une correspondance romantique*. Flammarion, 1947.

LAMARTINE (Alphonse de) : *Œuvres. Correspondance*.
LAMENNAIS (Robert de) : *Œuvres*.
LARNAC : *George Sand révolutionnaire*. Hier & Aujourd'hui, 1947.
LAUVRIÈRE (E.) : *Alfred de Vigny*. 2 vol., Grasset, 1946.
LEROUX (Pierre) : « Histoire de la révolution de 1848, par Daniel Stern », in *Revue sociale*, 15 juin 1850.
LEROY-BEAULIEU : *Le Travail des femmes au XIXe siècle*. Charpentier, 1873.

25 avr. 1876.
DOSNE (Mme) : *Mémoires*, publiés par H. Malo, Plon, 1928.
DRESCH (Jean) : « Correspondance inédite de Gutzkow, de Mme d'Agoult et d'Alexandre Weill », in *Revue germanique*, janv.-févr. 1906.
DUGAI (A.) : « La Philosophie et l'histoire d'une dame socialiste », in *L'Ordre*, 18 déc. 1847.
DURAS (duchesse de) : *Ourika*, Editions des femmes.
DURRY (Marie-Jeanne) : *La Vieillesse de Chateaubriand*, Le Divan, 1933.

ETAX : *Souvenirs d'un artiste*, Dentu, 1877.
EICHTAL (E.J.) : *Souvenirs d'un ex-saint-simonien*, Picard, 1917.
A French sociologist looks at Britain, Manchester, 1977.

FAUSSELANDRY (vte de) : *Mémoires*, 3 vol., Ledoyen, 1830.
FERRAND (comte) : *Mémoires*, A. Picard, 1897.
FERRIÈRE-LE VAYER (Th. de) : *Les Romans et le mariage*, 2 vol, Fournier, 1837.
FERRONNAYS (Mme de la) : *Mémoires*, Ollendorf, 1899.
FLAUBERT (Gustave) : *L'Education sentimentale*.
FLEURY (Victor) : *Le Poète George Herwegh*, Bibliothèque sur la révolution de 1848.
FLEURIOT DE LANGLE (Paul) : Articles sur Liszt, Daniel Stern : « Nélida », in *Figaro*, févr. et oct. 1929, et Mercure de France, janv. 1930 et avr. 1931.
FROSSARD (baronne) : *Souvenirs, 1813-1884*, H. Gautier, 1885.
FUXELLES : « Daniel Stern », in *Journal des débats*, 17 oct. 1873.

GAY-LAUNAY (vicomtesse de Delphine) : *Lettres parisiennes*, Charpentier, 1843 ; *Œuvres complètes*, 6 vol., Plon, 1861.
GACHON DE MOLÈNES : « Nélida », in *Journal des débats*, 19 mai 1846.
GARNIER-PAGÈS : *Histoire de la révolution de 1848*, 9 vol., Pagnerre, 1861.
GAUTIER (Théophile) : *Le Salon de 1842*.

CARO : « Les " Dialogues " de D. Stern », in *La France*, oct. 1866, P.U.F., 1942.
CASSOU (Jean) : *1848*.
CASTELLANE (M. de) : *Journal, 1804-1862*, Plon.
CHANTAVOINE (Jean) : *Pages romantiques de Liszt*, Alcan.
CHARNACÉ (M. de) : *Lettres à ma petite fille*, Emile Paul, 1908.
CHAUDESAIGUES : « Nélida », in *Le Courrier français*, 12 juillet 1846.
CHEVALIER (Louis) : *Classes laborieuses, classes dangereuses*, Plon.
CHERBULLIEZ (Victor) : « Daniel Stern, " Histoire de la révolution de 1848 " », in *Critique de Genève*, oct. 1862.
COLET (Louise) : *Lui*, Librairie nouvelle, 1860.
COLIN (Gerty) : *Le Destin de Cosima*, Laffont, 1959.
Le Journal de Cosima Wagner.
CŒUROY (A.) : *Wagner, le wagnérisme en France*, Gallimard, 1965.
CUVILLIER-FLEURY : « Daniel Stern », in *Journal des débats*, 14 avril 1850.

DELORD (Taxile) : « Daniel Stern. "Histoire de la révolution de 1848 " », in *Le Siècle*, 14 juillet 1862.
DESANTI (Dominique) : *Flora Tristan, femme révoltée*, Hachette Littérature ;
Flora Tristan, vie, œuvre mêlées, coll. « 10/18 », U.G.E.; *Les Socialistes de l'utopie*, Payot.
DESBORDES-VALMORE (Marceline) : *Œuvres*, Dumont.
DESCHAMPS (Emile) : *Causeries littéraires et morales sur quelques femmes célèbres*, Bibliothèque universitaire de la jeunesse, 1837.
DESTOUCHES (Camille) : *La Passion de Marie d'Agoult*, Fayard.
DEVOIN (Jeanne) : « Pauline Roland », in *Almanach des femmes*, Londres, 1853.
DOLLEANS (E.) : *Histoire du mouvement ouvrier, 1830-1871*, 2 vol., A. Colin, 1936 ; *Féminisme et mouvement ouvrier : George Sand*, Editions ouvrières, 1951.
DOLLFUS (Charles) : « Chronique parisienne », in *Revue germanique*, déc. 1859 ; « Daniel Stern », in *Le Temps*,

Une correspondance de Sainte-Beuve. Mercure de France, 1936.

ASTRUC (Z.) : « Sur Daniel Stern », in *Le Quart d'heure*, Paris, 1859.

BALZAC (Honoré de) : *La Comédie humaine : Béatrix : Lettres à l'Etrangère*.

BARBEY D'AUREVILLY : « Daniel Stern », in *Le Pays*, 23 mars 1859.

BAUDELAIRE (Charles) : « Le Salon de 1846 », in *Œuvres*.

BEAUMONT-VASSY (vte de) : *Les Salons de Paris et la société parisienne sous Louis-Phillipe*, Sartorius, 1866.

BELGIOJOSO (Cristina) : « Souvenirs d'exil », in *Le National*, tirage spécial, 1850.

BERLIOZ (Hector) : *Mémoires*, Calmann Levy, 1878.

BERTRAND (Jules) : *Le Faubourg Saint-Germain*, Taillandier, 1949. Bibliothèque de la Société d'histoire de la révolution de 1848, 7 vol.

BLANC (Louis) : *Histoire de dix ans*, 4 vol., Pagnerre, 1841-1844 ; *Histoire de la révolution de 1848*, Bureau du Nouveau Monde.

BOMPERT (Mme) : *Cristina de Belgiojoso* (en anglais) U.S.A., 1978.

BORY (Robert) : *Une retraite romantique en Suisse : Liszt et la comtesse d'Agoult*, V. A. Hinger, 1930 ; *Liszt et ses enfants*, Correa, 1936.

BOUGLE (Célestin) : *Chez les prophètes socialistes*, Alcan, 1918.

BOULENGER (Jacques) : *Sur les boulevards*.

BOURGOING (Rozanne) : « Nélida », in *La Phalange*, 1er oct. 1847.

BOUTERON (Marcel) : *Muses romantiques*.

BRAY (René) : « Lettres de la comtesse d'Agoult », in *Gazette de Lausanne*, mai 1832.

BULWER-LYTTON (Henry) : *La France sociale, politique, littéraire*, Fournier, 1834.

CABET (Etienne) : *Colonie icarienne aux Etats-Unis*, Paris, 1856.

CARCOPINO (Claude) : *La Doctrine sociale chez Lamennais*.

参 考 文 献

本書は主に、リスト=マリー・ダグー書簡集、ダニエル・ステルンの『回想録』及び『思い出の記』、オルタンス・アラールへの手紙、エミール・ド・ジラルダンの手紙、この時代の回想録、そしてコジマ・ヴァーグナーの『日記』と『書簡集』に基づいて執筆した。文献の多くはジャック・ヴィエにより発表されている。

本文中の〔注〕の銘記は最小限度にとどめた。参考書誌の主要なものだけを以下に記す。

シャルナセ家、とりわけマリー=ドフィーヌ・ド・ラ・ガルド侯爵夫人に謝意を表したい。

ABENSOUR : *Le Féminisme sous Louis-Philippe*, Plon, 1913.
ABRANTES (duchesse d') : *Mémoires sur la Restauration*.
ADAM-LAMBERT (Juliette) : *Mon village*, M. Lévy ; *Mes Premières Armes littéraires*, Lemerre, 1904.
ADLER (Laure) : *Les Premières Journalistes*, Payot, 1979.
AGULHON (Maurice) : *Les Quarante-Huitards*, Archives Gallimard-Julliard.
Toulon, une ville ouvrière ou temps du socialisme utopique, Mouton, 1970.
ALLART DE MÉRIDENS (Hortense) : *La Femme et la démocratie de nos temps*, Delaunay, 1836 ; *Histoire de France*, 1837 ; *Les Enchantements de Prudence*, préface de G. Sand, 1872 ; *Lettres à Sainte-Beuve*, Mercure de France, 1908.
ALEM (J.-P.) : *Enfantin, le prophète aux sept visages*, Pauvert, 1963.
Almanach des femmes, publié par Jeanne Deroin, Londres, 1853-1854.
ALMERA (H. de) : *La Vie parisienne sous Louis-Philippe*, Albin Michel.
ALTON-SHEE (cte de) : *Mes Mémoires*, 2 vol., Librairie internationale A. Lacroix, 1869.
ANCELOT (Mme) : *Un salon de Paris, 1824-1864*, Dentu, 1866.
ARAGONNES (Claude) : *La Comtesse d'Agoult*, Hachette ;

ワ　行

ナ　行

ハ　行

タ　行

人名索引

ア行

著者紹介

ドミニク・デザンティ（Dominique Desanti）

1914-2011 年。歴史家、ジャーナリスト、作家。フロラ・トリスタン、ローザ・ルクセンブルク等、歴史に名を刻んだ女性の評伝を手がけた。

〈著書〉

La banquière des années folles : Marthe Hanau. Fayard, 1968.

Les Staliniens: une expérience politique 1944-1956. Fayard, 1974.

L'anée ou le monde a tremblé, 1947. Albin Michel, 1977.

Drieu la Rochelle : Le séducteur mystifié. Flammarion, 1978.

Daniel: ou le visage secret d'une comtesse romantique, Marie d'Agoult: Editions Stock, 1980.（本書）

Elsa-Aragon : le couple ambigu. Belfond, 1996.

Flora Tristan. Hachette Littératures, 2001.

La Liberté nous aime encore. Odile Jacob, 2002.（Jean-Toussaint Desanti 他と共著）

Ce que le siècle m'a dit: Mémoires. Fayard/Pluriel, 2009.

他多数。

訳者紹介

持田明子（もちだ・あきこ）

1969年、東京大学大学院博士課程中退。66～68年、フランス政府給費留学生として渡仏。九州産業大学名誉教授。専攻はフランス文学。著書に『ジョルジュ・サンド 1804-76』、編訳書に『ジョルジュ・サンドからの手紙』『往復書簡 サンド＝フロベール』、訳書にサンド『サンド―政治と論争』『魔の沼ほか』『コンシュエロ 上下』『書簡集』、ペロー『寝室の歴史』（以上藤原書店）他。

新《あたら》しい女《おんな》〈新版〉
――19世紀《せいき》パリ文化界《ぶんかかい》の女王《じょおう》 マリー・ダグー伯爵《はくしゃく》夫人《ふじん》

1991年7月31日　初版第1刷発行
2022年8月30日　新版第1刷発行©

訳　者　持田明子
発行者　藤原良雄
発行所　株式会社 藤原書店

〒162-0041　東京都新宿区早稲田鶴巻町523
電　話　03（5272）0301
FAX　03（5272）0450
振　替　00160‐4‐17013
info@fujiwara-shoten.co.jp

印刷・製本　中央精版印刷

落丁本・乱丁本はお取替えいたします
定価はカバーに表示してあります

Printed in Japan
ISBN978-4-86578-358-2

❺ ジャンヌ——無垢の魂をもつ野の少女　*Jeanne, 1844*

持田明子 訳＝解説

現世の愛を受け入れられず悲劇的な死をとげる、読み書きのできぬ無垢で素朴な羊飼いの少女ジャンヌの物語。「私には書けない驚嘆に値する傑作」（バルザック）、「単に清らかであるのみならず無垢のゆえに力強い理想」（ドストエフスキー）。　440 頁　**3600 円**　◇ 978-4-89434-522-5（第 6 回配本／ 2006 年 6 月刊）

❻ 魔の沼 ほか　*La Mare au Diable, 1846*　持田明子 訳＝解説

貧しい隣家の娘マリの同道を頼まれた農夫ジェルマン。途中道に迷い、〈魔の沼〉のほとりで一夜を明かす。娘の優しさや謙虚さに、いつしか彼の心に愛が芽生える……自然に抱かれ額に汗して働く農夫への賛歌。ベリー地方の婚礼習俗の報告を付す。

〈附〉「マルシュ地方とベリー地方の片隅——ブサック城のタピスリー」(1847)
「ベリー地方の風俗と風習」(1851)

232 頁　**2200 円**　◇ 978-4-89434-431-0（第 2 回配本／ 2005 年 1 月刊）

❼ 黒い町　*La Ville Noire, 1861*　石井啓子 訳＝解説

ゾラ「ジェルミナル」に先んじること 20 数年、フランス有数の刃物生産地ティエールをモデルに、労働者の世界を真正面から描く産業小説の先駆。裏切った恋人への想いを断ち切るため長い遍歴の旅に出た天才刃物職人を待ち受けていたのは……。　296 頁　**2400 円**　◇ 978-4-89434-495-2（第 5 回配本／ 2006 年 2 月刊）

❽ ちいさな愛の物語　*Contes d'une Grand-mère, 1873, 1876*

小椋順子 訳＝解説

「ピクトルデュの城」「女王コアックス」「バラ色の雲」「勇気の翼」「巨岩イエウス」「ものを言う樫の木」「犬と神聖な花」「花のささやき」「埃の妖精」「牡蠣の精」。自然と人間の交流、澄んだ心だけに見える不思議な世界を描く。（画・よしだみどり）　520 頁　**3600 円**　◇ 978-4-89434-448-8（第 3 回配本／ 2005 年 4 月刊）

❾ 書簡集 1812–1876　*Correspondance*

持田明子・大野一道 編・監訳・解説　石井啓子・小椋順子・鈴木順子 訳

「書簡は、サンドの最高傑作」。フロベール、バルザック、ハイネ、ユゴー、デュマ・フィス、ツルゲーネフ、マリ・ダグー、ドラクロワ、ショパン、リスト、ミシュレ、マルクス、バクーニン……2 万通に及ぶ全書簡から精選。

536 頁　**6600 円**　◇ 978-4-89434-896-7（第 9 回配本／ 2013 年 7 月刊）

別巻 **ジョルジュ・サンド ハンドブック**　持田明子・大野一道 編

「自由への道——サンドとその時代」「サンドの今日性」（M・ペロー）／サンドの珠玉の言葉／サンド年譜／主要作品紹介／全作品一覧 ほか　（最終配本）

自由を生きた女性

〈ジョルジュ・サンド〉セレクションプレ企画

ジョルジュ・サンド 1804-76

〈自由、愛、そして自然〉

持田明子

真の自由を生きた女性、ジョルジュ・サンドの目から見た十九世紀。全女性必読の書。　**写真・図版多数**

〈附〉作品年譜／同時代人評（バルザック、ハイネ、フロベール、バクーニン、ドストエフスキーほか）

A5変並製　二八〇頁　二二〇〇円
（二〇〇四年六月刊）
◇ 978-4-89434-393-1

文豪、幻の名著

風俗研究

バルザック
山田登世子訳＝解説

文豪バルザックが、十九世紀パリの風俗を、皮肉と諷刺で鮮やかに描いた幻の名著。近代の富と毒を、バルザックの炯眼が鋭く捉える、都市風俗考現学の原点。「優雅な生活論」「歩き方の理論」「近代興奮剤考」ほか。

図版多数〔解説〕「近代の毒と富」

Ａ５上製　二三二頁　**二八〇〇円**

（一九九二年三月刊）◇978-4-938661-46-5

PATHOLOGIE DE LA VIE SOCIAL　BALZAC

写真誕生前の日常百景

タブロー・ド・パリ

画・マルレ／文・ソヴィニー
鹿島茂訳＝解題

パリの国立図書館に百五十年間眠っていた石版画を、十九世紀史の泰斗が発掘出版。人物・風景・建物ともに微細に描きだした、第一級資料。

厚手中性紙・布表紙・箔押・函入

Ｂ４上製　一八四頁　**一一六五〇〇円**

（一九九三年二月刊）◇978-4-938661-65-6

TABLEAUX DE PARIS　Jean-Henri MARLET

全く新しいバルザック像

バルザックがおもしろい

鹿島茂・山田登世子

百篇にのぼるバルザックの「人間喜劇」から、高度に都市化し、資本主義化した今の日本でこそ理解できる十篇をセレクトした二人が、今日の日本が直面している問題を、既に一六〇年も前に語り尽していたバルザックの知られざる魅力をめぐって熱論。

四六並製　二四〇頁　**一五〇〇円**

（一九九九年四月刊）◇978-4-89434-128-9

十九世紀小説が二十一世紀に甦る

バルザックを読む

Ⅰ 対談篇　Ⅱ 評論篇
鹿島茂・山田登世子編

青木雄二、池内紀、植島啓司、髙村薫、中沢新一、中野翠、福田和也、町田康、松浦寿輝、山口昌男といった気鋭の書き手が、バルザックから受けた〝衝撃〟とその現代性を語る対談篇。五十名の多彩な執筆陣が、多様で壮大なスケールをもつ「人間喜劇」の宇宙全体を余すところなく論じる評論篇。

各四六並製　Ⅰ三三六頁　**二四〇〇円**

Ⅱ二六四頁　**二〇〇〇円**

（二〇〇二年五月刊）

Ⅰ◇978-4-89434-286-6

Ⅱ◇978-4-89434-287-3